寻梦红楼

xunmeng
HONGLOU 杨振华 著

巨作流传数百秋，世人难解梦中愁。大观园内群芳萃，寻梦归来意悠悠。

红樓

中国华侨出版社

图书在版编目（CIP）数据

寻梦红楼/杨振华著.-北京：中国华侨出版

社，2010.9

ISBN 978-7-5113-0258-8

I.①寻… II.①杨… III.①《红楼梦》研究

IV.①I207.411

中国版本图书馆CIP数据核字（2010）第153264号

● **寻梦红楼**

著　　者/ 杨振华

出版统筹/ 史崇九

责任编辑/ 文　锋

经　　销/ 新华书店

开　　本/ 720×1000毫米　1/16　印张/18.5　字数/280千字

印　　刷/ 三河市祥达印装厂

版　　次/ 2010年9月第1版　2010年9月第1次印刷

书　　号/ ISBN 978-7-5113-0258-8

定　　价/ 32.00元

中国华侨出版社　北京市安定路20号院3号楼305室　邮编：100029

法律顾问：陈鹰律师事务所

编辑部：（010）64443056　64443979

发行部：（010）64443051　传真：（010）64439708

网　　址：www.oveaschin.com

E-mail: oveaschin@sina.com

寻梦红楼

『自
序』

换个角度读红楼

　　《红楼梦》究竟该怎样去读，是二百年来见仁见智的老话题。从哲学上说，把"具体地分析具体的情况"或曰"实事求是"拿来作读书指导，应该是没有疑义的。这里，所谓"具体的情况"就是指《红楼梦》本身具有的特点。待弄清这特点以后，再予以"具体地分析"——找出合于实际的研读方法来。

　　那么，《红楼梦》是一部什么样的书，又具有什么特点呢？曹雪芹先生爱为书中人物下考语，以一字定评。如贤袭人、俏平儿、勇晴雯、憨湘云、呆香菱等等，如果也仿照曹雪芹为《红楼梦》下一考语的话，那就是"奇"。

　　也就因为这个"奇"字，导致了关于《红楼梦》的研究众说纷纭，各持己见。

　　"单就命意，就因读者的眼光而有种种：经学家看见《易》，道学家看见淫，才子看见缠绵，革命家看见排满，流言家看见宫闱密事"（鲁迅），这种局面至今也没有什么大的改变。那么，能不能让读者或红学家对《红楼梦》的看法趋于一致，或者趋于相对一致呢？很难！至少在不改变红学研究上已经存在，或者曾经存在的"典范"，就不能改变"目前红学的危机"（余英时语）。

　　"那么，文学作品的本意是不是永远无法推求了呢？是又不然。作者的本

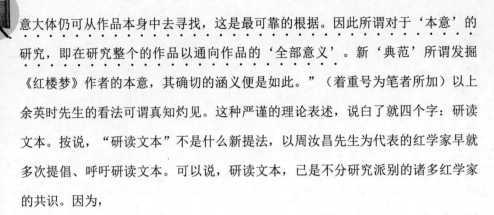

意大体仍可从作品本身中去寻找，这是最可靠的根据。因此所谓对于'本意'的研究，即在研究整个的作品以通向作品的'全部意义'。新'典范'所谓发掘《红楼梦》作者的本意，其确切的涵义便是如此。"（着重号为笔者所加）以上余英时先生的看法可谓真知灼见。这种严谨的理论表述，说白了就四个字：研读文本。按说，"研读文本"不是什么新提法，以周汝昌先生为代表的红学家早就多次提倡、呼吁研读文本。可以说，研读文本，已是不分研究派别的诸多红学家的共识。因为，

见文本如见作者！

我们无法起作者于九泉，却可以起作者于文本之中！

墨子说过："古者有语：谋而不得，则以往知来，以见知隐。谋若此，可得而知矣。"（《墨子·非攻》）这句话本身是针对考察历史而言，但对我们今天研读《红楼梦》亦颇有启示意义。《红楼梦》不是有隐吗，察看文本显露的内容，对"隐"去的名堂就"可得而知矣"。这就是以"文本之内的实际材料"为主要依据的根本原因，但由于每个人对文本理解不同，研究的方法不同，即使面对"最可靠的根据"从"研究整个的作品以通向作品的'全部意义'"得出的对"作者的本意"的理解也不尽相同，甚至完全不同。

因此，不知是否可以得出这样一个结论，即对于《红楼梦》这样一部奇书而言，用阅读其他文学作品的一般方式来品读鉴赏，作"文本研究"，仍然不能在"发掘《红楼梦》作者的本意"时得出趋于一致，或趋于相对一致的看法来，并不能改变目前红学研究中众说纷纭的现状，扭转"目前红学的危机"的美好愿望恐怕就要成为一纸空谈，因而很难走向余先生所说的，从"红学内部孕育出来的一个最合理的革命性出路"。

可见，有了正确的理论目标以后，还必须有实现这一目标的恰当的、正确的方式。既然大家公认《红楼梦》是奇书，那么，研读"奇书"就必须用适合"奇书"的独特方式。因为，只有找到这独特的方式，才能实现"发掘《红楼梦》作者的本意"之目的，走向"最合理的革命性出路"。这独特的方式或许就是本文

题目所写的"换个角度读红楼"。至少，"换个角度读红楼"是可行的重要方式之一。

　　具体地说，换个角度，就是研读文本时，必须从读者的角度换成作者的角度。即，不是"我认为"如何，也不是哪位"红学家"认为如何，而是"作者为什么要这样写"！换言之，就是不要用自己的理解或别人的理解去代替作者的本意。只有这样，才是真正的研读文本，也才有可能真正发现作者的本意。这样说，毫无贬低各位大家及其研究成果之意，只是想说，不要、也不能——带着"先入为主"的念头去读这样一本奇书。因事先确定了"框框"，思维就难免会受到局限或影响，无形中增加了思考的难度，影响认知的准确度，远不如"一张白纸"更有益于发现作者的本意。用胡适先生的话说，就是"处处想撇开一切先入的成见，处处存一个搜求证据的目的，处处尊重证据，让证据作向导，引我到相当的结论上去"（《红楼梦考证》）。一句话，这就要求读者改变以往的阅读习惯，转变思维定式，读文本的每句话、每个字时，都要"忘了自己"，而思考"作者为什么要这样写"。否则，就不大可能读懂这部奇书。如果不是每句话、每个字都去思考"作者为什么要这样写"，就不大可能明白"表"喻什么，"里"喻什么；"表"歌什么，"里"歌什么；一"牍"写什么，另一"牍"写什么。说实话，这样思考了都未必能读明白，何况浏而览之呢？

　　故而，窃以为，从"作者的角度"去研读文本，是能否读出、读懂作者本意，至关重要的、抑或是唯一的方式。

　　必须说明，知道须从作者的角度阅读思考，不一定就真的能从作者的角度去阅读思考。

　　从主观上说，每个人的阅读习惯和思维定式既已养成，想要改变就不是那么容易的一件事。很可能读着读着，就会自觉不自觉地回到具有强大惰性的思维习惯上去。因而必须时时提醒自己加以注意；从客观上说，《红楼梦》写的太精彩了，读着读着，就可能自觉不自觉地被吸引到故事情节、人物性格或精彩的语言中去，让自己的思考被动地转变了方向，因而必须有经得住考验的坚强的定力。

当然，为了确保每句话、每个字都在思考"作者为什么要这样写"，而不在无意中又使之变成自己的理解，还必须时时想到联系作者的身世经历，及其写作的历史背景，即所谓"知人论世"；然后再在此基础上多问几个为什么，以期真正读出作者的本意来。这应该是研读《红楼梦》的基本思维方式。

　　基本思维方式定了，还必须把握研究文本的对象、方法、重点等具体手段。

　　——研究文本的对象。

　　研究文本的对象必须是各种带有脂批的版本。

　　这不是什么新的想法，但确是以周汝昌先生为代表的红学家的真知灼见。随着红学研究的不断深入，研究者、爱好者已经越来越能体味到脂批的重要性。在实践上，人们也越来越自觉地把脂批作为打开《红楼梦》这座"掩藏着无数珍宝，却又充满无数暗道机关的罕见的文学迷宫"（邓遂夫）的钥匙。尽管脂砚斋的具体身份现在还是《红楼梦》诸多谜题之一，各位大家对此亦有不同见解，但在对其"深知拟书底里"，并将其作为"合作者"这一关键看法上却能取得大多数人的认同。这里，只想强调几点：

　　其一，从研读作者本意的意义上说，脂批是不可或缺的。盖只有脂评本才是"全本"或曰"完整本"，尽管它们只有八十回、七十九回、七十八回、七十七回、四十回乃至十六回；相反，那些不带脂批的版本是残缺不全的，尽管它们可能有一百二十回和一个看似完整的结局。因为就《红楼梦》而言，批评文字已和正文成为一个不可分割的整体。这一点是每一个研究者都必须明确的。

　　其二，应对"脂批"本身区别对待。欲索解"真事隐"的本意，似应更多地以脂砚斋（脂砚、脂研、脂斋）的评语为重点；相应地，欲了解作者著书的相关情况，探求现存版本缺佚的内容，则似应更多地以畸笏叟的评语为重点。

　　其三，脂批（这里的说法系狭义的、专指的脂批，不包含畸笏叟的评语）是为引导读者读出、读懂作者本意而作的，是为原作服务的。脂砚先生明言："余亦于逐回中搜剔刮剖，明白注释，以待高明，再批示误谬"。这里之"批示误谬"，实乃脂砚的谦辞，而"明白注释，以待高明"方是批者本意。从"深知拟书底里"之合作者的意义上说，可谓"芹"即是"脂"，"脂"即是"芹"。坦率地说，笔者以为，不能排除，许多批语本来就是作者的夫子自道。所云"自执金矛又执戈，自相戕戮自张罗"，或许就是关于文本与脂批关系的鲜明写照。因此，不单是作者的原文，就连脂批也同样既有"真事"，也有"假语"；同样"草蛇灰线""云龙雾雨""一击两鸣"……同样"狡猾之甚"，万不可被其"瞒弊（蔽）了去，方是巨眼"。所以俞平伯先生提醒读者："须知本书不但作者会时时给我们当上，评者也会帮着作者使咱们上当啊。"（《红楼心解》）可见，忽略了这一点，不但可能被脂批搞糊涂，一旦以假为真，还可能会出现"谬以千里"的结果。故不可不慎之又慎。

其四，为了真正弄清作者本意，应以各抄本的影印本为潜心研究的对象。

必得研读抄本，似又有"笨伯"之嫌，然亦属"无可如何"之举。因迄今为止，已经面世的各种汇较本，均有汇较者"好心"乃至"精心"的校改，故不可避免地带有汇较者本人解读的烙印。这样的汇较本与抄本距"作者的本意"可能更近，也可能更远。一般地说，以"更远"的可能性为大。即便只是改"正"抄本中的错字、别字、异体字、增字、漏字，也可能好心而未办成好事。焉知那所谓的"错讹"一定是抄者的谬误而不是作者有意为之呢？况且，目前已有诸多研究者从文本存在的各种各样不合常理的"误谬"（脂砚斋语）中，发现了作者的本意、深意，得解"其中味"；况且，抄本中一些汉字的异体字，其写法本就可能寓深意焉，这是汇较本根本无法展示的。因此，还是应以更具"原汁原味"的抄本"原文"作为研究对象，为最佳选择。相信抄本中那些纯粹由于抄者水平所限，以讹传讹而产生的谬误、异字，不会也不应成为研究者的绊脚石。

另外，曹雪芹先生在著书时，还借鉴了前代文人"以嵌字方式作文字游戏"的手法，来表现"真事"。即，充分利用其时书籍竖排，不分段落，没有句读的特点，将自己所想说的话"嵌"在文中，并且决不局限于人名、地名。故只有研读抄本才更容易发现其中的奥秘。因今人的较排本，经过划分段落，增加标点的编辑加工后，虽则方便了阅读，却在同时也把作者苦心的安排改换了面目，以致不易发现"嵌"于其中的、"隐"去的"真事",所以还是以读抄本为好。

——研究文本的方法和重点。

研究文本的方法,就是老老实实地以作者"文本"(含脂批,后不再注)提供的方法为方法。所谓"老老实实",就是既不搞发明创新,也不要增加删减。老老实实地相信作者已从内容上和数量上为读者提供了足以、足够读懂文本的方法,所谓"微密久藏偏自露"者,是也。任何别出心裁另搞一套的做法,恐怕都属画蛇添足一类,只会让自己徒增烦恼,枉走弯路。想想看,将"真事隐去"的是作者,当然没有谁比作者更知道"隐"的方法,由作者"自露"提供的方法或曰钥匙,怎么会不好使、怎么会不够使呢?

不知是否会有人说,这道理地球人都知道啊,何用你来啰皂?没错,这道理确实人人皆知。但了解红学发展历史的人同样都知道,有些阅读方法(如谐音索隐)虽经作者反复提示,现在却因"索隐"二字被弄得灰头土脸,使得很多人避之唯恐不及,遑论理直气壮地使用了。而与之相对应的另外一面,自从胡适先生的考证方法问世以后,就形成了一种以《红楼梦》文本以外的历史来考证《红楼梦》的研究方式。毫无疑问,此种方式几十年来确实为红学研究作出了巨大贡献;但囿于新的历史材料的发现有如凤毛麟角,也使考证之路陷入无可奈何的瓶颈。且"自传"说、"家世"说,面对很多疑点亦无法自圆其说,并且使"红学"长期成为"红外学",也不能不说是红学研究中重大的遗憾之一。况且由于作者所处时代那严酷无比的文字狱,哪怕仅仅是为了自己的作品得以传世,曹雪芹先生恐怕也不会寄希望于读者只有了解他的家庭身世与个人生平,才能读懂这部耗尽心血、精力的巨著;相反,应该极力将与自己的遭遇和家庭的坎坷相关的事迹隐藏起来才合乎逻辑。因此,他当然会选择通过文本本身"自露"的方式,来让读者洞悉其中"久藏"的"微密",而不会搞什么"工夫在诗外"!因此,鉴于红学研究的现状,强调老老实实地以作者文本提供的方法,作为研究《红楼梦》的方法,应该不算多余。

以上所说阅读方法属于务虚,只是基本原则。至于具体内容,阅读奇书亦应

寻梦红楼

使用奇法，不妨来个逆向思维，重点关注以下一些方面。

第一、重点关注《红楼梦》有别于其他书籍的奇特地方。如：

——《红楼梦》的"反面"内容。

一部书具有正反两面，所谓"两面皆可照人""表里皆有喻也"。因而阅读时，不但要读正面那个以"假语村言"敷衍的"大旨谈情"的故事；而且更要读反面隐写着的"追踪蹑迹，不敢稍加穿凿"的真事。正面故事相对好读、好懂；反面真事则"云龙雾雨"，曲折隐晦，大费周章，亦系碍于文字狱不得已而为之。对于如此深藏之"微密"，作者无奈地感慨"谁解其中味"；但同时又坚定地相信"精华欲掩料应难"。可惜的是，作者还是高估了读者的领悟能力，二百多年来知音鲜见。而被大家公认读懂了原作的戚蓼生等人，囿于众所周知的原因，也只能概而括之地说些大面上的赞语，至于具体内容则不得不语焉不详了。

——《红楼梦》中的人名。

没有哪一部小说像《红楼梦》这样，凡出场人物，即使微小到——邻居张三李四，路人阿猫阿狗者，作者都要为他起个名字，即使这个人没做一件事没说一句话也不例外。因而有人做了统计，全书有名有姓者共计四百多人，而算上有姓无名或有名无姓的则达到了七百多人。这大约亦可算《红楼梦》这部奇书的一大特色，中国古典小说恐怕无出其右者。这样为书中人物起名，当不会没有深意。或谐音，或隐喻，均有所取。故从人名入手赏鉴，很可能取得事半功倍的效果。

——《红楼梦》的诗词曲赋。

中国古典小说中往往写有许多诗词曲赋，"这里有一个原因是中国注重诗歌注重韵文的悠久传统，不充分表现作者的诗才诗学就不能证明作者是一个合格的文人，就影响小说的'档次'。"（王蒙《红楼启示录》）然而，就一般古典小说中的诗词曲赋而言，大多可以跳过去不看。这等读书，固然失去了其中的雅趣，但决不会影响对内容的理解；而《红楼梦》则完全不同，盖作者深知其中壶奥，遂让书中的诗词曲赋成为小说有机的、不可或缺的组成部分，"跳过去"就会直接影响对内容的理解，甚至让你干脆读不懂。从而"迫使"读者不得不回过头来，再认真地、反复地研读那些诗词曲赋，以期读出其中的奥秘。

——《红楼梦》的谐音双关。

谐音双关是中国古典小说作者喜欢采用的表现手法之一。比曹雪芹《红楼梦》早些时候的蒲松龄的《聊斋志异》，和大体与之同时的钱彩的《说岳全传》中，均有妙用谐音双关的地方，只是为数不多而已。曹雪芹在构思《红楼梦》时，为了实现以"假语"表现"真事"的目的，达到"一声也而两歌，一手也而二牍"的效果，遂将谐音双关发展、使用到极致，使得《红楼梦》不论在数量上、内容上还是表现手法上均成为谐音双关之集大成者，可以说，一部《红楼梦》就是一座谐音双关的"大观园"。

第二、重点关注《红楼梦》中的谬误和冗赘。如：

——《红楼梦》不合常理之谬误。

作者"批阅十载，增删五次"的心血结晶，一方面被誉为"慧眼婆心""无不周详，无不贴切"，更极而言之"一句不可更，一字不可改"；另一方面时间、地点、人物、习俗、饮食起居……却存在大量（非偶尔）明显的不合常理的谬误，岂非咄咄怪事？

——《红楼梦》不合文理之乖冗。

不单要以中国古典文学的传统写法同《红楼梦》相比附，还要以来自西方的文学理论为"规"，量《红楼梦》写作之"本"。这样就会发现其中存在大量"问题"，存在大量不合文理的乖谬和冗赘。

诚然，曹雪芹不可能学过什么西方的文学理论，当然更不会以之指导自己的创作；然而，他是公认的文学实践大师，是公认的"前无古人，后无来者"中国古典小说最高峰的创作者。所谓"科学无国界"，文学创作的科学自然也不会受什么国界的限制，其精华自然应该是相通的。关于这一点，王蒙先生说得好："艺术来自宇宙——世界，艺术是宇宙——世界的一部分，……艺术的本体与宇宙——世界的本体相通。这种本体是一切创作方法创作理论创作流派的本源。文学理论与创作不论如何花样翻新，都是宇宙——世界——艺术本体这棵生生不已的大树上所结的果。……杰出的作品总是更能深入到体现出这个本体，这个'树干'，……所以，越是杰出的作品越容易与其他的（包括国外的与未来的）作品比较。"（《红楼启示录》）可见，以西方文学理论这个"他山之石"，来攻《红楼梦》之玉，或许就能帮助读者做到，去"假"存"真"。

顺便说一句，小说明言"假作真时真亦假"。那么，辨别"真""假"该以什么为依据呢？以文字狱的"鹰眼"为依据。即，凡是可能引起朝廷"动怒"的文字均会"变成"假话，而无此"之虞"的则系真语。相信这个标准能得到诸位同仁的认同。

——《红楼梦》中的错字、别字、异体字。

《红楼梦》抄本中的错字、别字、异体字多多，造成这一现象的原因也多多。应该强调，除了当时用字不规范、以及抄者以讹传讹之外，作者为了某种需要故意为之的亦不在少数，而这恰恰成为研读"作者的本意"的最佳切入点之一。

当然，把握住品读的基本思维方式——站在作者的立场，以作者的角度来研究文本；找准品读的对象——脂评抄本；领悟品读方法——谐音双关及文本中提到的其他方法；明确品读重点内容——反照"风月宝鉴"、人名地名、诗词曲赋等，仅仅是拥有了进入《红楼梦》迷宫的钥匙，而使用这把沉重的钥匙去开启迷宫的巨锁，尚需使用"龙象之力"——像作者那样付出"不寻常"的辛苦，也许，可以寄望我等后辈能够早一天解开"其中味"，告慰旷绝古今的伟大文学家曹雪芹先生的在天之灵。

卷一　大旨谈清

晴雯“改名”

思路既定，如何开篇却颇为不易，几经踌躇，姑且从晴雯“改名”说起吧。

晴雯改名了吗？哪有这样的交待？我们怎么没看到？

可以肯定地回答，晴雯改名了——改叫晴雯。原来叫什么？不知道。但肯定不叫晴雯。至于理由么，颇有一点意思。

关于小说人物、地点的起名，《红楼梦》第七十九回篇末总评告诉我们："从起名上设色，别有可玩。"确实，大凡品读《红楼梦》之人莫不对书中人名、地名感兴趣。也难怪，小说开篇即醒目写明：

作者自云：因曾历过一番梦幻之后，故将真事隐去，而借'通灵'之说，撰此《石头记》一书也，故曰'甄士隐'云云。""虽我未学。下笔无文，又何妨用假语村言，敷衍出一段故事来，亦可使闺阁昭传，复可悦世之目，破人愁闷，不亦宜乎？故曰'贾雨村'云云。

这以后又不惮大费笔墨，用各种方式点出起名的"可玩"之处。如"十里街"云"势利"，"仁清巷"言"人情"，英莲设云"应怜"，霍启"祸起"也，……如此等等，盈篇累纸，引得读者为之兴致盎然，自然"可玩"。

然而，作者在人物姓名上不避繁冗，费尽心思，显然不是"悦世之目，破人愁闷"这般简单，更不是为了"好玩"来陪读者作文字游戏。众所周知，"可玩"不是"好玩"，系值得琢磨之意。而一个生活在"茅椽蓬牖，瓦灶绳床"的物质窘境和"奇苦至郁""翻过筋斗来的"精神压力之中的人，大约是不会有如此富余的时间，不会有如此多余的精力，也不会有如此闲情逸致来作文字游戏的。故评者云"此等趣语也不肯无着落"。

那么，晴雯之名有何"着落"，有何"可玩"——值得琢磨之处呢？

经过品读文本可以知道，晴雯之名是宝玉起的，是在晴雯被贾母送给宝玉后，宝玉给她改的名，改名的方式就是所谓的"不写之写"。理由如次：

一、在贾府中，各处的丫鬟、小厮都是由其主子起名。

从老祖宗贾母来看，她的丫鬟名为"鸳鸯、鹦鹉（鹦哥？）、琥珀、珍珠、翡翠、玛瑙、玻璃"等等。对此，甲戌本第三回文末写明，贾母"将自己身边一个二等丫头，名唤鹦哥者，【朱笔眉批：妙极！此等名号方是贾母之文章。最厌近之小说，不论何处，满纸皆是红娘、小玉、嫣红、香翠等俗字。】与了黛玉。……当下，王妈妈与鹦哥陪侍黛玉在碧纱橱内。宝玉之乳母李妈妈，并大丫鬟名唤袭人者，【朱笔侧批：奇名新名，必有所出。】陪侍在外大床上。原来这袭人亦是贾母之婢，本名珍珠。【朱笔侧批：亦是贾母之文章。前鹦哥已伏下一鸳鸯，今珍珠又伏下一琥珀矣。以下乃宝玉之文章。】"

"宝玉之文章"是什么呢："因知他（珍珠）本姓花，又曾见旧人诗句上有'花气袭人'之句，遂回明贾母，即更名袭人。"

同回，还有"黛玉之文章"。其文曰："黛玉只带了两个人来：一个是自幼奶娘王嬷嬷，一个是十岁的小丫头，亦是自幼随身的，名唤雪雁。【朱笔侧批：新雅不落套，是黛玉之文章也。】"

可见，主子给丫鬟起名是贾府的惯例，且各人有各人的"文章"。

二、各主子的丫鬟、小厮之名均为各主子之"文章"，或曰规律。

黛玉之丫鬟以飞禽命名，为雪雁、紫鹃；凤姐丫鬟、小厮之"文章"以后缀"儿"字命名，如平儿、丰儿、旺儿、昭儿、隆儿等；贾母丫鬟之"文章"为

晴雯「改名」

双音节单纯词——连绵词，"鸳鸯、鹦鹉、琥珀、珍珠、翡翠、玛瑙、玻璃"是也；宝玉之丫鬟小厮最多，人名最混乱，也最复杂。小厮之名往往是动宾结构的合成词，为焙茗、锄药、引泉、扫花、挑云、伴鹤等，很有规律。丫鬟之名则似乎稍嫌杂乱，袭人、晴雯、秋纹、麝月、碧痕、小红、茜雪、坠儿、四儿等。其中虽然作者或有意"呼应"了些许规律，如有袭人则有媚人相应，有晴雯则有绮霰伴之，再就是碧痕和紫绡，麝月和檀云，如是两两相应，但明显系以后者虚陪。那媚人、绮霰、檀云三人本身就似有若无，几无任何言语行动，紫绡也仅仅做了一件事——将元春赐予宝玉之红麝串等物拿到黛玉处让其挑选。因而一般读者对这几人几乎毫无印象，后之一些影视等文艺作品亦因她们无足轻重干脆统统删去。

三、主子给丫鬟改名大多要加以说明，一般不会不置一词。

——给袭人改名

从上文可知给袭人改名之缘由，此后于第二十三回中，作者又借贾政训斥宝玉之机再度予以强调：

贾政问道："袭人是何人？"王夫人道："是个丫头。"贾政道："不管叫个什么罢了，是谁这样刁钻，起这样的名字？"王夫人见贾政不自在了，便替宝玉掩饰道："是老太太起的。"贾政道："老太太如何知道这样的话，一定是宝玉！"可见，贾政深知贾母给丫鬟起名"之文章"底里。宝玉见瞒不过，只得起身回道："因素日读诗，曾记古人有一句诗云：'花气袭人知昼暖。'因这丫头姓花，便随口起了这个名字。"王夫人忙又向宝玉道："你回去改了罢。老爷也不用为这小事动气。"贾政道："究竟也无碍，又何用改。【庚辰本侧批：几乎改去好名。】……"

这是因诗词引起联想而改的名。

——给四儿改名

第二十一回，宝玉被袭人娇嗔规劝、几遭无趣之后，与前来服侍的小丫鬟有这样一段对话：

"你叫什么名字？"那丫头便说："叫蕙香。"宝玉便问："是谁起的？"蕙香道："我原叫芸香的，是花大姐姐改了蕙香。"宝玉道："正经该叫'晦气'罢了，什么蕙香呢？"又问："你姊妹几个？"蕙香道："四个。"宝玉道："你第几？"蕙香道："第四。"宝玉道："明儿就叫'四儿'，不必什么'蕙香''兰气'的。那一个配比这些花，没的玷辱了好名好姓。"

这是按排行长幼改的名。

此外，关于小红的改名的交待也颇令人深思，其本名林红玉，如不是犯了主子的名讳似乎毋须改，纵观全书，还真未见到哪个丫鬟进府后仍会以本名称之的。

——其他人的改名

同在第六十三回中，湘云将葵官改了，唤作"大英"。因他姓韦，便叫他作韦大英，方合自己的意思，暗藏"惟大英雄能本色"之语，何必涂朱抹粉！荳官身量、年纪皆极小，又鬼灵，故曰荳官，园中人也有唤他作"阿荳"的，也有唤作"炒豆子"的。宝琴反说琴童、书童等名太俗了，竟是荳字别改，唤作"荳童"。

这是按寓意谐音或外貌特点改名

第三十五回，莺儿为宝玉打络子，二人间有这样一段对话：

宝玉道："本姓什么？"莺儿道："姓黄。"宝玉笑道："这个姓名倒对了，果然是个黄莺儿。"莺儿笑道："我的名字本来是两个字，呼作金莺。姑娘嫌拗口，就单叫莺儿。如今就叫开了。"

这是以"拗口"为由改名。

通过以上所举各例，可以清楚看出，丫鬟小厮的起名、改名均为各自主子的权力，且各有各的——或"充足"或并不那么"充足"的——理由。尽管这理由千奇百怪，但总要说出个子午卯酉来。

事实上，其他人物——即使是非常次要的小角色出场，作者也往往会就其起名字的原因加以交待。

第十九回在宁府与茗烟同领警幻之训的小丫头万儿，就是因他母亲养他的时节做了梦，梦见得了一匹锦，上面是五色富贵不断头卍字的花样，所以他的名字叫万儿。而同回出场的袭人之兄花自芳，亦是随姓成名的结果。此外，第四十六回交待鸳鸯之父"名字叫金彩【庚辰本脂批：姓金名彩，由鸳鸯二字化出，因文而生文也。】"，道理同样。

不但人物改名会给与交待，就连地名若有异名出现，作者也会"顺便"加以说明。如第十五回提到"馒头庵"时，就及时注明原因："因他庙里做的馒头好，就出了这个诨号，离铁槛寺不远。"

整篇小说改名而未加任何说明的除茗烟——焙茗（亦有玄机，另文说明）外，就是晴雯了。

四、晴雯本是贾母的丫鬟，贾母的丫鬟没有起名"晴雯""之文章"。

晴雯本是贾母的丫头，而贾母的丫鬟又只以双音节单纯词——连绵词命名，否则即非"贾母之文章"。如是，则晴雯原应随鸳鸯、鹦鹉叫"鹩鸪"、"鹈鹕"、"鹭鹚"或随珍珠、琥珀叫"琉璃"、"珊瑚"、"玳瑁"云云，才是题中应有之意，怎么会叫什么"晴雯"呢？说晴雯是贾母起的名，不知读者是否会相信，至少贾政是不会相信的，"老太太如何知道这样的话，一定是宝玉"！

细心的读者应该能够发现，贾母的丫鬟中还有一个人的名字例外——"痴丫头"。但作者对这个"例外"是作了详尽的解释的：原来这傻大姐年方十四五岁，是新挑上来的，与贾母这边提水桶、扫院子，专作粗活的一个丫头。只因他生得体肥面阔，两只大脚作粗活简捷爽利，其心性愚顽，一无知识，行事出言，常在规矩之外。贾母因喜他爽利便捷，又喜他出言可以发笑，便起名为"呆大姐"，发闷时便引他取笑，毫无避忌，因此又叫他作"痴丫头"。起名的原委、经过，详详细细，乃至后面还有文章予以强调。对这样一个微不足道"在规矩之外"的小角色的起名，作者都不惜大肆泼墨，而对晴雯这样一个重要人物的起名、改名却不着一字，岂不是一件很奇怪的事情吗？

五、宝玉给晴雯改名而文本不作任何交待，决不可能是作者忘了或疏忽。

凡品读《红楼梦》的人一定知道，"忘了"或"疏忽"这样的字眼决不会与作者相干，"批阅十载，增删五次""字字看来皆是血，十年辛苦不寻常""慧眼婆心""千皴万染""无一漏空""一笔不肯落空""每用牵前摇后之笔""所谓无不周详，无不贴切"……不管是作者自云，还是脂砚批评，乃至于读者体味，本书可谓字字泣血，"是作者具菩萨之心，秉刀斧之笔，撰成此书。一句不可更，一字不可改"！对晴雯这样鲜活、生动、被作者视为"第一件大事"的人物而言，其起名设色自然是煞费苦心、绞尽脑汁的，怎么可能忘了或"疏忽"呢？

相反，作者和评者都在晴雯的起名设色上倾注了极大的心血。

首先，从册子来看。

第五回贾宝玉神游太虚境之时，蒙警幻仙子"开恩"得以一窥其家乡女子命运的册子。作者在虚构这部分内容时，又出人意料地不让宝玉从"正册"、"副册"到"又副册"这样的正常顺序翻阅，偏偏倒过来，让宝玉以"又副册"、"副册"、"正册"为序，这样，晴雯就成为宝玉（和读者）从册子中看到的第一人了！甲戌本第三回脂砚的朱笔眉批或许能给我们一些提示。批曰：

甄英莲乃副（付）十二钗之首，却明写癞僧一点。今黛玉为正十二钗之冠（贯），反用暗笔。盖正十二钗，人或洞悉可知；副十二钗，或恐观者忽（惑）略，故须（写）极力一提，使观者万勿稍加玩忽之意耳。

想想也是这个道理，对副十二钗尚须极力一提，才能以免"观者忽略"，那又副册中人当然更属易玩忽之列。故作者有意将其提到最前面，以醒读者之目，亦"万勿稍加玩忽之意耳"。仅此，晴雯在作者心目中的地位可见一斑。

此外，晴雯图册之画页也不同于别人。

众所周知，钗册的画页不管是"正册"、"副册"还是"又副册"，每人册子中的那幅画，均要影射其姓名中的一二字甚至全部三个字。

袭人之画页有"一簇鲜花，一床破席"，隐"花""袭"二字；香菱之画页"莲枯藕败"，隐"莲"字（香菱本名英莲）；黛玉之画页"画着两株枯木，木上悬着一围玉带"，二木合而为"林"，隐"林黛玉"三字……人名与画页之

晴雯「改名」

间的关系昭然。唯独晴雯例外，其画页上"又无人物，亦非山水，不过是水墨烘染的满纸乌云浊雾而已"。对此，诸多红学家也很"无奈"，只好视其为"特例"。

著名红学家俞平伯先生有这样一段话："册子预言十二钗的结局各为一幅画，下面有些说明，就书中所有，我们所知道的说，全部是相合的，只有一个例外：晴雯。'晴雯'两个字的意思是晴天的云彩，画上却'不过是水墨烘染的满纸乌云浊雾而已'。究竟什么取义，我从前只认为反笔，也依然不明白。晴雯之名取义于她的性格生平，册中所谓'霁月难逢，彩云易散'是也，然而却画了乌云浊雾，指她的遭遇，那些乌烟瘴气的环境而言，谶文所谓'诼谣謑诟'等是也。这是十二钗册子唯一的特笔。"（《红楼心解——红楼梦随笔》陕西师范大学出版社2005版）

红学家蔡义江先生亦持同样观点，认为"晴雯这样的人极为难得，因而，也就难以为阴暗、污浊的社会所容，她的周围环境，正如册子上所画的只是'满纸乌云浊雾而已'"。（《红楼梦诗词曲赋评注》北京出版社1979版）

如果不是笔者孤陋，此类评注系对晴雯册子之画页独有的解释，目前尚未见到其他说法。细按，这种看似合理解释的观点似乎并不稳妥，似乎并不能禁得起推敲。

没错，晴雯的生存环境固然"阴暗、污浊"，可是金钏、司棋、鸳鸯、芳官、茜雪、四儿、尤氏姐妹的生存环境似乎并不比晴雯好，如果她们也有册子，其画页是否也只能是"满纸乌云浊雾而已"呢？诚然，尤氏姐妹的人品似不如晴雯那样"极为难得"，金钏亦有自家的缺点，那香菱呢？鸳鸯呢？她们的画页亦同样是"满纸乌云浊雾"吗？至于芳官、茜雪、四儿亦无甚大不是；如果仅以人品和周围的环境来看问题，林黛玉"尖酸""小性儿"的性格和"风刀霜剑严相逼"的生存环境，在整部书中可谓无出其右者。因此，让"乌烟瘴气的环境"为晴雯独有，似乎难以圆其说。况且，《红楼梦》一书前呼后应，千皴万染，草蛇灰线，伏脉千里，极具规律，何以唯独晴雯身上有例外或曰"特笔"呢？

其次，从"地位"来看。

在戚序本第七十七回"俏丫鬟抱屈夭风流，美优伶斩情归水月"中，晴雯被逐后宝玉悲痛欲绝，作者有这样一段描写：

且去了心上第一个人，岂不伤心，便倒在床上也哭起来。袭人知他心内别的还犹可，独有晴雯是第一件大事，……

晴雯去了"是第一件大事"尚可理解，但"去了心上第一个人"就有过分之嫌。试想，如果晴雯是"心上第一个人"，则置黛玉于何处？置宝钗、湘云于何处？故在有的版本中（庚辰本、程乙本）此句为"第一等的人"，究竟是第一人还是第一等的人，要辩清楚亦非三言两语之事，须另文说明。

综上可知，作者以千皴万染的方式在起名改名上肆意泼墨，显示规律，做足铺垫。而偏让宝玉的丫鬟小厮另有文章，偏在"心上第一个人"的晴雯改名问题上不著一字，讳莫如深，而又故意在那么多地方作出自相矛盾的描述与交待，足见晴雯之名、之册、之地位大有玄机。

靖本第二十四回回前有脂批：余三十年来得遇金刚之样人不少，不及金刚者亦复不少。惜不便一一注明耳。庚辰本同回亦有脂批，余卅年来得遇金刚之样人不少，不及金刚者亦不少，惜书上不便历历注上芳讳，是余不足（是）心事也。两条批语互相映衬，点明"不便一一注明"的绝不仅仅是"金刚之样人"，更是诸如晴雯等人的"芳讳"，并且以此为"余不足（是）心事也"。可见，凡文本中已注明者，均为"方便"写出的；而更多的是"书上不便历历注上"者，故而作者深以为"惜"。至于何者为"方便"，何者为"不便"，恐怕亦只能有一个标准——能否规避朝廷的"鹰眼"！

作者、批者想藉此告诉读者什么呢，实在"可玩"之至。

至此，似乎该将笔者思考的结论和盘托出了，然而，此时说出自己的看法仍嫌突兀，因为"事关重大，非一语可了者"，还须慢慢道来。

"点睛"是什么意思

文本中除了在"晴雯"的名字上使用"晴"字以外，另一个引人注目的地方就是"点睛"。主要见于甲戌本的"凡例"，其文曰：

是书题名极多，一曰《红楼梦》，是总其全部之名也；又曰《风月宝鉴》，是戒妄动风月之情；又曰《石头记》，是自譬石头所记之事也。此三名皆书中曾已点睛矣。如宝玉作梦，梦中有曲，名曰《红楼梦》十二支，此则《红楼梦》之点睛。又如贾瑞病，跛道人持一镜来，上面即錾"风月宝鉴"四字，此则《风月宝鉴》之点睛。又如道人亲眼见石上大书一篇故事，则系石头所记之往来，此则《石头记》之点睛处。

另外，第二回"贾夫人仙逝扬州城，冷子兴演说荣国府"中，贾雨村差公人到封家寻找甄士隐：

那些公人道："我们也不知什么'真''假'，因奉太爷之命来问你。"

在"真""假"处，甲戌本朱笔侧批曰：点睛之笔。

以上第一段文字连续用了四处"点睛"。问题是，"点睛"是什么意思？文理完全不通，该不就是"点睛"的错别字吧。不错，如果仅从以上几处的用法来看，"宝玉作梦，梦中有曲，名曰《红楼梦》十二支，此则《红楼梦》之点晴"，用"点睛"之意似乎可以解释得通。如是，似乎径自改成"点睛"就是了，全无必要大惊小怪，小题大做。然而仔细推敲，还是不宜擅改。以曹雪芹先生的文字修养本不至于"晴""睛"不分，就是抄手也不至于连错四处。如另外一处，"贾瑞病，跛道人持一镜来，上面即錾'风月宝鉴'四字，此则《风月宝鉴》之点睛"句，不过是交待了《风月宝鉴》书名的来历或缘起，完全谈不上"点睛"与否；至于"道人亲眼见石上大书一篇故事，则系石头所记之往来，此则《石头记》之点睛处"也与此相类。笔者牛心，遂从"睛"字的

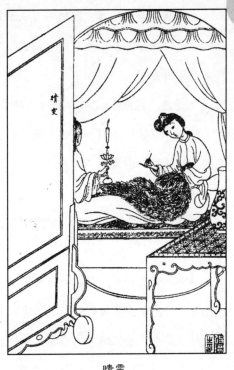

晴雯

写法上又认真查找了一下，同是甲戌本，果然发现另有写法完全正确的"睛"字出现。仅举二例，原处在：

第一回甄士隐于炎炎夏日小憩入梦，及至被噩梦吓醒，士隐大叫一声，定睛一看，只见烈日炎炎，芭蕉冉冉，梦中之事便忘了对半。

第二十六回贾芸几经周折来到怡红院中，见到宝玉，那贾芸口里和宝玉说着话，眼睛却溜瞅那丫鬟：细条身材，容长脸面，穿着银红袄子，青缎背心，白绫细折裙。——不是别人，却是袭人。

这两段文字中的"睛"字一笔不差，完全正确，而且"定睛"一段文字与前面凡例中的"点睛"相隔没有几页，从字体看亦为同一人所抄。可见"错别字"和"笔误"之说未必站得住脚。

再看下面一处"点睛"出现的地方，在词义上同样不宜用"点睛"来解释。

同为第二回，冷子兴与贾雨村对话时，贾雨村道：

去岁我到金陵地界，因欲游览六朝遗迹，那日进了石头城，【甲戌本朱笔侧批：点睛，神妙！】从他家老宅门前经过。路北，东是宁国府，西是荣国府，竟将大半条街占了。

此处之"点睛"大概并无"点睛"之意，如果说，点明"石头城"即"金陵"就是"点睛"，似乎有些牵强。因二者本来就是同义重复，即使强调了二者之间的相关性，也算不上"点睛"。因而，此处之"点睛"，大约也不是错别字或误抄所能解释得清楚的。

此外，"晴"字还在另一种情况下出现过。庚辰本第五十四回贾母同薛姨妈说戏：

薛姨妈因笑道："实在戏也看过几百班，从没见用箫管随他的。"贾母道："也有，只是像方才《西楼·楚江晴》一支，多有小生吹箫随的。"

这里这个"楚江晴"的"晴"字在戚序本中为"情"。

那么，此"晴"是否就是彼"情"呢？"晴""情"可否互换呢？仔细研读文本前前后后的"草蛇灰线"，似乎不能排除这个可能性。

首先，刘禹锡那首脍炙人口的《竹枝词》"道是无晴还有晴"，就是以此"晴"关涉彼"情"的。而曹雪芹又熟知刘禹锡，在书中化用刘诗"楼中饮兴因明月，江上诗情为晚霞"（《送蕲州李郎中赴任》）为"座上珠玑昭日月，堂前黼黻焕烟霞"（第三回），故认为作者汲取刘禹锡"晴""情"谐音之营养为己所用，实在情理之中。

此外，第十五回宝玉在与凤姐同去铁槛寺为秦氏办丧事途中，路遇二丫头，文本有这样一段话：

宝玉正要说话时，只听那边老婆子叫道："二丫头，快过来！"那丫头听见，丢下纺车，一径去了。宝玉怅然无趣。此处脂批曰：处处点情，又伏下一段后文。

对此，周汝昌先生在其《梦解红楼》中写道："脂批'处处点情'不误，不是'点睛'。盖点睛应指较后的特出的单一的，方为画龙既成，然后点睛——

龙乃破壁飞去。若'处处'而点，即不复成睛矣。"此语可谓一矢中的。盖龙之睛在画上只可一而二，处处而点则不复成龙。即千手千眼观音也只能点于脸上、手上，安能处处而点？同样道理，则以上所举凡例之几处"点睛"亦不可解为"点睛"，因其并非"指较后的特出的单一的"，基本还是同义重复而已，故"点睛"牵强。而"处处点情"则毫无问题，本书原系"大旨谈情"，宝玉亦系处处留情，故曰"'处处点情'不误"。与之相应，也确有红学家按谐音将"晴雯"之名解为"情文"，总之，综合几方面因素来考量，在一些地方，以"晴"关"情"还是合乎情理的。但又不尽然，至少《凡例》几处"点睛"若换为"点情"，从内容上就并不稳妥。

那么，"点睛"与"点情"是否另有深意存焉？恐怕不能排除这种可能性。

然而，要想弄清"晴雯"和"点睛"中是否有深意，首先必须掌握文本妙用双关的独特奥秘。而曹雪芹先生又在其中实实在在绕了许多弯子，笔者不得不就"双关"、尤其是"谐音双关"予以繁琐的说明。

就一般意义而言，所谓双关，是"利用词的多义及同音（音近）条件，有意使语句有双重意义，言在此而意在彼"的一种修辞手法，可细分为语义双关、谐音双关、情感双关等。这几种双关，文本均有涉及，以谐音双关的使用为最。

双关，本是中国古典小说作者喜欢采用的表现手法之一，比曹雪芹《红楼梦》早些时候的蒲松龄的《聊斋志异》和大体与之同时的钱彩的《说岳全传》中均有妙用双关的地方。

例如，"崇祯间，有猴仙，号静山"，侯者，猴也（《聊斋志异·侯静山》）；在表现袖内乾坤时，让主人公惠在袖中产子，其文曰："惠所生子，名曰秀生——秀者，袖也。"（《聊斋志异·巩仙》）

又如，《说岳全传》中，有一段疯僧将秦桧所给的包子里的馅全部抠出扔掉的描绘，秦桧诘之，僧云："别人吃你的'陷'，僧人却不吃你的'陷'。"以上所用都是谐音双关。

更有金山寺高僧道悦和尚送给岳飞的偈子，系语义双关，其文曰：

岁底不足，提防天哭。

奉下两点，将人茶毒。

老柑腾挪，缠人奈何。

切些把舵，留意风波。

其中，"天哭"隐下雨，"奉下两点"系"秦"之拆字，而"风波"则既指江上的风波，又隐狱中之"风波亭"，一箭双雕，别有妙趣。亦可见，双关修辞确实为当时之文人雅士所喜爱。

另，从谐音变化使用上看，当时也有这种约定俗成。如著名的诗词大家纳兰性德之纳兰世家，其姓氏"纳兰"，即为"那拉"氏之变音也。又，今北京海淀区之"双榆树"，原名"桑榆树"。自从康熙重臣明珠于彼处置宅，因嫌"桑""丧"同音，遂将其改为"双榆树"，并沿用至今。

且清人入关以后，为了达到巩固其统治目的，时有将字词同音置换或谐音置换的做法。

作为文字学家、语音学家的曹雪芹自然深知其中奥妙，故而在构思《红楼梦》时，为了达到以"假语"表现"真事"的目的，实现"一声也而两歌，一手也而二牍"的效果，遂从此习俗或"旨意"中汲取了有益的养料，并用探春和宝钗的话提示读者："书虽替不得，字却替得的。"（第七十回）

唯一不同的是，作者为了规避文字狱的戕害，不得不着意调整了谐音双关固有的规律，把自己独创的一些东西融入其中，以将真事隐藏得更深，使本应"眼到心会"的妙趣变得艰涩了许多。

袭人

这样一来，那些文网的制造者以及朝廷的鹰犬固然没有抓到什么把柄，却也给想要参透"其中味"的读者带来极大的困难。本应由领悟双关后带来的会心一笑，变成了"笨伯""猜笨谜"以及由于见仁见智而产生的笔墨官司。而且，由于作者根本不可能披露这些碍语充斥的谜底，后世之读者只好在黑暗中摸索了。而这一摸索转瞬就过去了二百多年！

或曰，既然不知道谜底，焉知其中充斥碍语？原因很简单，如果不是碍语，作者就没有必要讳莫如深；如果不是碍语，作者就没有必要一再做什么"不敢干涉朝廷""唐突朝廷""伤时骂世"一类"此地无银"的剖白；如果不是碍语，作者就没有必要在谐音双关上殚精竭虑、大费周章。总之，如果不是为了"发愤"，一个生活在"茅椽蓬牖，瓦灶绳床"的物质窘境和"奇苦至郁""翻过筋斗来的"精神压力之中的人，是不会有富余的时间，不会有多余的精力，更不会有闲情逸致来与读者作诸如"猜谜"与"谐音双关"这种文字游戏的。

对此，将太史公马迁对先贤著书的评价来比附曹雪芹，可谓再恰当不过了。他在振聋发聩地昭告世人自己对先贤赞颂的同时，也有意无意地披露了自己为何要忍辱负重编撰《史记》。他认为："盖西伯拘而演《周易》；仲尼厄而作《春秋》；屈原放逐，乃赋《离骚》；左丘失明，厥有《国语》；孙子膑脚，《兵法》修列；不韦迁蜀，世传《吕览》；韩非囚秦，《说难》、《孤愤》。《诗》三百篇，大抵贤圣发愤之所为作也。"

史公此语简而言之，即："凡成功者，非大辱，即大难。"曹雪芹这一生可谓既受大辱，又遭大难，因之"意有所郁结，不得通其道"，故而著《红楼》以宣泄也。有二知道人评之曰："蒲聊斋之孤愤，假鬼狐而发；施耐庵之孤愤，假盗贼以发之；曹雪芹之孤愤，假儿女以发之，同是一把辛酸泪也。"

而作者付出十年辛苦，耗尽一生心血得以传世的发愤之作——《红楼梦》，后人却不能解，岂不是憾莫大焉！

那么，这些没有谜底的隐语是不是就永远无法可解了呢？未必。俗话说，"听话听声，锣鼓听音"。虽然没有谜底，但是谜总有谜的规律。只要找到这规律，谜就一定能破解。其实关于这点，作者也曾给了读者明示。第三十回，描写宝玉痴看"龄官画蔷"时有这样一段文字：

宝玉用眼随着簪子的起落，一直、一画、一点、一勾的去数，十八笔。又在自己手心里，用指头按着他方才下笔的规矩写了，猜是个什么字。

这句话提示我们什么呢？猜字是要依照规矩的。而且不能排除，很可能就是为了这句话，作者才构思了"龄官画蔷"的情节。

按，本回回目为"宝钗借扇机带双敲，龄官画蔷痴及局外"。其中设置了四个情节：

（一）宝钗不满宝玉说自己像杨贵妃的讽喻，借坠儿找扇子之机双敲宝玉黛玉；

（二）宝玉与金钏调情，导致金钏被逐；

（三）宝玉痴看龄官画蔷被雨淋湿；

（四）袭人开怡红院门遭了宝玉的窝心脚。

回目上表现的是"宝钗双敲"和"龄官画蔷"两件事。（各本回目文字略有不同，内容无二）如果从人物、文字的重要性来分析，"宝钗双敲"占其一当无争议；而另外三事显系"金钏被逐"更为重要，应占回目下半。至于"龄官画蔷"，其重要性甚至逊于袭人误被宝玉踢伤，恐要排在最末为是。而作者偏偏让"龄官画蔷"占回目一半，自是使之醒目之意。虽然此情节亦有塑造宝玉、龄官的人物性格的作用，然并没有比另外两件事更加重要。所以说不能排除作者就是为了提示读者"依照规矩"猜字，才让其占据回目"半壁江

椿龄画蔷痴及局外

山"的可能性。

故而从文本现有的谐音双关例证来归纳共通的东西，以"依照规矩"从中摸索谜底，应该是符合作者本意的。

文本中有关谐音双关的内容可按作者和脂批分为两部分，均可看作"微密久藏偏自露"中的"自露"。如：

——第一回开篇"故将真事隐去……故曰'甄士隐'云云。""又何妨用假语村言，敷衍出一段故事来，……故曰'贾雨村'云云。"此处双关是直接由作者交待，双关两面的词语"音""调"完全相同。

同属此类者还有第四十五回，众姐妹邀凤姐作诗社"监社御史"，凤姐笑道："我又不会作什么湿的干的，要我吃东西不成？"以"湿"谐音"诗"；此外，"榛子非关隔院砧""这鸭头不是那丫头"（六十二回），"便叫他作韦大英方合自己的意思，暗藏'惟大英雄能本色'之语"，（六十三回）亦如是。

——第二回"怪道这女学生读至凡书中有'敏'字，他皆念作'蜜'字，每每如是；写的字遇着'敏'字，又减一二笔，我心中就有些疑惑。今听你说是为此无疑矣。"这里的双关是由"教书先生"之口来表述学生避母讳。"敏"与"蜜"之间相差一个前鼻音"n"，其发音规律符合江浙一带的吴语。并用字形"减一二笔"作双关另一面。

——第四十二回宝钗谈画时提醒惜春"一点不留神，栏杆也歪了，柱子也塌了，门窗也斜了，阶矶也离了缝，甚至于桌子挤到墙里头去，花盆放在帘子上，岂不倒成了一张笑'话'儿"。以"话"代替"画"；第四十六回鸳鸯骂她嫂子：你快夹着那油嘴离了这里，好多着呢！什么"好话"！宋徽宗的鹰，赵子昂的马，都是"好话"。此处"话——画"的谐音来自歇后语。

此外，还有一种特殊双关。文见二十六回薛蟠请宝玉吃"鲜儿"，薛蟠提到"庚黄"的画，宝玉道："别是这两个字吧？其实'庚黄'相去不远。""众人都看时，原来是'唐寅'两个字。都笑道：'想必是这两个字，大爷一时眼花了也未可知'。"薛蟠只觉得没意思，笑道："谁知他'糖银''果银'的。"

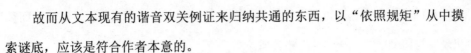

这里"糖银"与"唐寅"系音调皆同，而"庚黄"与"唐寅"只是字形"相去不远"而已。作者以这种方式告诉读者，双关其实还可以字形"相去不远"的面貌出现。与前例之"减一二笔"相类似。

更多的双关奥秘，"逗露"在不同文本之间的差异和脂砚的批语中，按其发音规律，可分为几大类。

甲、 音调完全相同：英莲——应怜；贾化——假话；时飞——实非；胡州——胡诌；冯渊——逢冤；千红一窟——千红一哭；万艳同杯——万艳同悲；

乙、 音相同而调不同：十里——势利；仁清——人情；封肃——风俗；娇杏——侥幸；

丙、 声母相同而韵母发生改变，又可细分为：

——以吴语为代表的江浙方言发音，前后相差后鼻音"g"：秦钟——情种；秦业——情孽；戚序本第五回"都知爱慕此生才"，甲戌本为"都知爱慕此身才"；戚序本第十八回"买了许多替生儿"，庚辰本为"买了许多替身儿"；第七回文曰："是余信管着。"脂批为"明点'愚性'二字"；第四十五回戚序本赖嬷嬷说："这些孩子们全要管的严。饶这么样，他们还偷空儿闹个乱子来叫大人操心。"庚辰本为"饶这么严"。

——以吴语为代表的江浙方言发音，前后相差前鼻音"n"：戚序本第四十三回"不但有戏，连耍百戏的，并说书的男女瞎儿，全有"，庚辰本则为"并说书的男女先儿，全有"；戚序本第七十六回湘云联句"渐闻语笑寂"，而庚辰本则为"渐闻语笑近"。

——以吴语为代表的江浙方言发音，韵母"ai"变音为"a"，如：戴良——大量；戴权——大权。

——吴语其他变音：却是——恰是；亡故——亡过。

丁、 韵母相同而声母发生改变，又可细分为：

——以吴语为代表的江浙方言发音，声母的平舌、翘舌发音趋同，即zh、ch、sh变成z、c、s：第五回赞警幻仙姑的赋中戚序本为"月射寒江"，而甲戌本则是"月色寒江"。

——以今辽宁省为代表的东北方言以及部分南语的发音，声母的平舌、翘舌发音与普通话完全相反，即zh、ch、sh与z、c、s互换：

例一：戚序本第八回，"宝钗笑道：'宝兄弟，亏你每日家杂学旁搜的，难道不知酒性最热……'"，甲戌本则是"亏你每日家杂学旁收的"；

例二：庚辰本第三十八回湘云诗《菊影》之"潜度偷移三径中"，戚序本为"潜度偷移山径中"；

例三：第七十八回，"恒王得意数谁行，就是将军林四娘"。戚序本、蒙府本、列藏本为"就是"，庚辰本系将"就死"点改为"就是"，周汝昌先生在其汇较本中经过多种版本比较后采用"就死"；（孰之优劣容后详论）

例四：第七十六回，"冷月葬花魂"，庚辰本为"冷月葬诗魂"，连同后文湘云拍手赞道："果然好极！非此不能对。好个'葬诗魂'！"以上两处"诗"均为"死"点改；梦觉主人本亦先作"死魂"后又点改为"诗魂"；

例五：靖本第十三回的回目为"秦可卿淫丧天香楼"，据周汝昌先生《异本纪闻》中载，某旧抄本为"秦可卿淫上天香楼"。其文曰："在重庆《新民晚报》一九四六年十一月二十四日第三版上发现了一篇文章，题目是《秦可卿淫上天香楼》，（其内容是一部）'与坊间本迥异'的'原稿'，应即是一部《石头记》旧抄本。"

以上几例不排除系抄者谬误，但至少可知当时读音规律如是。曹雪芹先生对此当然心知肚明，否则他为什么要在文本中使用大量的东北方言和吴语呢？焉知他不是利用这种读音变化来隐去"真事"呢？另外说一句，文本中脂砚先生曾提到一部《谐声字笺》，用以解释文中的字音，疑为当时一本关于谐音的字典，惜无法找到，否则拿来参考应该不无裨益。但考虑到《谐声字笺》中的内容时人悉知，估计用来"隐藏"真事的可能性不大，否则难逃文网。故还是以作者自创的谐音规律研读文本更为合适。

总结以上各类语音现象，可以知道文本中谐音双关的规律大致有：音调完全相同，音相同而调不同，声母相同而韵母发生改变，韵母相同而声母发生改变，以及诸多由东北方言和吴语语音而引起的发音变化等一般规律，此外还有歇后语、咬舌子和字形相近等特殊规律。将这些规律作为依据，来研究《红楼梦》书中的谐音双关现象，应该算得言之有据吧。

另，文本中诸多同语音相关的事实表明，《红楼梦》不但是一本用眼睛来"看"的书，而且还是一本必须用嘴巴来"念"、耳朵来"听"的书。"一手也而二牍"是需要"看"的，"一声也而两歌"则是需要"听"的！

作者将此一书"纂成目录，分成章回"，并每每以"却说"开头，以"且听下回分解"收束，应该就是在提示读者可以把本书当作"话本"来"说"，来"听"。既然可作为话本，那说书人的口音就会因人而异。北京人说书，自然一口京味儿；东北人说书就难免东北方言；江浙人说书则又有自家"吴侬软语"的发音方式。因而在谐音双关上也会得出不同结论。这些都是读者在思考、认知谐音双关时，应该心中有数的。

此外，还必须说明，从作者、批者明示的谐音双关的内容上看，大多为人名、地名，故读者很容易受其引导，从人名、地名中去寻找其他没有明示、但可能存在的双关之处。以致一些红学家也认为，"脂砚斋批语中所指出的许多人名、地名的谐音义是可的，它确是隐寓着作者写某人、某事的意图，非后来一些'红学家'的牵强附会可比。"这种观点确有道理，且切中一些索隐派仅凭臆测而得出荒谬结论的肯綮。但并不全面。因文本中不管是作者正文还是脂砚批语，只是"大多数"谐音双关为人名、地名，而仍有为数不少谐音非人名、地名。上文列举的实例如"千红一窟（哭）"、"万艳同杯（悲）"和"湿"（诗）、"话"（画）、"收"（搜）"寂"（近）、"却"（恰）等处，以及贾政所作灯谜"有言必（笔）应"等文字，应可证明确有其他内容之谐音双关的存在，亦不可予以忽略或埋没。因之，仅以人名、地名谐音为研究对象，而排除其他谐音现象，是有可能遗漏作者深意的。当然，以任何内容、读音的谐音双关来索隐，均须慎之又慎，依照规矩方可。

至此，可以对本文做一下结论了："晴"与"情"音同形近，在某些情况下可以互换。"点情"语义明确，毋须解释；而"点晴"不成词汇，无法按字面解释。"点晴"系作者有意创造的一个"误谬"，盖明（名）为"晴"，暗（实）为"清"也。"晴"与"清"二字属于"音同调不同"者，符合文本的谐音双关规律。故"点晴"或"点情"之谐音双关均可视之为"点清"！（详见下文"'情'字影'清'字"）

这样，《凡例》暗藏之文字应为：

是书题名极多，一曰《红楼梦》，是总其全部之名也；又曰《风月宝鉴》，是戒妄动风月之情；又曰《石头记》，是自譬石头所记之事也。此三名皆书中曾已点清矣。如宝玉作梦，梦中有曲，名曰《红楼梦》十二支，此则《红楼梦》之点清。又如贾瑞病，跛道人持一镜来，上面即錾"风月宝鉴"四字，此则《风月宝鉴》之点清。又如道人亲眼见石上大书一篇故事，则系石头所记之往来，此则《石头记》之点清处。

也就是说，这本书的题名《红楼梦》《风月宝鉴》《石头记》所记皆"清事"也，故曰"处处点清"。

以"点清"与"点晴""点情"互为表里，在前举各例中均非常恰切。所谓"大旨谈情"即"大旨谈清"！盖"风月宝鉴"正面之美貌女子寓意为"情"；背面之骷髅恶鬼则寓意为"清"，故云"好知青冢骷髅骨，就是红楼掩面人"。同样，戚序所云之一歌、一牍为"谈情"，另一歌、一牍为"谈清"。此恐怕就是所谓"表里皆有喻也"的真正寓意所在。

勇晴雯病补雀毛裘

顺理成章，晴雯名字中的玄机也就昭然若揭了。晴雯者，"清完"或"清文"也。"晴"既隐"清"，以作者对清的满腔仇恨而言，自不可能在册子中画什么"彩云"，而只能"是水墨烘染的满纸乌云浊雾而已"。同时以一语双关的"心比天高，身为下贱"为其定评。

其实，晴雯可能、可以影射"清完"，书中以"草蛇灰线，伏脉千里""每用牵前摇后之笔"的方式给与了相当明确的交待。而就因为要"清完"，晴雯在作者笔下是必死无疑的。

第六十二回，袭人、晴雯二人互开玩笑，晴雯道："唯我是第一个要去的……"，为晴雯的"去"伏脉；

第七十九回，宝玉诔晴雯后与黛玉推敲诔文，其文曰：

宝玉道："我又有了，这一改可极妥当。莫若说'茜纱窗下，我本无缘；黄土陇中，卿何薄命。'【庚辰本双行夹批：如此我亦谓（为）妥极，但试问当面用尔我字（是）样，究竟不知为谁之诔，一笑一叹。一篇诔文（问）总因此二字而有。又当知虽诔（来）晴雯，而又实诔黛玉也，奇幻（纫）至此。若云必因晴（请）雯而诔，则呆之至矣。】"黛玉听了，怔然变色，【庚辰本脂批：慧心人可为一哭。观此句，便知诔文实不为晴雯而作也。】心中虽有无限的胡乱之想，【庚辰本脂批：用此事更妙，盖又欲瞒观者。】外面却不肯露出，反连忙含笑点头称妙……

请读者仔细把玩这段文字及其批语，万不可被表面意思瞒过。长批明点"虽诔晴雯""实诔黛玉"，并强调"若云必因晴雯而诔，则呆之至也"。那么，此句表层意思似乎为：不知"实诔黛玉"，"则呆之至矣"。若无后面二批，如此理解当无疑义。而下面一条批语似乎又将前批重复一遍，"诔文实不为晴雯而作"，既然不是为晴雯而作，当然就是为黛玉而作。然而看到第三条批语后，就会再生疑问。既然前面已一再点明"虽诔晴雯""实诔黛玉"，何来"又欲瞒观者"呢？可见此"瞒"字应该另有所指。如果考虑到谐音双关法，就能发现隐藏其中"欲瞒观者"之语了。盖此一"卿"字，明指晴雯，暗指黛玉，更隐"满清"。"卿"亦可谐音双关为"清",则"卿何薄命"者,"清何薄命"也。一石三鸟,令人拍案!不知作者苦思到何等地步,方成此妙文?否则,作者让宝玉为自己的丫鬟大费周章地写下不世之诔文,书中其他已死的比晴雯地位高,作用大(至少相当)的人物,如贾敬、秦可卿、秦钟、金钏等均未能获此"殊荣",不是太奇怪了吗?且诔晴雯若此,将来黛玉死后又该如何祭奠呢?故可知,这里将晴雯推到"至高无上"的地位,实是为"清何薄命"造势也。

另,有红学家以湘云的丫鬟"翠缕"作为虎皮(谜面),遂射虎(谜底)为"青丝",亦可为"清死"之谐音,不知方家以为然否,可于茶余饭后把此一玩。

看到这里,不知是否会有人说:"真正的耸人听闻!"是的,笔者亦知以上文字的分量,故不顾文笔冗赘,绕了几多圈子方回到正题上来。以下立论,即围绕"大旨谈清"展开,欲知以上结论能否立住,能否让人信服,请耐住性子,且看下回分解。

朝代年纪可考

一部《红楼梦》，开篇第一回即以空空道人之口说明："无朝代年纪可考"。然"观者万不可被其瞒弊（蔽）了去"，盖此系空空道人口中的话，自是空话、假话，岂可当真？且作者明言："因曾历过一番梦幻之后，故将真事隐去，而撰此《石头记》一书也"。如果写明"朝代年纪"又怎么能将"真事隐去"，更何况置身于朝廷鹰犬的虎视眈眈之中呢？故而，对此语要理解为，虽"朝代年纪"已然隐去，但却是"可考"的。且就在"朝代年纪，地舆邦国却失落无考"处，甲戌本有脂砚斋朱笔侧批点明："据余说，却大有考证"。细读文本，可知此言不谬。因事实上，作者已经从各个角度、各个方面将"朝代年纪"告诉"列位看官"了。

一、以书中人物提及的历史名人暗示事情发生的朝代年纪

——第七十八回贾政与众幕友闲谈，提及"近日"发生的一则"新闻"，即关于林四娘的故事。经诸红学家和史学界研究考证，大多认定林四娘实有其人，为明末崇祯时人，且从史事来看，林四娘不是死于所谓"黄巾""赤眉"一类起义军之手，实应死于抗清。至于林四娘是否死于抗清，姑且不论，仅从时间上看，此"近日"发生的"新闻"已经到了明末清初，则此书年纪自然应与之相应。

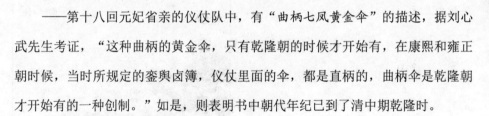

二、以书中物品暗示事情发生的朝代年纪

——第十八回元妃省亲的仪仗队中，有"曲柄七凤黄金伞"的描述，据刘心武先生考证，"这种曲柄的黄金伞，只有乾隆朝的时候才开始有，在康熙和雍正朝时候，当时所规定的銮舆卤簿，仪仗里面的伞，都是直柄的，曲柄伞是乾隆朝才开始有的一种创制。"如是，则表明书中朝代年纪已到了清中期乾隆时。

——戚序本第四十一回，贾母率众人到栊翠庵品茶。只见妙玉亲自捧了一个海棠花式雕漆填金云龙献寿的小茶盘，里面放一个成窑五彩泥金小盖钟，奉与贾母。贾母道："我不吃六安茶。"妙玉笑道："知道。这是老君眉。"……然后众人都是一色瓜皮青描金的官窑新瓷盖碗，倒了茶来。

文中提到的老君眉，出产于福建武夷山一带（一说在湖南君山），采用老君眉茶树的嫩芽制成银针白毫茶。老君眉属白茶，又名寿眉、白牡丹，叶形长，芽多毫，是清代的名茶。则此茶可作为朝代年纪为清朝的又一证明。

另外，这幅"吃茶图"还描写了几种精美的茶具。其中"成窑五彩泥金小盖钟"，就是有名的成窑斗彩。所谓成窑即明代成化年间的景德镇官窑。而"瓜皮青描金的官窑新瓷盖碗"就不是明朝瓷器了，而恰恰是清朝的官窑产品。所谓"瓜皮青"即瓜皮绿，是清雍正时期创烧的一种绿色低温釉彩。从"瓜皮青描金的官窑新瓷盖碗"的出现，可知其朝代年纪为清雍正时期以后的明证。

——第七回文本描述周瑞家的送宫花，路过李纨住处，隔着玻璃窗户，见李纨在炕上歪着睡觉呢……此处关于"玻璃窗户"的交待可以说是表明朝代年纪为清朝的最确凿、最有说服力的证据。众所周知，玻璃器皿进入我国以后，直到清朝中叶均作为贵重的物品，而以玻璃作窗户则在雍正以后。有关资料显示，康熙一直在乾清宫度过了其六十年执政的时光，因此继位的雍正不忍抢去父亲的住所，故而移居养心殿。由于养心殿采光不如乾清宫好，才首度使用了外国的建材玻璃做窗户，而这几块玻璃，就是全中国历史上的第一面玻璃窗。既然李纨的"稻香村"都安上"玻璃窗户"，可见文本表现的朝代年纪是清朝，并且在雍正以后，应该是没有什么疑问的。

三、以书中戏剧暗示事情发生的朝代年纪

——第五十四回贾母率众人听戏，提到《续琵琶记》中的《胡茄十八拍》，系作者祖父曹寅所作，而曹寅乃康熙之信臣。既然书中人物可以听到康熙时创作的戏剧，不用说，朝代年纪已是清康熙以后了。

——如果说曹寅创作的戏剧尚影响不大，那么，第十八回元春省亲，太监点了四出戏，其中二戏亦可为证。第一出《豪宴》，【脂批：《一捧雪》中伏贾家之败】。那《一捧雪》是明末清初戏剧家李玉在明亡以后创作的戏剧之

薛小妹新编怀古诗

一；第二出《乞巧》，【脂批：《长生殿》中伏元妃之死。】《长生殿》作者洪升（1645—1704）是清初著名戏剧家。既然书中人物可以看到他的剧作，其朝代年纪毫无疑问是清朝初年以后了。

——第二十九回贾母率众人到清虚观打醮，在神前拈了三本戏，其中第二本是《满床笏》。此剧是清代传奇，主要是写唐代郭子仪一家数代富贵荣华的故事。作者范希哲（1644—1722），为清初剧作家。亦可证明此书朝代年纪为清朝初期以后。

——不单如此，第十九回宁府摆戏，演出之一为《黄伯央大摆阴魂阵》，据有关专家考证，《黄伯央大摆阴魂阵》源出于清代前期宫廷戏，其正确的名称是《黄伯杨大摆阴魂阵》，盖"杨""央"谐音，清宫升平署曾经演出（见《清升平署志略》）；

第二十二回贾母为宝钗作生日，宝钗点了一出《鲁智深醉闹五台山》（又叫

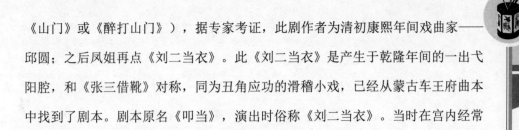

《山门》或《醉打山门》），据专家考证，此剧作者为清初康熙年间戏曲家——邱圆；之后凤姐再点《刘二当衣》。此《刘二当衣》是产生于乾隆年间的一出弋阳腔，和《张三借靴》对称，同为丑角应功的滑稽小戏，已经从蒙古车王府曲本中找到了剧本。剧本原名《叩当》，演出时俗称《刘二当衣》。当时在宫内经常供奉演出，《清代伶官传》中有宫中演出这出戏和赏赐的记载。晚清以后，醇王府"全福班"遗人，组织的"荣庆社"也曾演过此剧。

此三剧再次证明文本表现的朝代不但是清朝，而且已经到了清康熙、乾隆年间。

四、以书中的书籍暗示事情发生的朝代年纪

第二十一回描述宝玉被袭人等冷落，自觉无趣，随手翻书并提笔续《庄子》一绝，云："无端弄笔是何人？作践南华庄子因。"诗中所谓"庄子因"，书名，作者林云铭（1628—1697），为清顺治、康熙时人。可证文本年纪在康熙以后。

五、以书中人物生活的地方名称暗示事情发生的朝代年年纪

通过前面的例证基本可以确定，书中人物生活的年代就是清朝。而书中的地名亦可从侧面证明，所谓"金陵""长安""神京"就是北京。对此，周汝昌等红学前辈已有许多论述，这里仅加以归纳补充。

第三十二回，宝玉、湘云、袭人聊天，"正说着，有人来回说：'兴隆街的大爷来了，老爷叫二爷出去会。'"

第四十七回薛蟠调情，在"北门"外，遭柳湘莲一顿苦打，贾蓉找到他，笑道："薛大叔天天调情，今儿调到苇子坑里来了……"薛蟠羞的恨没地缝钻进去，那里爬得上马去？贾蓉只得命人到关厢里雇了一乘小轿来，薛蟠坐了，一齐进城。

庚辰本第五十七回岫烟提到薛家的当铺："叫作'恒舒当'，是鼓楼西大街的。"（戚序本为"舒恒当"）

第六十四回贾琏为娶尤二姐，"已于宁荣街后二里远近，小花枝巷内买定一所房子"。

这些地方，文本所列之兴隆街，和"北门"——德胜门外的苇子坑、关厢，以及鼓楼西大街，小花枝巷等均系北京地名，且所述方位准确无误。

另外，在小说第一回还有"假语"暗示。

作者开篇即介绍故事发生的地点曰：当日地陷东南，这东南一隅，有处曰姑苏，有城曰阊门者，最是红尘中一二等富贵风流之地。这阊门外有个十里街……。作为全书缩影的"楔子"，此地点托言姑苏，亦是暗点北京。所谓"阊门"城，就是老北京的内外城，即今之东城、西城、崇文、宣武四城区。从地图上看，此四城恰好形成一个"昌"字。故以"阊门"代之。所谓"一二等富贵风流之地"，其真话为"一等富贵风流之地"，即京城——天子所在地。作者在这里特点"有个十里街"，此"十里街"应该就是暗点今之"长安街"，长久以来人们称之为"十里长街"。因"十里街"之名过于"扎眼"，京城的朝廷鹰犬岂能不敏感？故而作者以脂批形式放出"一叶"假话，欲以"障目"，称之"开口先云势利"。此以"势利"之代"十里"，实乃"欲盖弥彰"也。

从以上文本中逗露的戏剧、书籍、物品、地点以及历史人物考证，小说所写朝代年纪为清朝，是不争的事实。如果说小说朝代年纪早于清康乾时期，则书中人物得以看到其后人所作的戏剧、书籍，使用其后人制作、改造的器物，岂非滑天下之大稽？

故作者于五十四回借凤姐之口明言老祖宗贾母"掰谎"，并言之凿凿地强调："这一回就叫作《掰谎记》，就出在本朝本地本年本月本日本时，老祖宗一张口难说两家话，花开两朵，各表一枝，是真是谎且不表……听两出戏之后，再从昨朝话言掰起如何？"凤姐这一番话再明确不过地告诉读者，"昨朝话言"均须掰谎，而真实故事"就出在本朝本地本年本月本日本时"！岂能真以笑话听了，一笑了之？

再参照作者开篇表白的，此系"亲自经历的一段陈迹故事"，皆可知晓文本

所写的"朝代年纪，地舆邦国""就出在本朝本地本年本月本日本时"，而所谓
"失落无考"云云，只是为了规避文字狱的迫害，而不能不说"朝代年纪，地舆邦
国""失落无考"而已。然作者又着实担心读者被"美丽的谎言"所蒙蔽，遂再点
醒读者"假借汉、唐等年纪添缀，又有何难"，因"牛心"地"不借此套"，不过
是凭着一片铁胆文心，明知不可为而为，一心"取其事体情理罢了"。

　　且从文字狱的角度反向思之，中国历代各朝的"陈迹故事"，除"清"以
外，又有哪个朝代年纪是作者不能明言，而必须"隐去"的呢？

清代的习俗与女人的脚

《红楼梦》一书有意在家长里短中，细致入微地展现人物的日常生活习俗。而这些习俗经红学家和民俗学家考证，悉为清代习俗。

一、"待选"的习俗

第四回说薛姨妈带领薛蟠、宝钗进京，原因是：近因今上崇诗尚礼，征采才能，降不世出隆恩，除选聘妃嫔外，仕宦名家之女，皆亲名达部，以备挑选……薛蟠素闻得都中乃第一繁华之地，正思一游，便趁此机会，一为送妹待选，二为望亲……

这里所云之宝钗进京"待选"，是清朝的制度之一。故而周汝昌先生认为"这是无可'挪移'的硬证，也非诡辩所能歪解"。

二、"吃饭"的礼仪

文本中有许多地方表现吃饭时的情况，仅举一例。

第三回，描写黛玉初到贾府第一次吃饭时的情景。贾珠之妻李氏捧饭，熙凤安箸，王夫人进羹。贾母正面榻上独坐，两边四张空椅，熙凤忙拉了黛玉在左边第一张椅上坐了，黛玉十分推让。贾母笑道："你舅母和嫂子们不在这里吃饭。

你是客，原应如此坐的。"黛玉方告了座，坐了。贾母命王夫人坐了。迎春姊妹三个告了座，方上来。迎春便坐右手第一，探春左第二，惜春右第二。旁边丫鬟执着拂尘、漱盂、巾帕。李、凤二人立于案旁布让。

盖当时大家庭在吃饭时，由家中长者带着子女按尊卑长幼围坐在一起"享受"。而嫁入家中的妇女，即使比子女、弟妹"辈分"高，也只能在下面站着伺候，是无权上桌的。

三、贾府中人喜欢的食物

小说曾多次描写贾府举家设宴的场景，表现他们在餐饮上的习俗。这个大家族的人爱吃什么呢？野味、牛羊。

第四十九回，为了赏雪作诗，好容易等摆上饭来，头一样便是牛乳蒸羊羔，贾母便说："这是我们有年纪的人的药，没见天日的东西，可惜你们小孩子们吃不得。今儿另外有新鲜鹿肉，你们等着吃罢。"众人答应了，宝玉却等不得，只拿茶泡了一碗饭，就着野鸡瓜子忙忙的咽完了。其中提到的食物有"牛乳蒸羊羔"、"鹿肉"、"野鸡"。后文在描写宝玉、湘云等人烤鹿肉时，作者特意加上一句：那边宝钗、黛玉平素看惯了，不以为异。可见这些吃食和吃法是常有的事，所以才能"平素看惯了，不以为异"。即便是贫穷如晴雯的兄嫂家，其所用之茶碗，亦"未到手内，先就闻得油膻之气"。

庚辰本第五十一回凤姐、王夫人和贾母商议安排大观园姐妹们在园中吃饭，认为不如园子里……单给他姊妹们弄饭。鲜东西菜蔬是有分例的……那些野鸡、獐、狍各样野味，分些给他们就是了。而如此安排只因天气寒冷，冷风朔气的，【脂批："朔"字又妙！"朔"作"韶"，北音也。用北音，奇想！】别人还可，第一林妹妹如何禁得住？就连宝兄弟也禁不住，何况众位姑娘！此段文字除了一如既往地提到"那些野鸡、獐、狍各样野味"以外，还特地强调天气寒冷，用脂批点明"冷风朔气"系"北音也"，并称赞其"妙"，是"奇想"！何也？盖暗喻此地乃东北，故其不仅"野鸡、獐、狍各样野味"多多，且寒冷让人"禁不住"。

再看第五十三回黑山村乌庄头进贡的食物。贾珍一面忙展开单子看时，只见上面写着："大鹿三十只，獐子五十只，狍子五十只，暹猪二十只，汤羊二十个，龙猪二十个，野猪二十个，家腊猪二十个，野羊二十个，青羊二十个，家汤羊二十个，风干羊二十个，鲟鳇鱼二十尾，各色杂鱼二百尾，活鸡、鸭、鹅各二百只，凤鸡、鸭、鹅各二百只，野鸡、兔子各二百对，熊掌二十对，鹿筋二十斤，海参五十斤，鹿舌五十条，牛舌五十条，蛏干二十斤，榛、杏、桃、松仁各二口袋，大对虾五十对，干虾二百斤……外门下庄头孝敬哥儿、姐儿玩意：活鹿四只，活黑兔四对，白兔四对，活锦鸡两对，洋鸭两对。"

这张单子是请读者注意其中这些野味的产地。除了家畜、家禽、海味以外，鹿、獐子、狍子、野猪、熊以及鲟鱼、鳇鱼、野鸡均产于东北，都是当时人们渔猎的对象和爱吃的食物。至于其后，乌庄头渲染"今年雪大，外头都是四五尺深的雪"的文字，不过是再次强调"黑山村"所在的地理位置是东北罢了。

另，文本中两次具体地提到一种酒——书中唯一带有具体产地的酒——惠泉酒。使这种"惠泉酒"显得有些"特立独行"，非同凡响。

第一次在第十六回，贾琏为林如海办完丧事，从"南方"回来，凤姐设宴为他接风，其间邀请贾琏的奶妈赵嬷嬷一同吃酒，说："妈妈，你尝一尝你儿子带来的惠泉酒【庚辰本侧批：补点不到之文，像极！】"；第二次是第六十二回，芳官向宝玉要酒吃，说："若是晚上吃酒，不许叫人管着我，我要尽量吃够了才罢。我先在家里，吃二三斤好惠泉酒呢。"这惠泉酒是什么好酒，能够得到作者如此青睐？恐怕并不是因其本为酒中名品，或味道非凡。盖"惠泉"之名可以为作者"一手二牍"、"指东说西"所用。作者醉翁之意不在"酒"，而在乎产地之"惠泉"也。所以脂砚批曰："补点不到之文，像极"，这里，本没有什么像不像的事物，重点在于"补点不到"老家"之文"，免得若贾雨村一般"把出身之地竟忘了"。亦可知所谓"姑苏"、"扬州"云云，均"用幻"也。

此外，第十九回写宝玉私下跑到袭人家，袭人见总无可吃之物，因笑道："既来了，没有空去之理，好歹尝一点儿，也是来我家一趟。"说着，拈了几个

寻梦红楼

松子穰……此"松子穰",又是东北盛产——常食之物,故脂砚斋批曰:惟此品稍可一拈,别品便大错了!

四、"骑射"的习俗

"骑射"是八旗子弟的看家本领,故时不时要演习一番,以至形成了习俗。第七十五回作者交待,贾珍近因居丧,不得游玩,又不得观优闻乐作遣,无聊之际,便生了个破闷之法。日间以习射为由,请了各世家弟兄及诸富贵亲友来较射。……贾赦、贾政听见这般,不知就里,反说:这才是正理,文既误矣,武事当亦该习,况现在世族。也命贾环、贾琮、宝玉、贾兰等四人于饭后过来,跟着贾珍习射一会,方许回去。

"骑射"不仅是八旗子弟长大以后才演习的事,即使是很小的时候,也是必修课之一。文本就曾经这样来表现年幼的贾兰。文见第二十六回,宝玉在大观园中闲极无聊,出至院外,顺着沁芳溪看了一回金鱼。只见那边山坡上两只小鹿箭也似的跑来,宝玉不解何意。正自纳闷,只见贾兰在后面拿着一张小弓追了下来。……宝玉道:"你又淘气了。好好的射他作什么?"贾兰笑道:"这会子不念书,闲着作什么?所以演习演习骑射【庚辰本侧批:答的何其堂皇正大,何其坦然之至!】。"宝玉道:"把牙栽了,那时才不演呢。"

就因为"骑射"是必为之事,故脂砚先生称贾兰"答的何其堂皇正大,何其坦然之至"!

五、"拍手"的习俗

细心的读者应该能注意到,书中许多地方表现人物"拍手"的镜头。这种"拍手"不是一般意义上用来表示欢迎或高兴的意思,凡表现比较激动的情绪时,均会出现"拍手"的举动,亦系清人的习俗。

——第十三回众人商议为秦可卿办理后事,劝贾珍:"人已辞世,哭也无益,且商议如何料理要紧。"贾珍拍手道:"如何料理?尽我所有罢了。"这里的"拍手"是表示伤心、激动。

——第二十回凤姐劝走了李嬷嬷,后面宝钗、黛玉随着,见凤姐儿这般,都拍手笑道:"亏这一阵风来,把个老婆子撮了去了。"此"拍手"中有高兴,但表现的更多的是庆幸的成分。

——第二十三回宝玉听黛玉说要住潇湘馆,拍手笑道:"正和我的主意一样,我也要叫你住这里呢。"这"拍手"更多的是表示认可、赞许。

——第二十六回红玉碰到李嬷嬷问道:"李奶奶,你老人家那去了?怎打这里来?"李嬷嬷站住,将手一拍道:"你说说,好好的又看上了那个种树的什么云哥儿、雨哥儿的,这会子逼着我叫了他来。"此"拍手"却是表示奇怪、不满。

——第三十一回宝玉丢了麒麟因问袭人,袭人道:"你天天带在身上的,怎么问我?"宝玉听了,将手一拍,说道:"这可丢了,往那里找去!"这里的"拍手"又是表示惋惜、懊恼。

其他还有用来表示恍然大悟、提醒、惊奇、无奈、感叹等等情绪的地方,八十回文本中共出现"拍手"的文字约三十处。

六、"打千儿"的习俗

男子晚辈给长辈、下级向上级请安,行"打千儿"礼,是清人特有的习俗。

——第八回宝玉去梨香院,众人一见了宝玉,赶来都一齐垂手站住。独有一个买办名唤钱华的,因他多日未见宝玉,忙上来打千儿请安,宝玉忙含笑携他起来。

——第十四回昭儿从苏州回来,凤姐急命唤进来,昭儿打千儿请安……。

——第五十二回宝玉出门,众小厮见了宝玉,都顺墙垂手立住,独那为首的小厮打千儿,请了个安。

似乎是怕后人不知"打千儿"是怎么回事,作者还在许多地方对"打千儿"的动作,做了逼真的描述。

——第二十四回贾芸见到凤姐出来了,深知凤姐是喜奉承、尚排场的,忙把

手逼住，恭恭敬敬抢上来请安。

先是"把手逼住"，然后"恭恭敬敬抢上来"，一幅多么鲜活的请安画面。

七、"掌嘴"的习俗

——第四十七回贾母笑着对凤姐说："你自己该打着你那嘴，问着你自己才是"。

——第六十八回凤姐大闹宁国府哭骂贾蓉，扬手就打。贾蓉忙磕头有声说："婶婶别动气！仔细手。让我自己打。婶婶别生气。"说着，自己举手左右开弓，自己打了自己一顿嘴巴，又自己问着自己说："以后可再顾三不顾四的混管闲事了么？以后还单听叔叔的话，不听婶婶的话么？"

八、满族的"摇车"

第二十四回宝玉说贾芸像自己的儿子，这贾芸最伶俐乖觉，听宝玉这样说，便笑道："俗语说的：'摇车里的爷爷，拉拐的孙孙'。虽然岁数大，山高高不过太阳。"

对此"摇车"，据刘心武先生考证，认为："摇车"不是汉族的摇篮，是满族特有的一种育儿工具……。所谓"摇车"是吊在屋梁上的一种摇篮。

九、满族女子的天足

众所周知，在那个时代，最能区别满汉民族的标志，是"男人的头、女人的脚"。因满族女子是不裹脚的。所以能找到"大脚"的女子，即可知其为满人无疑。但这种文字过于敏感，只要写明女子的"大脚"，就等于披露了

酸凤姐大闹宁国府

小说的"朝代年纪"。故作者对于书中女性的外貌描写往往是从头饰写起一直写到"裤脚"或"裙",然后就戛然而止。除明写傻大姐"生得体肥面阔,两只大脚作粗活简捷爽利"与尤三姐"一对金莲或并或翘"外,对其余女子的脚均采取"顾左右而言它"的迂回"战术"。要么只写鞋或靴子,要么就写站姿或走路姿态,须仔细思索方可推知一二。

——袭人是天足。

第三十二回袭人央求湘云帮忙做一双鞋,文本是这样描述的:

袭人道:"有一双鞋,抠了垫心子。我这两日身上不好,不得做,你可有工夫替我做做?"史湘云笑道:"这又奇了,你家放着这些巧人不算,还有什么针线上的,裁剪上的,怎么叫我做起来?你的活计叫谁做,谁好意思不做呢。"袭人笑道:"你又糊涂了。你难道不知道,我们这屋里的针线,是不要那些针线上的做的。"史湘云听了,便知是宝玉的鞋了,因笑道:"既这么说,我就替你做了吧。只是一件,你的我才做,别人的我可不能。"

从以上文字分析,袭人应是大脚——天足。否则,只一见了"抠了垫心子"的鞋,应该一眼就看出是男是女,完全不需要袭人解释再三,才知道是宝玉的。

——凤姐是天足。

第二十八回宝玉往西院来,可巧走到凤姐儿院前,只见凤姐站着,蹬着门槛子,拿耳挖子剔牙。

第三十六回凤姐来到廊檐上,把袖子挽了几挽,踏着那角门的门槛子……

对凤姐"蹬着门槛子""踏着那角门的门槛子"的动作,张爱玲女士认为,应系"天足"——大脚所为,"三寸金莲"是不大可能有如此举动的。此说颇有见地。

然而,更能说明真相的文字在第三十回,那是叙述宝玉到潇湘馆去向黛玉赔不是,谁知一句话没说完,只听喊道:"好了!"宝、黛两个不防,都唬了一跳，回头看时，只见凤姐儿跳了进来……一个极其生动的"跳"字，把人物的激动情绪活画了出来，同时也逗露出一个重要的信息：凤姐儿是"天足"！否则怎么能"跳了进来"，而且是以极快的速度"跳了进来"，以至于"宝、黛两个不防，都唬了一跳"！

此外，第二十五回凤姐遭魇后，手持一把明晃晃的钢刀砍进园来，见鸡杀鸡，见狗杀狗，见人就要杀人。这勇猛无比的举动恐怕亦非"小脚"女子所能为。

而第四十四回凤姐发现贾琏与鲍二家的偷情，遂"一脚踢开门进去"！想想看，若非天足，那"金莲"将如何踢法？

——黛玉是天足。

不单是凤姐儿，黛玉也有"惊人"的举动。

第三十四回黛玉看望挨打的宝玉，因哭肿了眼睛怕遭人取笑而欲躲开凤姐等人。宝玉拉住她不让走，"林黛玉急的跺脚"；第七十六回黛玉湘云斗诗联句时，有湘云一石惊走宿鹤的描写，其脍炙人口的佳句"寒塘渡鹤影"亦随之而出。林黛玉听了，又叫好，又跺足……。请注意，黛玉又"跺脚"，又"跺足"！此二字的使用非同小可。完全可以看作是黛玉系天足而绝非"金莲"的明示。旧之女子缠足，是将母趾以外的四个脚趾均强行折断窝在足底，用裹脚布大力缠上，成为所谓的"金莲"。这样一来，即使痊愈以后，亦只能轻轻走路，成袅袅婷婷状，焉能承受"跺脚"、"跺足"的痛苦？这恐怕是黛玉系天足，最有说服力的证据了。

文本中，不但描述黛玉有"跺脚"、"跺足"的动作，馒头庵的女尼智能也曾有"跺脚"的动作。第十五回秦钟趁黑无人，来寻智能……便搂着亲嘴。智能急的跺脚。而自古以来，僧家绝无缠足者，即使在俗家已缠足，为尼后亦须放开改造。由此可知，女尼智能只能是天足。因此智能"跺脚"并不奇怪，而黛玉亦能像智能一样的"跺脚""跺足"，则恐怕非天足不可了。

——众多小丫头是天足。

第二十六回有一系列关于小丫头"跑路"的描述。先是红玉在房中，佳蕙跑进来，就坐在床上；而后，红玉正与佳蕙说话，只见一个未留头的小丫头子走进来，手里拿着些花样子并两张纸，说道："这是两个样子，叫你描出来呢。"说着，向红玉掷下，回身就跑了。红玉向外问道："倒是谁的？也不等说完就跑，谁蒸下馒头等着你，怕冷了不成！"那小丫头在窗外只说得一声："是绮大姐姐的。"抬起脚来，"咕咚"、"咕咚"又跑了。不但是佳蕙爱跑，"未留头的小丫头子"爱跑，紧跟着作者又描述了小丫头坠儿的"跑"。文本交待红玉往宝钗院中来，只见一个小丫头跑来，……红玉道："那去？"坠儿道："叫我带进芸二爷来。"说着，一径跑了。不管是"留头"，还是"未留头的小丫头子"都能满处跑，而且跑起来能发出"咕咚"、"咕咚"的声音来，显然不是缠足女子所能做得到的，可见这些小丫头子亦是天足。

——岫烟是天足。

第六十三回表现岫烟走路的姿态时，作者特用了"颤颤巍巍"四个字，这应该就是女子穿"花盆鞋"走路的姿态。列本脂批为：四个俗字写出一个活跳美人，转觉别书中若干"莲步香尘"、"纤腰玉体"字样无味之甚。有研究者据此认为，"颤颤巍巍"是缠足之"金莲"所致。其实，将"颤颤巍巍"四字理解成描绘女子穿花盆鞋走路的姿态，才更为逼真，甚至可以说惟妙惟肖呢。现今五十岁以上的人，大概都曾经看到过缠足的祖母辈走路，虽与天足女子不尽相同，但远不到"颤颤巍巍"的程度。故云这段文字描述的本非"莲步"，实是"花盆步"更恰。

再，甲戌本第八回，宝玉在宝钗处流连"混闹"，一语未了，忽听外面人说："林姑娘来了。"话犹未了，林黛玉已摇摇的走了进来……。在"摇摇"二字后面脂砚侧批："二字画出身"。"摇摇"二字怎样"画出身"呢？恐怕亦与岫烟同，为女子走路的姿态罢了，故曰"画出身"。只因脚着"花盆鞋"，所以

"摇摇"呢？

十、以官员的帽子代称为官职——"顶戴"的说法为清所独有

戚序本第六十七回凤姐骂贾琏偷取尤二姐、喜新厌旧时说："天下那有这样没脸的男人！吃着碗里，看着锅里，见一个爱一个，真成了喂不饱的狗，实在的是个弃旧迎新坏货，只是可惜这五六品的顶带给他。""顶带"二字非常醒目。庚辰本、程乙本此处描述区别甚大，并且没有这段文字，不知是否为了"避讳"而为之。众所周知，所谓"顶带"是清代用以区别官员等级的帽饰，分别饰以红宝石、珊瑚、青金石、水晶等。也称"顶戴"，俗称"顶子"。可以通过顶戴的颜色判断官员的级别。这里以"顶带"代替贾琏的官职，一下子就将朝代年纪点明了。

要之，以上各种习俗、礼仪、称谓、爱好的食物以及女子的天足等，均从不同侧面暗示读者：此书的朝代年纪为清朝。

宝玉的辫子及其他

《红楼梦》一书中主要人物首推宝玉，而宝玉的发式——究竟"为明为清"历来争论颇多。究其原因，大概不能排除多年来影视、画册那种先入为主的形象带来的巨大影响。然而细读文本中的多次皴染，可以肯定地得出结论：宝玉发式"为清"无疑。

前八十回中写到宝玉发式及相关文字凡五次。

第一次，是在第三回宝玉首次露面时，于黛玉眼中看到的肖像描写：

头上周围一转的短发，都结成了小辫，红丝结束，共攒至顶中胎发，总编一根大辫，黑亮如漆，从顶至梢，一串四颗大珠，用金八宝坠脚。

这段文字因既描述了"一根大辫"，又有"周围一转的短发"，故有红学家认为此发型"明不明、清不清"。但仅凭一处文字就遽下结论似稍嫌武断。须知，此系小说第一主人公——宝玉，于全书之第一次露面，何其引人瞩目！作者将其写成"明不明、清不清"已经属于"斗胆"了。如果一上来就写得明明白白系清代发式，还谈得上什么"将真事隐去"呢？

第二次，第二十一回宝玉央告湘云为其梳头，有一段同第三回几乎完全相同的描述，唯一区别是，此前宝玉有一个"说明"："横竖我不出门，又不带冠子勒子，不过打几根散辫子就完了"。以此表明与"出门"的区别。（即"我不出门……打几根散辫子就完了"，但若出门呢，似乎就应该是打一根"整辫子"了吧。）但不管怎样，这里终究还是"明不明、清不清"的发式。然而在做了以上两次铺垫以后，作者就在后面几回逐步把这发式的"真面目"逗露出来了。

第三次、第四次，六十三回为宝玉庆寿辰，关于芳官的两次肖像描写：

头额编一圈小辫，总归至顶心，结一根鹅卵粗细的总辫，拖在脑后。右耳眼内，只塞着米粒大小的一个小玉塞子，左耳上带着一个白果大小的硬红镶金大坠子，越显得面如满月犹白，眼如秋水还清。引的众人笑说："他两个倒像一双生兄弟两个。"

此处关于芳官辫子的描写，仍与前两次对宝玉的描写大同小异。但紧跟着，作者就让芳官露出了真正的发式。

文见同回，宝玉因又见芳官梳了头……忙命他改妆，又命将周围的短发剃了去，露出碧青的头皮来，后面当分大顶。这发式已经与清人无异了。这两次肖像描写虽系芳官，但芳官和宝玉"他两个倒像一双生兄弟两个"。这里的"双生兄弟"，可谓寓意十分明显。

芳官

第五次，戚序本、蒙府本第七十八回再现关于宝玉要出门时的肖像描写，系从秋纹口中道出：

这裤子配着松花袄儿、石青靴子，越发显出这靛青头皮，雪白的脸来了。

"靛青头皮"！

一切昭然若揭。想想看，那"头皮"怎么会"靛青"？只能是剃去头发的缘故。前边剃掉头发，后边一个大辫子，不是清朝的发式又是什么？且前面已经作了铺垫，芳官"将周围的短发剃了去，露出碧青的头皮来，后面当分大顶"的装束就是"清朝发式"。

关于芳官的描写，还是"改妆"。而此处关于宝玉的装束的叙述，却没有一个字表明系"改妆"。也就是说，这本来就是宝玉的日常打扮。或许是因为戚序本、蒙府本这种写法太过"扎眼"，庚辰本、甲辰本、列藏本和程乙本均无"皮"字，只有"靛青的头"四个字，但迄今还未发现哪个版本将此处写为"头发"。既然无"发"，"头"也罢，"头皮"也罢，在这个语言环境中是没有什么区别的。此发式已不再是"明不明""清不清"了，系地地道道的清朝发式。

此外，还可找到几处旁证。

其一，在第九回"茗烟闹书房"的"闲文"中，有这样一段：

李贵且喝骂了茗烟等四人一顿，撵了出去。秦钟的头早撞在金荣的板子上，打去一层油皮，宝玉正拿褂襟子给他揉。宝玉见李贵进来，又强调了一遍："连秦钟的头也打破了，还在这里念什么书！"

这段话中有两个关键词语："头"和"油皮"。首先是秦钟的"头""撞在金荣的板子上"，不是"脸"，连"额"也不是。那"头"怎么能隔着头发"打去一层油皮"呢？不但是"油皮"，而且系"一层"！这只能是剃去了头发的缘故。否则，会打破流血，会打出"包"来，但决不会打掉"一层""油皮"，更不可能大家离得远远的——文本中没有任何"某某人走近前去，拨开头发一看"的描述——都看得那么清楚，而宝玉也没有隔着头发"拿褂襟子给他揉"的道理。所以说秦钟留的也是与宝玉同样的发式。

其二，第二十八回冯紫英约薛蟠、宝玉、蒋玉菡等人吃酒，席中唱曲子作乐。轮到蒋玉菡时有这样一段文字：（蒋玉菡）唱毕，饮了门杯，笑道："这诗词上我倒有限。幸而昨日见了一副对子，可巧只记得这句，幸而席上还有这件东西。"说毕，便干了酒，拿起一朵木樨来，念道：

花气袭人知昼暖。……

这段话本无什么可以引人注意的地方，而甲戌本偏有脂砚先生在"席上还有这件东西"处侧批：瞒过众人。好生奇怪。这里有什么需要"瞒人"的东西呢？

翻开《辞海》，只见"木犀（樨）科"条目下则赫然写着："本科中有些种类如水曲柳产优良的木材；白蜡树可放养白蜡虫以取白蜡；油橄榄的果实可榨油，供食用或药用；木犀（桂花）和茉莉除供观赏外，花可提取芳香油，或作食品、糖果等的香料或熏制花茶；连翘和女贞可供药用。"原来，木樨科里有一种树叫女贞！女贞自可谐音"女真"，且汉语原本就将满语之"女真"译作"女贞"！怪道脂砚批"席上还有这件东西"是"瞒过众人"。原来"瞒人"的不是表面上的"桂花"或"茉莉花"，而是席上的人！在座的宝玉等人原来是此等身份。如不是脂砚先生点醒，确实要被"瞒过"了。

另外，书中还有一个地方的表述，也显得十分奇怪，似可作为又一证据。第六十三回宝玉过生日接到妙玉的拜帖，不知如何回复。在找黛玉求教的路上恰巧碰到岫烟，二人之间有这样一段对话：

宝玉忙问："姐姐那里去？"岫烟笑道："我找妙玉说话。"宝玉听了诧异，说："他为人孤僻，不合时宜，万人不入他的目。原来他推重姐姐，竟知姐姐不是我们一流的俗人。"岫烟笑道："他也未必真心重我，但我和他做过十年的邻居，只一墙之隔。他在蟠香寺修炼，我家原寒素，赁房居住，就赁的是他庙里的房子，住了十年，无事到他庙里去作伴。我所认的字都是承他所授。我和他又是贫贱之交，又有半师之分。因我们投亲去了，闻得他因不合时宜，权势不容，竟投到这里来。如今又天缘凑巧，我们得遇，旧情竟未易。承他青目，更胜当日。"宝玉听了，恍如

岫烟

听了焦雷一般，喜的笑道："怪道姐姐举止言谈，超然如野鹤闲云，原来有本而来。正因他的一件事我为难，要请教别人去。如今遇见姐姐，真是天缘巧合，求姐姐指教。"说着，将拜帖取与岫烟看，岫烟笑道："他这脾气竟不能改，是生成的这等放诞诡僻了。从来没见拜帖上写别号的，这可是俗语说的'僧不僧，俗不俗，女不女，男不男'，成个什么道理！"

　　这段话本是交待岫烟与妙玉过往经历的情节，但语言描写明显违背岫烟的人物性格。从岫烟出场时的交待可知，虽然她的家境贫寒，但为人处事颇懂礼仪。就连一向趋炎附势、眼高于顶的凤姐也认为"岫烟的心性行为，竟不像那夫人并他父母一样，却是个极温厚可疼的人。""反怜他家贫命苦，比别的姊妹们多疼他些"。宝钗则赞她"是个知书达理的，虽有女儿身份，还不是那种佯羞诈愧一味轻薄造作之辈"。而这样一个"知书达理"不"轻薄造作"的岫烟，竟然对做过"十年的邻居"的"贫贱之交"，且"有半师之分"，对自己"青目"，"更胜当日"的妙玉出言不逊。居然说妙玉"拜帖上写别号"，是"僧不僧，俗不俗，女不女，男不男"，还斥之"成个什么道理"！言语粗俗胜过泼妇，哪里像一个"知书达理"之人？有什么"温厚可疼"之处？更谈不上"野鹤闲云"了。虽然在这些村话前面摆了些许道理，一如"脾气""放诞诡僻"等等，然根本经不住推敲，完全属于强词夺理一类。且戴发修行的女尼，除服饰与常人略有不同之外，发型并无大异。退一步说，即使装扮迥异，亦系"正常"女子，何来"女不女，男不男"一说呢？恐怕纯系拿"拜帖上写别号"说事罢了。

　　故对此，读者诸公只能认为雪芹先生这种写法，实系话里有话了。即作者并非在讥讽妙玉，实是不惜冒着毁坏人物形象之虞，而借岫烟之口来指桑骂槐。那"僧不僧，俗不俗，女不女，男不男"的说法，分明指的是"一半光头，一半长发"的发式，故云"成个什么道理"！

　　窃以为，这种"奇奇怪怪之文"或可做透露发型的又一证据。

卷二　大旨反清

"情"字影"清"字

　　"情"字影"清"字，原本是蔡元培先生在其《石头记索隐》中所下的断语。

　　其原文为："书中叙事托为石头所记，故名《石头记》……又曰《情僧录》及《风月宝鉴》者，或就表面命名，或以情字影清字……"不知为何，蔡先生这一睿智的断语，近百年来竟没有引起红学家们的注意。抑或是被"书中红字，多影朱字。朱者，明也，汉也"；"宝玉者，传国玉玺之义也，即指胤礽"，以及宝钗、妙玉、湘云、惜春……影某人某人等著名推断所掩盖，因随着"附会""笨谜"的批驳而被当作"脏水"泼掉了？抑或是笔者孤陋，未能看到相关的论著？的确，余生也晚，余知也陋。十余年前历尽艰辛悟到"情"字或能影"清"字时，曾那般欣喜若狂，大有"白日放歌须纵酒"之意态，竟然不知先生下此断语已八十多年（时至今日已然百余年了）了。因此又为其惋惜，不知道因为什么，先生当年竟然没有予以深入分析或展开论断呢？否则，红学史或早就因之改写了。

　　"情"字影"清"字，或"情"隐"清"，或"情"字谐音双关"清"字，是非常符合相关规律的。"情"与"清"，二字音同调不同，字形相近，如上文所引例证"情"与"晴"可以双关、互换，如"晴"可隐"清"，那么，"情"字影"清"字本是水到渠成的结论。虽然推理如此，但又如何证明这不是一厢情愿的主观臆测呢？

庚辰本第五十七回有一段脂批，可以看作是给了读者异常明确的提示，原文为：紫鹃道："在这里吃惯了，明年家去，那里有闲钱吃这个。"宝玉听了，吃了一惊，忙问："谁？往那个家去？"【脂批：这句不成写（话），细读细嚼，方有无限神清（情）嗞（滋）味。】应该说不是宝玉的话"不成写（话）"，而是这句脂批实在"不成写（话）"，错字连篇，令人不能卒读。但这段脂批确是实实在在地把"情"写作了"清"！虽然，可以认为这只是一个错字而已，但也可以认为作者就是在"以误为正"。退一步说，就算是错字吧，但无论如何也不能排除"清"与"情"之间"剪不断，理还乱"的关系。

且请看下面的材料。

甲戌本第一回脂砚斋朱笔眉批英莲"有命无运，累及爹娘"时的一段话或可作为此批的注脚，看他所写开卷之第一个女子，便用此二语以定终身，则知托言寓意之旨。谁谓独寄兴于一"情"字耶？前文说"大旨谈情"，这里又说谁谓独寄兴于一"情"字耶？显系前后矛盾。细想之下，可知此批大抵是在暗示读者，如果把"大旨谈情"之"情"，"独"理解为"情"，就不能通晓作者的真正"寄兴"与"托言寓意之旨"了。

那么，作者是如何不独寄兴于一"情"字呢？

戚序本第十三回回前诗告诉读者："生死穷通何处真，英明难遇是精神。微密久藏偏自露，幻中梦里语惊人"。

关于"微密久藏偏自露"所逗露出的信息，前面已做了一些剖析，而"幻中梦里语惊人"则恰是本章的重点。"幻中梦里"有何惊人之语呢？

在推出"惊人"的看法之前，还要绕个弯子，先谈一谈中国古代文人所喜好的一些为文习惯，作为铺垫。

我国古代不少文人喜欢以嵌字方式作文字游戏。即：充分利用其时书籍竖排，不分段落，没有句读的特点，将自己想说的话"明著或暗藏于字句之中"，即"嵌"在文字中，以形成一种别具一格的趣味。

蔡元培先生在《石头记索隐》中举了这样一个例子："古人尝以千里草影董字。后汉童谣'千里草，何青青'是也。"即将董字一拆为三："草头"、"千"和"里"，成为"千里草"，然后以之影射"董"字，系讽喻董卓。因为要在歌谣、诗词中嵌入三个字，有时就不可避免地要读"破"句——违反正常的语音节奏。蔡先生所举童谣不需要读破句，可按正常音节诵读为"二一、一二"，即"<u>千里 草</u>，<u>何 青青</u>"。同时，这样的六字句童谣亦可作"三、三"读，即"<u>千里草</u>，<u>何青青</u>"。

下面再就"千里草"举二诗词为例，以见其中异同。清代文人吴梅村之《清凉山赞佛寺》第二首第三韵为："可怜千里草，萎落无颜色"，寓董妃之香消玉殒。应读为"二三，二三"，即"<u>可怜 千里草</u>，<u>萎落 无颜色</u>"。语句顺畅，无破句现象。而另一首《题冒辟疆名姬董白小像》第一首云："射雉山头一笑年，相思千里草芊芊"。按节奏应读为"二二三，二二三"，即"<u>射雉 山头 一笑年</u>，<u>相思 千里 草芊芊</u>"。此句将"千里草"嵌入，则须破句读之，断章取义，方可尽得其妙。

曹雪芹先生深知个中壶奥，不但拿来用于诗词曲赋楹联回目之中，且将之大大发展推广，嵌字于白话之中。如第五回的"金陵十二钗册"的册页，就多使用了画谜和字谜来暗示书中人物的命运。

怎样才能知道谜中隐藏的内容呢？作者通过钗册隐寓的方法告诉读者三种"规矩"。

一为"拆字法"，如"自从两地生孤木"句，以"两地生孤木"射"桂"字；"一从二令三人木"句，以"人木"射"休"字。

二为谜语常用的"会意法"，即以谜底、谜面"回互其词"，由猜者去领会谜面暗示的含义，悟出相应的谜底。如："霁月难逢，彩云易散"，以"霁"字射"晴"，以"彩云"射"雯"；再如："根并荷花一茎香"，以"荷花"既射

"莲"，又射"菱"。

三则是上面所说的"嵌字法"，如："玉带林中挂"将"林黛（带）玉"嵌在其中；"湘江水逝楚云飞"将"湘""云"分别嵌入句中。此外，贾雨村的联语"玉在椟中求善价，钗于奁内待时飞"，亦将他"姓贾名化，表字时飞"的姓名、表字不着痕迹地嵌在联语之中。

作者深知，只有这样以"嵌字法"、"拆字法"、"谐音双关法"等违反常规的方式，乃至断章取义，才能既躲过文网，又抒发愤懑，以浇胸中块垒。

知此，就可发见"幻中梦里语惊人"了。

第五回主要笔墨系本书主人公宝玉之第一个大梦，其中惊人之语多多，姑且将谐音双关"清"的地方列出，以飨读者。

文本表现宝玉梦中来到位于"离恨天之上，忘愁海之中"的太虚幻境，见到书有"太虚幻境"四个大字的牌坊，然后

转过牌坊，便是一座宫门，上面横书四个大字，乃是："孽海情天"。又有一副对联，大书云：

厚地高天，堪叹古今情不尽；

痴男怨女，可怜风月债难偿。

宝玉看了，心下自思道："原来如此。但不知何为'古今之情'，又何为'风月之债'？从今倒要领略领略。"宝玉只顾如此一想，不料早把些邪魔招入膏肓了。【甲戌本朱笔侧批：奇趣，妙文！】

可惜的是，尽管作者、批者作了明显的提示，而许多读者终久未能领略其中"奇妙"，却如宝玉般"把些邪魔招入膏肓了"。

一、首先应看到，作者在这副对联上留下了明显的瑕疵、破绽。按照楹联写作的规矩，横批内容应是联语的精华，点睛之笔。但规定正联中的用字，不可在横批中重复出现。而此联为"宫门"正联，其重要性不言而喻，故而不应该出现常识性的纰漏。熟谙诗词曲赋的作者当然不会不知道这个常识，但他却有意卖出破绽。上联中既使用了"天"字，又使用了"情"字，而横批中偏偏又出现这两

寻梦红楼

个字！作者企图用如此明显的"误谬"来引起读者的注意和思考，以读出其中的"奇妙"。

二、然后按照韵律分析，此联节奏应为"二二，二二三"，即

厚地 高天，堪叹 古今 情不尽；

痴男 怨女，可怜 风月 债难偿。

表面来看，这是劝人不要误入风月之途的警语，但如果把"情"解为"清"，则作者之意昭然若揭。上下联的后三字遥相呼应，即"清不尽，债难偿"！上下联其余字词均系为此六字服务，系虚陪之假语。横批亦相应为"孽海清天"，即清朝之天实为一片孽海也。如是，果然"幻中梦里语惊人"！

个别版本如程乙本，不知是否明此暗喻，但总觉"偿"字碍眼，于是"本能"地将之改为"酬"。

作者牛刀小试，这样写了以后，又担心朝廷的鹰犬或能察觉一二，遂主动改变词语的搭配组合，用"古今之情""风月之债"的"破句"方式以将"真事隐去"。既隐，又不甘心，故又自露"如此一想，不料早把些邪魔招入膏肓了"。表面上，是说"如此一想"，宝玉就陷入"风月"的"膏肓"之中了。而实际上，还是说如此理解，就无法读出作者本意，陷入"误读"之"膏肓"中了。

此后，又欲再次点醒读者，在秦可卿的判词中写道："情天情海幻情身"，即本书正面描写之"情天情海"，应"变幻"成反面之"清身"是也。

同回"红楼梦"曲第九支【虚花误】更是"幻中梦里语惊人"，其词为：

将那三春看破，桃红柳绿待如何？把这韶华打灭，觅那清淡天和。说什么天上夭桃盛，云中杏蕊多。到头来，谁见把秋捱过。则看那，白杨村里人呜咽，青枫林下鬼吟哦。更兼着，连天衰草遮坟墓。这的是，昨贫今富人劳碌，春荣秋落花折磨。似这般，生关死劫谁能躲？闻说道，西方宝树唤婆娑，结着长生果。

此曲有三处以上关节藏有隐语，这里仅谈一处，余容后论。请关注中间四句：

白杨村里人呜咽，青枫林下鬼吟哦。更兼着，连天衰草遮坟墓。

这几句话好不厉害！作者落笔如刀，描绘出一幅何等荒凉凄惨的画面！细思之，足以令人毛骨悚然。

不单如此，其第二句"青枫林下鬼吟哦"谐音双关什么？前面强调了，作者有意把小说写成话本形式，而话本是要读出声音来的。"青枫林下鬼吟哦"，读出来即：清风临下鬼吟哦！如果文字狱之"清风不识字"、"一把心肠论浊清"，"是侮辱大清国"，那么此语是什么？且"青枫林"隐"清风临"，三字音调全同，作者苦心孤诣若此，真"字字看来皆是血"啊！

或曰，主观臆想，胶柱鼓瑟，"如有雷同，纯属巧合"。窃以为，那"清风不识字""一把心肠论浊清"，大约真的是"纯属巧合"，其结果还是做了刀下冤魂。陈诏先生《略论红楼梦里对皇权的态度》中的一段话或可对此种"巧合"做个注解。他这样写道：

"《红楼梦》写于清代前期阶级矛盾、民族矛盾尖锐复杂，统治阶级大兴文字狱的年代。那时候，一般文人学士落笔之际，心惊胆战，谨小慎微，唯恐涉及朝廷，得罪当道，特别是得罪最高统治者——皇帝。……曹雪芹的舅祖李煦在一个请安折里附报了一起丧事，仅仅因为这样一个疏忽大意的技术性错误，竟遭到康熙的严词训斥，几'罹不敬之大罪'。曹雪芹的好友敦敏，是个皇室。他写了一首《闻雁》诗，有'汝归蓟北究何为'之句，几经斟酌，还是把'究何'两字涂掉，宁可让它空着。因为蓟北是皇帝所在地……害怕横生枝节，引起政治上不必要的麻烦。"

面对文字狱如此严酷的腥风血雨，曹雪芹能不字斟句酌吗？如果不是有意为之，写什么"林"不好？"绿松林"不行吗？"黄杨林"不行吗？甚至于"白桦林"也未尝不可。虽然"白桦"犯"白杨"了，那又怎样，不过是文学水平低罢了。实在不行，干脆删掉这几句，既然"批阅十载"，总会有时间、有办法的。而作者偏偏就用了"青枫林"这样几个字，难道他真的不知道此句可谐音为"清风临下鬼吟哦"吗？何况按照一般习惯人们写到"枫"总愿以"红枫"赞之，则很少有人写作是""青枫"的；更何况后面还紧跟着一句"更兼着，连天衰草遮

寻梦红楼

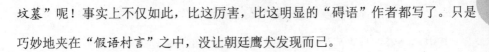

坟墓"呢！事实上不仅如此，比这厉害，比这明显的"碍语"作者都写了。只是巧妙地夹在"假语村言"之中，没让朝廷鹰犬发现而已。

同回《红楼梦》曲第十支【聪明累】

机关算尽太聪明，反送了卿卿性命。

蒙古王府本和庚辰本均为"反算了"，庚辰本为"轻轻性命"。"卿"也罢，"轻"也罢，皆谐音双关"清"，即"反送（算）了清清性命"。

《红楼梦》曲第十三支【好事终】末句"冤孽总因情"亦"冤孽总因清"也。难怪脂砚先生在此曲后面大发感慨：

是作者具（原作见）菩萨之心，秉刀斧之笔，撰成此书。一句不可更，一字不可改！

十四支《红楼梦》曲目唱完，作者唯恐自己"具菩萨之心，秉刀斧之笔"写下的"惊人之语"被"假话"遮住，遂再发感叹："痴儿竟尚未悟"。明怨宝玉，暗点读者。须知，凡例红楼梦旨义，已明示读者，此《红楼梦》曲乃是整本书之"点睛"——"点清"也。

说完宝玉的第一个梦，再看全书第一个梦——甄士隐"梦幻"之中的"惊人"之语。梦中僧人云：

只因西方灵河岸上三生石畔，有绛珠草一株，时有赤瑕宫神瑛侍者，日以甘露灌溉，这绛珠草始得久延岁月。后来既受天地精华，复得雨露滋养，遂得脱却草胎木质，得换人形，仅修成个女体，终日游于离恨天外，饥则食蜜青果为膳，渴则饮灌愁海水为汤。只因尚未酬报灌溉之德，故其在五内便郁结出一段缠绵不舒之意。【甲戌本朱笔侧批：饮食之名奇甚！出身履历更奇甚！写黛玉来历自与别个不同。】

那"饮食之名"有何"奇甚"之处呢？从表面上看，是说仙界饮食奇异，实则以深意寓焉。盖那"蜜青果"谐音双关"灭清国"也！（在吴语中，"蜜"的语音读作"灭"。）

这样解读，是否牵强附会？

一、首先从语音上看，"蜜青果"与"灭清国"系谐音双关。

其中，"青"与"清"音调全同；我国北方相当多地方的方言将"国"读作"果"；而在吴语中，"蜜"的语音读作"灭"。前文笔者已就《红楼梦》文本的语音做了简述，这里再补充一二。

其一，文本中时不时夹杂一些吴语，如戚序本第四回，葫芦僧告诉贾雨村英莲被拐的原委，说："他是被拐子打怕了，万不敢说，只说拐子是他亲爷"，这"亲爷"就是吴语，读作"清雅"，是北方话"亲爹"的意思。甲戌本这段话即写作"只说拐子是他亲爹"；另外，第十四回王熙凤协理秦氏丧事分派活计时说："这二十个分作两班，一班十个，每日在里头单管人客来往倒茶，别的事不用他们管"；第二十九回贾母等于清虚观打醮，可怜那莽撞的小道士："命贾珍拉他起来，叫他不要怕。问他几岁了……"；庚辰本第三十五回宝玉自己烫了手倒不觉的，却只管问玉钏儿："烫了那里了？疼不疼？"（戚序本为"痛不痛"）而下面紧跟着，婆子也说了大抵相同的话，各本均为"疼不疼"。

这里的"亲爷"、"人客"、"几岁"、"痛不痛"均系吴语。其余还有吴语可时不时散见于各处，如"喝茶""喝酒"均写作"吃茶""吃酒"等，为方家所知，故不详引。

其二，各版本多有字音"i""ie"互见的异文。

——戚序本第二回："原来这林如海之祖，曾袭过列侯，今到如海，已经五世"，甲戌本为"业经五世"。

——戚序本第二十四回："宝玉去辞别了贾赦，同姊妹们一同回家，见过贾母、王夫人等，各自回房安歇"，庚辰本为"安息"。

——戚序本第二十五回宝玉凤姐遭魇，赵姨娘说宝玉："哥儿也是不中用了，不如把哥儿的衣服穿好，让他早些回去，也免些苦……"其中，"哥儿也是不中用了"一句中的"也"字，甲戌本、庚辰本均为"已"。

——戚序本第二十七回描述宝钗"使个金蝉脱壳的法子"时，对小红、坠儿说："我才在河边看着林姑娘在这里蹲着弄水的。我要悄悄的唬他一跳，还没有走到跟前，他倒看见我了，朝东一绕就不见了。别是藏在里头了。"　"别是藏在里头了"一句，甲戌本为"必是藏在里头了"。

——戚序本第三十四回宝玉挨打后要吃酸梅汤，袭人对王夫人说："我想着酸梅是个收敛的东西，才刚挨了打，又不许叫喊，自然急的那热毒、热血未免存在心里，倘或吃下这个去，结在心里，再弄出大病来，可怎么样？"其中"结在心里"之"结"，在庚辰本中为"激"。

——戚序本第五十七回表现岫烟父母赞同其与薛蝌的婚事时早接口说："妙极！"而庚辰本此句为早极口说："妙极！"。

以上之"业"、"已"，"歇"、"息"，"也"、"已"，"别"、"必"，"结"、"激"，"接"、"极"，均系"i""ie"互见的异文，尤其是"也""已"的异文，在文本中还曾多次出现。

关于吴语的使用，第三十九回有这样一段文字，应更能说明问题。文曰：

二门口该班的小厮们见了平儿出来，都站了起来，有两个又跑上来，赶平儿叫"姑娘"。这句"姑娘"后面有一大段脂批：想这一个"姑娘"非下称上之姑娘也。按：北俗以姑母曰姑姑，南俗曰姑娘，此定是姑姑、姑娘之称。每见大家有小童称少主妾曰姑姑、姑娘者。按：此书中千人说话之语气及动用器物饮食诸类，皆东西南北互相兼用，此姑娘之称亦南北相兼而用者无疑矣。

这段文字说明什么呢？如果认为作者和批者均系闲极无聊，在向读者卖弄他们在南方生活过，知晓南俗、南语并将之表现在书中，并用去将近二百字告诉读者"这姑娘不是那姑娘"，那"先生便呆了"。毫无疑问，雪芹、脂砚在提醒读者：注意书中的南语！注意南语什么呢？注意南语中那些不能明示的内容。作者明言，"此书中千人说话之语气……皆东西南北互相兼用"，从内容来看，个中"语气"应为"语义"之意。应该说，南语、北语在文字意义上区别并不大，以"姑娘"为"姑姑"一类不同用法并不多见。而南语、北语在读音上则简直千差万别。如果将此句话解为"此书中千人说话之语音……皆东西南北互相兼用"的话，而这些差别正好被作者拿来为我所用，作为谐音双关的一种方式，用以表现那些不能明示的内容，满足一箭双雕的需要，真可谓"妙极"了。既然"语气"可以作为"语义"来解，那么以"语音"来解"语气"，不是更加合乎其中的道理吗？

有位上海朋友早年曾出过一个谜语，打一"食物"。谜面为："生不好吃，熟不好吃，一边烧，一边吃。"

此谜用吴语发音来念则是："桑勿豪切，索（音调为"阳平"）勿豪切，耶壁搔，耶壁切"。（大抵如是，并不十分准确）其谜底为"香烟"。

这里，"烧"在吴语中本是烹调之意，谜面谐音双关。笔者援引此谜，意在强调吴语的一些发音规律。其中"生""熟""烧"声母均应为翘舌音"sh"，吴语则为平舌音"s"；"一""吃"的韵母"i"在吴语中均为"ie"，同笔者前面所举例证完全一致；相应地，"蜜"的发音在吴语中为"灭"。（以上吴语发音规律，余文还将使用，不赘）故云将"蜜青果"读为"灭清国"确确实实是符合吴语发音规律的，并非笔者牵强附会。

仅此，即可见文本"幻中梦里"的"惊人"之语，"晴雯"隐"清完"亦属其中之一。至于"幻中梦里"的其他"惊人"之语，因与"情"字影"清"字无关，后详。

二、然后从文理上看，此"饥则食蜜青果为膳，渴则饮灌愁海水为汤"的说法，明显系化用岳飞《满江红》之名句："壮志饥餐胡虏肉，笑谈渴饮匈奴血"。

虽然，早几年发现署名曹雪芹的对联"三十功名尘与土，八千里路云和月"，红学界对其真实性仍有不同见解，但说曹雪芹先生熟知岳飞其人其事，并对他钦佩景仰，大概不会有何争议。且文本正文与批语亦多次表明作者对岳飞的激赏和对秦桧的愤恨。第七十七回借晴雯遭逐之题发挥，大赞孔子、诸葛、岳飞：

若用大题目比，就是孔子庙前之桧、坟前之蓍，诸葛祠前之柏，武穆王坟前之松。这都是堂堂正大随人之正气，千古不磨之物。

第四十五回亦以赖嬷嬷之口说出"尽忠报国"的话来，足见作者对岳飞的推崇。

反之，第二回则通过贾雨村之口将秦桧与"共工、桀、纣、始皇、王莽、曹操、桓温、安禄山"相提并论，云彼等"皆为应劫而生"者，斥为"扰乱天下"之"大恶"。

至于甲戌本第一回的朱笔眉批简直就是在为"灭清国"张目。此批系针对疯僧看见甄士隐抱着英莲，遂哭之为"有命无运，累及爹娘之物"而发的感慨。如果不解作者本意，恐怕无法理解此八个字为何竟能引出上百字的议论。批曰：

八个字屈死多少英雄！屈死多少忠臣孝子！屈死多少仁人志士！屈死多少词客骚人！今又被作者将此一把眼泪，洒与闺阁之中，见得裙钗尚遭逢此数，况天下之男子乎？

看他所写开卷之第一个女子，便用此二语以定终身，则知托言寓意之旨。谁谓独寄兴于一"情"字耶？

武侯之三分，武穆之二帝，二贤之恨，及今不尽，况今之草芥乎？

家国君父，事有大小之殊，其理其运其数，则略无差异。知运知数者则必谅而后叹也！

读之可知，此批蕴含内容丰富。这里仅就与"饥则食蜜青果为膳，渴则饮灌愁海水为汤"相关之内容予以分析。武侯、武穆"二贤之恨"均为国家分裂而生，而岳飞尤以"靖康耻"二帝被女真人所俘为恨，故欲"饥餐胡虏肉""渴饮匈奴血"。脂批公然说，此恨"及今不尽"！无异于吃了熊心豹子胆。故其前言所云"托言寓意"，不独"寄兴于一'情'字"，其"大旨"本就是"寓意"谈清！故寓"灭清国"于"蜜青果"矣。而作者考虑到《红楼梦》之为文以白话为主，此处却有意使之半文半白，何者？以避文网也。盖因岳飞抗金怒斥"胡虏""匈奴"的字样深为清朝政权所忌惮，岳飞《满江红》之"壮志饥餐胡虏肉，笑谈渴饮匈奴血"的诗句，就被《四库全书》馆臣擅改为"壮志饥餐飞食肉，笑谈欲洒盈腔血"。作者因考虑到"饥餐""渴饮"句式过于直露，故略添

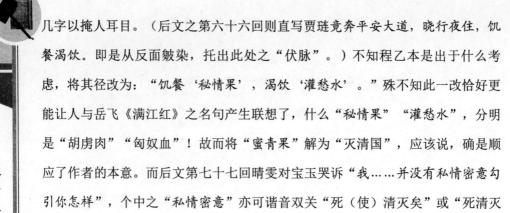

几字以掩人耳目。（后文之第六十六回则直写贾琏竟奔平安大道，晓行夜住，饥餐渴饮。即是从反面皴染，托出此处之"伏脉"。）不知程乙本是出于什么考虑，将其径改为："饥餐'秘情果'，渴饮'灌愁水'。"殊不知此一改恰好更能让人与岳飞《满江红》之名句产生联想了，什么"秘情果""灌愁水"，分明是"胡虏肉""匈奴血"！故而将"蜜青果"解为"灭清国"，应该说，确是顺应了作者的本意。而后文第七十七回晴雯对宝玉哭诉"我……并没有私情密意勾引你怎样"，个中之"私情密意"亦可谐音双关"死（使）清灭矣"或"死清灭夷"。

孤证不论，无独有偶。

戚序本（其他抄本大同小异）第四十九回"白雪红梅园林集景，割腥啖膻闺阁野趣"的描述，亦可作为此论的证据。此回目中的"割腥啖膻"四字，大有深意，一石三鸟。

——"割腥啖膻"从表面上看，是指湘云、宝玉等人吃鹿肉的事，这是第一层意思；

——第二层意思是暗示"吃生肉"（李婶语）是满族人曾经存在的生活习性，故曰"野"趣。对此"野"趣，李婶觉得奇怪，而那边宝钗、黛玉平素看惯了，不以为异。

——第三层意思的关键在于对"腥膻"二字的理解。南宋陈亮的《水调歌头·送章德茂大卿使虏》一词中有："万里腥膻如许，千古英灵安在"句；张孝祥的《六州歌头·长淮望断》一词中亦有："洙泗上，弦歌地，亦腥膻"句。这里的"腥膻"二字，本意系指牛羊的腥臊气味。"膻肉酪浆，以充饥渴"，这是用"腥膻"指代人。

那么，此处的"腥膻"二字是否用的这个指代义呢？本回回末总评写道：一片含梅咀雪文字，偏从雉肉、鹿肉、鹌鹑肉上以渲染之，点成异样笔墨，较之雪吟雪赋诸作，更觉优秀。此评意在告诉读者，"吃肉"的文字远重于"赏雪"。"偏从雉肉、鹿肉、鹌鹑肉上以渲染之，点成异样笔墨"一句尤为重要。此句

寻梦红楼

点出三种野味，用来表现满人的习俗。三者中"鹿肉"地位最应引起注意，盖因其为"割腥啖膻"的主角。且"鹿"与"虏"谐音双关，则"鹿肉"谐音"虏肉"，故曰"点成异样笔墨"！此"异样"是完全两样的"东西"！

大约就是因为"鹿""虏"的谐音双关作用，文本中凡出现的"鹿"总要承担被宰割、射杀的"命运"。第三十七回偶结海棠社，各人分别起了别号。探春笑道："有了，我最喜芭蕉，就称'蕉下客'罢。"众人都道别致有趣。黛玉笑道："你们快牵了他，炖脯子吃酒。"众人不解。黛玉笑道："古人曾云'蕉叶覆鹿'，他自称'蕉下客'，可不是一只鹿了？快做鹿脯来。"众人听了都笑起来。探春因笑道："你别忙，使巧话来骂人……"这里，作者已经极其明确地点醒"不解"的"众人"，所谓"覆鹿"，谐音"胡虏"，则吃"覆鹿"肉，即吃"胡虏"肉也。故曰"使巧话来骂人"。

不单此处，第二十六回写宝玉在大观园"只见那边山坡上两只小鹿箭也似的跑来"，却原来是贾兰在"演习骑射"。一语双关，既要射"鹿"——虏，又表明射鹿人的"骑射"习俗，故脂砚批曰："奇人奇语，默思之方意会"。文本语言竟至绝妙若此，怎不令人唏嘘扼腕！

还要说明，第四十九回文字中不但暗点了"虏肉"，而且更有"虏血"！"虏血"在何处？在食"鹿肉"的地点——芦雪庵，或芦雪广（音"演"），或芦雪亭（各版本此地名之第三字各有不同，但"芦雪"二字无异）。盖"芦雪"谐音"虏血"；"咀雪"谐音双关"咀血"。如果不是为了这个谐音，作者为什么偏要对此处起这样一个名字，并几经删改还维持"芦雪"不变，且非要选在此地吃"虏肉"呢？虽然如此煞费苦心地作了一篇"咀雪文字"，仍恐读者不明其意，因不惜再次泼墨，通过黛玉、宝钗之口予以渲染：

黛玉笑道："那里找这一群花子去！罢了，罢了！今日芦雪庵遭劫，生生被云丫头作践了。我为芦雪庵一哭！"……宝钗笑道："你回来若作不好了，把那鹿肉掏了出来，就把这雪压的芦苇子摁上些，以完此劫。"

一再把"芦雪庵"同"鹿肉"、"芦苇"联系在一起，至于宝钗所云"把那鹿肉掏了出来，就把这雪压的芦苇子摁上些"算是一种什么惩罚方式呢？并将之说成"以完此劫"。令人莫名。但若想到谐音双关，则既有"虏肉"，又有"虏血"。那"割腥啖膻"四字，便自带有了一层凛冽的杀气，而"割腥啖膻""啖膻茹血"也就成了"饥餐胡虏肉"，"渴饮匈奴血"的代名词了。果然要"灭清国"，果然"清不尽，债难偿""以完此劫"！岂其不然？

再，后文贾珍之小管家名为"俞禄"者，恐亦谐音为"夷虏"也。

更多"情"字影"清"字的地方，则是作者使用"嵌字法"结合谐音双关，散见于文本的目录、诗词曲赋等处。

这里先从目录撷取一二，以飨读者。

——第十三回"秦可卿死封龙禁尉"之"卿死"谐音"清死"。如果不是为了这个谐音，此题目绝无"秦可卿死封龙禁尉"之理。周汝昌先生在新作《红楼别样红》中质之曰："我倒想问一句：这话通吗？所谓封龙禁尉的是贾蓉，怎么说成是秦可卿？若说所封的是龙禁尉夫人，那根本不成一句官话。因为历史制度上绝不存在这样的怪话。再说，官职荣誉素来有'生封死赠'之语。秦可卿已死，如有职级可言，那也只能说是'死赠'，而不能说'死封'。曹雪芹大才、奇才，难道连这样一个大俗话也不记得吗？但他偏偏大书'死封龙禁尉'，此又何理？"可见曹雪芹是明知"不通"，却偏偏有意为之！恐怕说他就是为了"卿死"——"清死"这个谐音而编的"这样的怪话"，是不无道理的。

——第三十二回"诉肺腑心迷活宝玉，含耻辱情烈死金钏"。吴语"烈""立"读音全同，破句而读，则"情烈死"即"清立死"。以笔者拙见，如果不是为了这个谐音，此目录亦属不尽合乎情理之类。金钏被逐投井而死，确实够"烈"，但系"死烈"而非"情烈"。按，金钏之情相对简单，无非是与王夫人的主仆之情和同宝玉暧昧（至少是上不得台面）的男女情愫。但此二情均谈不上"烈"。若说"情烈"，那尤三姐之死倒是当之无愧。当然，要说金钏是以烈死的形式反抗王夫人的无情，故云"情烈"，也不是毫无道理，然而若与尤三姐相比还是不可同日而语。故评价金钏之投井似乎以"死烈"更为恰当。

——第六十六回"情小妹耻情归地府，冷二郎一冷入空门"。以嵌字法理解，破句而读，则上联后四字之"情归地府"，谐音"清归地府"！因按对仗要求，此联并不甚工。若以数字对数字，"冷二郎"或"柳二郎"对"尤三姐"倒十分工整；以"一冷"对"耻情"词性完全不对。如果为对仗工整而取舍，恐怕就没有"情"字的位置了。所以只能说作者系为了满足"清归地府"的需要，而特意写成这个样子。

所以作者用黛玉教导香菱写诗的话提示我们："若是果有了奇句，平仄虚实不对都使得的。""词句究竟还是末事，第一是立意要紧。若意趣真了，连词句不用修饰，自是好的，这叫作'不以词害意'。"上例之"情烈"，此处之"情归地府"以及"孽海情天"联均当属于此类。

且以上二回目录，各本均无异文，可见作者系一稿定论，并对之十分满意，即使"增删五次"，亦全无再加改动的必要。

——第五十二回"俏平儿情掩虾须镯，勇晴雯病补雀金裘"，回目上半联各本均同，下半联唯有程乙本将"雀金裘"改为"孔雀裘"。此处仅看上半联之"俏平儿情掩虾须镯"。 仍以嵌字法理解，破句而读，则"情掩虾"谐音"清眼瞎"也。请不要觉得好笑，这种类似小孩打架的骂人之语，谐音"清断"、"清死"、"死清"……文中比比皆是。如果有心去求索，便会发现，作者不放弃每一个机会来宣泄他对清的仇恨。说"情掩虾"谐音"清眼瞎"并不牵强。如果不是为了这个谐音，荣国府的珍宝成千上万，为什么不让小丫头坠儿去偷文中一再出现的累金凤、金麒麟、绛纹石戒指、蜡油冻佛手……？偏偏去偷一"新冒出来"的"虾须镯"呢？且凤姐所丢"虾须镯"的地方，不在荣国府她自己的住处，非要到大观园中来洗手方被坠儿偷去，真是无巧不巧。另外回目中的"掩"字，没有使用其他同义词"瞒""饰""遮"等，亦恐怕皆非偶然。

——第六十二回"憨湘云醉眠芍药裀，呆香菱情解石榴裙"，"情解石"三字，用上文总结的吴语发音规律来读，其谐音为"清即死"。如果不是为了这个

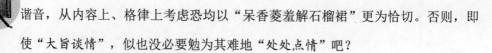

谐音，从内容上、格律上考虑恐均以"呆香菱羞解石榴裙"更为恰切。否则，即使"大旨谈情"，似也没必要勉为其难地"处处点情"吧？

当然，亦有红学家认为此处"情解石榴裙"系暗示宝玉香菱之间的暧昧关系，颇有见地。若以此解，则"情解石榴裙"恰甚。但此论亦应属"镜子背面"的内容，正面似还是"羞解石榴裙"为好。况以联语格律来看，以"石榴"对"芍药"，平仄不工。作者为何偏要虚构香菱穿什么石榴裙呢？如考虑联语工整，以"牡丹"对"芍药"似是不错的选择。或曰，牡丹是宝钗于群芳宴中拈中的花卉，隐喻宝钗其人，让香菱穿上不妥；那石榴可是隐喻元春的，"榴花开处照宫闱"嘛，香菱似也没有穿的资格。当然，如果仅仅以石榴裙作为一般意义上美女的指代亦无不可，本有"石榴裙下死，作鬼也风流"一说。故作者十分自然地就让香菱"穿上""石榴裙"了。即便如此，那"情解"二字，也绝不会是苟且之笔，"情解石榴裙"应该无例外地是作者寓意的需要。毕竟"词句究竟还是末事，第一是立意要紧"。

另外，第十八回宝玉《怡红快绿》诗中之"倚石护青烟"前四字"倚石护青"以吴语发音读即为"噎死胡清"，故脂砚在此句后批曰："真是好诗，却是好书。"

第二十四回"醉金刚轻财尚义侠"之"轻财尚"谐音"清才丧"；

第二十九回"享福人福深还祷福，痴情女情重愈斟情"之"痴情""情重"亦可谐音"痴清""清终"；

第三十八回探春《簪菊》诗中之"高情不入时人眼"谐音"清不入世（时）人眼"；

第五十二回宝玉劝晴雯"不如领他这个情，过后打发他出去就完了"，谐音"（这个）清过后，打发他出去就完了"；

第五十九回麝月说婆子："难道这些人的脸面，和你讨一个情还讨不下来不成？""讨情"亦谐音"讨清"也；

第六十七回"馈土物颦卿思故里，讯家童凤姐蓄阴谋"之"卿思"谐音"清死"；与"秦可卿死封龙禁尉"异曲同工。

第四十七回"呆霸王调<u>情遭毒打</u>，冷郎君惧祸走他乡"上联后四字"情遭毒打"谐音"清遭毒打"；

第六十三回"死金丹独艳理<u>亲丧</u>"之"亲丧"谐音"清丧"。

第七十回限时的梦甜香燃尽了，宝玉仍未作出诗来，"<u>情愿认输</u>"谐音"清愿认输"等等均属此类，不赘。

其余诗词曲赋与闲话、白话中，此种以"情""青""卿"等字影"清"字者不下百处，数不胜数。读者稍加留意即可发见。这里，再将几处相对隐蔽的撷来一论。

第三十二回袭人求湘云帮忙做双鞋，笑道："你别管是谁的，横竖我领情就是了。"第六十三回宝玉庆寿，不愿让众丫鬟攒钱，笑道："他们是那里的钱，不该叫他们出才是"。晴雯反讥道："他们没钱，我们是有钱的！这原是各人的心。那怕他偷的呢，只管领他们的情就是了。"此二句话语之"情就是了"，均隐含"清就死了"四字。

前面已论述了"情"谐音"清"的规律，下面剖析"是"与"死"之间谐音的相关性。

前文论证谐音规律时已说明"s""sh"在东北方言和吴语中互换或统读为"s"。最典型的用法见于第七十八回宝玉咏林四娘诗。恒王得意数谁行，就是将军林四娘。这句"就是将军林四娘"是戚序本的用法。而庚辰本系以"死"点改为"是"，程乙本为"娲婳将军林四娘"，周汝昌汇较本在比较各古本后取"就死将军林四娘"。比较各种版本，显系周较本取意最佳。"就死"二字点明林四娘为酬报王恩，以身赴死的决心，实为"恒王得意"者。而"娲婳将军"则与诗题重复，显得冗赘。最差者应是戚序本的"就是将军林四娘"，完全是大白话，毫无诗意可言。选择以白话代替韵语，当然与作者的文学造诣无关。既如此，为何会取此种用法呢？盖雪芹各本《石头记》之数次改动，不同于一般意义之改稿。其中既有因不满意前次写法而改的，又有（更多的是）先试探后逗露，

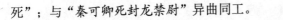

"情"字影"清"字

以使前后互文互见互相印证而改的。为了表明"真事"，作者是不惜以降低文学性为代价的。故而才可见到"就是将军林四娘"这种大白话。对这种写法，只能理解为是作者为了表明"是"与"死"之间的相关性和互换性，而作出的牺牲。考虑到文本中许多地方使用"是"与"死"的谐音，来抒发作者之愤懑胸臆，这种牺牲显然还是"物有所值"的。

此外，还有"诗"与"死"间的互换，亦可作为证明。

第七十六回，"冷月葬花魂"，庚辰本为"冷月葬诗魂"，连同后文湘云拍手赞道："果然好极！非此不能对。好个'葬诗魂'！"以上两处"诗"均为"死"点改；梦觉主人序本亦先作"死魂"后又点改为"诗魂"。如果不是有意而为，以上二抄本的抄手齐齐的抄错，又齐齐的点改，倒是件十分"有趣"的事。若就内容词句而言，"冷月葬花魂"应是最佳对句，以"花魂"对"鹤影"，植物对动物，远比虚无缥缈的"诗魂"好得多，这是由文学语言的形象性决定的。这里作者再以牺牲形象为代价，取其谐音以点醒读者，着实不可忽之。亦可知"情就是了"的口头禅一再出现，当是暗点"清就死了"之意。

再，第七十九回香菱告诉宝玉，薛蟠即将娶亲时说："我也巴不得早些娶过来，又添一个作诗的人了。"【庚批：妙极！香菱口声断不可少。看他下"作死"语，知其心中略无忌讳疑虑等意……】此批中之"作死"，无疑为"作诗"之"误"。亦可证"诗""死"间谐音之互见。

如是，则第四十九回李纨"商议明日请人作诗"，自可谐音"清人作死"。而第五十回湘云对自己与宝琴争相联句予以自嘲的话，似乎可以看作此"作诗"的最佳注脚。她说："我也不是作诗，竟是抢命了。"可见，此"作诗"（作死）原可与"抢命"划等号的。

第七十回宝钗之柳絮词《临江仙》中有一名句："好风频借力，送我上青云"。此句除程乙本为"凭借力"外，余本均取"频"字。末句"送我上青云"之"上"字，无论是吴语还是东北辽宁一带方言，均读以"丧"音。前文列举坊间本"秦可卿淫上天香楼"，与靖本"秦可卿淫丧天香楼"之异同，就能作为互换的明证。即此，"上青"谐音"丧清"可也。

依据同样读音规律，戚序本第七十九回宝玉看到紫菱洲莲枯藕败，吟成一歌，亦有深意寓焉。其文曰：

既领略得如此寥落凄惨之景，是以情不自禁，乃信口吟成一歌曰：

池塘一夜秋风冷，吹散菱荷红玉影。（庚辰本为"芰荷"）

蓼花菱叶不胜愁，重露繁霜压纤梗。

不闻永昼敲棋声，燕泥点点污棋枰。

古人惜别怜朋友，况我今当手足情。

本首诗歌借景生情，看似十分自然，细按则完全禁不住推敲。想那宝玉一向只知沉溺于儿女情中，此刻怎么忽然感慨什么"手足情"了？况且，宝玉又有何手足情可以感慨呢？

若云系与贾珠之情，文本中毫无文字可以证明，且贾珠早逝，存在他二人根本不曾谋面的可能；若云与贾环之情，则恐让人哑然失笑。环之恨玉，尽人皆知。若云有情，亦"手足耽耽"耳；虽宝玉宽大为怀，不与计较，但仍无引起感叹的理由。若云系同贾府其他"玉"字辈之贾珍、贾琏以及贾琼、贾璜、贾琮、贾珩等人之情，恐亦未免过于牵强。

第六十回，文本描写"贾环、贾琮来问候宝玉"，然"宝玉并无与琮、环可谈之语"，而只与丫鬟说笑，并听任芳官用茉莉粉代替蔷薇硝给了贾环。事情暴露后，赵姨娘前来辱骂芳官说："好不好，他们是手足，都是一样的主子，那里有你小看人的！"可见，所谓的"手足情"，连丫鬟都知道，不过尔尔，亦敢因此而"小看人"。

此外，文中还多次描写贾环、贾兰来看望宝玉，而宝玉不是让袭人接待，自己依旧与丫头们调笑，就是干脆"就说难为他们，我才睡了"为由，让他们吃"闭门羹"。哪里有何"手足情"可言？因宝玉料定：天生人为万物之灵，凡山川日月之精气，只钟于女儿，须眉男子不过是渣渣浊沫而已。因有这个呆念在心，把一切男子都看成混沌浊物，可有可无……所以，弟兄之间不过尽其大概的情理就罢了。

　　故而凤姐数落贾环说："为你这个不尊重，恨的你哥哥牙痒，不是我拦着，窝心脚把你的肠子窝出来呢。"（第二十回）不可否认，凤姐的话里有为吓唬贾环而夸张的的成分，但所谓"手足情"在宝玉心里"不过尽其大概的情理就罢了"，却是不争的事实。一个向来"把一切男子都看成混沌浊物，可有可无"的宝玉，此刻怎么会突然咏叹起什么"手足情"了呢？

　　当然，也有人认为，此诗是因迎春待嫁有感而发，个中之"手足情"，本是指迎春、宝玉的姊弟惜别之情。此说或可为一家之言，但并不圆满。我国自古奉为圭臬的"男尊女卑"的社会意识，以"兄弟如手足，妻子如衣服"为社会共识。不单妻子为"外人"，妻之家人亦为"外戚"；虽说姊妹与兄弟为一奶同胞，却因其终要出嫁，而成为"人家"之人，故而一般意义上的"手足情"，仅指兄弟而言，亦是共识。故此番感慨，恐怕还是以迎春出嫁为由"说事儿"的可能性居大。

　　况且宝玉眼前面对的"菱荷"，与不久前诔祭晴雯的池上芙蓉同系一物（有的版本为木芙蓉），只是已然"萧然""摇落"罢了，借同样之景而未发儿女之情，却突生"手足情"，岂不怪哉？故恐怕只能以"另有深意"视之矣。本诗之大关键在于末句"况我今当手足情"。句中之"足"字，若以东北地区辽宁一带的方言来读，其音为"逐"。则此句谐音双关为"况我今当手逐清"——况且我今天应该亲手驱逐满清！借用脂砚斋先生的话说："末二句似与题不切，然正是极贴切语。"可见，此诗之抒情并不是来自书中人物宝玉之口，而又是纯系作者自己在"发愤"！当然是"极贴切语"了。

　　这样析之，不知读者诸君以为此解然否？

　　还有，第七十八回宝玉、贾环、贾兰同作"姽婳词"，贾环作的是首五言律，其诗为：

　　　　红粉不知愁，将军意未休。

　　　　掩啼离绣幕，抱恨出青州。

自谓酬王德，谁能复寇仇。

诗题忠义墓，千古独风流。

此诗立意、语词均属一般，无何奇异之处，符合贾环其人。然获众幕友大赞："更佳。""再过几年，怕不是大阮、小阮了"。这类称赞，阿谀成分居多，毋须多论，但不排除其引人注目的作用。因作者深知，贾环其人，读者厌恶，没有多少人肯对贾环的诗予以青目，大多浏览一下即过，不太会加以思索。故而多用一点笔墨，企图使读者眼球在此多停留一会，以发现其中的深意。此首五言律，七句为虚陪，仅为"大关键"第四句而作。"抱恨出青州"，"出"谐音"除"，则其前四字"抱恨出青"可谐音双关为"抱恨除清"，与"况我今当手逐清"有异曲同工之妙。如果不能悟出此意，恐怕就难免被"此一部鬼话"所蒙蔽，一如上文贾政听到对贾环的谬赞后，批评之"是不肯读书的过失"了。

另外，宝玉、黛玉、宝钗三人的"螃蟹咏"，亦巧用"情""卿"影"清"字。三首咏物诗以蟹为清，大骂清朝，痛快淋漓。作者特用湘云、李纨、迎春三姊妹之口表明：

食螃蟹这些小题目，原要寓大意才算是大才，只是讽刺世人太毒了些。

这"太毒"的作品讽刺了当今那些"世人"呢？以黛玉的诗为例。其诗为：

铁甲长戈死未忘，堆盘色相喜先尝。

螯封嫩玉双双满，壳凸红脂块块香。

多肉更怜卿八足，助情谁劝我千觞。

对斟佳品酬佳节，桂拂清风菊带霜。

此种咏物诗处处双关，明咏蟹，暗骂清。其颈联巧妙地以"卿八足"暗点清之八旗。只读第六句"助情谁劝我千觞"，还可谐音双关为"逐清谁劝我千觞"。另，首联"铁甲长戈"亦系讽刺清凭借武力肆行无忌，至"死未忘"。宝玉、宝钗二人的诗则以"横行公子却无肠"和"眼前道路无经纬，皮里春秋空黑黄"，痛斥其虽然披着坚硬的外壳，横行霸道，其实没心没肺"无肠"——无长，很快就难逃"落釜"、酬酒、"为世人美口腹"的下场。此又一变形之"饥餐胡虏肉"，"渴饮匈奴血"者也。

故第一回回后"总评"曰：

出口神奇，幻中不幻；文势跳跃，情里生情。解幻说法，而幻中更自多情；因情捉笔，而情里偏成痴幻。试问君家识得否，色空空色两无干。

以"情"字影"清"字，则此"总评"之文为：

出口神奇，幻中不幻；文势跳跃，情里生清。解幻说法，而幻中更自多清；因清捉笔，而情里偏成痴幻。试问君家识得否，色空空色两无干。

这里，作者明言"幻中不幻"，"色空空色两无干"，故而读者千万不要让"梦幻"、"色空"的字样迷住双眼，而应该透过表面"假话"之"情"——"解幻"；看到作者"说法"背后——"真事"之"清"，"试问君家识得否"？

行文至此，我们是否该为蔡元培先生之"情"字影"清"字的睿智断语发一感慨，乃至浮一大白呢？"蔡先生是何等样人物，他会莫名所以、随随便便地'猜谜'吗？"（刘梦溪语）故第八回在文本介绍秦业现任营缮郎时，甲戌本有朱笔夹批：官职更妙！设云"因情孽而缮此一书"之意。此批若以"情"字影"清"字而言，则为："'因清孽而缮此一书'之意"矣。岂其不然？

其实，不单是一个"情"字，"秦"、"金"、"胡"、"三春"等字样均可用以影"清"字，故而第十七回脂批点醒读者，曰："此书中异物太多，有人生之未闻未见者，然实系所有之物，或名差理同者亦有之"。何为"名差理同者"？盖名虽不一，事乃一事、物同一物耳。

"秦"字影"清"字

以"秦"字影"清"字，从语音上说"秦"与"清"之间区别在于后鼻音"g"，而吴语恰恰在这种发音上无甚差别。文本中诗词所押的韵脚往往就不分有无后鼻音"g"。如"榛子非关隔院砧，何来万户捣衣声"中的"砧"和"声"；"都道是金玉良姻，俺只念木石前盟。空对着，山中高士晶莹雪；终不忘，世外仙姝寂寞林。叹人间，美中不足今方信。纵然是齐眉举案，到底意难平"中的"姻""盟""林""信""平"均可为证。

且以"秦"谐音"情"，书中已有明示。

第七回宝玉初会秦钟，在"方知他学名叫秦钟"处，脂批曰：

设云"情种"。古诗云："未嫁先名玉，来时本姓秦。"便是此书大纲目，此话大讽刺处。

这段脂批首先明确告诉读者，秦钟谐音"情种"。至于"姓秦"为何就是"大讽刺处"，为何"便是此书大纲目"呢？盖此书"大旨谈清"之故也。即秦钟不但谐音"情种"，更应谐音"清终"！且"清终"之读音比"情种"更为近似。又，秦钟字"鲸卿"，此"鲸"用字极险，试想，谁会在名字中轻易使用这样一个僻字啊？"秦鲸卿"似应谐音双关"清竟倾"或"清尽倾"。此外，作者更大胆运用险笔，居然让秦钟在为其姐送殡过程中，与尼姑智能发生苟且之事，果然"大讽刺处"。并以脂批点明："谁知小秦伏线，大有根处。"此"根处"寓意应与"大纲目"同。作者此处伏线，故意使智能与秦钟"零距离"，其"根处"旨在寓意"只能（智能）清终（秦钟）"。随后不久，秦钟果然"夭逝黄泉路"矣。此其一。

如此定论，是否牵强？将书中所有秦姓之人汇总一看，便可明了。

其二，秦可卿。秦钟之姊，秦氏可卿，是书中第一个出现的秦姓之人，也是书中第一个逝去的秦姓之人和第一个逝去的金陵十二钗。自始至终仅以"姓+氏"称呼的人，书中主要人物仅有尤氏、秦氏二人，此外还有次要人物贾璜之妻、金荣的寡娘胡氏、姑娘金氏。"可卿"二字除宝玉梦中喊过以外，并没有他人称呼。其余已嫁女子，李纨偶而被称作李氏，更多时称其为李纨或李宫裁；至于其他老年已婚女子则往往以夫人、姨妈、姨娘称之，如王夫人、邢夫人、薛姨妈、赵姨娘、周姨娘等。而王熙凤则从未有人以王氏称之。为什么会有这些差别呢？盖"秦氏"谐音双关"清死"，"秦可卿"谐音双关"清可倾"或"清克倾"。若仅以可卿一人之名称为秦氏，似嫌过于直露，故用尤氏、胡氏、金氏陪之（且"胡氏"可谐音"胡死"；而"金氏"可谐音"金死"）。秦可卿在文本中出场回数不多，但作为"金陵十二钗"乃至"清"的"代表人物"之一，作用十分重要。

与描述大办秦可卿丧事同时，第十四回，作者又用"闲笔"写出林如海是"九月初三巳时没的"。这一天恰恰是乾隆登基的日子，而巳时正是古时举行大典的法定时间！以登基大典的时间来写丧事，可谓极尽讽刺意义；与此相应，凤姐得到林如海死讯时刚刚大哭大号地给秦可卿做完"五七"，指挥和尚、道士大做法事超渡亡灵。故而云秦可卿名字谐音"清可倾"，秦钟谐音"清终"实属题中应有之义。

不仅如此，在第五回中，作者还有意将宝玉梦游太虚幻境的地点设在秦氏房中，由秦氏引其入梦、出梦。戚序本脂批点明：

此梦文情固佳，然必用秦氏引梦，又用秦氏出梦，竟不知立意何属？

甲戌本朱笔侧批于此处又加了一句：惟批书人知之。

此批语之写法使作者的"立意"显得极其神秘，最后还不忘卖弄一下："惟批书人知之"。颇有故弄玄虚之感。其意不外是引发读者的注意与思考。

究其实，只要将"秦"谐音为"清"，则答案昭然。故第五回文曰：是特引前来醉以灵酒，沁以仙茗，警以妙曲，再将吾妹一人乳名兼美【甲戌朱旁：妙！盖指薛、林而言也。】字可卿者，【甲戌墨眉：可卿者，即秦也，是一是二，读者自省也。】许配与汝。遵脂砚先生所嘱"自省"后可见，可卿其人即"清"也，自然"是二"而非"一"。既然秦氏为"清人"，则其"兼美"的"薛、林"二人亦为清人，此当为作者"立意"所"属"也。

这里，拟先揭去"太虚幻境"之"迷幻"。

甲戌本第一回甄士隐随一僧一道至"太虚幻境"处，有脂砚朱笔侧批曰：四字可思。

因在秦氏可卿引宝玉入梦之前，已另有一"秦氏"在前面铺路了。此"秦"何人？姓秦名观，字少游，号太虚。因正是秦可卿房中挂有他的对联："嫩寒锁梦因春冷，芳气笼人是酒香"。脂批为：艳极！淫极！已入梦境矣。可见，最先引宝玉入梦的并非秦氏可卿，实乃秦观秦少游是也。作者曹雪芹在此一反常规，不依人们惯常称呼的秦观或秦少游，偏偏用他的号"太虚"称之，而甄士隐、贾宝玉梦中所到之处又叫"太虚幻境"，其立意就"可思"的十分明晰了。即"太虚"者，"秦"也。所谓"太虚幻境"亦即"秦氏幻境"，亦即"清氏幻境"——"清氏真境"。所云亦真亦幻，"假作真时真亦假"也。换句话说，甄士隐和贾宝玉梦中所到的"太虚幻境"，即"真事隐去"的清人旧地。这个结论是否在理，让我们透过"幻境"那云山雾罩，来仔细思考一下。

第五回宝玉与可卿"有儿女之事"以后，"二人因携手出去游玩"：

忽至一个所在，但见荆榛满地，狼虎成群，迎面一道黑溪阻路，并无桥梁可通。正在犹豫之间，忽见警幻从后面追来，告道："快休前进，作速回头要紧!"宝玉忙止步问道:"此系何处?"警幻道:"此系迷津也。……"

在"荆榛满地"后面有脂批曰:"略露心迹。"在"狼虎成群"后面又有脂批曰:"凶极!试问观者,此系何处?"

一段几十字的文章,通过脂砚和宝玉之口两问"此系何处",前文宝玉刚入"太虚幻境"看到"神仙姐姐"时,就曾说过"我也不知这是何处",一回文字中凡三问"何处",为什么呢?此处的"太虚幻境"究竟有无所指呢?作者在宝玉入梦最后,一反前文写法,不再谈那云里雾里的琼楼玉宇,而着力表现了一片蛮荒之地。想想看,"神仙姐姐"居住的地方居然会有"一个所在"是"荆榛满地"!注意,作者在这里暗换了一个概念——"荆榛"。一般习惯上,人们称那些低矮带刺的灌木曰"荆棘"。若系荆棘则属泛指,可以生长在我国任何地方。而改"棘"成"榛"以后则不然。熟悉曹雪芹先生笔法的读者一定知道,作者从来不会随意改变成语、俗语,只要动了其中一个字,则必有深意寓焉。

《辞海》中关于"榛"的条目这样写道:榛"产于我国北部和东北部,亦见于朝鲜和日本。"这就限定了"太虚幻境"所在的位置:我国"北部"或"东北部"。

不要说清代,即使到了二十世纪六七十年代,地处黑龙江的"北大荒"等地,仍是"荆榛满地"。榛子成熟季节,几人出去,不消一小时,即可采回几麻袋果实来。故此可知,清时,云彼处"荆榛满地",绝对是实际情况,毫无夸张之处。此外,"满地"的用法恐怕亦为双关。即明意为"遍地",暗为"满清之地"。至于"狼虎成群",亦为东北特点之一。作者"锦心绣口"细致地置"狼"于"虎"前,亦属"追踪蹑迹,不敢稍加穿凿,徒为哄人之目而反失其真传者",盖狼群实多于虎也。

这样写后,作者还恐不够明显,又明点"迎面一道黑溪阻路,并无桥梁可通",所谓"黑溪",黑龙江是也,即清人起家之处。因之,书中多次渲染"黑水"、"黑溪"、"青溪",说黑龙江"并无桥梁可通",亦是"追踪蹑迹"。

第五十一回,薛小妹新编的怀古诗中,有一首《青冢怀古》。其第一句就是

"黑水茫茫咽不流"。那"青冢"本是昭君墓，位于今呼和浩特南大黑河附近，故曰："黑水茫茫咽不流"。但若真的按此字面意思去解，恐怕又要被作者讥为"呆"了。

因书中明言这是"新编"怀古诗，如完全怀古忆旧，那又何"新"之有？既如此，该怎么理解这"新编"呢？在这里埋下"草蛇灰线"以后，作者于第六十四回始令"伏脉"露头。系宝钗借黛玉之《五美吟》"生发"出的感慨。她认为："做诗不论何题，只要善翻古人之意。若要随人脚踪走去，纵使字句精工，已落第二义，究竟算不得好诗。即如前人所咏昭君之诗甚多，有悲挽昭君的，有怨恨延寿的，又有讥汉帝不能使画工图貌贤臣而画美人的，纷纷不一。后来王荆公复有'意态由来画不成，当时枉杀毛延寿'；永叔又有'耳目所见尚如此，万里安能制夷狄'。二诗各能俱出己见，不袭前人。今日林妹妹这五首诗，亦可谓命意新奇，别开生面了"。恐怕不会再有比这更明晰的注释了。所谓"新编"，就是"善翻古人之意"，就是"出己见，不袭前人"。至于该如何"出己见，不袭前人"，宝钗又专门列举了咏昭君诗为例。其中关键在于"制夷狄"！那"夷狄"字样本为雍正深恶痛绝，于十一年宣布：民间刻印书籍，凡遇有"胡虏""夷狄"字样，做成空白，或改换形音。这里作者公然对抗"圣旨"，不但不"做成空白""改换形音"，还称"制夷狄"为"命意新奇，别开生面"，真是胆大"包天"！回过头来，再看看薛小妹那首《青冢怀古》，可知诗中之"黑水"应非呼和浩特之大黑河，已"新编"为黑龙江矣。与之相应，那"青冢"二字恐亦谐音新编为"清冢"了。

第十七回宝玉题额大观园，有段景物描写："转过花障，则见青溪前阻。众人诧异：'这股水又是从何而来？'贾珍遥指道：'原从那闸起流至那洞口，从东北山坳里引到那村庄里……'"。清除眼前的"花障"，去掉"原从那闸起流至那洞口"的假语，即可知此处之"青溪"乃从"东北山坳"而来，"这股水"自然又是指黑龙江了。且"清，属水"本系批者明示。则此"青溪"于前之"黑溪""黑水"相契合了。

再加上此回宝玉刚入梦时描写的"绿树清溪，真是人迹罕逢"，以及"雪照琼窗玉作宫"，那"人迹罕逢"和"雪照琼窗"恐怕亦非幻境，也是那东北山坳里"满地"的真实写照。所谓的"太虚幻境"是什么地方，已然非常明确了。故作者以钟情大士（终清大事（士）？）等四仙子之口点明"何故反引这浊物来污染这清净女儿之境？"这里所谓"清净女儿之境"，即"清人居所""女真人之境"的讳言之词也。故曰："必用秦氏引梦，又用秦氏出梦"。

且第一回脂砚斋在为甄士隐之《好了歌注》"反认他乡是故乡"作批时，指其将"太虚幻境、青埂峰一并结住"。亦暗讽清人不在白山黑水间的"故乡"游牧，偏偏要将中原这"他乡"认作是"故乡"，将来必然是"陋室空堂"、"衰草枯杨"、"锁枷扛"、"人皆谤"……总之，是不会有什么好结果的。

对此，作者在后文第十七回再次以浓笔重彩加以皴染。在这一回题对额中，宝玉一反常态。刚开始时见了贾政，还是一如既往好像老鼠见了猫一般，"一步挪了三寸，蹭到这边来"，"唬的忙垂了头"。谁知不久以后，其胆量竟陡然大涨，不但不再害怕，反而在贾政"畜生"、"无知的孽障"、"无知的蠢物"的"断喝"声中，一再抢话、对嘴，乃至喋喋不休、欲罢不能。连众清客"见宝玉牛心，都怪他呆痴不改"。宝玉却依然"不听人言"，我行我素，非要把心里话说完不可，其时，仅对"天然"二字就发了几百字的议论。议论中有一段这样的话："古人云'天然图画'四字，正畏非其地而强为其地，非其山而强为山，虽百般精而终不相宜……"。

这"非其地而强为其地，非其山而强为山，虽百般精而终不相宜"，恐怕就是对"反认他乡是故乡"的最好注解。"非其地而强为其地，非其山而强为山，虽百般精而终不相宜"，真乃字字诛心之论。此处宝玉的公然"抗上"，不是他突然吃了"熊心豹子胆"而凭空掉下来的勇气，而是作者本人的直抒胸臆的需要，必得吐之而后快！

可见，第五回表现的"太虚幻境"，"与首回中甄士隐梦景一照"（脂砚斋语），已是再三再四的渲染了。然作者仍嫌不够，遂又在第十七回借宝玉的心思再描一笔，以图点醒读者。其文曰：

宝玉见了这个所在，心中忽有所动，寻思起来，倒像那里见过的一般，却一时想不起那年月日的事了。

对此，脂批曰：仍归于葫芦一梦之太虚玄境。

本回文字，再提"这个所在""倒像在那里见过的"，然后特用东北方言"寻思"，却"想不起那年月日的事了"。亦再次暗示这个所在在东北，且系许久以前的事，故曰"想不起"云云。随即由众清客相公为之起名曰："秦人旧舍"，连宝玉都说："这越发过露了，'秦人旧舍'说避乱之意，如何使得？"所谓"武陵源"的"避乱之意"，说明白了，就是避秦之意。因"武陵源"即传说中陶渊明所写的"桃花源"。为什么"过露"呢？盖"秦人旧舍"谐音"清人旧舍"，即清人以前居住的地方，当然"过露"了。作者担心读者不明其意，又于第六十三回众艳"占花名儿"，让袭人抽得一签，题着"武陵别景"四字，那一面旧诗写道是：桃红又见一年春。此诗的上句即"寻得桃源好避秦"。这首诗为宋末有名不肯降元之忠义之士，谢枋得所作。且作者明言这签儿所云之"避秦"处，非"桃源"本址，却系"武陵别景"！所谓"别景"，不复是"武陵"，乃是另外一个须躲避的地方——故曰秦者，清也。

所以说由秦氏引入、带出的梦境，系清人旧地也。这应该是作者的立意所在，也是批者讳莫如深的真实原因。（此外，其中隐含的更多内容涉及宝玉的身份、地位等重大"真事"，另文详论。）

虽然以上说法有"一定"道理，但"相逢若问名何氏，家住江南姓本秦"又该如何解释呢？这里是明点秦氏"家住江南"而非"东北"！十分简单，别忘了文本另外的诗句中还有一句话，叫作："江南江北一般同，偏是离人恨重"。因此，若把此"江南"即呆板地认作"长江以南"，而忘记了"江南江北一般同"，岂不太拘滞些？

此秦氏可卿出场后仅做了一件引领宝玉入梦的事，随即染病，且日重一日，"脸上身上的肉，全瘦干了"，最终神秘地死去。死后托梦凤姐："如今我们家赫赫扬扬，已将百载，一日倘或乐极生悲，若应了那句'树倒猢狲散'的俗语，岂不虚称了一世的诗书士族了！"凤姐听了此话，心胸大快，十分敬畏……秦氏（清室？）死去，家族散尽，凤姐会"心胸大快"？故可知，此实是作者自己"心胸大快"也。

其三，秦业。甲戌本批曰："妙名。业者，'孽'也，盖云'情因孽而生'也。"故秦业谐音"情孽"，实"清孽"也，可与"情天孽海"——"清天孽海"相关合。此秦业即秦钟之父，秦可卿之养父。"年近七十，夫人早亡。"因发现秦钟与智能的苟且之事，遂"将智能逐出，将秦钟打了一顿，自己气的老病发了，三五日光景呜呼死了"。

其四，司棋，秦司棋。司棋系迎春的大丫鬟，与另外"三春"的丫鬟抱琴、待书（或侍书）、入画并称"琴棋书画"。对此，脂砚批曰：四字列名，省力之甚，醒目之甚，却是俗中不俗处。所谓"俗中不俗处"，究其实，作者之笔只在司棋一人耳。而另三人均属于虚陪。书中司棋其人，地位为迎春之大丫鬟，是个"梳鬏头的高大丰壮身材"，（此"鬏头"亦为清初满族女子的发式之一）脾气甚大之人。终因与姑表兄弟潘又安私情事发，"贼人胆虚"，被赶了出去。八十回后写司棋死去，应是符合作者原意的。因事先作者已以浓墨重彩做了铺垫。

第七十二回就表现司棋"百般支持不住，一头睡倒，恹恹的成了大病"。好心的鸳鸯看望"病重"的司棋，安慰她："你只管放心养病，别白糟蹋了小命儿。"而司棋则对鸳鸯发誓："从此后我活一日是你给我一日的，我的病好之后，把你立个灵牌，我天天焚香礼拜，保佑你一生福寿双全。我若死了时，变驴变狗报答你。再俗语说：'千里搭长棚，没有个不散的筵席。'再过三二年，咱们都是要离这里的。"这里之"恹恹的成了大病"与"我若死了时，变驴变狗报答你"，均应视为司棋将死之谶语。

且作者在第七十一回鸳鸯回房路上，描写其无意中撞破司棋与潘又安的私情时，似还"无意中"让鸳鸯"啐了一口，道：'要死，要死！'"（庚辰本作"该死，该死！"）

寻梦红楼

可见司棋之死实属必然，且呼应了作者为她起的名字。"秦司棋"者，"清死齐"也。故曰："醒目之甚"。否则，作者让她姓什么不好，却偏偏要她姓"秦"呢？再，整个荣宁二府中，绝大多数丫鬟有名无姓。这是符合她们的身份地位的。有名有姓者屈指可数，仅花袭人、白金钏、白玉钏、黄金莺（莺儿）、金鸳鸯、林红玉等五六人，再加上秦司棋。且其中多人的姓都是有"深意"的。

至此，整本书中出现的五个"秦"姓之人，死了四个。如果考虑到另外一个"秦"姓之人——秦显，根本没有现身（只是"秦显家的"——司棋的婶娘——有一段小故事），也可以说，书中四个秦姓之人尽皆"死齐"！

另想到，那管家"林之孝"在古本中有五种写为林之孝，另有四种原为"秦之孝"，而且仅是其本人，并不是什么"家的"。笔者以为作者给其改姓并添上"家的"之重要原因之一，或许就是因为，文本中凡秦姓者必使之死。而再把"秦之孝"这样一个无甚故事并与其妻号称"天聋地哑"的管家"写死"，不知要多耗费多少笔墨。遂大发"慈悲"，让其姓"林"了。不知此解当否？

至于那唯一没死之"秦显家的"其命运又如何呢？别看其角色不大，"面子"可不小。她居然能得到作者的一段肖像描写！要知道，全书人物成百上千，能获此待遇的可没有几人，如果没有记错的话，很可能不超过十个人。

那是第六十二回，就是那个被改了姓的林之孝家的，将"秦显家的"扶上了厨房的"主事"之位。连平儿都不知此"秦显家的"系何方神圣，林之孝家的只好向平儿汇报说："她是园里南角门上夜的，白日里没什么事，所以姑娘不大认识。高高的孤拐，大大的眼睛，最干净爽利的。"

那秦显家的果然"爽利"了得，"一朝权在手，便把令来行"：

那秦显家的好容易得了这个空儿钻了来……在厨房内正乱着接收家伙、米粮、煤炭等物，又查出许多亏空来，说："粳米短了两石，常用米又多支了一个月的，炭也欠着额数。"一面又打点送林之孝家的礼，悄悄的备了一篓炭，五百斤木柴，一担粳米，在外边就遣了子侄送入林家去了；又打点送账房的礼；又预备几样菜蔬请几位同事的人，说："我来了，全仗列位扶持。自今以后都是一家

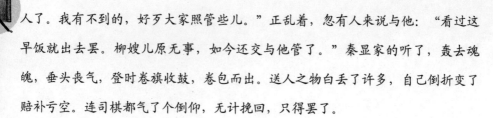

人了。我有不到的，好歹大家照管些儿。"正乱着，忽有人来说与他："看过这早饭就出去罢。柳嫂儿原无事，如今还交与他管了。"秦显家的听了，轰去魂魄，垂头丧气，登时卷旗收鼓，卷包而出。送人之物白丢了许多，自己倒折变了赔补亏空。连司棋都气了个倒仰，无计挽回，只得罢了。

这段描写极其生动细腻，将一个久居人下、好容易得空儿钻营出来的暴发户的嘴脸刻画得入木三分。

但作者让这个"暴发户"，"只兴头了半天"，就"轰去魂魄，垂头丧气，登时卷旗收鼓，卷包而出"，可谓"赔了夫人又折兵"的"卷包"滚蛋了。何其痛快淋漓！这个"暴发户"叫"秦显家的"。"秦显"有何谐音，笔者不知，不敢妄拟。有红学家认为系"情现"，这是镜子正面；而镜子背面是什么，"清现"？不敢确定，姑存疑。但以此"秦"隐"清"应是无疑问的。则这个故事说的是，清人蛰居一隅，好容易出头得以掌权，结果只兴头了极短的时间，就被赶出去了。

所谓"一局输赢料不真，香销茶尽尚逡巡。欲知目下兴衰兆，须问旁观冷眼人。"或许就是对这种愿望的诗化注脚。

这首诗是第二回的回前诗。既然是回前诗，其作用自然是对本回主要内容的概括、提炼。第二回的回目为"贾夫人仙逝扬州城，冷子兴演说荣国府"。其内容按先后顺序为：贾雨村大比高中升为知府，不久即遭贬去职，期间娶娇杏生子并将其扶正；贾夫人仙逝；冷子兴演说荣国府。而回前诗的内容，是讲世事如棋，输赢寻常，旁观者清；似并无何新奇之处。诗的用语亦很一般，除第二句稍"韵"，另三句通俗如白话，有类打油。令人意想不到的是，甲戌本却在此诗前以朱笔夹批，大加赞赏：

只此一诗便妙极！，此等才情，自是雪芹平生所长，余自谓评书，非关评诗也。

"妙极"！"此等才情，自是雪芹平生所长"！评价之高实在出人意料。既然作者认为"词句究竟还是末事，第一是立意要紧。若意趣真了，连词句不用修饰，自是好的"，那么其妙处自然在于立意无疑。如是，此诗内容当不在"棋局"，而在其双关的"世事"，且系"香销茶尽"的"末世"之事。这大约就是"自谓评书，非关评诗"的本意吧。

细按，第二回书中这样"输赢料不真"的"世事"有三件。

第一件，娇杏"侥幸一回首"，因以丫鬟之身出嫁为妾，生子后扶正，"命运两济"；但"命运两济"仅是个开始，而不是结局。"偶因一着错"，反而成为棋局的胜利者——"人上人"，不合情理，极具偶然性，故曰"料不真"。况且，本书中所有"女子"均为"薄命司"中人，娇杏自然也不会例外。在那妻以夫荣的社会，随着贾雨村的"因嫌纱帽小，致使锁枷扛"，恐怕就要从"人上人"变为"阶下囚"了。

第二件，贾雨村任职遭贬，又得到起复旧员的消息，命运变化无常；但此等变化亦有章可循。贾雨村大比高中，耀武扬威，不久即被革职一段"兴衰"，就是其一生命运之"兆"；故虽以"老师依附门生"，凭借贾府之力得以复职，"飞腾之兆已现"，终于难改"登高必跌重"的命运。且贾雨村甫一露面，脂砚即明点其"莽操遗容"，并再三再四称之"奸雄""奸险小人"，故"锁枷扛"是其必然结局。

第三件，荣、宁二府"萧疏了，不似先时的光景"，"外面的架子虽未甚倒，内囊也尽上来了"，命运无可如何。即使"目下"如"烈火烹油，鲜花着锦之盛"，"也不过是瞬息的繁华，一时的欢乐"而已。最终还是"盛筵必散""香销茶尽"。似乎亦可算在"一局输赢料不真"的运数之中，于是"落了片白茫茫大地真干净"。

这样理解，则此一首棋局诗关涉三件事，为一石三鸟之作，自然"妙极"！或许，其妙处还不仅如此。因本书第一回为全书缩影，类似一般小说的"楔子"或戏剧的"序幕"。第二回作为"正剧"的开端，其回前诗的作用自然非同小可，很可能不仅概括了一回的内容，而且是全书的"大旨"所在。故回前文曰："观其后文，可知此一回则是虚敲旁击之文，笔则是反逆隐曲之笔。"

许多方家注意到，这首诗中的"羸"字，似是一个不规范的错字。对此，周汝昌先生在他的汇较本《红楼梦》中注曰："雪芹原稿实作'羸'，故众抄本犹存真相，至'舒序本'始改'赢'，今之所谓规范化也。"所以他认为，此"羸"字恰恰是曹雪芹原稿的面貌，没有必要非把这类的写法强行"规范"。这种历史的、客观的态度和学风，实是研究《红楼梦》本意必须具有的风范。舍此，就是人为地改变文本、远离文本，对弄清作者的本意有害无益。

　　这里，笔者试图对这个看似错误的"羸"字加以解释，看看有没有暗藏的"第四件事"关涉其中。

　　对这个"羸"字，囿于相对浅薄的文学、历史知识，笔者唯一能产生的联想就是"嬴政"，即秦始皇的姓氏——嬴姓。如果按照前文以"秦太虚"这种姓名之间的关联性，解释"太虚幻境"即"秦幻境"，亦即"清实地"的方式及推论成立的话，那么，此处之"输赢"即"输秦"，亦即"输清"。故而，此回前诗可解为："一局输秦（清）料不真，香销茶尽尚逡巡。欲知目下兴衰兆，须问旁观冷眼人。"如果这样，则"羸"字不谬，而此诗不但可成为凡"四关"的"绝句"，成为秦显家的"暴发暴败"的注脚，而且可为全书之"大旨"。

　　那么，此诗更加"妙极"！

　　"目下兴衰"仅是输给清人一局而已，这结果自是"料不真"。正如甲戌本此回眉批所云，"可知世人原在运数，不在眼下之高低也。"来日方长！且，"须问旁观冷眼人"句，按其内容也颇为怪异。试想，那对局博弈者，或闲敲棋子以消永昼，或争强斗狠拼个输赢，甚或藉此棋局赌上身家性命，又与旁观者何干？为什么真正结果"须问旁观冷眼人"呢？可见，此旁观者并非一般意义上的"瞧热闹"一类置身事外之人，度其作用，至少相当于裁判，或者本来就是博弈的参与——"加傍"者，只是所在位置不同罢了。再从格律上看，所谓"旁观冷眼"系为了平仄需要而交换位置的"冷眼旁观"。那"冷眼旁观"本是"用冷静或冷淡的态度从旁观看"的意思。此诗是取何意？冷静，冷淡，抑或干脆是横眉冷对？如果是后者，而且是必"须问"——不是需要问——那旁观的横眉冷对之人，不知身为对局者一方之清人，是否有汗毛倒竖之感？盖此系改头换面之"楚虽三士，亡秦必楚"也！

未知此说成立与否，因为此"嬴"字在文本其他地方亦有多处曾代替"赢"字出现，如戚序本第二十六回"可巧凤姐正在上房算完输赢账"；贾环与宝钗、莺儿等作耍，"一磊十个钱，头一回自己赢了"，"下该莺儿掷三点就赢了"；第四十六回袭人、平儿跟鸳鸯的嫂子说："我们这里猜谜儿，赢手批子打呢，猜了这个再去。"（戚序本为"赢瓜子打呢"）等几处，均以此"嬴"代彼"赢"；第四十七回贾母等人打牌，探春道："这又奇了。这会子你不打点精神赢老太太几个钱，又想算命！"凤姐道："我正要算算今儿该输多少钱呢，我还想赢！你瞧瞧，场子没上，左右都埋伏下了。"以及后面贾母说的："我不是小器爱赢钱，原是个彩头儿。"均为"嬴"而非"赢"。因之，那"一局输赢料不真"之"嬴"，抑或就单纯是错字或者彼时的书写习惯而已，并无"深意"于其中。当然也有可能，彼时"嬴""赢"写法相通假，可以互为转注、假借。但仍不敢作"断语"，亦不为"论语"，仅作为一说法提出，供方家研究把玩。

然纵观全书，说以此诗暗示清朝必将衰败的命运应该没有疑义。否则，那冷子兴演说的不过是荣国府一个家族的事情，何言"兴衰"二字？更何况，不管是荣国府、宁国府，还是其他三大家族，均是从"兴盛"逐步走向"衰落"，诚如胡适先生所言，是"坐吃山空，自然趋势"，哪里来的什么"一局输赢"呢？所谓"一局输赢"应是指"突变"，而不是"渐变"。那么，是哪"一局"，输给了谁，又赢了谁？如此一来，"一局输赢"似乎就成了一个"无源之水，无本之木"，岂不又是"奇奇怪怪"的文字了么？不会是作者写着写着"犯糊涂"了吧。

第七十九回香菱向宝玉介绍未来的嫂子"桂花夏家"时，庚辰本批曰：夏日何得有桂……金若强凑合，始终不相符。来此败运之事，大都如此。当局者自不解耳。此批"金若强凑合"句明显为"错字领篇"。度其意，应为"今天"或"如今""若强凑合"云云，才合其式。作者偏偏以此"金"代彼"今"，则翻出另一番意思来。即，金人若强凑合，始终不相符。来此败运之事，大都如此。

因巧妙地咒金（清）"强凑合"、"不相符"，必将"败运"。故云，当局者自不解耳。再次提出"当局者自不解耳"的判断，亦可从侧面证明："强凑合"之"金"，原系"当局者"之一方也。

好吧，即使不算这个说法，仅以本文前边的分析来看，除秦显外所有秦姓之人都被设计了死亡的结局，再加上带有"晴"字的晴雯亦以"寿夭"而逝，符合作者咒清灭亡的总体思路。故，认为"秦"字影"清"字的结论应该不谬。

此外，还有一个有趣的地方，第五十七回黛玉、湘云、宝钗间就岫烟当票一事有段对话，湘云要去为岫烟鸣不平，被宝钗拦下，黛玉笑道："你要是个男人，出去打一个抱不平儿。你又充什么荆轲、聂政，真真好笑！"句中"荆轲、聂政" 的比喻十分奇特。首先是以男比女，其次，退一步说，即便是拿男人来比，也应举爱打"抱不平儿"的一如鲁智深等人为例，而没有以两位历史上著名的刺客相比的道理！该不是黛玉认为湘云要去刺杀谁吧？且荆轲本就以"刺杀秦王"而名垂千古，此处以荆轲相比，是否还是利用"刺秦"谐音"刺清"来表明作者的真实想法呢？希望这不是神经过敏，或许举两位刺客为例，本身就是寄望有人去刺杀清帝。因其时关于雍正之死的种种传闻，不太可能对作者毫无影响。因之，或许可以认为，以荆轲、聂政相比，亦是"秦"谐音"清"的又一处妙用了。

"金"字影"清"字

说"金"字影"清"字，不须谐音，只是普通双关。

因清朝建立之前，曾以金为国号，史称"后金"。所谓"后金"，应系努尔哈赤所建之"金"国。故以"金"影"清"，远比"情"、"秦"更加直接，理所当然。文本中所谓"金陵"者，亦"金人陵寝"之意也。绝非一般读者理解的为南京，故书中多有直称"南京"者，偶见"江宁"，亦可发见所谓"金陵"者，恐非作者信笔为之。

就因以"金"影"清"的缘故，作者遂在文本中对"金"讽刺、挖苦、贬斥、诅咒，为发愤而竭尽所能，无所不用。同"秦"一样，文本中所有姓"金"、名"金"者，不是死了，就是遭受厄运或被屈辱。

那死去的重要人物首推金钏。甲戌本第七回提到金钏儿时有脂砚朱笔侧批曰：金钏、宝钗互相映射，妙！前文阐明，宝钗是"清人"，金钏能与她"互相映射"，自然也是"清人"。那金钏本是宝玉与她调情，她亦相应开了句玩笑，结果被逐，遂饱"含耻辱"投井而亡。

再后面是金鸳鸯。八十回本中鸳鸯尚未被"写死"，但已留下伏笔。有第四十六回鸳鸯拒绝贾赦纳妾时，那一段堪称贞烈的誓言为证。

因为不依，方才大老爷率性说我恋着宝玉，不然要等着往外聘，凭我到天边上，这一辈子也跳不出他的手中去，终究（久）要报仇。我是横了心的，当着众人在这里，我这一辈子，别说是"宝玉"，便是"宝金"、"宝银"、"宝天王"、"宝皇帝"，横竖不嫁人就完了！就是老太太逼着我，我一把刀子抹死了，也不能从命！若有造化，我死在老太太之先；若没造化，该讨吃的命，服侍老太太归了西，我也不跟着老子娘、哥哥去，或是寻死，或是剪了头发当姑子去！若说不是真心，暂且拿话支吾，日后再图别的，天地鬼神，日头月亮照着嗓子，从嗓子里头长疔烂了出来，烂化成酱！

一段铿锵的誓言，凡三提到死，"草蛇灰线"已经伏下，当然不会没有后文。且此前，鸳鸯对袭人、平儿亦曾决然表示："纵到了至急为难，我剪了头发当姑子去；不然，还有一死。"这以后，又于第七十二回在鸳鸯安慰司棋时，再度发誓："我要告诉一个人，立刻现死现报！"前前后后五次提到死，绝非偶然。故诸多红学家探佚，都认为八十回后"鸳鸯之死"是合乎作者原意的。

文中死亡的第三"金"，就是由于凤姐弄权，导致婚变而以"一条麻绳悄悄的自缢了"的守备之女——张金哥。此名亦不能不认为系作者有意为之。

此外，鸳鸯之父"名字叫金彩"，"上次南京的信来，金彩已得了痰迷心窍，那边连棺材银子都赏了去，不知如今是活是死，便是活着，人事不知，叫来无用。他老婆又是个聋子。"显见金彩亦可列于死"金"之中；同样，鸳鸯的姐姐亦因"害（血崩）这个病死了"。

后又于第五十四回借贾母之口点明"鸳鸯的娘前儿也没了"。

再看那"金"姓未死之人的命运。

——鸳鸯的嫂子被鸳鸯哭着臭骂一顿，而哥哥金文翔则被贾赦一通训斥，并警告"仔细你的脑袋"！

——忝列贾氏家塾中就学的猥琐小子金荣，挑起事端大闹书房，首先是挨骂，然后被逼赔罪。戚序本第九回中脂批这样介绍金荣：妙名。盖云有金自荣，廉耻何益哉？随后又让茗烟数骂之："姓金的，你是个什么东西！""你是好小子，出来动动你茗大爷！"其余人等亦骂之"好囚攮的们"，"小妇养的"！而金荣则气黄了脸，说："反了！反了！奴才小子都敢如此撒野！"贾瑞劝他："俗语说的好，'杀人不过头点地。'你既惹出事来，少不得下点气儿，磕个头，就完事了。"金荣无奈，只得进前来，与秦钟磕头。列本此处另有一句："在他门下过，怎敢不低头。"

这里之"金"被一通臭骂，并被脂砚批为没有"廉耻"，最后还得磕头赔罪。最为奇特的文字是，小子们之间打架，"金"居然喊出"反了！反了！"——骂"金"就是反了？

其后，金荣回到家里又被其母"金寡妇"——胡氏一通数落，只得"忍气吞声"。其姑娘金氏闻言气冲冲找上宁府，被尤氏一席话把"那一团要向秦氏理论的盛气，早吓的丢在爪洼国去了"。本回目曰："金寡妇贪利权受辱"，即双关"金……受辱"！

其次，同"情"一样，亦可从回目中看到"金"的"不幸遭遇"。

第二十四回"醉金刚轻财尚义侠"——"罪金"；

第三十二回"含耻辱情烈死金钏"——"死金"；

第五十二回"勇晴雯病补雀金裘"——"缺金"；

第六十三回"死金丹独艳理亲丧"——"死金"；

第六十九回"觉大限吞生金自逝"——"金自逝"。

似应补充说明的是，书中每一个重要或相对重要的人物死去以后，作者均要利用来作足文章——咒清灭亡。如前所分析的，从秦姓的秦氏可卿、秦业、秦钟、秦司棋到晴雯、金钏、鸳鸯、张金哥、以及贾敬、尤二姐、尤三姐，概莫能外。仅此，亦可见作者"批阅十载，增删五次"的匠心所在。

再次，还可从正文与诗词曲赋中看到"金"的"乖舛命运"。

第五回"红楼梦"曲第四支【恨无常】"儿今命已入黄泉"——"金命已入黄泉"

同回"红楼梦"曲第八支【喜冤家】"作践的，公府千金似下流"——"金死"或"金似（实）下流"；

第二十八回王夫人与宝玉、宝钗、黛玉娘儿几个闲聊吃药，有这样一段描写：

宝玉道："我知道那些丸药，不过叫他吃什么人参养荣丸。"王夫人道："不是。"宝玉道："八珍益母丸？左归？右归？再不，就是六味地黄丸。"王夫人道："都不是。我只记得有个'金刚'两个字的。"宝玉拍手笑道："从来没听见有个什么'金刚丸'。若有了'金刚丸'，自然有'菩萨散'了！"说的满屋里人都笑了。……

这一段文字凡千余言，纯属"闲聊"，对刻画人物，展示情节并无大用，似完全不必如此大费笔墨。细按，此段文字盖作者为了"金刚丸"而作。因"金刚丸"谐音"金刚完"也。

另有第七十一回鸳鸯在回房路上，无意中撞破司棋与潘又安的私情，听角门上夜的人说："金姑娘已经出去了，……"。这里居然不照习惯说法称"鸳鸯"，却偏说什么"金姑娘已经出去了"，讽刺之意跃然纸上。

寻梦红楼

"胡"字影"清"字

　　清人入关后对此深恶痛绝，三令五申禁用"夷"、"胡"、"虏"等字样。故"胡"同"清"等字一样，为文网重点监视的对象。作者深知其中利害，遂巧妙地用假话作为幌子掩饰，行其谩骂、泄愤之实。除了前文列举的饥餐"胡虏肉"，渴饮"胡虏血"以外，还有多处以"胡"影"清"的地方。

　　文本从"此开卷第一回也"，"出则既明"之后，立即以"假话"、"胡言"开始，针对"胡"字大做文章。其文曰：

　　当日地陷东南，这东南一隅，有处曰姑苏，有城曰阊门，最是红尘中一二等富贵风流之地。这阊门外有个十里街，街内有个仁清巷，巷内有个古庙，因地方狭窄，皆呼作葫芦庙。

　　【甲戌本朱笔侧批：糊涂也。故假语从此兴（具）也。】

　　列位看官注意，"葫芦庙"确实是假语，但假语并非"从此兴（具）"，万不可"被其瞒弊（蔽）了去"。那假语系从"此开卷第一回"以后，就"兴"了起来或"具有"了。本文拟先就"葫芦庙"的假处说起。

　　首先，"因地方狭窄，皆呼作葫芦庙"一句就不合情理。那"地方狭窄"之因，并不能得出"皆呼作葫芦庙"的结论。二者之间不成因果。"地方狭窄"

为何不称为"柳条庙"、"丝带庙"、"象牙庙"乃至"畸笏庙"（原谅笔者不敬）？"地方狭窄"与"葫芦"有何干系？脂砚深知个中"底里"，蒙府本有其侧批点明："虽不依样，却是葫芦"。甲戌本朱笔侧批则为"亦凿"。此语明言，作者批者并不"糊涂"，明知"不依样"，但却依然说它是"葫芦"，依然认为"亦凿"！换句话说，此乃故意为之耳。那么，作者为什么对"葫芦"那么感兴趣呢？盖因"葫芦"谐音"胡虏"也。所谓"葫芦庙"即"胡虏"之住地是也。甲戌本脂批在"隔壁葫芦庙内"句中提示："'隔壁'二字极细极险，记清！"否则，那"隔壁"二字何"细"之有？又何云"险"？"卧榻之侧"有胡虏居焉，那"虎狼屯于阶陛"自是"极险"。嗣后，那"胡虏庙"果然"极险"，一场大火（祸？）"接二连三，牵五挂四"将隔壁"烧成一片瓦砾场了"。另，"记清"二字恐亦系双关，不仅是要读者"记清楚"，更是告诉读者此处所"记"的是"清人"（此批法文中多现）！

而在此庙中"寄居"的第一个人物就是贾雨村，那"寄居"亦系假语，因其本就是"胡州"——胡人生活的地方——之人。惜今之汇较本多步程乙本之后尘，将其座实，而径改为"湖州"，不能不说系好心而未办成好事。还是周汝昌先生对此选择的客观态度更为睿智："作胡，恐是原稿如此，不必胶柱鼓瑟，死扣真地名湖州。" 且不说曹雪芹家族本在南方居住过，仅就其学识而言，焉能不知有一湖州哉？细心的读者应能发现，第十三回秦可卿之榜文写着："四大部州至中之地。"庚辰本眉批为："奇文。若明指一州名，似若《西游》之套，故曰至中之地……直与第一回呼应相接"。此处强调不"明指一州名"，且"直与第一回呼应相接"。而那第一回除"神话"中那"大荒山无稽崖""青埂峰"没有"明指"外，"真实"地方只提到两处地名，一曰姑苏，一曰胡州。"姑苏"系"明指"，而"胡州"则未"明指"。可见，写作"胡州"而非"湖州"，当系作者有意为之。

故，居于"胡虏庙"的胡州人氏贾雨村——姓贾名化，字时飞（假话，实非），本是作者暗示的第一个清朝人。遂将其命运定论为："因他生于末世，父母祖宗根基已尽，人口衰微"；而将其容貌定性为"莽操遗容"。莽操者，篡汉之人也，暗喻清人入关，实乃篡汉，故以"遗容"咒之。此后，作者又于第四回借门子之口讽刺贾雨村，作了芝麻大的小官就"把出身之地竟忘了，不记当年葫芦庙里之事了？"因在"乱判葫芦案"——并非仅指"糊涂"案，亦暗点又一胡虏：薛蟠之案——以后，甲戌本、靖本均有脂砚批语（二者大同小异，这里以甲戌本为例）：至此了结葫芦庙文字。又伏下千里伏线。起用葫芦字样，收用葫芦字样，盖云：一部书皆系葫芦提之意也。此亦系寓意处。这段文字可双关为："至此了结胡虏庙文字。又伏下千里伏线。起用胡虏字样，收用胡虏字样，盖云：一部书皆系胡虏题之意也。此亦系寓意处。"因之，此批可以看作对胡虏庙的总结，又是整部书的"伏线"。亦可知，此处之"起用葫芦字样，收用葫芦字样"，与"必用秦氏引梦，又用秦氏出梦"系采用相同句式来重复皴染之相同旨意也。

这样索解，文本第一回"楔子"，作为全书缩影的本来面目就非常清晰了。所谓"胡虏题"即"大旨谈清"之意。故云"此亦系寓意处"。

这样以"葫芦"代"胡虏"，似乎过于隐晦，作者唯恐读者不明，又于第五回借警幻仙子之口说："且随我去游玩奇景，何必在此打这闷葫芦！"甲戌本朱批："为前文葫芦庙一点。"甲辰本夹批："点醒。"这里之"闷葫芦"亦一语多关。明指册子之谜为"闷葫芦"；再告诉读者，册子中人实为"胡虏"；又"点醒"这"太虚幻境"亦即"胡虏庙"。此与秦太虚的对联，"秦（清）人旧舍"的暗喻，再加上【飞鸟各投林】"落了片白茫茫大地真干净"处，脂批之"又照看葫芦庙"之语，实为作者就同一内容所作再三再四之皴染也。

长久以来，笔者一直怀疑那"红楼"即谐音"胡虏"，"怡红院"即谐音"夷胡院"；如是，则"红楼梦"即"胡虏梦"；如是，第一回"楔子"之"葫芦庙"即是"红楼梦"之缩影、之"点睛"——"点清"，寓意就十分圆满了。但"红楼"之读音似与"葫芦"相去较远，虽不比"设云糊涂"为甚。可巧，庚辰本第四十八回有脂砚斋先生批曰：一部大书起是梦，宝玉家计长策又是梦，今

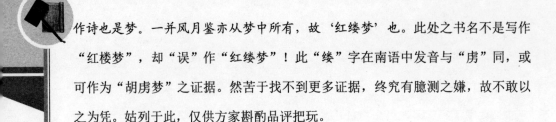

作诗也是梦。一并风月鉴亦从梦中所有，故'红缕梦'也。此处之书名不是写作"红楼梦"，却"误"作"红缕梦"！此"缕"字在南语中发音与"房"同，或可作为"胡房梦"之证据。然苦于找不到更多证据，终究有臆测之嫌，故不敢以之为凭。姑列于此，仅供方家斟酌品评把玩。

"胡"字寓意若此，故秦氏可卿死后，贾蓉的继室为"胡氏"（有版本为"许氏"，但此处之"许"，旧读亦发"胡"音）；金荣之母金寡妇亦为"胡氏"；给晴雯、尤二姐看病的太医亦为"胡氏"。此外，文本中其他地方"胡"字的出现，往往亦为暗点人物"身份"之语。故作者每每让书中人物"胡说"、"胡言"、"胡思"、"胡想"、"胡乱"、"胡看"，最为奇特的是第五十六回，贾宝玉梦到甄宝玉一回文字：

麝月道："怪道老太太常嘱咐说小人屋里不可多有镜子。小人魂不全，镜子多了，睡觉惊恐作胡梦。如今倒在大镜子那里安了一张床。有时放下镜套还好；往前去天热人肯困，那里想的到放他，比如方才就忘了。自然是先躺下瞧着影儿玩，一时合上眼，自然是胡梦颠倒。"

不说宝玉作了噩梦、奇梦、怪梦，竟然说作了什么"胡梦"，而且一连说两遍！此唯恐读者不能发现隐于闲话、隐于怪异中的"深意"也。

寻梦红楼

96

"三春"影"清"字

红学界关于"三春"的讨论，不可谓不多。

认为"三春"是指人物，乃是迎春、探春、惜春三姐妹或元春、迎春、探春三姐妹的有之；认为"三春"是指季节时间，系孟、仲、季整个春天"九十春光"的有之，认为单指季春——末春的有之；认为"三春"是指三个美好的年头的亦有之……然而各种看法往往或顾此失彼，或牵强附会，或其说不圆，总是存在这样那样的遗憾。笔者在此不揣冒昧，试图对"三春"作个"别解"，亦只因其关乎《红楼梦》大旨而已。

无疑，"三春"二字之核心为"春"字，"春"字解不透，"三春"就无法理解。

故作者于第五十回借《咏红梅花》诗句逗露此意。其第一首，邢岫烟《咏红梅花》得"红"字诗之颔联为："魂飞庾岭春难辨，霞隔罗浮梦未通"。诗句警示，如果"春难辨"，则必"梦未通"。因而，若想弄通此《红楼梦》一书之大旨，必须将"春"字"辨"通。

如题目所写，笔者认为"三春"实隐"清"字，首先就是指"春"字的意义而言。

此说颇绕了一点圈子。因在古汉语中"青"可为"春"的代称，江淹《别赋》中"镜朱尘之照烂，袭青气之烟煴"之"青"即为"春"之意；杜甫《闻官军收河南河北》之名句"白日放歌须纵酒，青春作伴好还乡"，"青春"互文亦为春季之意，这是常识。

故作者以"春"为"青"，文本诗词曲赋中的"春"字几乎均可作"青"解。因之，"三春"即是"三青"，按"一从二令三人木"所用之拆字法，"三青"即"清"之拆合字。故曰"三春"实影"清"也。

第十七回宝玉题"沁芳亭"，有对联云："绕堤柳借三篙翠【脂批：要紧，贴切水字。】，隔岸花分一脉香"。若以其中之"三篙翠"作为谜面射虎，则"翠"者，"青"也，而"三篙翠"的谜底亦为"三"与"青"的拆合字——"清"也。关于所谓"要紧，贴切水字"的批语，第十四回回前有云"清，属水，子也"，可见，"贴切水字"者，亦暗点"清"也，故称"要紧"云云；当可与"三春"等同视之。

请看实例。

甲戌本第一回交待贾雨村口号中秋诗一绝时，脂砚斋朱笔眉批曰："用中秋诗起，用中秋诗收，又用起诗社于秋日。所叹者，三春也，却用三秋作关键。"此"所叹者，三春也"，即"所叹者，清也"。第十八回宝玉题咏"蘅芜苑"有"软衬三春草，柔拖一缕香"的诗句，脂批云此句"刻画入妙"，则直以"三春"解题目"蘅芷清芬"的"清"字，试图以此点醒读者，故云"刻画入妙"也。

第五回关于惜春的判词"堪破三春景不长"，表面似是"元春、迎春、探春"三姊妹"景不长"，实乃影射"清"已"末世"——"堪破清景不长"；同回【虚花误】"将那三春看破，桃红柳绿待如何"，即将"清"看破，"桃红柳绿"的表面繁荣又能怎样？而向之关于此句的解法，无论是以时间还是以人物解，均显不够严谨。

尤其是第十三回秦可卿托梦凤姐所云"三春去后诸芳尽，各自须寻各自门"，更是只能以"清"解，即"清"去后，薄命司中各"红颜"亦到了头——"无可奈何花落去"也。此句若以人物解最不通，元、迎、探、惜四春，无论如何不能只取其三；若以春季解，则不合情理，春去后，夏秋甚至冬季都有花卉开放，何云"诸芳尽"呢？若以"三个美好年头"解，则嫌过于坐实，为何一定不是二年或四年？且虽然从第十八回到第八十回这"三春"，"一春不如一春"，然毕竟已经过了三年，却并没有"诸芳尽"，真正从"大厦倾""灯将尽"到"白茫茫大地"显然还是后来的事。故以"三个美好年头"解，亦并非尽善之说。

至于文本中第七十回薛宝琴咏柳絮的《西江月》，则更能说明问题。其词为：

> 汉苑零星有限，
>
> 隋堤点缀无穷。
>
> 三春事业付东风，
>
> 明月梅花一梦。
>
>
> 几处落红庭院，
>
> 谁家香雪帘栊？
>
> 江南江北一般同，
>
> 偏是离人恨重！

这里的"三春事业付东风，明月梅花一梦"，如用其他解法恐均要尴尬不已，而以"清"字解却可显得十分恰切。实为"'清'事业付东风，明月梅花一梦"。按，此诗词运用"比兴"之法，明系拿业已灭亡的"汉""隋"起句，并以之"兴"起"三春"——"清"来，并强调"江南江北一般同"！且已经不谈"命运"，而直击"事业"了。而如果不作"清"解，则"事业"二字总会如水中漂泊之浮萍，无法落在实处。盖在作者心中，此"三春——（清）""事业"表面的"烈火烹油，鲜花着锦之盛"，已然与灭亡日久的汉隋无二，不过是"付东风"之"一梦"而已。

诚然，"三春事业付东风"句，"业"字似可作"已经"解，则句面意思为"三春之事已付春风"。虽然这样解释勉强可以说通，但细按，则与小说内容并不相合。首先，"三春"如作"季春"解，纯属无厘头；其次，而作人物解，似应指迎、探、惜三姐妹。因元春贵为皇妃，绝谈不上"付东风"。迎春命运乖舛，嫁与中山狼备受蹂躏，不久人世；探春远嫁，惜春出家颇类"付东风"。然，三人只是属于命运不佳而已，与"事业付东风"似并不恰切。另外，如以"三个年头"解，则是暗示贾府的命运，这还相去不远，但诗词以"汉苑零星有限，隋堤点缀无穷"起句，兴起姐妹三人的命运乃至贾府的命运，此种譬喻实属不伦不类。且从词采上说，"业"作"已经"解，完全破坏了韵味，"三春事业付东风"句，节奏变成了"二一一一二"，不能不说是大煞风景。退一步讲，即使这就是诗句本意，也并不能排除诗句双关"事业"的可能吧，不知读者诸君以为然否？

文本中其余"三春"或"春"的字样，亦以其代称"青"谐音"清"来理解才能较为妥当。

以第五十七回"春风才至，时气最不好"为例，实应解为"清风才至，时气最不好"。否则就不符合情理。试想，春风拂面，万物复苏，柳绿桃红，何谓"时气最不好"云云？古人之伤春，恐亦是因其太"好"了，故而哀其短暂，不能挽留之意。且下文紧跟着作者就借袭人之口点明：可巧这日乃是清明之日……袭人因说："天气甚好，你且出去逛逛……"清明当是春日无疑，袭人赞曰："天气甚好"。明明在告诉读者，那"时气"不是这"天气"。可见，此处所谓"时气最不好"并非指"天气"，相反，乃是指"时下的风气、政气、甚至国气"而言。故开篇之"亦非伤时骂世之旨"的假话一下子就显露出本来面目了。

且第六十七回再现"时气不好"的文字，原话为宝钗所言：我"心里也是为时气不好，怕病，因此偏扭着寻些事件作作，一般里也混过去了。"这段话后面，作者紧跟着一如五十七回那样表明："初秋天气，不冷不热"，"时至秋

寻梦红楼

令，秋蝉鸣于树，草虫鸣于野"，虽然"石榴花也开败了，荷叶也将残上来了，倒是芙蓉近着河边，都发了红扑扑的骨朵子，衬着碧绿的叶儿，倒令人可爱。"好一幅"可爱"的秋景、秋图。可见，这里的"时气不好"仍然不是指天气而言。

将以上两回所引文字结合起来看，可以十分自然地得出结论：自"清风"来了以后，不管是春天还是秋天，总是"时气不好"的了。

另，第六十三回，众艳在怡红院抽签"占花名儿"，麝月之签为一支荼蘼花，题着"韶华胜极"四字，那边写的一句旧诗，道是：开到荼蘼花事了。注云："在席各饮三杯送春。"麝月问道："怎么讲？"宝玉皱着眉，忙将签藏了，说："咱们且喝酒。"……这段文字的核心内容为"韶华胜极"，也就是"物极必反"，盛极必衰之意。故曰"开到荼蘼花事了"、"送春"云云。从表面文字来看，宝玉历来是惜春、怀春、伤春之人，自然极不痛快。所以见问不答，却"皱着眉，忙将签藏了"。但笔者前文说过，即使"春"尽，但"花事"并未了，夏秋虽不及春，然亦有花开。因而虽须"送春"，但并非"冬至"，宝玉避而不答者，似不仅仅是在为自然界的春天伤感，实因"春"乃"清"的代名词罢了。故作者特意设计让宝玉"王顾左右而言他"了。

再如第五回元春图册之"三春怎及初春景"句，表面为季春不如孟春的景色，暗点迎、探、惜命运不如元春，实则隐寓末世之清与清初不可同日而语矣；同回之"春梦随云散"即"清梦随云散"；"春怨秋悲皆自惹"即"清怨秋悲皆自惹"；"画梁春尽落香尘"即"画梁清尽落香尘"等等，皆系作者利用中国古典文学"伤春""悼梦"的传承之酒，浇自己胸中块垒之笔墨。同样，元春四姐妹的名字，与其说是为"春""原应叹息"，不如说是为"清""原应叹息"！

"清"字双关"清"

以"清"字双关"清"是最明了，也是最复杂的。

盖因"清""清"双关本不须绕什么弯子，自然清楚、直击——至为明了；但因文字狱的缘故，"清""清"双关又必然最隐秘，否则，纵然作者可以"舍得一身剐"，然此书却几乎没有问世的可能——故曰复杂。因此，作者要想方设法使之"微密久藏"以避祸，又要"自露"之以表明心迹；而与此相应，读者要想参透个中奥秘，则必然大费周章矣。

这里笔者拟披露、论证八十回中最直接，最关键的"骂清"证据，可为本书全部观点之最有说服力的注解。

戚序本第二十八回宝玉为昨天丫鬟没开怡红院门一事向黛玉赌咒发誓：

"这话从那里说起？我要是这么样，立刻就死了！"林黛玉啐道："大清早死呀活的，也不忌讳。你说有呢就有，没有就没有，起什么誓呢。"

这段话借林黛玉之口明言"大清早死"！

不知是否会有人不以为然，你只说了半句话，后边还有"活"呢。即使有"活"的字样跟在后面，在当时那种严酷的文网笼罩下，有人敢说"大清早死"这半句话吗？且"死呀活的"，就语言的使用意义而言，本是偏义短语，其意思

"偏前"，即"死呀死的"，那"活"字作为"后缀"已失去了其原有的意义。此句话的实在意义即"大清早死呀死的"。与前文宝玉说的话稍加对比，即可知余言不谬。否则，林黛玉亦毋须"啐"其"不忌讳"，而宝玉的话也就不是"起什么誓"了。只是一般人读到此处时，自然而然地加上了作者并未写出的主语——"你"。殊不知作者这里是特意略去了"主语"——"你"，从而使"大清早"这个"状语"的主要部分可以"上升"为主语，以达到一箭双雕的目的，诅咒"大清早死"！

如果仔细研究了文本，你会发现，作者为了写上这句话，不知耗费了多少心血！

这句话舒序本、蒙府本与戚序本相同，而甲戌本原文为"大清早死吓活的"；庚辰本、列藏本、梦稿本、甲辰本、程乙本为"大清早起死呀活的"。通过比较可以看出，舒序本、蒙府本、戚序本和甲戌本直接写作"大清早死"，而另外几本则有意避开这可能的"误会"，在当中加了一个"起"字。究竟应以哪个版本为准，读者自可分析。

为了弄清这点，笔者在做了大量的统计研究后发现，除了"大清早"以外，文本中与"早"字有关的口语共有八种样式。分别为："一早起来"、"早起"、"一早"、"早"、"大清早起"、"一清早"、"清早起"、"清早起来"，此外还有"清晨"、"黑早"和"趁早儿"。

以戚序本为例，其中：

写"早起"的十六处；

写"一早"的三十六处；

写到"早"的一处；

写"一早起来"的一处；

写到"大清早起"的二处；

写到"一清早"的二处；

写到"清早起"的一处；

写到"清早"的四处；

写到"清晨"的三处；

写到"早晨"的二处；

另，写到"趁早儿"的三处；

最特殊的是第四十七回使用了一次"黑早"。

总结以上规律可以看出，作者在写"早晨"时，使用最多的是"一早"和"早起"，涉及"清"字的则慎之又慎，出现"大清早起"字样的二处，而写为"大清早"——后边既没有"起"，也没有"儿"的，亦仅此一处。这里笔者不厌其烦地统计、列举八十回本所有表述"早晨"写法的相关数字，只是为了说明，哪怕仅仅是因为语言习惯，也不可能写成"大清早"。且文本中使用了大量北京方言，尤其是大量使用的"儿"化音节，可谓比比皆是，一些"儿"化音节的用法甚至超出了北京人的习惯，已经把东北方言中的"儿"化用法夹杂其中。例如：

第六回周瑞家的对刘姥姥说："大远的，诚心诚意来了，岂有个不教你见了真佛儿去的？……我们这里都是各占一样儿"，"今儿宁可不会太太，倒要见见他"，并说凤姐"如今出挑的美人一样的模样儿，少说些有一万个心眼子。……就只一件，待下人未免太严了些儿。"第四十二回写婆子答应了，又和刘姥姥到了凤姐那边，一并拿了东西，雇了车儿，命小厮搬了出去装上；另外，宝钗在审问黛玉时还曾笑道："你还装憨儿，昨儿行酒令儿你说的是什么？"

这里"儿"化音节的用法，如"真佛儿""些儿""车儿""憨儿"，就已远远超出了北京方言对"儿"的用法，而更接近东北方言。亦可见，作者在"儿"化音节的使用上，是宁可多用，而不会漏用。

而用北京话来说"大清早"是必加"儿"化音节的——叫作"大清早儿"！而决不可能生硬地说什么"大清早"。在以上实例中，除了"趁早儿"外，均无"儿"化音节使用。也就是说，作者在与"早晨"相关的词语使用上，没用北京方言。"早起"或"大清早起"的用法更近似东北方言。而东北人通常的习惯，不会说既不带"起"又不带"儿"的"大清早"，更何况后边还紧跟着一个"死"字。

前边说了，中国古代——至少到曹雪芹那时候——写文章是不分段落，也没有标点的。"大清早死"四个字，就这样实实在在地"嵌"在文章之中。在文字狱异常严酷的时候，那些文人、学者在写到"清"或"大清"时不知要有多少恐惧在心，必定战战兢兢、前瞻后顾，担心稍有不慎，即可能引来的杀身之祸。不知那些为了"昂其值"而手抄《石头记》者，在写到这四个字时，会不会感到战战兢兢、心惊肉跳呢！故庚辰本、列藏本等版本的抄手以及程乙本付梓时，有意讳其言，或试探，或避祸，均在其中加上了"起"字，这样看起来，大概能让他们心里觉得"舒服"些吧。

除了作者在语音方面的遣词造句作了大量铺垫以外，还有一个重要证据——一个时间上的破绽——足以证明"大清早死"系有意为之。因为实际上，宝黛二人说话的时间本已不是"清早"，而是接近中午时分了。请看第二十七回在相关时间上的交待：

至次日，乃是四月二十六日，原来这日未时交芒种节。尚古风俗：凡交芒种节的这日，都要设摆各色礼物，祭饯花神。……所以大观园中人都早起来了。

此处"交芒种节"的未时，即今之下午一点至三点。所谓"早起来了"能有多早？众人起来做了些什么呢？"那些女孩子们，或用花瓣柳枝编成轿马的，或用绫锦纱罗叠成干旄旌幢的，都用彩线系了。每一棵树，每一枝花上，都系了这些物事。满园里绣带飘摇，花枝招展，更兼这些人打扮的桃羞杏让，燕妒莺惭，一时也道不尽。做这么多事情要用去多少时间？再看下面的交待：

且说宝钗、迎春、探春、惜春、李纨、凤姐等并同了（巧姐、）大姐、香菱与众丫鬟们在园内玩耍，独不见林黛玉。迎春因说道："林妹妹怎么不见？好个懒丫头！这会子还睡觉不成？"

连大姐（巧姐）那样的小孩都在同众人玩耍了，还是"清早"吗？故迎春说黛玉"懒丫头"。这以后又发生了多少事情呢？

宝钗去找黛玉，路上看见美丽蝴蝶，遂追扑了一阵；然后听到红玉和坠儿的悄悄话，使了"金蝉脱壳"的计策脱身；

红玉听了宝钗的话，信以为真。待宝钗去远，又有文官、香菱、司棋等人到亭子上来，遂与她们玩耍；后红玉看见凤姐招手叫人，跑去帮忙，回到荣国府凤姐住处，回来后发现凤姐不在这山坡上，又跑到稻香村李纨处向凤姐交待自己完成的任务，说了一回话，遂被凤姐看中。中间还被晴雯数落了一顿。须知，那大观园"从东边一带，借着东府里的花园起，转至北边，一共丈量准了，三里半大"。从大观园到荣国府凤姐住处一个来回，再找向稻香村，前后只在路上就要花费多少时间？

而林黛玉"因夜间失寐，次日起来迟了，闻得众姊妹都在园中作饯花会，恐人笑他痴懒，连忙梳洗了出来。"且因日前的角口，有意不理会宝玉的问询，嘱咐紫鹃一回，将宝玉"晾"在那儿，独自来到园中，"只见宝钗、探春正在那边看鹤舞"（说书话分两头，故与前面时间有交叉，但宝钗扑蝶与金蝉脱壳一段公案已过），三人说话，后探春与宝玉又说了一阵"梯己"，回来不见了黛玉，因捡了一兜落花，"登山渡水，过树穿花"，找到前日黛玉葬花处，于是听到黛玉呜咽数落着哭出的《葬花词》，"不觉恸倒山坡之上"，"宝玉悲恸了一回，忽抬头不见了黛玉，遂下山寻归旧路，往怡红院来"，然后看到黛玉，才有了"大清早死呀活的"一番话。细思可知时间已经过了很久。且二人刚说完这句话，"只见丫头来请吃饭，遂都往前头来了"，哪里还是什么"大清早"？已经到了吃饭时光！

吃饭时间是几点？文本并未说是早饭，还是午饭啊。对此，可以确定地回答：是"早饭"。文本这里没说，但在其他地方说了。

第六回，作者在叙述"刘姥姥一进荣国府"一事时，在耗费时间上的安排与此颇为类似。其过程为：

"次日天未明，刘姥姥便起来梳洗了"。然后带板儿进城，找至"宁荣街""荣国府大门石狮子前"，经过一番周折，才来到后门周瑞家。二人一阵闲聊后，周瑞家的命小丫鬟打听凤姐的消息，一时回话说："老太太屋里已摆完了饭，二奶奶在太太屋里呢。"周瑞家的听了，连忙起身，催着刘姥姥说："快走，快走！这一下来吃饭，是个空子，咱们先等着去。若迟了，回事的人多了，难说话。再歇了中觉，越发没了时候了。"第七十八回："凤姐也来省晨，伺候过早饭，又说笑了一会。贾母歇晌午觉。

从以上文字可以知道，这顿"早饭"离"中觉"、"晌午觉"的时间是很近的，而并非"大清早"。可以之作为旁证。

另外，第十四回里还有更确切的证据。

这一回表现王熙凤协理宁国府，辛辛苦苦、忙忙碌碌，几乎每个时辰做什么，都有详细叙述。凤姐在安排工作时这样对下人说："横竖你们上房里也有时辰钟。卯正二刻我来点卯，巳正吃早饭，凡有领牌回事的，只在午初刻。"因我国古代以十二地支计时，每两个小时为一个时辰，一天十二个时辰对应十二地支。每个时辰又分为"初"和"正"各一个小时，每个小时又分为四刻。所谓"巳正"，即相当于现在的上午十点。我国古代在相当长的时期里，为一日二餐，清代亦不例外。可见，这个"早饭"与我们现在日常生活中理解的早饭，在时间上、意义上并不相同，而更类似我们现在的午饭。故凤姐在宁府安排"巳正吃早饭"，"午初刻"议事。况且，凤姐只是协理宁国府而已，所以她所说的时间应与荣国府——她本来该管的本职工作——没有大的出入。从中可知，上文"丫头来请吃饭"，应为十点左右了。又，巳时又名日禺或隅中。什么叫隅中呢，临近中午的时候称为隅中。想想看，这个"临近中午"的时辰，怎么会变成"大清早"呢？

因而可以顺理成章地得出结论，作者是故意在时间上露出明显的破绽，把并非"清早"的时间说成是"大清早"，然后一改往日的语言习惯，把"一早"、"大清早起"写成"'大清早'死呀活的"字样，只能说系有意为之。若无寓"骂清"的深意于其中，又该怎么解释这一切呢？

第七十回，作者还写了一段宝玉和丫鬟们在炕上一起玩闹耍笑的"闲文"：

碧月见他四人乱滚，因笑道："倒是这里热闹，大清早起就咭咭呱呱的玩到一处。"宝玉道："你们那里人也不少，怎么不玩？"按照相关的谐音规律，此句话可解为："大清早起就咭咭呱呱完到一处"！简言之，即，"大清早起就……完"；"你们那里人也不少，怎么不玩"，应为"你们那里人也不少，怎么不完"。与前列举之"金刚丸（完）"异曲同工。如果没有这个寓意，根据作者的语言习惯，此句话应写为："大清早起就咭咭呱呱玩儿到一处"；"你们那里人也不少，怎么不玩儿"。加上"儿"化音节，才符合北京话的习惯。文中那么多地方该不该加"儿"化音节的都加了，这里怎么又偏偏没有"儿"呢？没有哪个北京人会生硬地将"玩儿"说成"玩"的。可见，有没有使用"儿"字，在谐音双关上存在天壤之别。

熟悉作者笔法的读者一定知道，雪芹用笔总是再三敷染，从无"单文孤证"的写法。故"清""清"双关的文字决不会仅此二处。

戚序本第二十五回，宝玉、凤姐受魔病危，一僧一道前来对"通灵宝玉"持诵，文曰：

贾政听说，便向宝玉顶（项）上取下那玉来，递与他二人。那和尚接了过来，擎在掌上，长叹一声道："青埂峰下一别，转眼已过十三载矣！人世光阴，如此迅速，尘缘满日，若似弹指！……
可叹你今日这番经历：

粉渍脂痕污宝光，绮栊昼夜困鸳鸯。

沉酣一梦终须醒，冤孽偿清好散场。"

此诗末句"冤孽偿清好散场"，可断章取义，破句读为"冤孽偿，清好散场"。其中隐含的"清好散场"四字，与"大清早死"异曲同工。这段文字亦有几处蹊跷可以为证。

其一，"尘缘满日"。按佛家说法，"尘缘"即俗之"人世"的代称。"尘缘满日"就是人世的结束（俗称"死了"），即可"升天"远离凡尘，为功德圆满之意。与诗的末句"冤孽偿清好散场"一一对应。也就是"清"之"冤孽"已偿，"好散场"了。（按，此时之贾宝玉虽已十三岁，却并未满"尘缘"，那"通灵宝玉"亦不可能于此时返归青埂峰，故此"尘缘满日"还有另外寓意，后详）

其二，在"沉酣一梦终须醒"处，甲戌本有脂砚朱笔侧批曰："无百年的筵席"。此处之"百年"与第一回开篇"娲皇氏只用了三万六千五百块"暗和百年之数、一僧一道分手时相约的"三劫后，我在北邙山等你"（甲戌本眉批："三劫者，想以九十春光寓言也"）及第五回宁、荣二公对警幻仙子的嘱咐遥相呼应。其嘱为："吾家自国朝定鼎以来，功名奕世，富贵传流，虽历百年，奈运终数尽，不可挽回。"这几处之"三万六千五百块""三劫""百年"明指宁、荣二府"百载"，暗讽清朝入关"定鼎"已经百年，争奈"百年事业总非真"（第八回回前诗）；"一步行来错，回头已百年"（第十三回回前诗），可见所谓"国朝定鼎""虽历百年"，在作者眼里不过是"一步行来错"而已，故曰"运终数尽，不可挽回"；且"一起社时是秋天，就不应发达"（暗讽清军秋天入关，必然短命）；所以才有"沉酣一梦终须醒"，"三劫后，我在北邙山等你"，"无百年的筵席"云云。

此外，关于"百年"的讽喻，书中尚有多处皴染。

——第二十回黛玉与宝玉角口："偏说死！你怕死，你长命百岁的，如何？"宝玉笑道："要像只管这样闹，我还怕死呢？倒不如死了干净。"

——第三十六回袭人规劝宝玉："有什么没意思，难道作了强盗贼，我也跟着罢。再不然，还有一个死呢。人活百岁，横竖要死，这一口气不在，听不见看不见就罢了。"

——第八十回王一贴谈疗妒方时说："吃过一百岁，人横竖要死去，还妒什么！那时就见效了。"

这几例，是明说"人"过百岁，"横竖要死"，将"百年"同"死"紧紧地"捆绑"在一起，暗讽其他"百岁"的东西命运亦然。

——第七十七回通过周瑞家的之口述说荣国府贾母贮存的"人参"："这东

西与别的不同，凭是怎样好的，只过了一百年后，自己就成了灰了。如今这个虽未成灰，然已成了朽株枯木，也无性力的了。"此语更为辛辣，直接用"这东西"代百年之清王朝，咒其"凭是怎样好的，只过了一百年后，自己就成了灰了。如今这个虽未成灰，然已成了朽株枯木，也无性力的了"。可谓句句均为诛心之语！盖古语云："胡虏无百年之运"。不知那"沉酣"于百年"梦幻"中人遭此刺痛后能"醒"否？无奈，脂批曰："点醒'幻'字，人皆不醒。我今日看了，批了，仍也是不醒。""可叹可悲！"

其三，第四十二回鸳鸯向刘姥姥交待贾母送给她的东西，其中有："这盒子里是你要的面果子。这包儿里是你前儿说要梅花点舌丹，也有紫金锭，也有活络丹，也有清心丸，每一样是一张方子包着，总包在里头了。"此处的"清心丸"与前文的"金刚丸""大清早起就咭咭呱呱的玩到一处"一样寓意，不过是"金刚丸"双关"金刚完"，"大清早起就咭咭呱呱的玩到一处"双关"大清早起就咭咭呱呱完到一处"，而"清心丸"双关"清新完"罢了。之所以断定文本这段"闲文"是专为"清新完"而设的笔墨，盖个中仍有相当明显的破绽。

"这盒子里是你要的面果子"，前文确有交待：

一时，只见丫头们来请用点心。……刘姥姥因见那小面果子都玲珑剔透，各式各样，因拣了一朵牡丹花样的笑道："我们乡里最巧的姐儿们，拿剪子也不能铰出这么个纸的来。我又爱吃，又舍不得吃，包些家去给他们做花样子去，倒是不得的。"众人都笑了，贾母笑道："等你家去时，我送你一瓷坛子。你先趁热儿吃这个罢。"

刘姥姥主动要的不但有这个面果子，还有昨儿要的青纱（双关"清杀"）一匹。却一个字也没提什么需要丸散膏丹的事儿。且刘姥姥也不需要"活络丹""清心丸"这类治疗心、脑血管一类"富贵病"的药，因她"生来是受苦的人"，并且在去潇湘馆时有意走那布满青苔的土路，结果"'咕咚'一跤跌倒"，"众人拍手都哈哈的笑起来"，"说话时，刘姥姥已爬了起来，自己也笑了"。贾母忙问："可扭了腰了不曾？叫丫头们捶一捶。"刘姥姥道："那里说的我这么娇嫩了，那一天不跌两下子；都要捶起来，还了得呢。"可见刘姥姥真如贾母所说："这么大年纪了，还这么健朗。"摔一跤都什么事儿没有，自己爬起来，还笑。哪里需要什么"活络丹""清心丸"呢？如若真有高血压一类心脑血管疾病，此一摔不"中风"才怪！故而可知，此处之"清心丸"——"清新完"恐怕不是刘姥姥需要的药物，而是作者用以宣泄自家愤怒的"清心"文字。也许，只有这样理解，才能真正看清曹雪芹的"葫芦庙"里卖的是什么"药"吧。

另，第十七回贾政骂宝玉："你方才那些胡说的，不过是试你的清浊，取笑而已……"；第六十六回兴儿向尤三姐介绍宝玉："外头人人看着好清俊模样儿，心里自然是聪明的，谁知是外清而内浊……"。真不知作者多大胆量，敢于落笔写下"清浊"以及"外清而内浊"这几个沉重非凡的字，须知，胡中藻涉文字狱一案，就因为其诗钞中有"一把心肠论浊清"的字样，结果触怒了朝廷而被诛。盖因乾隆皇帝认为加"浊"于"清"前，就是侮辱大清。那将"浊"放于"清"后，又该如何解释？就不是侮辱大清了吗？且明言"清浊"、"外清而内浊"？故曰"真不知作者多大胆量"。

卷三　宝玉的身份

"大观园"是什么地方

　　"大观园"是什么地方？那还用说吗？"大观园"是元春省亲后，降谕旨让宝玉和众姐妹居住生活的地方。也可以说，"大观园"是作者专为小说第一主人公——宝玉设计的一处主要活动场所。

　　然而关于大观园究竟是什么地方，历来是红学家们和广大红学爱好者感兴趣并争论不休的话题之一。作为小说一个虚构的园址，究竟有无原型，原型在哪儿，是争论的核心。应该说，各种观点均有一定道理，又均不足以说服对方。因现实生活中，偌大的中国，并没有一座与作者描绘完全相同的园林。

　　本文题目所谓"'大观园'是什么地方"，并不是想将大观园座实到某一处园林，也不想为作者"东取一座山，西引一湾水，南撷一阁楼，北移一草木"之"天上人间诸景备"的虚构"芳园"去枉费心机。只是想细读文本的描述，看看作者塑造这人间仙境的寓意是什么，看看他通过这园子向读者作了什么暗示，其中隐藏了什么"真事"。

　　下面谈谈其暗喻的另一个地点：大观园——皇宫——紫禁城。

　　说大观园暗喻皇宫——紫禁城有几方面理由。

　　首先，从大观园的面积来看，与紫禁城大体一样。

戚序本第十六回，贾蓉回贾琏说："老爷们已经议定了，从东边一带，借着东府里的花园起，转至北边，一共丈量准了，三里半大，可以盖省亲别院了。已经传人画图样去了……"关于这短短的几十字，庚辰本有脂砚斋作了三处批语。其一为：简净之至；其二为：园基乃一部之主，必当如此写清；其三为：后一图伏线，大观园系玉兄与十二钗之太虚幻境，岂可草率？第一条批语姑且不论；第二条说"园基乃一部之主"，一部什么，批语未明言。园子大约不该论"部"，故只能解为系一部书"之主"了。既系一部书之主，当然不可"草率"，况其本是"玉兄与十二钗之太虚幻境"。问题在于大观园的面积之大，令许多人觉得不可思议。"从东边一带，借着东府里的花园起，转至北边，一共丈量准了，三里半大"，其中特别强调"一共丈量准了，三里半大"。这个长度，让几乎所有想要座实大观园原型的人士挠头，因北京城内实在找不到一处这么大的园林。故不少人把眼球转向了城外的圆明园。然而不管是什么地方，结果总是此合彼不合，让人莫衷一是。其实，研究者真不该把精力放在这个问题上，倒是应该透过"假话"的外表，看看个中究竟暗喻了作者的什么"真意"。

对此，俞平伯老先生道出了一个颇有意思的思考。他说："故老相传，京师各城门间的距离为三里，我却没丈量过。书上却说，大观园从东到西有三里半，南北不知道，未必是见方三里半罢。就是说这样也可以。假如偏西北角，该从西直门直抵德胜门；假如正北，又该从德胜门直抵安定门。这在北京城里是个奇迹，仿佛把故宫给搬了家。"（《红楼心解》陕西师范大学出版社2005年8月版）这里，俞平伯老有一句话不够准确，戚序本《红楼梦》原文是："从东边一带，借着东府里的花园起，转至北边，一共丈量准了，三里半大"。是从东转向北边，三里半，不是"从东到西有三里半"。这一转是多长距离，无法找到确切的数字。但说"仿佛把故宫给搬了家"，倒还靠谱。（实际上，故宫又何尝搬了家，本就在其原地未动！）

相关资料记载：紫禁城是一座长方形的城池，南北长961米，东西宽753米，四周有高10米多的城墙围绕，城墙的外沿周长为3428米，城墙外有宽52米的护城河。有房屋980座，共计8704间。

如果贾蓉所说的："从东边一带，借着东府里的花园起"到"转至北边"之前，是整个南北的长度961米，然后加上"北边"从东到西的长度753米，总共1714米，而三里半的准确数字是1750米，两者间仅相差36米，倒可以说"一共丈量准了，三里半大"。可知大观园的大小就是按照故宫"丈量"的。而俞老所云"搬了家"，恰是作者不敢完全写实之处。故脂砚斋批曰："不必拘定方向"。如果就明明白白在故宫原地写出一个相同大小的大观园来，众所周知会有什么结果。此乃借道"假语村言"耳。

而且，文本中关于薛家在附近"鼓楼西大街"开设的"舒恒当"（第五十七回）和贾琏为迎娶尤二姐，"已于宁荣街后二里远近，小花枝巷内买定一所房子……"（第六十四回）的交待，以及宝玉、薛蟠先后跑出"北门"——德胜门外的描述，均可推知大观园与故宫的位置关合。

这是说大观园即紫禁城的第一个理由。

其次，关于紫禁城的资料说，故宫内有房屋980座。

980座房屋的数字是按照"座"计数的，笔者有一在故宫工作的朋友为究其实而一间一间地数过，大约是计算方法不同的缘故，具体的房间数并非资料显示的8704间，而是9999.5间。此数字合于"九五至尊"之说，也同民间传说大体一致，应该是可信的。

文本第十七回，作者在贾琏向贾政汇报时这样描述：贾琏见问，忙向靴桶内靴掖装的一个纸折略节来，【戚序本脂批：细极；从头至尾，誓不作一笔逸安苟且之笔。】看了一看，回道："帘子二百挂，昨日俱得了。外有猩猩毡帘二百挂，金丝藤红漆竹帘二百挂，墨漆竹帘二百挂，五彩线络盘花帘二百挂，每样得了一半，也不过秋天都全了。"以上所说各种帘子相加，总计一千挂，恰好同故宫房屋座数——980座很接近。可想而知，这些关于帘子的说法，大概不能说又仅仅是巧合。

否则，大观园内如文本介绍的计有怡红院、潇湘馆、蘅芜苑、秋爽斋、蓼风轩、紫菱洲、稻香村等，仅十来处居所。再加上正殿、大观楼、清堂、嘉荫堂、榆荫堂、梨香院、凸碧山庄、凹晶溪馆、佛寺丹房、议事厅以及下人住的房屋等，也就二十来"座"，假设平均每处地方有十间屋子，且都必须挂帘子，二百挂帘子也够用了。即使是冬天挂毡帘，夏天挂竹帘，也不需要千挂帘子，无论如何，总没有一间房屋挂几重帘子的道理。

所以说一千挂帘子的数目，如果确系"誓不作一笔逸安苟且之笔"，则显系与故宫房屋数暗合。

这是认为大观园即紫禁城的第二条理由。

再次，大观园内的建筑中有——只有紫禁城才有的"复道"。

第十七回作者在贾政考查大观园建筑时描述：行不多远，则见崇阁巍峨，层楼高起，面面琳宫合抱，迢迢复道萦纡，青松拂檐，玉栏绕砌，金辉兽面，彩焕螭头。贾政道："这是正殿了，只是太富丽了些。"

关于此中"层楼高起""迢迢复道萦纡"，著名红学家、中国艺术研究院研究员顾平旦先生在其《大观园与清代园林艺术》一文中有一段这样的文字："现在回到大观园门口去，到门口我们看到的正门，是筒瓦粉墙，皇家园林非常开阔的一个立面，大观园最后是一组重楼复道，里边有特殊建筑上的建筑……大观园的建筑却是复道，上下两个走廊。这种方式在中国现存的建筑史上，除了故宫有，其他没有一个地方有，而大观园里却有。"对于这样一位长于研究的学者的说法，其采信度不言而喻，故毋须多说什么。

大观园试才题对额

且"崇阁巍峨,层楼高起,面面琳宫合抱,迢迢复道萦纡,青松拂檐,玉栏绕砌,金辉兽面,彩焕螭头"等语,其描绘铺陈、汪洋恣肆的炼字方式,一看即可知是化用杜牧《阿房宫赋》的笔法,让人不能不对大观园与阿房宫产生联想。

此外,林黛玉咏大观园诗中有"何幸邀恩宠,宫车过往频"的词句,而宝玉自诵大观园的"四季即事诗"中亦言:"窗明麝月开宫镜,室霭檀云品御香"。不但以阿房宫与大观园相比,并且明点自家所用之物为"宫车"、"宫镜"、"御香"。又是"宫",又是"御",非紫禁城而为何?故脂批曰"非胸中大有丘壑,焉想及此"。

另,前文剖析了,仅李纨住处装有的"玻璃窗户"那一点,就可知大观园非故宫莫属,且李纨表字宫裁,证明她原本与宫廷就存在某种"不离不弃"的关系,自非莫"名"其妙;而实际上大观园使用建筑玻璃处还多多。

第十八回描写贾妃眼中看到的大观园,只见清流一带,势如游龙,两边石栏上,皆系水晶玻璃各色风灯,点的如银花雪浪;上面柳杏诸树虽无花叶,然皆用通草绸绫纸绢依势作成,粘于枝上的,每一株悬灯数盏……诸灯上下争辉,真系玻璃世界,珠宝乾坤。彼时如此名贵的玻璃,竟然"舍得"做成"各色风灯",使大观园"点的如银花雪浪","诸灯上下争辉,真系玻璃世界"一般!诚如赵嬷嬷所说:"'罪过可惜'四个字竟顾不得了";但"也不过是拿着皇帝家的银子往皇帝身上使罢了!谁家有那些钱买这个虚热闹去?"(第十六回)那紫禁城的装点用物,自然是"拿着皇帝家的银子往皇帝身上使罢了",即便是再贵重,也不可能觉得"罪过可惜"。否则,"谁家有那些钱买这个虚热闹去"?

这是说大观园即紫禁城的第三条理由。

第四,大观园的"正门"有讲究。

甲辰本第十七回写贾政初入大观园时,只见正门五间,上面铜瓦泥鳅脊;那门栏窗槅,皆是细雕时新花样,并无朱粉涂饰;一色水磨群墙,下面白石台阶,凿成西番草花样。这里应该关注的有"铜瓦泥鳅脊""白石台阶""西番草花样"三种建筑样式。其中,"铜瓦"当是黄色琉璃瓦的变称,这黄色琉璃瓦和

116

"泥鳅脊"的屋盖，清制非敕建不得自用；而"白石"即俗称的汉白玉，以房山出产最多，也是帝王专用，王侯府邸亦不得僭越；至于"西番草花样"，亦是当时内廷所特有的，最为乾隆皇帝所喜欢。而大观园虽贵为皇妃的省亲别墅，然文本并无"敕命赐建"之语，于公侯府邸而言，属于明显的僭越。且本段文字"一一细考较去"，若无"并无朱粉涂饰"字样，不夸张地说，此"正门五间"分明就是一个活脱脱的"天安门"！【注：此处之"铜瓦泥鳅脊"，其他版本皆为"桶（筒）瓦泥鳅脊"。】

第五，最奇特的是：大观园的格局设置中有"稻香村"和"栊翠庵"。

那"稻香村"乃黄泥筑就矮墙，墙头皆用稻茎掩护……里面数楹茅屋，外面却是桑、榆、槿、柘，各色树木新条，随其曲折，编就两溜青篱。篱外山坡之下，有一土井，旁有桔槔辘轳之属。下面分畦列亩，佳蔬菜花，漫然无际。而相关资料记载，这种格局乃御苑中为天子观稼亲农而设，《养吉斋丛录》（卷十八）中写道："御园弄田，多雍正乾隆间辟治，如耕云堂、丰乐轩、多稼轩、陇香馆是。嘉庆复治田一区，其屋颜曰省耕别墅，为几暇课农之所。"可见，"稻香村"这种格局设置是私家园林绝不能有的。

另外，大观园中设置的"栊翠庵""玉皇庙"和"达摩庵"也不合常宜。因在园林中建造寺院亦为皇家园林特有的格局。

第六，大观园主殿被刘姥姥称为"玉皇宝殿"，而怡红院中设有"鸡人"。

第四十一回刘姥姥进大观园，看到"省亲别墅"时说："哎呦！这里还有个大庙呢！"说着，便爬下磕头。众人笑弯腰。刘姥姥道："笑什么？这牌坊上的字我都认得。我们那里这样庙宇最多，都是这样的牌坊，那字就是这庙的名字。"众人笑道："你认得这是什么庙？"刘姥姥便抬头指那字道："这不是'玉皇宝殿'四字？"众人笑的拍手打掌。

对于这个"玉皇宝殿"的说法恐怕不能仅仅以戏语视之，而应该是作者对大观园即皇城——紫禁城的暗示。且后文"醉卧怡红院"时刘姥姥看到自己所卧的"床"和当地的"大鼎"，再次固执地表示了疑惑："这是那位小姐的绣房，这样精致？我就像到了天宫里一样。"又是"玉皇宝殿"，又是"天宫"，且当地有"大鼎"，别人居室是"炕"，偏生宝玉是"床"（是龙床吧），这一切那么"凑巧"地碰到了一起，仅是偶然么？故李纨咏大观园诗曰："未许凡人到此来"，谁知此种看似夸张的说法，竟是大观园——紫禁城真实情况的写照！

再，第六十二回众姐妹在怡红院为宝玉庆生日吃酒行令，令曰"射覆"。恰逢探春对宝钗，探春先后两次射"人"、"窗"二字，宝钗一想，因见席上有鸡，便射着用"鸡窗""鸡人"二典了，因覆了一个"埘"字。探春知他射着……二人一笑，各饮一杯。此游戏的关键在于"鸡人"二字，所谓"鸡人"，乃皇宫中掌管时间的人。而此前限令时，宝琴笑道："只好室内生春，若说到外头，太没头绪了。"此"室内生春"恐怕并非仅因"席上有鸡"，而更因怡红院中有"鸡人"吧。窃以为，读者若能由此"鸡人"而联想到皇宫——紫禁城，方为真正"射着"了。

第七，大观园谐音双关"大官园"或"大官员"。

作者本善于"从起名上设色"，然迄今却未见有人注意到大观园的名字会有什么寓意。大约是因为"大观"二字，将"天上人间诸景备"的园林景观概括得太恰当了，似乎没有深思的必要。其实，按照文本谐音双关的规律，作者为这所园林起了一个令人叫绝的名字。盖"大观园"者，"大官园"也。

庚辰本第七十三回以脂砚批语明示读者："险极，妙极！荣（原作富）府堂堂诗礼之家，且大官观园（原文如此）又何等严肃清幽之地，金玉闺阁尚有此等秽物（原作妙），天下浅阁薄幕（原作闲浦募）之家宁不慎乎？虽然，但此等偏出大官世族之中者，盖因其房宝香宵，鬟婢混杂（原作杀）乌（原作鸟）保其个个守礼持节（原作特即）哉？此正为大官世族而告戒。"此处之"大官世族"，以及"大官观园"，恐怕不能视为偶然的笔误，应系"以误为正"的点笔。

至于居住在里面的"大官员"是什么"官"，"官"有多大，作者没说。但园子里面的人员构成却颇有意味：一个男人和诸多女子。

为何会有这种居住方式呢，盖因元春省亲后，下了一道谕旨，命宝玉和众姐妹进去居住。其道理为：因在宫中自编大观园题咏之后，忽然想起那大观园中景致，自己幸过之后，贾政必定敬谨封锁，不敢使人进去骚扰，岂不寥落。况家中现有几个能诗会赋的姊妹，何不命他们进去居住，也不使佳人落魄，花柳无颜。却又想到宝玉自幼在姊妹丛中长大，不比别的兄弟。若不命他进去，只怕他冷清了，一时不大畅快，未免贾母、王夫人愁虑，须得也命他进园居住方妙。（文见第二十三回）

熟悉历史尤其是清史的人都知道，只有皇帝的行宫可以禁止别人入内，而作为一个贵妃的元春是没有这种权力的。故而对大观园而言，所谓的"敬谨封锁"完全不合皇家规矩，与贵妃的身份不符，属于另一种形式的僭越犯上。要么就是得出完全相反的结论，这段文字的潜台词为：大观园即皇宫。

所以对于这段托词，读者万不可太过认真，以为贵妃谕旨才是宝玉等人得以进入大观园的原因。庚辰本脂砚眉批明示："大观园原系十二钗栖止之所，然工程浩大，故借元春之名而起，再用元春之命以安诸艳，不见一丝扭捻"。从这段批语可以看出，那"大观园原系十二钗栖止之所"，只不过是假托元春省亲之名、谕旨之命而已。殊不知，即使有了这托词，有了元妃或曰皇家人的谕旨，依然难掩事实的不合常理。试想，在纲常法理严酷的封建社会中，一则元春省亲的大观园本不需要"敬谨封锁"；二则不可能让一个男人与诸多青年女子居于一处。难道是贾府这等大家族乃至元妃本人都不懂王法不成？就连黛玉初到贾府之时还对王夫人"不要睬他（宝玉）"的嘱咐不以为然，答曰："我来了，自然只和姊妹一处，兄弟们自是别院另室的，【蒙府本侧批：用黛玉反衬一句，更有深味。】岂有去沾惹之理？"可见，"兄弟们自是别院另室的"才合乎"三岁不同席，五岁不同食"的古训。而此所谓"反衬一句"的"深味"就在于点醒读者注意，思考为什么宝玉能够违背常规，不但不"别院另室"，且偏偏"只和姊妹一处"。对此，王夫人是怎样"狡辩"的呢："他与别人不同……"。后面具体所表现出的"不同"，不过是"自幼因老太太疼爱，原系同姊妹们一处娇养惯了的"等各种家庭均可能具有的理由。如是，每个家庭溺爱的男孩都有与女孩子

"在内帏厮混"的"权力"，则那封建社会恐怕要"觚不觚"了。所以宝玉的"他与别人不同"，绝非一般的"溺爱"可解，实是他特殊的身份使然。而只有皇帝身份才是"他与别人不同"的真实涵义，所以他有权独自与诸多青年女子居于一处。

准确地说，大观园内不是仅居住了宝玉一个男人，此外还有一个贾兰。但贾兰的存在实属作者的障眼法。（且不考虑贾兰的年龄，因宝玉的年龄亦存在极大的问题。）关键是，贾兰在大观园内根本没有与任何人交往的事实。贾兰在大观园中唯一的一次露面是他"演习骑射"，也仅仅让宝玉一人碰见，还被数落了两句。此外，再无一字可证明他的存在。故贾兰在大观园中属于名有实无的角色。因而事实上只能说大观园中的"居民"就是一男多女。而这种一男多女的居住方式只有一个可能，那就是皇宫。三宫六院、七十二嫔妃、三千佳丽本就是封建社会赋予皇帝的特权。除此以外的任何说法，恐都是站不住脚的。因此说，大观园只能是皇宫——紫禁城！

作者亦知，大观园内这种人员居住的安排过于露骨，无奈只得想了一个蹩脚的——大约连他自己都觉得可笑——的办法，把宝玉等人的年龄"写小"。至少，这样看起来似乎还不显得那么过分。不曾想，这办法还真奏效了，不但瞒过了朝廷的鹰犬，甚至瞒过了迄今为止的绝大多数读者。不知这是作者的幸运，抑或是悲哀。

第八、大观园有自己专属的瓷窑——大观窑。

大观园内摆设了各种珍稀古玩，从紫檀、花梨的家具，到汝窑、哥窑的瓷器，包括外国进贡的各种西洋玩意儿、玻璃器皿……一句话，凡现实中清朝皇宫里有的，几乎都可以在大观园中找到。仅寿怡红一便宴，就使用了"四十个碟子皆是一色白粉定窑的"。当然，可以将之解释为贾府地位显赫，为皇家所器重。这也算正常，但作者还偏要明言，园中摆放着"大观窑"的瓷器，岂不令人生疑？文见第四十回，说是探春的秋爽斋：

左边紫檀架上放着一个大观窑的大盘，盘内盛着数十个娇黄玲珑大佛手；右边洋漆架上悬着一个白玉比目磬，旁边挂着小锤。

关于这个所谓的"大观窑"，宋代周辉的《清波杂志》上说："饶州景德镇陶器所自出，于大观间，窑变色，红如朱砂，谓荧惑躔度临照而然，物反常为妖，窑户亟碎之。时有玉牒防御使仲揖，年八十余，居于饶，得数种出以相似，云比之定州红瓷器尤鲜明"。如果此"大观窑的大盘"就是《清波杂志》记载的那种"玉牒防御使仲揖"具有的瓷器，则除了表明贾府富有各种珍贵瓷器以外，似并无其他寓意。但作者为何在交待荣府、宁府摆设时提到了各种名瓷，均不曾提及"大观窑"，而直到"大观园"建成以后，才在探春的秋爽斋中"摆"上了这个"大观窑"的瓷器呢？且《清波杂志》记载的这种瓷器，只是产生于"大观间"的一种瓷器，仍属景德镇制造，是为彼时官窑的一种。而在瓷器相关史料提及的诸多名窑中，并没有什么"大观窑"的说法。故此时此刻文本特以"大观窑"名之，且特特地让其"出现"在大观园，该不是让人将其与"大观园"本身产生某种联想吧？是不是让人想到此"大观窑"非彼"大观窑"，实乃大观园自家的瓷窑呢？

如果是暗藏这个寓意，事情就"变得"非常有趣了。因如果按照文本表面的文字，贾府不过是公侯之家。一个公侯的府第，怎么可能有属于自家的瓷厂、瓷窑呢？若说它是民窑吧，几乎不可能有任何一个高官显贵，容许民间使用自家园林的名字办什么窑厂，也决无此种道理；若说它是官窑吧，那官窑亦称御窑厂，从其出现起就是专为宫廷服务的，所制瓷器均为皇家自用，或由皇家赏赐的官府享用。而皇家的官窑也无使用麾下公侯家的园林名字命名的道理。如是，要么，贾府就是明显的僭越犯上；要么，大观园就是皇宫。因即使贾妃省亲时见了那些号称"大观窑"的瓷器，自装糊涂不说什么，那些事先前来考查、开道的太监们却不太可能对之置若罔闻。因此，只能说，那"大观窑"的物件，原本就是公开摆设的，毫无想要隐瞒什么人的意思。且"大观窑"之名亦可谐音"大官窑"，从中，既可知此"大官"的"官"有多大，又可知"大观园"究竟是一所什么样的人的园林了。可见，这亦是作者的苦心安排，即从另外一个角度暗示读者，大观园原本就是皇宫——紫禁城。

若要细按，还可以找到一些相关证据。但以上八点，应能足以证明大观园的真实"面目"了，姑不论。

顺便说一下，不单是大观园，宁国府、荣国府也是变了形的皇宫。

"大观园中人"的年龄

　　《红楼梦》中最混乱、最夹缠不清的事情之一，就是人物的年龄。毋庸讳言，作者确实在小说中几次非常明确地交待了人物的年龄，但这些人物的年龄完全经不住推敲。

　　第四十九回，作者对一干大观园中人的年龄，有一个总述。文曰：此时大观园中，比先热闹多少了。李纨为首，余者迎春、探春、惜春、宝钗、黛玉、湘云、李纹、李绮、宝琴、岫烟，再添上凤姐和宝玉，一共十三个人。叙年庚，除李纨年纪最长，这十二个皆不过十五、六七岁，或有这三个同年，或有那五个共岁，或有这两个同月同日，或有那两个同刻同时，所差者大半是时刻月份而已。连他们自己也不能记清谁长、谁幼了，连贾母、王夫人及家中婆娘、丫鬟，也不能细细分别，不过是"姊"、"妹"、"弟"、"兄"四个字随便乱叫。

　　从上文可知，"叙年庚，除李纨年纪最长，这十二个皆不过十五、六七岁"。大约连抄手都觉得把凤姐归于"皆不过十五、六七岁"之中太"不像"，故庚辰本在"李纨"后面加上了"与凤姐儿"四个字。这样，除了凤姐，剩下十一个人"皆不过十五、六七岁"。那么，这些人大者十七，小者十五。如以宝玉为标准，迎春、宝钗是姐姐，探春、惜春、黛玉、湘云、宝琴为妹妹，这是可以确定无争议的。剩下李纹、李绮、岫烟的年纪均无明确交待。至于宝玉曾经管岫烟叫"姐姐"，恐作不得数，因其一贯对女孩混叫"姐姐"，并不能作为岫烟一定比宝玉大的依据。

既然以宝玉作为标准了，就先来看看他的年龄，顺便再对其他人的年龄进行"掰谎"。

关于宝玉的年龄，有几处明确的地方，其余，大抵系依照书中叙述的时间推导而来。

如果以书中披露的年龄为依据，宝玉可归于"世界几百年，中国几千年"才可能出现一个的天才之列。他的"天才"表现在：

一、"性早熟"的天才

依照文本第二十五回叙述，宝玉遭魔法所魇时，一僧一道说："青埂峰下一别，转眼已过十三载矣。"可知此时宝玉虚岁十四岁。反推至贾宝玉初试云雨情，彼时的宝玉应为十岁。"袭人本是个聪明女子，年纪本又比宝玉大两岁，近来也渐通人事……"。故"渐通人事"的袭人也只有十二岁。一个十岁左右的男孩就知云雨情，做儿女事，真"乃天下古今第一淫人也"。也许就因此，红学界有宝玉"性早熟"与否的争论。

二、"读书认字"的天才

第十八回在元春省亲时，作者作了一段补叙：那宝玉未入学堂之先，三四岁时，已得贾妃手引口传，教授了几本书，数千字在腹内了。其名分虽系姊弟，其情形犹如母子。

古代习惯以虚岁计年庚，故宝玉实以二、三岁时，就已经有"几本书，数千字在腹内了"，可谓学习上的"神童"。

此外，还有一年龄上的巨大破绽。即"其名分虽系姊弟，其情形犹如母子"的说法，与第二回冷子兴的叙述大相径庭。冷子兴说："第二胎生了一位小姐，生在大年初一，这就奇了，不想次年又生一位公子……"这亦是关于《红楼梦》的一段公案，各本均为"次年"，只有程乙本将其改为"隔了十几年"。后之汇

寻梦红楼

较者也有径改为"后来"的。对于这段笔墨官司，周汝昌先生认为："元春长宝玉非止一岁，用'次年'以见冷子兴放言不实之处。改'后来'的不解此意，正见其为后笔。'五四'年代胡适等人曾经辨析，同意后笔，失其旨矣。"不管这段公案孰是孰非，足可见年龄混乱程度之一斑。另外，若元春与宝玉"犹如母子"，而元春之上还有"不到二十岁就娶了妻，生了一子，一病死了"的贾珠，那贾珠自然比元春更长。则王夫人现今是多大年龄，又在多大年龄生下贾珠，最后又在多大年龄生下宝玉，恐怕都是"剪不断，理还乱"的事情。

三、"经脉理论与养生学、医药学"的天才

第十三回宝玉从梦中听见秦氏死了，连忙翻身爬起来，只觉心中似戳了一刀的，不忍"哇"的一声，直奔出一口血来。袭人等俱慌忙上来搂扶，问是怎么样，又要回贾母，来请大夫。宝玉笑道："不用忙，不相干，这是急火攻心，血不归经。"说着，便爬起来，要衣服换了，来见贾母，即时要过去。仔细想想看，此时的宝玉不过十二岁左右，往大了说也超不过十三岁。因后文第二十三回宝玉的四首"大观园即事诗"传到园外，当时有一等势利人，见荣府十二三岁的公子作的，录出来各处称颂。可知宝玉不过"十二三岁"。就是这样一个男孩，半夜梦中得知秦氏的噩耗，遂"直奔出一口血来"，不但没有吓哭，反能淡定自若，"笑"劝别人不用忙，说这是"急火攻心，血不归经"，俨然经脉理论大师，连脂砚先生都奇怪，"如何自己说出来了！"（见甲戌本朱笔侧批）说完，果然像没事人一样，"说着，便爬起来，要衣服换了，来见贾母，即时要过去"，可知系经脉理论

可卿

的天才无疑。否则，岂非咄咄怪事？

第十九回叙述宝玉担心黛玉饭后睡觉，说："酸疼事小，怕睡出病来。我替你解闷儿混过困去就好了。"【脂批：宝玉又知养身。】第二十回作者再交待那宝玉正恐黛玉饭后贪眠，一时存了食，或夜间失了困，皆非保养身体之法。【脂批：云宝玉亦知医理……】

第五十一回，晴雯着凉发热，宝玉审视"胡庸医"的药方，见上面有紫苏、桔梗、防风、荆芥等药，后面又有枳实、麻黄。宝玉道："该死，该死，他拿着女孩儿们也像我们一样的治，如何使得！凭他有什么内滞，这枳实、麻黄如何禁得。"遂急命请王太医来，王太医先诊了脉，说的病症与前相仿，只是方子上果无枳实、麻黄等药……宝玉的中医药理论果然了得，不但懂得药理药用，且知道因人施治，水平之高超，令人咋舌！按文中时间推理，此时宝玉不过十四虚岁。说他是"经脉理论与医药学"的天才，应该毫不为过。

顺便说一下，比宝玉稍长一岁的宝钗也是这方面的"天才"。第四十五回宝钗谈及黛玉的身体时说："古人说'食谷者生'，你素日吃的竟不能添养精神血气，也是不好的事……昨儿我看你那药方儿上，人参、肉桂觉得太多了。虽然益气补神，也不宜太热。依我说，先以平肝健胃为要，肝火一平，不能克土，胃气无病，饮食就可以养人了。每日早起拿上等燕窝一两，冰糖五钱，用银铫子熬出粥来，若吃惯了，比药还强，最是滋阴补气的。"又是药理，又是阴阳五行，又是食疗，还能对症……可见宝钗亦非凡常可比。

四、植物学天才与文学天才

宝钗

第十七回贾政率众人"视察"大观园，并命宝玉随行"题对额"。游览至蘅芜苑，只见许多异草：或有牵藤的，或有引蔓的，或垂山巅，或穿石隙，甚至垂檐绕柱，萦砌盘阶，或如翠带飘飘，或如金绳盘屈，或实若丹砂，或花如金桂，味芬气馥，非花香之可比。贾政不禁失笑道："有趣！只是不大认识。"有的说："是薜荔藤萝。"贾政道："薜荔藤萝不得如此异香。"以上种种异草，以贾政之老练成熟，众清客相公之博学（第十八回有曰：贾政世代诗书，来往诸客屏侍坐陪者，悉皆才技之流！）尽皆不知，而宝玉则张口就来："果然不是。这些之中也有薜荔藤萝。那香的是杜若蘅芜，那一种大约是茝兰，这一种大约是青葛，那一种是金登草，这一种是玉蕗藤，红的自然是紫芸，绿的定是青芷。想来《离骚》、《文选》等书上所有的那些异草，也有叫作藿蒳薑荨的，也有叫作紫纶绛组的，还有石帆、水松、扶留等样，又有叫什么绿荑的，还有什么丹椒蘼芜、风连。如今年深岁久，人不能识，皆像形夺名，渐渐的唤差了，也有的。"

上述列举之种种珍稀植物，真乃世所罕闻，惟《离骚》、《文选》、《吴都赋》、《蜀都赋》等著名文学书籍上方有所见，多属"如今年深岁久，人不能识"者，而"不足十三岁"的宝玉却能知之甚详，非植物学与文学之天才而为何呢！

五、心理、生理早熟的典范

虽然宝玉厌恶读书，但他在诗词曲赋、琴棋书画等方面的造诣也远在常人之上，至于对女孩子的心理揣摩、体贴入微，更是成熟的紧。既是艺术的天才，又是"意淫"的高手。

尤其不能不说的，是宝玉对傅秋芳的那番心思。第三十五回交待，那宝玉闻得傅试有个妹子，名唤傅秋芳，也是个琼闺秀玉，听人传说才貌俱全，虽目未亲睹，然遐思遥爱之心十分诚敬，不命他进来，恐薄了傅秋芳。宝玉"虽目未亲睹"傅秋芳究竟系何等人物，只是"听人传说才貌俱全"，就"遐思遥爱之心十分诚敬"。如不细按，真真要佩服宝玉的"情不情"了。但一看年龄，恐怕就要让人大跌眼镜。盖宝玉时年十四岁（一说十五岁），而傅秋芳已然二十三岁了。

一个小男孩如此思慕一个从未见过，且比自己大上将近十岁的女子，实不知该如何解释才好。

事实上，此事还不仅仅是宝玉的"单相思"，文本交待"那傅试与贾母亲密，也自有一段心事"。这傅试的"一段心事"是什么呢？原来"那傅试安心仗着妹妹要与豪门贵族结姻，不肯轻易许人，所以耽误到如今。目今傅秋芳已二十三岁，尚未许人"！看看，那傅试居然"安心"将"已二十三岁"的妹妹与年仅十四岁的宝玉"结姻"，开什么国际玩笑！或曰，文本只是说"与贾母亲密"，而并未说此段"心事"是针对宝玉而言。没错，确实没有任何"明文"表现此意。但贾府中"文"字辈俱已老迈，而"玉"字辈尚未结缡的仅余玉、环二人，难不成是企图给谁作"小儿"？更兼文本交待，那傅试"遣来的两个婆子"只是到大观园来给宝玉请安，并未去其他地方，随后，即"一面说，一面走出园来，辞别诸人回去，不在话下"。此"心事"非对宝玉而何？而宝玉又究竟年龄几何？

且宝玉之行为老到，不仅表现在对女孩子的体贴心细如发，就连几种日常动作也老成非常。

其一，小说描写宝玉对女孩子的细心周到程度，远超过其同龄人的"成熟"。因文中此种描写比比皆是，这里仅举一个例子。

第六十四回，听雪雁说黛玉要熏香祭祀，宝玉这里不由的低头细想，心内道："据雪雁说来，必有原故。若是同那一位姊妹们闲坐，亦不必如此先设馔具。或者姑爹、姑妈的忌日，但我记得每年到此日期，老太太都吩咐另外整理肴馔送去林妹妹私祭，此时已过。大约必是七月因为瓜果之节，家家都上秋祭的坟，林妹妹有感于心，所以在私室自己祭奠，取《礼记》：'春秋荐其时食'之意，也未可定。但我此刻走去，见林妹妹伤感，必极力劝解，又怕他烦恼郁结于心；若竟不去，又恐他过于伤感，无人劝止。两件皆可致疾。莫若先到凤姐姐处一看，在彼稍坐即回，如若见林妹妹伤感，即设法开解，既不致使其过悲，而哀痛稍伸，亦不致抑郁致病。"想毕，遂出了园门，一径到凤姐处来。此种细致入

寻梦红楼

微的心理描写告诉读者，宝玉对黛玉的体贴，可谓前思后顾，左右逢源，面面俱到。要知道，这是一个年仅十四五岁的少年的心理，其成熟程度实远非"常人"可以相比，更远非"常孩"可以企及。

其二，文中不止一次描写宝玉"背手"走路。第三十回宝玉闲极无聊，满处乱逛。目今盛暑之际，又值早饭已过，各处主仆人等多半都因日长人倦，宝玉背着手，到一处，一处鸦雀无闻。第三十三回，宝玉被王夫人数落一顿，也无可回说。见宝钗进来，方得便出来，茫然不知何往。背着手，低头一面感叹，一面慢慢的走着，信步来至厅上。想想看，一名十三、四岁的少年，背手走路的画面，何其有趣啊！

其三，第五十八回交待宝玉大病初愈，袭人因说："天气甚好，你且出去逛逛，省得丢下饭碗就睡，存在心里可不好。"宝玉听说，只得拄了一支杖，趿着鞋，步出院来。宝玉因病了几日，身体虚弱，尚未完全恢复，因出门需要有些助力。奇怪的是，他不是扶着丫鬟，居然是"拄了一支杖，趿着鞋"四处走动。完全不在乎在宝姐姐、林妹妹、湘云、宝琴等诸多心仪的女孩面前有失脸面，岂可怪也欤？

其四，在第二十四回宝玉说贾芸："你倒比先越发出挑了"处，庚辰本脂砚批曰：何尝是十二三岁小孩语。恐亦在暗示宝玉非"十二三岁小孩"。

其五，甲戌本第十三回写宝玉闻听秦氏死讯后，"只觉心中似戳了一刀的不忍，'哇'的一声直喷出一口血来【朱笔侧批：宝玉早已看定，可继家务事者，可卿也。今闻死了，大失所望，急火攻心，焉得不有此血？为宝玉一叹！】"。宝玉彼时多大年龄？不过十一二岁，居然"早已看定，可继家务事者，可卿也"！"早已看定"是什么时候？说是一、二年前，不算过分吧，那也就是说宝玉十岁时甚至更小，就"已看定"可卿在"继家务事"方面的才能了。这对于一个"于国于家无望"的孩子而言可能吗？若说是贾政"早已看定"，尚在情理之中，难不成是脂砚斋犯糊涂了？

与此相反，作者在描写宝玉"小"时，笔墨一下子变得"稚嫩"了许多，似乎找不到什么恰当的词语，多处重复使用"扭股儿糖似的，只是厮缠"的写法，仿佛只有"扭股儿糖似的"，才能喻其小。是真？是假？

事实上，作者在许多地方使用了"不写之写"的手法，来暗示宝玉实际的年龄。

第一、侧面描写乳娘李嬷嬷的老态，暗逗宝玉的实际年龄。

第十九回、二十回表现宝玉的奶母李嬷嬷拄拐进来请安，瞧瞧宝玉。一路唠唠叨叨，见谁说谁，见什么吃什么，把袭人排揎了一顿，又哭又闹，口口声声"我的血变的奶，吃的长这么大"，"到如今吃不着奶了，把我丢在一旁，逞着丫头们要我的强"，还说，"我也不要这老命了，越性今儿没了规矩，闹一场子，讨个没脸，强如受那娼妇蹄子的气。"直到凤姐连劝带说的拉了出去。

这样一个老嬷嬷多大年龄了，作者没有明写，只说是"告老解事出去的了"，脂批："写龙钟奶母，便是龙钟奶母"。从各种描写来看，因身体状况不同，不好和刘姥姥比，但从那"唠唠叨叨，倚老卖老，一番老糊涂了"的描写来看，比宝玉的祖母——贾母年龄只大不小，否则，何必称之"龙钟"？而此时的宝玉只有一十三岁！且不说李嬷嬷有七、八十岁，六十岁总该有吧，再退一步，就算五十五岁甚至五十岁吧。那宝玉出生时，李嬷嬷也要三十七、八，或四十往上了。

据周汝昌先生考证，"清代皇家宫内制度，规定奶母以二十五岁为标准龄限。大富贵人家也许差不甚多。至于一般百姓，产后缺奶，必雇奶娘的，三十岁开外，那太寻常了，没有一定的'年限'可言。"贾府属于那种情况？退一步说，即使贾家不是"皇家"，但显赫如贾府这样的公侯人家，会雇用年龄如此大的奶母吗，令人无法想象。

对于贾府所用奶母的年龄究竟应该有多大，文本没有明写，但却有暗示。戚序本第七十八回王夫人在抄检大观园之后对凤姐说："我前儿顺路都查了一查。谁知兰小子这一个新进来的奶子也十分妖娆，我也不喜欢他。我也说与你嫂子，好不好叫他各自去罢。况且兰小子又大了，用不着这些奶子。"贾兰的"这一个

寻梦红楼

新进来的奶子也十分妖娆"，既用"妖娆"一词，年龄恐怕不会很大，三十岁左右应是靠谱的（按一般规律，恐怕还要年轻些），且在"兰小子又大了，用不着这些奶子"的情况下。何况这个年龄又符合清代的制度、习惯，且从生理上来说，做奶母也最合适。

贾兰如此，宝玉自然不会例外，更何况宝玉在贾府受宠的度程度远非他人可及。可见，要么，李嬷嬷没有那么老，要么，贾宝玉不会那么小。综合考虑，恐怕还是宝玉的年龄要更大些才比较妥当。否则，前述如此多不合常理的早熟就无法解释。

第二、通过表现袭人、湘云等人的年龄，来透露宝玉的年龄。

第十九回袭人对宝玉说："自我从小儿来了，跟着老太太，先伏侍了史大姑娘几年，如今又伏侍了你几年。"第五十四回贾母的话与此遥相呼应，老太太说袭人："我想着，他从小儿伏侍了我一场，又伏侍了云儿一场，末后给了宝玉魔王，亏他魔了他这几年。"袭人说话时，宝玉不过十二、三岁，袭人年长两岁，也就十四、五岁。按此推之，袭人刚开始伏侍贾母时应该多大？这两段话里，"几年"和"一场"都是虚数。按一般意义上理解，所谓"几年"或"一场"，总应大于二年。那么，说袭人前后伏侍三人总共七年，并未多算。如是，袭人从七、八岁就开始伏侍一位七十来岁的老太太了，想想看，那画面有多滑稽！且第三回贾母在黛玉初来荣国府时明言十岁的雪雁"甚小，一团孩气……料黛玉皆不遂心省力的"；而第七十一回，因为母亲被囚禁而向林之孝家的讨情的这两个小丫头子才七、八岁，原不识事，只管哭啼求告。如此看来，"七、八岁，原不识事"，那十岁者"甚小，一团孩气……皆不遂心省力的"，那袭人在别人不能时，就能伏侍老太太，可见亦是像宝玉一样的天才，不过是伏侍人的天才罢了。

再，这两个"七、八岁"的小丫头的娘是多大年纪呢，下文紧跟着就从费婆子嘴里说出来了，"我那亲家也是七八十岁的老婆子"，"七、八岁"的孩子能有"七八十岁"的娘！当然，不能排除那费婆子为自己的亲家"讨情"而夸大其词，但也不能多说二三十岁吧。可见，作者就是有意在这个问题上，制造令人瞠目的假话和不可思议的误谬，让读者知道书中人物年龄的不可信。在人物年龄问题上，挪用王夫人对黛玉的另类忠告来对待，也许甚妥，即："他嘴里一时甜言蜜语，一时有天无日，一时又疯疯傻傻，只休信他。"

况且袭人伏侍贾母等三人决不止七年。第三十二回袭人与湘云的对话明白告诉读者，袭人十几年前就开始伏侍贾母了。袭人问湘云："你还记得十年前，咱们在西边暖阁住着，晚上你同我说的话儿？那会子不害臊，这会子怎么又害臊了？"这里且不管湘云两三岁会说什么"不害臊"的话，至少证明袭人十年前就已经伏侍湘云了，这之前还伏侍了贾母"一场"，那么，袭人恐怕一出生就开始在贾府伏侍人了。当然，这是不可能的。之后又"魔了"宝玉"这几年"，袭人的年龄究竟几何？

第三、通过婆子和宝玉自己的话，来暗示宝玉的年龄。

第七十八回，宝玉发现蘅芜苑中"寂静无人，房内搬得空空落落的"，遂问走来的几个婆子是什么缘故，婆子道："宝姑娘出去了。这里交给我们看着，还没有搬清楚呢。我们帮着送了些东西去，这也就完了。你老人家请出去罢，让我们扫扫灰尘也好，从此，你老人家也省跑这一处的腿子了。"短短几句话，两次"你老人家"，嘲笑也罢，讥讽也罢，总没有称一个十几岁的孩子"你老人家"的道理，且宝玉也对之置若罔闻。再没有气性的少年，也不会让别人，乃至下人说自己"老人家"吧。

第五十一回，宝玉批评胡庸医用药，对丫鬟们说："我和你们一比，我就如那野坟圈子里长的几十年的老杨树，你们就如秋天芸儿进我的那才开的白海棠……"这里是宝玉自己称自己如"几十年的老杨树"。那宝玉固然时常被人称"呆"道"傻"，也不至于傻到自己说自己如"几十年的老杨树"吧；联想到几年前，宝玉说起那比自己大好几岁的"儿子"贾芸——为"芸儿"来，有多自然！

顺便说一句，秦可卿虽然不是大观园中人，但她的年龄亦存在明显的疑团。刘姥姥一进荣国府时见到的贾蓉，是"一个十七八岁的少年"。嗣后，为使葬礼"风光些"，贾珍为贾蓉"买官"时，递给大明宫掌宫内相戴权的那张红纸履历上写着：

江南应天府江宁县监生贾蓉，年二十岁。曾祖，原任京营节度使世袭一等神威将军贾代化。祖，丙辰科进士贾敬。父，世袭三品爵威烈将军贾珍。

藉此可知贾蓉的确切年龄为二十岁，秦可卿的年龄亦应与其相去不远。因之，可卿去世时最多也就不过是二十出头。而为她送葬时"铭旌上大书：奉天洪建兆年不易之朝诰封一等宁国公冢孙妇防护内廷紫禁道御前侍卫龙禁尉享强寿贾门秦氏恭（宜）人之灵柩（位）。"甲戌本、已卯本、庚辰本、戚序本、列藏本等诸本都有这段文字。这里写明秦氏结局是"享强寿"，何为"强寿"呢？《礼记·曲礼（上）》云："人生十年曰幼，学；二十曰弱，冠；三十曰壮，有室；四十曰强，而仕……"可见，所谓"强寿"，应为年龄四十（以上）而死。即使是三十多岁死亡，古人为了面子，避讳少亡的口实，也可以勉强算"享强寿"，但绝无二十岁死亡就曰"享强寿"者。更可异的是，秦可卿生前对凤姐恭恭敬敬，一口一个"婶子"、"婶娘这样疼我"，而到临终时向王熙凤托梦，说到贾府的营生之道、谋后之路，语言之周密、口气之大竟俨然如老祖宗似的一家之主。可见在秦可卿的年龄上，也是一路"奇奇怪怪"之文。

拉拉杂杂引了这么多文字，不用说也就可以知道，宝玉、湘云、袭人乃至秦可卿等人的年龄是如何的不真实；黛玉六岁就为母亲"侍汤奉药，守丧尽哀"，是如何不合情理。从而可知宝玉根本就不是十几岁的年龄，而确实是如"老杨树"那样，有几十岁了。有了这个基本认识，背手、挂拐走路的姿态就毫不奇怪了；亦可知宝玉为何被人称为"你老人家"，也毫不介意了；更可理解，那方方面面表现出的"早熟"或"天才"是怎么回事了。总之，一切的一切，都显得合情合理了。

那么，作者为什么要把大观园中人写"小"呢？道理十分简单，不这样，就无法"顺理成章"地让宝玉和那些青年女子一同住进大观园，作者也就无法将暗喻宝玉为皇帝的身份"微密久藏"，则《红楼梦》亦将不《红楼梦》了。

至于不但将宝玉写小，且借一僧一道之口说出："转眼已过十三载矣"，从而明言宝玉十三岁，实是另有奥秘。

宁国府、荣国府是变了形的皇宫

说宁国府、荣国府是变了形的皇宫，也是从文本种种暗示中得出的结论。且开篇第一回就有"草蛇灰线"伏脉。

作者在介绍甄士隐家庭的文字中，这样写道：家中虽无甚富贵，然本地便也推他为望族了。【甲戌本朱笔侧批：本地推为望族，宁、荣则天下推为望族。叙事有层落。】什么叫"天下推为望族"，其"叙事"在后面层层叠叠地展开了。

先看宁府。

其一，薛宝钗咏大观园诗，第一句就明言"芳园筑向帝城西"。对此"帝城西"的说法，一般容易理解成"西"到若干距离之外，故有大观园即"恭王府"一说。殊不知，此"西"本系紧邻宁国府而言。按文本前面的交待，宁府在东，大观园在宁荣二府之中，自然位于宁府之西，则宁国府为"帝城"可知。

因之，第五十三回"宁国府除夕祭宗祠"详写其建筑格局，将其再次皴染。其文曰：宁国府从大门、仪门、大厅、暖阁、内厅、内三门、内仪门、塞门，直到正堂，一路正门大开，两边阶下一色朱红大高照，点的两边金龙一样。前后凡九道门。众所周知，"君门九重"，非暗示宁国府为皇宫，又能如何解释呢？

且贾府宗祠设在宁国府而不在荣国府，其表面上的原因应是"宁公居长"所致，而事实上，建都北京的清王朝是遵循古制在紫禁城西置社坛、东设太庙的。故将宗祠设在东府——宁国府，原当有自。更兼那宗祠"月台上设着青绿古铜鼎彝等器"，此"鼎"乃是政权的象征，故自古"问鼎"就是觊觎皇位之意，鼎的设置自非随意可为者。而荣、宁二府及大观园中多处均有"鼎"的存在，就连探春的秋爽斋也"设着大鼎"。

其二，同回文本中，更有对贾府列祖列宗遗像的描述，皆系怵目惊心之语。上面正居中悬着宁、荣二祖遗像，皆是披龙腰玉，两边还有几轴列祖遗像，暗合清朝定鼎以来的"二祖列宗"。故回前著文提示："除夕祭宗祠"一题极博大，"元宵开夜宴"一题极富丽。拟此二题于一回中，早令人惊心动魄，不知措手处。……最高妙是"神主看不真切"一句，……噫！文心至此，脉绝血枯矣！谁是知音者？其中强调的"令人惊心动魄，不知措手"，以及"披龙腰玉"，"神主看不真切"等语，确实令人深思。

此外，还有回前"都中望族首吾门"的说法，以及宗祠对联"肝脑涂地，兆姓赖保育之恩；功名贯天，百代仰蒸尝之盛"赞颂，又是"兆姓"，又是"贯天"，自不可等闲视之。想想看，敢称"都中望族"之首的，当然只有皇家，贾府怎敢如此妄自尊大，号称"贯天"？即使宁、荣与另外"六公"同为"八公"，也不敢明言自己是"八公"之首，何况"八公"之上还有北静王等"四王"呢。故而"都中望族首吾门"的说法，或只能理解为，所谓"贾府"，实乃真"皇家"。否则，何言"首吾门"？种种暗示，不一而足。难怪批者连连感叹，动问"谁是知音者"？作为后人，如果总也"看不真切"小说背面的"惊心动魄"，实在是对不起作者"脉绝血枯"的一片苦心啊！

其三，第六十三回贾敬去世时，东府中几个人慌慌张张跑来说："老爷宾天了。""宾天"者，"帝王死"之谓也。从中可知贾敬的身份，亦与宁国府九重门的建筑格局相关合，而宁国府之为皇宫不言而喻。

而此前交待贾敬生日之时不愿回宁府，以免受到"红尘"搅扰，贾珍遂"率领合家都朝上行了礼了"，则恰好可与之呼应。

联想到当初宁府为秦可卿大办丧事时，不知来了多少高官显贵，连不可擅出皇宫内院的大太监"大明宫掌宫内相戴权"亦前来拜祭，对宁府多处如此明显的僭越犯上，怎么可能视若无睹？如言戴权系因此而特地前来勒索一笔，又岂是贾珍自愿"捐"一个小小的"龙禁尉"可以满足胃口的？

其四，同在第六十三回，贾蓉置亲祖父去世于不顾，抓紧时间赶回家中与尤氏姊妹及丫头们调笑，遭到丫头们的恨骂："短命鬼儿！你一般有老婆丫头的，只和我们闹。知道的说是玩，不知道的人，再遇见那脏心烂肺的、爱管闲事嚼舌根子的人，吵嚷的那府里谁不知道，谁不背地里嚼舌说咱们这边混账。"贾蓉笑道："各门另户，谁管谁的事？都够使的了。从古至今，连汉朝和唐朝，人还说脏唐臭汉，何况咱们这宗人家。谁家没风流事？……"

这里作者又玩弄了偷换概念的把戏，前边说"连汉朝和唐朝，人还说脏唐臭汉"，是说朝代，而后边却变成了"咱们这宗人家"！"咱们这宗人家"怎么能同朝代相提并论？盖作者有意造成这种推理的不合逻辑，然后让读者产生联想：既然前边是朝代，后边自然也应是朝代。前为汉唐，此为清。当然，那"脏唐臭汉"本是指后宫生活的荒淫，此处自是暗喻"咱们这宗人家"为同样荒淫的清皇宫了。故第七回焦大醉骂时，贾蓉忍不得，便骂了两句，使人捆起来，"等明日酒醒了，问他，还寻死不寻死了！【可怜！天下每每如此。】"……众小厮们听他说出这些没天日的话来，唬得魂飞魄丧……此中之"天下"的说法和"没天日"的比喻，恐亦可作为宁府为皇宫的旁证。

大约就是宁府暗喻皇宫的的缘故，故元春省亲后，贾珍设戏庆贺，满街之人个个都赞："好热闹戏，别人家断不能有的。【脂批：必有之言。】"脂批"别人家断不能有的"为"必有之言"，亦在强调宁国府实非"别人家"，乃皇宫是也。故"黑山村的乌庄头"前来上供时亦称宁国府为"天子脚下"；于是，作者遂借戏文谩骂宁府"倏尔神鬼乱出，忽又妖魔毕露，甚至于扬幡过会，号佛行香，锣鼓喊叫之声远闻巷外"！

再看荣府。

同样，荣国府的建筑格局与宁府毫无二致。文本写贾母祭宗祠回来，"一时来至荣国府，也是大门正门直开到底"。只是以一个"也"字将九重门一笔带过而已。而荣国府亦是"焚着御赐百合宫香……一色紫檀透雕，嵌着大红透绣花卉并草字诗词的璎珞"，并特地说明，此璎珞"并非市卖之物"，乃贵当"进上"者；此外还有"透雕夔龙护屏矮足短榻"等物，院内"全挂彩穗各种宫灯"，且其中更有许多以明清皇家视为珍宝的"玻璃"制作的"宫灯"——"玻璃芙蓉彩穗灯"。与皇宫唯一的差别，是皇宫仅一座，这里却有"二府"。很明显，"二府"、"御赐"等应系作者假语。如果不让这里"烟云模糊"一下，那还了得！

且读者均知，整部小说描写二府，始终采用一明一暗，一主一从的写法，以宁国府作为荣国府的陪衬，当系有意为之。

对于荣国府，小说开篇就几次三番强调其"与别家不同"、"自与别处不同"、"果亦与别家不同"。至于怎样"不同"，第一回介绍甄士隐家时，言其"家中虽不甚富贵，然本地便也推他为望族了。【甲戌本侧批：本地推为望族，宁、荣则天下推为望族。叙事有层落。】"那"天下推为望族"者，显然非皇家莫属了。

当然，作者没有像对宁府一样明写其皇家建筑格局，而是通过交待日常生活起居，待人接物及物品摆设等，来一点点暗示其"与别家不同"的皇家地位。

其一，荣国府上上下下，从贾母、宝玉起，直到袭人、晴雯等丫鬟，不管是谁病了，都要请太医诊治。这里仅以第四十二回太医为贾母看病为例。

一时，只见贾珍、贾琏、贾蓉三个人将王太医领进。王太医不敢走甬路，只走边砖，跟着贾珍到了阶矶上。早有四个婆子走在两边打起帘子，迈步进去，只见宝玉迎了出来。只见贾母穿着青绉绸一斗珠的羊皮褂子，端坐在榻上，两边四个未留头发小丫头都拿着蝇帚、漱盂等物；又有五六个老嬷嬷雁翅排立两旁。碧纱橱后，隐隐约约有许多穿红着绿，戴宝簪珠的人。王太医便不敢抬头，上来请了安。贾母见他穿着六品服色，便知是御医了，含笑称呼："供奉好？"因问贾

宁国府、荣国府是变了形的皇宫

珍："这位贵姓？"贾珍道："姓王。"贾母笑道："当日太医院正堂有个王君效，好脉息。"王太医忙躬身低头，含笑回说："那是晚生的家叔祖。"贾母听了，笑道："原来也是世交。"

这一段文字看似着力描写了贾府的威赫。老太太偶染小恙，也要请御医诊治；即便是六品御医，也"不敢走甬路，只走边砖"；且言谈话语中流露出，请御医是惯常之事，故曰"世交"。另，"当日太医院"御医的名字也颇有意味——王君效，摆明了是专为君王服务效力的。

记得有红学家曾经就"太医"经常进贾府一事展开讨论，认为太医既可以为君王治病，也可以为公侯大臣治病，故"太医"者，并不表明贾府一定是皇宫。专家们的见解当然有他们的道理。但这个结论尚在两可之间，虽不能肯定贾府的皇家地位，却又不能排除这种可能性。

而"御医"呢，御医应该是"太医"的同义语，从其特定称呼上看，应该是专为君王看病的。那么，即使偶尔"龙颜大悦"，而敕命御医去为自己的重臣诊治，恐也不是经常可为之事。退一步说，就算贾府之人颇受皇帝宠幸，御医每请必到，恐也没有"若耽误了，我打发人去拆了太医院大堂"之理。

第五十七回宝玉因紫鹃的"情词"试探而"急痛迷心"，又请来王太医，王太医道："实在不妨，都在晚生身上。"贾母道："既如此，请到外面坐着开方子。若治好了，我另外预备好谢礼，叫他亲自去磕头；若耽误了，我打发人去拆了太医院大堂。"一个公侯之家，怎敢如此胆大妄为？好像太医院是他们家开的！显然将贾府理解为皇宫，具有相当的合理性。

其二，荣国府日常所用之物为"内造"、"进上"、"贡品"者，俯拾皆是。

第四十回，贾母因见潇湘馆的窗纱颜色旧了，命人将贾府库房里的软烟罗换上。那个软烟罗只有四样颜色，一样雨过天晴，一样秋香色，一样松绿的，一样就是银红的。其中又有"秋香色"——皇家御用的金黄色。紧跟着再描述，凤姐忙把自己身上穿的一件大红绵纱袄子襟儿拉了出来，向贾母、薛姨妈道："看我的这袄儿。"贾母、薛姨妈说:"这也是上好的了,这是如今的上用内造,竟比不上这个。"凤姐儿道:"这个薄片子,还说是上用内造的,竟连这个官用的也比不上了。"

第五十四回,贾府庆元宵,燃放烟花。"这烟火皆系各处进贡之物,虽不甚大,却极精致,各色故事俱全,夹着各色花炮。"

诸如此类,固然可以理解为:系先进贡皇宫,然后为贾妃转赐。然而另外一些地方的描述,恐怕就不好以"转赐"解释了。

第五十七回宝玉发病,贾母遂"将祛邪守灵丹及开窍通神散各样上方秘制诸药"送去,令其"按方饮服","次日又服了王太医的药,渐次好起来",可见,贾府原有"各样上方秘制诸药"。

第七十二回贾琏要鸳鸯帮忙借当,遂竭尽阿谀奉承之能事。骂小丫头子:"怎么不沏好茶来,把昨儿进上的新茶沏一碗来!"看看,"昨儿进上的新茶",今天就已经到了荣国府,如系转赐,何其迅速!且不能排除昨日已经到了贾府的可能性。如果说,这仍然是转赐的结果,也罢。再看看下面的文字表述的事实又该如何解释。

第五十六回,江南甄府进京朝贺,林之孝家的来说:"江南甄府里家眷昨日到京,今日进宫朝贺。此刻先遣人来送礼请安。"说着,便将礼单送上来。探春接了,看道:"上用的妆缎蟒缎十二匹,上用各色宁缎十二匹,上用宫绸十二匹,上用缎十二匹,上用纱十二匹,上用各色绸缎四十匹。"……一语未完,果然人回:"甄府四个女人来请安。"贾母听了,忙命人带进来。……方坐下,贾母便问:"多早晚进京的?"四人忙站起来回说:"昨日进的京,今日太太带了姑娘进宫请安去了,故先令奴才们来请安,问候姑娘们好。"

这段文字中有几处蹊跷。首先,甄家所送礼品均为"上用"——凡六类"上用"之物;其次,所有贡品均未达皇宫,是"先"——两次提到"先"于进宫,系径直送到荣国府来的。甄府、贾府,一个敢送,一个敢收,泰然自若,似乎没有任何僭越犯上之虞,岂不奇怪?

再，第四十二回刘姥姥临走，荣国府让她带着各种物品，其中包括"一盒子各样的内造点心"；可见荣府不但自有"内造点心"，而且可以随便作为礼物送人；及至第七十六回贾府过中秋，贾母命人吹笛子，"大家称赞不已"，老太太高兴，便将自己吃的一个内造瓜仁油的松穰月饼，又命斟一大杯热酒，送给谱笛之人……明点此"内造"之月饼既非"进"的，亦非"上"的，乃是贾母"自己吃的"！这又该作何解释呢？贾母系何身份，就可以享用"内造"的食物？

其三，荣国府大量摆设紫檀器具、青铜鼎彝、汝窑、定窑瓷器、玻璃器皿等贵重物品。

据史料记载，紫檀木因其稀有、贵重，而成为清代家具中的"领军人物"，凡须使用紫檀者，均须经朝廷主管部门特批。而在荣国府以及大观园中，紫檀器具似乎并不稀罕。

第三回林黛玉初进贾府就看到贾母住所的穿堂当地放着一个紫檀架子的大理石的大插屏。而荣国府的"正紧正内室"——荣禧堂，则更加了得：大紫檀雕螭案上，设着三尺来高青绿古铜鼎，悬着待漏随朝墨龙大画，一边是金蜼彝，一边是玻璃盒。地下两溜十六张楠木交椅……左边几上文王鼎匙箸香盒；右边几上汝窑美人觚内插着时鲜花卉，并茗碗唾壶等物。其中的摆设，除："大紫檀雕螭案"以外，"玻璃盒"亦属贵重物件。因玻璃是清朝康熙年间进入中国的，故而十分贵重。另，"地下两溜十六张楠木交椅"未点明是何"楠木"，如果是"金丝楠"亦为皇家专用。尤其值得一提的是那"汝窑美人

荣国府元宵开夜宴

瓠"。汝窑乃异常珍贵的重器，历史上各种文献记载均对之推崇备至，认为汝窑是进贡的御器，仅供皇帝使用。清宫《造办处活计清档》记载，雍正七年有过一次对汝窑瓷器的统计，当时皇宫中仅有汝窑31件。如此珍贵的、仅供皇帝使用的器物，荣国府就有，且在使用着——"插着时鲜花卉"！皇帝也不一定就舍得这样随意地使用，荣国府是什么地方啊！

第五十三回在描述荣府悬挂各种宫灯时交待，其中有一种系漆干倒荷叶，叶上有烛信插着彩烛。这荷叶乃是錾珐琅的活计，可以扭转，如今将荷叶扭转向外……看戏分外真切。

这里所说的"錾珐琅的活计"，是将铜胎由铸造、锤焊而成，錾出凹凸不平的图案，凹处再点以珐琅釉料，磨光、镀金的器物。故此类"錾珐琅的活计"，显得富丽堂皇，有着庄重而醇厚的艺术效果。有关资料显示：明代承担制作珐琅的机构为御用监，清代则由清宫内务府"造办处珐琅作"来具体制作。珐琅由于其制作对于原材料和工艺水平要求非常高，并具有金碧辉煌的富贵气派，适合封建皇帝的审美需求，因此而成为内廷陈设的重要器物。明清两代的珐琅器大部分为宫廷所垄断生产，其产品也大多供皇宫中使用，民间涉足不多。可见，文本此处关于"錾珐琅的活计"的交待，亦可作为荣国府是皇宫的又一明证。

此外，不仅"荣禧堂"这样的"正紧正内室"有汝窑器物，贾母、凤姐的住处也有"汝窑盘子架儿"（第二十七回）；探春的住所亦"设着斗大的一个汝窑花囊"，当地还放着"花梨大理石大案"（第四十回）。而第四十一回众人随贾母品茶栊翠庵，妙玉竟然以"成窑五彩泥金小盖钟"、"瓜皮青描金的官窑新瓷盖碗"为贾母及众人倒茶。至于宝、黛、钗三人所用的茶具更是罕见的"古玩奇珍"，甚至还有"九曲十八环一百二十节蟠虬整雕的湘妃竹根的一个大海"；而刘姥姥酒后误入怡红院，就看到："活突出来的"西洋画儿，以及"四面雕空紫檀板壁将这镜子嵌在中间"的西洋穿衣镜；后文宝玉生日还命人"把那张花梨圆炕桌子放在炕上坐，又宽绰，又便宜。"……各种皇家享用乃至专用的器物，荣国府竟然比比皆是。

另，据方豪先生考证，荣国府（包括大观园）中的"洋货"，如：暹罗茶、木樨香露、玫瑰香露、自鸣钟、自行船、金珐琅鼻烟壶、洋漆茶盘、洋漆架、西洋衣镜、西药"依弗那"、葡萄酒、西洋油画以及哆啰呢、羽纱、羽缎、洋锦、洋绉、洋麖等物品，"什九为贡品，故为宫廷用品"。

其四，屡屡将荣国府的吃穿用度与皇帝、皇宫相比较。

还是第三回，林黛玉来到二舅贾政"时常居坐宴息"的三间小正房内，看到临窗大炕上猩红洋麖，正面设着大红金钱蟒靠背，石青金钱蟒引枕，秋香色金钱蟒大条褥。……正面炕上横着一张炕桌，桌上堆着书籍茶具，靠东壁面西，设着青缎靠背引枕……挨炕一溜三张椅子上，也搭着半旧的【甲戌本朱笔侧批：三字有神。】弹墨椅袱，【甲戌本朱笔侧批：此处则一色旧的，可知前正室中亦非家常之用度也。可笑近小说中，不论何处，则曰"商彝"、"周鼎"、"绣幕"、"珠帘"、"孔雀屏"、"芙蓉褥"等样字眼。】【甲戌本朱笔眉批：近闻一俗笑语云：一庄稼人进京，回家众人问曰："你进京去，可见些世面否？"庄人曰："连皇帝老爷都见了。"众罕然问曰："皇帝如何景况？"庄人曰："皇帝左手拿一金元宝，右手拿一银元宝，马上梢（捎）着一口袋人参，行动人参不离口。一时要屙屎，连擦屁股都是鹅黄绫子，所以京中连掏毛厕的人都富贵无比。"试思凡稗官写"富贵"字眼者，悉皆庄农进京之一流也。盖此时彼实未身经目睹，所言皆在情理之外焉。】【甲戌本朱笔眉批：又如人嘲作诗者，亦往往爱说富丽话，故有"胫骨便成金玳瑁，眼晴变作碧琉璃"之诮。】……（着重号为笔者所加）

贾政三间小正房，靠背、引枕、大条褥一色的"金钱蟒"，而大条褥居然是"秋香色"——皇家御用的金黄色！又是金钱蟒龙，又是金黄色，荣国府若非皇宫怎敢这般用度？且后面的摆设上搭些半旧用物，整个描述不过两三行字，不料竟然一下子引来脂砚斋几百字的感慨，岂不奇怪？

细按，此数百字的批语，可一言以蔽之：皇帝家亦用旧物。凡认为皇家所用之物一定"富贵无比"者，"盖此时彼实未身经目睹，所言皆在情理之外焉"，故曰"悉皆庄农一流也"。至于为什么要将荣国府贾政的日常用度拿来与皇帝相比，则一切尽在不言中矣。另，此批除了以"金元宝"、"银元宝"与"鹅黄绫子"来比喻皇家之富以外，还不忘以"马上梢着一口袋人参，行动人参不离口"讥之，以提醒读者"行动人参不离口"——以人参等同于金银宝物者，乃身为女真人的清朝皇帝也。

不仅如此，林黛玉从贾政处出来后，回贾母处吃了第一顿饭。作者描写道：寂然饭毕，各有丫鬟用小茶盘捧上茶来。……今黛玉见了这许多事情不合家中之式，不得不随的，少不得一一改过来，因而接了茶。早见人又捧过漱盂来，黛玉也照样漱了口。然后，盥手毕，又捧上茶来，这方是吃的茶。【脂批：总写黛玉以后之事，故只以此一件小事略为一表也。余看至此，故想日前所闻王敦初尚公主，登厕时不知塞鼻用枣，敦辄取而啖之，必为宫人鄙诮多矣。若黛玉不漱此茶，或饮一口，不为荣婢所诮乎？观此则知黛玉平生心思过人。】此段描述饭后吃茶的文字与前之关于贾政房间用度的议论异曲同工。不过是以荣府饭后漱口之茶与宫中如厕塞鼻之枣，两相对照而已。同样是暗示读者，此茶与彼枣均是宫中习惯"之式"，则荣国府亦即皇宫矣。

再，第十九回袭人以欲擒故纵的方式讽劝宝玉，只说家里要赎自己回去。宝玉道："我不叫你去也难。"袭人道："从来没这道理。便是朝廷宫里，也有个定例，或几年一选，几年一入，也没有个长远留下人的理……"这"朝廷宫里"的"定例"，可不是随口而言，乃是"实打实"的有针对性的说

刘姥姥一进荣国府

法，故而宝玉想一想，果然有理。

另，甲戌本第五回贾母等于早饭后过来，就在会芳园游玩，先茶后酒，不过皆是宁、荣二府女眷家宴小集，并无别样新文趣事可记。【朱笔侧批：这是第一家宴，偏如此草草写。此如晋人倒食甘蔗，"渐入佳境"一样。】"第一家宴"，作者特地略去量词"回"、"次"等语，一语双关，暗示读者此乃"第一"的人家——皇家的"家宴"。

另外，还有一点可以作为旁证，第二回冷子兴解贾雨村的"正邪"二气说时，作者借其口有意将俗语"成则王侯败则贼"的惯常说法，改为"成则公侯败则贼"。是否在提醒读者，本书就是在以"公"代"王"——以"荣公""宁公"来代替"隐去"的清朝皇帝呢？

由是可知第四十回二进荣国府的刘姥姥赞叹府内的房屋、摆设之大的深意："人人说大家子住大房子。昨日见老太太正房，配上大箱、大柜、大桌子、大床，果然威武。那柜子比我们一间房子还大、还高；怪道后院子里有个梯子……定是为开顶柜收放东西，若离了梯子，怎么上得去呢"。相关专家告诉我们，比"一间房子还大、还高"的"柜子"以及"大箱……大桌子、大床"等家具和存放它们的"大房子"，正合皇宫之"式"，其他地方是不可能有这种规模制度的房屋、家具的。亦可从侧面证明这"住大房子"的"大家子"的身份。

因此作者交待刘姥姥一进荣国府时，觉得自己"身子如在云端里一般"；而凤姐在接待她时还特引俗语表明："朝廷还有三门子穷亲戚"；第六十一回凤姐再言："虽不加贼刑，也革出不用。朝廷家原有挂漏的，倒也不算委屈了他"；刘姥姥二进荣国府时，周瑞家的说刘姥姥被凤姐和贾母留下，是"想不到天上缘分了"；而第六十九回尤二姐被接进荣国府，见了贾母也同样被说成是："自此见了天日"；第四十五回赖嬷嬷因孙子"上托着主子的洪福"，"又蒙主子的恩典"，得以捐了个州官的"前程"，遂"朝上磕了头了"，严格遵照臣下诚惶诚恐恭颂皇上的礼仪；并且数落他，如"不安分守己，尽忠报国，孝敬主子。只怕天也不容你"！可见，荣国府原本是以朝廷自比、与"天"齐名的，故"孝敬主子"就应该"尽忠报国"。

不单单是荣府府邸，即便是其家塾也非同凡响，故金寡妇说："你如今要闹出这学房，再要找这么一个地方，我告诉你说罢，比登天的还难呢！"

此外，在议论荣宁两府的家长里短时，作者经常"喜欢"使用参政议政、行军打仗的词语，如"王法规矩"、"执牌传谕"、"如何裁治"、"点兵派将"、"召将飞符"、"用兵最精"、"虎狼屯食阶陛，尚谈因果"、"不问你们的废与兴"等等俯拾即是，就连探春三人商议理家的地方也被称之为"议事厅"。因而作者称赞凤姐协理宁国府有方，直以治国与之相比，曰：金紫万千谁治国，裙钗一二可齐家。而脂砚斋另外的批语更为明确：岂独家庭，国家天下治之不难！

故庚辰本第五十八回借写老太妃薨逝，脂批曰：周到细腻之至，不独写侯府得理，亦且将皇宫赫赫，写得令人不敢坐阅。至于如何"不独写侯府得理，亦且将皇宫赫赫，写得令人不敢坐阅"呢？下文有一段关于"下处"的描述，其文曰："可巧这下处乃是一个大官的家庙……东西二院，荣府便赁了东院，北静王府便赁了西院"。在我国封建社会中，以东为尊，以东为主，以西为次，以西为客。而"荣府便赁了东院"，系明显居于北静王之上，"荣府"是什么身份啊？且明言此处乃"一个大官的家庙"，此"大官"与"大官（观）园"遥相呼应，显系荣府自家之"家庙"也。故云"不独写侯府得理，亦且将皇宫赫赫，写得令人不敢坐阅"！无疑，脂砚此批亦应属"一声二歌""一手二牍"之文，表面上似既写"侯府"，又写"皇宫"，实际上，此"侯府"与"皇宫"乃"一而二，二而一"也。

湘云并不"咬舌子"

第二十回湘云首次在荣国府露面，作者描写湘云与黛玉关于"咬舌子"的一段口舌戏谑，一片俏语娇音，是全书最为精彩的情节之一。可谓观之令人拍案，诵之齿颊留香，历来为读者津津乐道。

身为美女而有小小缺陷，似可更能使人为之爱怜，乃至有红学家以此与维纳斯的断臂的缺陷美相提并论。这里提出湘云并不"咬舌子"的论题，一反相关红学旧案，该不会引起如湘、黛一般的口舌之争吧。为了使问题趋于明了，先将此段趣文摘录于下，共同分析把玩。

二人正说着，见湘云走来，笑道："爱哥哥，林姐姐，你们天天一处玩，我好容易来了，也不理我一理儿。"林黛玉笑道："偏咬舌子爱说话，连这'二'哥哥也叫不出来，只是'爱'哥哥'爱'哥哥的。回来赶围棋儿，又该着你闹'幺爱三四五'了。"宝玉笑道："你学惯了他，明儿连你还咬起来呢。"史湘云道："他再不放人一点儿，专挑人的不好。你便比世人好，也不犯着见一个打趣一个……""这一辈子，我自然比不上你。我只保佑着明儿得一个咬舌的林姐夫，时时刻刻你可听'爱'、'厄'去。那才现在我眼里！"笑的众人不了，湘云忙回身跑了。

在这段话中，脂砚斋有一大段批语，实是以"真正美人方有一陋处"来将"微密久藏"的"混人"者。此批为：可笑近之野史中，满纸羞花闭月，莺啼燕语，殊不知真正美人方有一陋处，如太真之肥，飞燕之瘦，西子之病，若施于别个不美矣。今以"咬舌"二字加之湘云，是何大法手眼，此二字哉？不独不见其陋，且更觉轻俏娇媚，俨然一娇憨湘云立于纸上，掩书合眼思之，其"爱厄"娇音如入耳。然后满纸莺啼燕语之字样，填粪窖可也。

有此正文更兼批语，极其容易得出湘云"咬舌"的结论，然而这实是不假思索的结果。湘云究竟"咬舌"与否，请看作者后文是如何逗露皴染的。

首先，纵观全书，所谓湘云"咬舌子"，仅就一个"二"字而言，其他各字均吐字清晰准确，即使与宝琴抢联即景句，边笑边闹，亦无"咬舌"之处，甚至不曾打个"磕巴"。

其次，据笔者统计，后文从湘云口中说出"二"字的共有八处，均无咬舌读成"爱"这个音的。例如：第三十一回湘云与翠缕论阴阳时说："天地间都赋阴阳二气所生"；第三十七回湘云与宝钗共拟"菊花题"，湘云笑道："十个还不成幅，越性凑成十二个便全了"，就这样，在"拟诗"过程不长的篇幅中，湘云陆陆续续重复了三遍"十二"；第六十二回众人吃酒行"射覆"之令，湘云道："'宝玉'二字并无出处……"；第七十六回，湘云黛玉联诗于凹晶馆，湘云说："这'四'、'凸'二字，历来用的人最少……只是这两个字俗念作'洼'、'拱'二音，便说俗了"；同回，湘云还曾反讥黛

史湘云

玉，笑道："'金萤'二字便宜你了"。

或曰，这些地方或许是作者出于无奈，若处处以"爱"为"二"，则不但毫无情趣可言，且有令人误解之虞。应该说，这样考虑不无道理。然而实际上，不但这些地方"二"字读音无误，就是连后面直称"二哥哥"、"二姐姐"时，湘云也并未再次"咬舌子"，这可就不太好解释了。

如：第三十二回湘云与袭人说悄悄话："我家去住了一程子，怎么就把你派了跟二哥哥"；第五十七回湘云为岫烟抱不平，动了气说："等我问着二姐姐去！"

对于这些地方都未见湘云"咬舌"，难道是作者写到后来"忘了"吗？

第三，细读上文"咬舌子"的口角，有句话十分关键，即湘云说的"不犯着见一个打趣一个"，此语点出所谓"咬舌子"系为黛玉"打趣"的说法，而湘云口中"爱哥哥"的称呼并非真正"咬舌子"，本是读音非常准确的"尊称"。为了防止读者"误会"，作者在紧接着的第二十一回再次强调，实乃黛玉"打趣"湘云。黛玉道："我不依。你们是一气的，都戏弄我不成！"宝玉劝道："谁敢戏弄你！你不打趣他，他焉敢说你？"

第四，脂批中亦有一关键句："今以"咬舌"二字加之湘云，是何大法手眼，敢用此二字哉"？如果不加注意，很容易被其"瞒弊（蔽）"。认为所谓"大法手眼"是指"真正美人方有一陋处"。然这正是作者、批者的狡猾之处。一般读者，读到这段文字，更容易想到宝玉、黛玉、湘云之间那种青年男女间朦胧的情愫，这原是不错的。而事实上，作者更是在用这种方式逗露出宝玉姓"爱"！湘云开口所叫的"爱哥哥，林姐姐"是两相对应的，即以二人的"姓氏"冠在"哥哥""姐姐"前面称呼。所谓姓"爱"即"爱新觉罗"也。湘云竟然直呼皇帝哥哥的姓氏，故脂砚曰"敢用"二字云云。而这恰恰是"《石头记》立誓一笔不写一家文字"，"妙在全是指东击西，打草惊蛇之笔"的"大法手眼"。

第五，从湘云的性格来看，小说将其塑造成一个性格直爽，爱讲真话，讲实话的女孩儿。甚至每每因此被人误会，得罪人，遭到"白眼"，也不改初衷。

第二十二回听曲文，凤姐笑道："这个孩子扮上活像一个人，你们再看不出来。"宝钗心里也知道，便一笑不肯说。宝玉也猜着了，亦不敢说。史湘云接着笑道："倒像林妹妹的模样儿。"【戚序本批曰：口直心快，无有不可说之事。】宝玉听了，忙把湘云瞅了一眼，使个眼色。随即有了晚间湘云收拾衣包，准备回家的举动："明儿一早就走。在这里作什么？看人家的鼻子眼睛，什么意思！"宝玉见了连忙劝解："我是怕你得罪了人……"别人不肯说，不愿说，或不敢说，但湘云则没有这么多顾虑，张口就来，一个"口直心快，无有不可说之事"的女孩儿"活跳"纸上。

第三十二回袭人与湘云说私房话："大姑娘，听见前儿你大喜了。"史湘云红了脸，吃茶不答。袭人道："这会子又害臊了。你还记得十年前，咱们在西边暖阁住着，晚上你同我说的话儿？那会子不害臊，这会子怎么又害臊了？"看看，湘云的直率性格是"打小"就这样的，连"不害臊"的话也会直说从来，亦可谓"江山易改，本性难移"了。

同是第三十二回宝玉、湘云、袭人三人说话：宝玉道："罢，罢！不用提这话。"史湘云道："提这个便怎么？我知道你的心病，恐怕你的林妹妹听见，又怪嗔我赞了宝姐姐。可是为这个不是？"袭人在旁"嗤"的一笑，说道："云姑娘，你如今大了，越发心直口快了。"

第四十九回宝钗说湘云："说你没心，却又有心；虽然有心，到底嘴太直了。"可见，湘云"如今大了，越发心直口快了"，"到底嘴太直了"，从来没有改变过"心里有什么，嘴里说什么"的个性。

且"爱哥哥"的称呼，是作者设计湘云第一次出场所说的第一句话，对其真实性焉得有何怀疑呢？另外，作者为湘云设计了一个"史"姓，或许亦有深意焉。盖她和另一个姓史之人——贾母的语言，是为"史家"人所云，应格外予以重视才是。

故而，此中所谓"咬舌子"的称呼——"爱哥哥"，应该是认定宝玉身份的一个重要方面。

　　大约就因为"二"与"爱"的这种"咬舌子"的谐音双关，小说中许多人物都被作者写成"行二"。所谓写成"行二"，就是其本不该"行二"，或不明所以就"行二"了。

　　对荣、宁这样的大族人家来说，长幼排序本应该是非常严格的事。然而恰恰在这一点上，作者有意把其搞的十分混乱。有时是荣宁两府的大排行，有时是府内一支的小排行。

　　以贾琏为例。若是自家的小排行，贾琏系贾赦的长子。第二回冷子兴言："若问那赦公，也有二子，长名贾琏"；而称贾琏为"二爷"似乎应该是就荣宁两府大排行的贾珍、贾琏而言。

　　之所以说"似乎"，是因为如两府大排行，则不可能不排贾珠。而文本中对贾珠的年龄虽无一字明言，但从其他相关描述判断，可知贾珠要大于贾琏。

　　其一，贾兰大于巧姐，这点十分明确，毋须多言。

　　其二，李纨长于凤姐。

　　首先从年龄上看，第五十二回，作者交待：此时大观园中，比先热闹多少了。李纨为首，余者迎春、探春、惜春、宝钗、黛玉、湘云、李纹、李绮、宝琴、岫烟，再添上凤姐和宝玉，一共十三个人。叙年庚，除李纨最长，这十二个人皆不过十五六七岁……此处关于年龄的交待，庚辰本、甲辰本、列藏本、蒙府本、戚序本文字完全相同，而梦稿本则在"李纨为首"后添了一句"凤姐次之"，用以纠正凤姐不属于"十五六七岁"的行列中。但毫不影响

李纨

寻梦红楼

"李纨为首"，"凤姐次之"的年龄排序。

其次从二者关系上看，凤姐称呼李纨一口一个"大嫂子"，语气恭恭敬敬，不像是自降身份的"谦称"；相反李纨对凤姐说话则要不客气的多，一口一个"凤丫头"；且其他"外人"也是这样"排"他二人的尊卑。如第四十三回众人为凤姐攒份子作寿时，贾母着尤氏操办。作者描述尤氏对凤姐交来的银子"有些信不及，倒要当面点一点。"说着果然按数一点，只没有李纨的一分。尤氏笑道："我说你弄鬼呢，怎么你大嫂子没有？"

这段话就更加明确地告诉读者，李纨大于凤姐。因无论如何，尤氏是没有理由让凤姐"降身份"的。且这在贾府这样的大家族，是必有的规矩。

此外，戚序本第七十八回王夫人在抄检大观园之后对凤姐说："我前儿顺路都查了一查。谁知兰小子这一个新进来的奶子也十分妖娆，我也不喜欢他。我也说与你嫂子，好不好叫他各自去罢。这里王夫人亦称李纨为凤姐的"嫂子"，从说话者王夫人的身份、地位来看，应该是实际情况。

而与之相对应，贾珠确实应该大于贾琏。

另外，从作者交待的贾珠与贾琏的年龄来看，虽不十分明确，但从说法、措辞上两相比较，细细品味，应该也是贾珠要大于贾琏。

第二回，冷子兴演说荣国府时说贾珠："十四岁进学，不到二十岁就娶了妻，生了一子，一病死了"；后面再言贾琏："今已二十来往了，亲上作亲，娶的就是政老爷夫人王氏之内侄女，今已娶了二年"。

故而，应该得出的结论是：如果系大排行，贾琏应是"三爷"，而非现在的"二爷"。

顺便说一句，周汝昌先生在其《和贾宝玉对话》中，关于"玉"字辈大排行有这样一段对话："东府珍大爷，西府东院是琏二爷，已故的珠大爷是行三，您当然是四爷了——下面的更小，环三爷应为第五，还有琼儿，当排第六。"其"琏二珠三"断语，似有疏忽的可能性。

如此一来，书中关于宝玉"二爷"的称谓，则似应是贾政自家支脉贾珠、宝玉、贾环排行的结果。但此种排行却并无站得住脚的理由。在贾府这样的大族人家，怎么可能"这里大排行，那里小排行"的乱了长幼尊卑呢？且与之相反，贾府女孩儿排序却是严格的两府大排行，"元、迎、探、惜"四春。

这只能说明作者是在着意"造"出更多的"二（爱）爷"来。

不单是荣国府、宁国府的正宗血缘关系，其他，如贾芸、柳湘莲、倪二、鲍二、柳二等，或许还有"赵二"？【一笑。】虽然并没有一字表明这一系列的"二"们尚有个兄长，但却不妨碍他们纷纷被冠之以"二"，就连宝玉等人去铁槛寺路上偶遇的农村女孩儿，也是"二丫头"，既不是老大，也不"行三""排五"，怎么就那么多"行二"的人呢？

但若是想到"二"与"爱"之间的谐音双关，事情似乎就豁然开朗了，盖作者系表明这些"行二"者，皆属爱新觉罗家族之人矣。

当然，除了制造"行二"者之外，作者这种有意打乱排行顺序的做法，还存有其他混淆视听的寓意，用以掩盖更为隐秘的"真事"。

宝玉是清朝皇帝

前文从"宝玉的辫子"论证他是清人，从"湘云不咬舌"知道宝玉姓"爱"——爱新觉罗，从"大观园是什么地方"推论宝玉是皇帝。这个结论是不是主观臆测，仅凭以上材料似仍显不够，难以令人心服口服，故本章专门列出文本中提到的各个方面的相关材料详细予以剖析。

第一、从宝玉的名字来看，"玉"谐音"御"。

文本由脂砚斋所提及、解释的"从起名上设色"，都在"小人物"身上或者地名上，给人造成似乎主要角色不存在"从起名上设色"可能的一种假象。现在要说，这是"误读"。就在小说第一主角宝玉身上，作者已经"从起名上设色"。补充一句，因主要人物太过敏感，经常出场，故必得隐藏更深才行，当然也使得解读起来增加了难度。

说"玉"可谐音"御"，字音全同，毋须多言。只要找到二字之间的"替代性"或"互换性"关系，就可以了。

为了告诉读者可以此"玉"来替代彼"御"，作者是故意采用偷换古人诗句的方式予以暗示的。

戚序本第四十回"金鸳鸯三宣牙牌令"时，黛玉说了句："双瞻玉座引朝

153

仪"。（此写法庚辰本、己卯本、蒙府本、舒序本、甲辰本等均与此同，只有列藏本为"双瞻日月引朝仪"。）此诗句引自杜甫《紫宸殿退朝口号》一诗。原句为："户外昭容紫袖垂，双瞻御座引朝仪"。这里以"御"为"玉"的改动，显然系作者有意施为。

此外，戚序本等版本第四十二回、第五十三回几次提到贾府中所食用的"玉田"米，庚辰本均明文写作"御田"米。（另，紫禁城外的"御河"又称"玉河"，为民间所共知，亦可作为旁证吧。）

故云"宝玉"之"玉"系暗示"御"，应该并非妄言。

此外，我国自上古以来很长的一段时间里，"玉"与"王"的写法是一样的，并没有其中的"一点"。体现在文字上，"玉"即"王"，"王"即"玉"；未知此"无点之玉"同"王"可以双关否？

第二，从只有乳名，没有大名——学名，来看宝玉的身份。

一部《红楼梦》几乎人人有"名"，贾府中的男主子更是不论长幼，健在的还是死去的，均按辈分"水"、"代"、"文"、"玉"、"草"一一名之，就连宝玉同父异母的弟弟以及亲侄子均有大名（学名）：贾环、贾兰。惟有书中第一主人公——宝玉只有乳名，没有大名（学名），岂不奇怪？显然，这是作者有意为之。故学界中人屡屡推测宝玉大名叫什么，其实这是一个误区。与之相反，真正应该引起注意的应该是：作者为什么要这么做？其中有何深意？直至看到湛卢先生的观点：宝玉之没有大名应是"至尊不名"使然！方如醍醐灌顶，恍然大悟。宝玉本为"至尊"之天子，焉能言其名？作者是在用"不名"这种方式暗示读者，宝玉只有乳名原系"为尊者讳"的需要。

第五十二回，晴雯自作主张撵坠儿出去，将其母唤入，并发生了口角，角口的内容之一就是宝玉的名字能不能"叫"。那媳妇冷笑道："我有胆子问他去！他那一件事不是听姑娘们的调停？他纵依了，姑娘们不依，也未必中用。比如方才说话，虽是背地里，姑娘就直叫他的名字。在姑娘就使得，在我们就成野人了。"晴雯听说，益发急红了脸，说道："我叫了他的名字了，你在老太太跟前告我去，说我撒野，也撵我出去。"麝月忙道："嫂子，……便是叫名字，从小直叫到如今，都是老太太吩咐过的……嫂子原也不在老太太、太太跟前当些体面差事，成年家只在三门外头混，怪不得不知我们里头的规矩。"连"外头混"的媳妇都知道宝玉的名字叫不得，否则就成了"野人"了。一下子点中了要害，难怪晴雯"益发急红了脸"，让她到"老太太跟前告我去，说我撒野，也撵我出去"，可见，叫宝玉的名字，违背"避圣讳"之大礼，原是"有罪"的。故麝月连忙接过话茬儿来，找些借口搪塞过去。

另，第二十四回作者介绍红玉时说：原来这小红本姓林，小名红玉，【脂批："红"字切绛珠，"玉"字则直通矣。】只因"玉"字犯了林黛玉、宝玉，【戚序本脂批：妙文】便都把这个字隐起来，便叫他"小红"。前后联系起来看，可知：此处之避讳亦并非避"主子"，而是避"圣"讳（林黛玉的身份后详），故曰"妙文"。

藉此亦可推知，宝玉的所谓乳名"宝玉"实隐"宝御"，即鸳鸯口中的"宝皇帝"是也。

第三、从对宝玉的比喻用词来看，非"龙"、"凤"即"太阳"。

除了众所熟悉的北静王称宝玉"龙驹凤雏"以外，文本中其他人还曾经多次将宝玉喻为"龙""凤"。

其中，明示的地方有：

第二十五回赵姨娘向马道婆发牢骚说："我们娘儿们跟得上这屋里那一个儿！也不是有了宝玉，竟是得了个活龙。"【庚辰本侧批：赵姬数语，可知玉兄之身分，况在背后之言。】

第四十三回宝玉为金钏上香祭奠，来到水仙庵。那老姑子见宝玉来了，事出意外，就像天上掉下个活龙的一般……

同回，宝玉独自外出，急坏了贾府诸人，玉钏一见他来，便收泪说道："凤凰来了，快进去。再一会子不回来，都反了。"

清室以龙为君象，这里毫不避讳皇家专用的"龙""凤"，公然用来比喻宝玉，故脂砚明点此"活龙"乃"可知玉兄之身分"。

暗示的地方有：

第五回写宝玉梦中堕入迷津，秦氏闻听其口中连叫"可卿救我"，因纳闷道："我的小名这里没人知道，【甲戌本朱笔侧批："云龙作雨"。不知何为龙，何为云，何为雨？】他如何从梦里叫出来？"何为"云雨"自毋须多言，而此处作云雨之"龙"，当非宝玉莫属，何曰"不知"？

此外，第二十三回宝玉向黛玉赌咒发誓："好妹妹，千万饶了我这一遭，原是我说错了。若有心欺负你，明儿叫我掉在池子里，教个癞头鼋吞了去，变个大忘八，等你明儿作了'一品夫人'病老归西的时候，我往你坟上替你驮一辈子的碑去。"此中之鼋，俗称"大忘八"者，乃龙的第六（一说为老大）个儿子——赑屃，后文妙玉续湘黛诗句有"赑屃朝光透"句，即指此。传说中，赑屃专司驮碑之职，亦可将之等同于龙。所以第九回宝玉、秦钟同本族人与亲戚的子弟一起上学，明言俗语说的好："一龙九种，种种各别。"未免人多了，就有龙蛇混杂，下流人物在内。【脂批：伏一笔。】盖因宝玉以君王的身份与其他皇亲国戚"一龙九种"以及官爵子弟在一起，故称之"龙蛇混杂"。并由脂砚暗示，此处系对宝玉的身份"伏一笔"。

除了明言暗示宝玉为"龙"为"凤"以外，小说中还有一处颇有趣味的文字。

戚序本第八回宝玉、黛玉告辞宝钗，离开梨香院回自己住所前，黛玉嫌小丫鬟笨手笨脚，故亲自为宝玉整理衣冠，宝玉忙就前来，黛玉用手轻轻宠住束发冠，将笠沿拽在抹额上，将那一朵核桃大绛绒簪缨扶起，颤巍巍露于笠外。

可叹诸多不解其意之抄者及汇较者，武断地以之为"误谬"，大笔一挥，就将其擅改为"笼"或"拢"！雪芹如泉下有知，大约又要泣血了！想想看吧，一个"宠"字，乃"龙"头上戴了一顶帽子，更有"一朵核桃大绛绒簪缨……颤巍巍露于笠外"！世上还有比这更恰当、更形象的文字吗？此"宠"字的使用可谓"前无古人，后无来者"，冠绝尘寰，以前以后，恐怕再也见不到如此生动、逼真、形象、惟妙惟肖的文字了！汉字的象形性、隐寓性及其多义性在这里被运用到了极致，真不知作者系如何想来。仅此一字，恐怕我等凡夫俗子"批阅十载"，亦未见得能写出来！这也是只有研读抄本才可能发现的"微密"，类似这个"宠"字的用法，以字为文的，文本中还有！潜心研究《红楼梦》者，怎么能不读抄本呢？

另，第七回焦大当着凤姐、宝玉的面醉骂，众小厮见他说出这些没天日的话来，唬得魂飞魄丧。第二十四回宝玉戏语认贾芸为儿子，贾琏遂讥讽宝玉好不害臊！人家比你大四五岁呢，就替你作儿子了？……这贾芸最伶俐乖觉，听宝玉这样说，便笑道："俗语说的，'摇车里的爷爷，拄拐的孙孙'。虽然岁数大，山高高不过太阳。""龙""凤"以外，又公然以"天日""太阳"这种只有皇帝才可享用的"专有"词汇，来比喻宝玉，当然只能以暗示宝玉身份去解释。否则，又是僭越犯上。而后想到，戚序本又恰恰在清王朝灭亡以后，才得以重新面世或曰重见"天日"，恐亦绝非偶然。

第四、从对宝玉的定位来看，非"王"即"天下""第一"。

贾母、王夫人均说过宝玉是"混世魔王"或"宝玉魔王"；张道士则称其为"遮天大王"；薛蟠与宝钗争执亦说过"难道宝玉是天王"的话；脂砚斋在其批语中亦称之为"天王"，而刘姥姥则称到怡红院"像到了天宫里一样"。

第三回林黛玉进贾府，作者首先让其见到迎春三姐妹，然后才是凤姐、宝玉。故蒙古王府本侧批曰：欲画天尊，先画众神。如此，其天尊自当另有一番高山世外的景像。可见，后出场的宝玉是被喻为"天尊"的。（当然，同样后出场的凤姐亦是"天尊"，后详。）所以宝玉是"天不怕地不怕的了"。另外，宝玉还有个"绛洞花王"的绰号。

再，宝玉惧怕乃父，闻听贾政召唤，"便如孙大圣听见了紧箍咒一般"，此中所谓"孙大圣"，亦"齐天"也者。而紫鹃亦将宝玉说成是"公子王孙"。在后来读者熟知的鸳鸯拒绝贾赦纳妾一节中，则公开申明："别说是'宝玉'，便是'宝金'、'宝银'、'宝天王'、'宝皇帝'，横竖不嫁人就完了！"如果

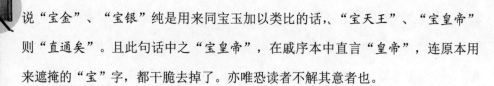

说"宝金"、"宝银"纯是用来同宝玉加以类比的话,、"宝天王"、"宝皇帝"则"直通矣"。且此句话中之"宝皇帝",在戚序本中直言"皇帝",连原本用来遮掩的"宝"字,都干脆去掉了。亦唯恐读者不解其意者也。

此外就是宝玉荣膺的"天下""第一"。

盖有:"天下无能第一"和"天下古今第一淫人"。一个公侯家的四世之孙凭什么被"誉"为"天下""第一"?尽管前面冠以"无能"或后面缀上"淫人",尽管是贬,或所谓的明贬实褒。

同在第三回,作者介绍袭人时有这样一段文字:原来这袭人亦是贾母之婢,本名珍珠。贾母因溺爱宝玉,生恐宝玉之婢无竭力尽忠之心,素喜袭人心地纯良,肯尽职任,遂与了宝玉。……这袭人亦有些痴处:【蒙府本侧批:世人有职任的,能如袭人,则天下幸甚。】伏侍贾母时,心中眼中只有一个贾母;今与了宝玉,心中眼中又只有一个宝玉。如果不能知道宝玉的真实身份,或只将宝玉作为荣国府的四世之孙,此段脂批实在是"奇奇怪怪"之文。即便是奴婢对主子"竭力尽忠","世人有职任的,能如袭人"值得称赞,但与"天下幸甚"何干?似乎太夸张了吧。然而若知晓宝玉的皇帝身份,则"天下幸甚"就是理所当然的了。

无独有偶,第二十一回宝玉遭袭人箴规后,几番无趣、百无聊赖间读了庄子的《南华经》,遂逞着酒兴,不禁提笔续曰:

焚花散麝,而闺阁始人含其劝矣;戕宝钗之仙姿,灰黛玉之灵窍,丧减(灭)情意,而闺阁之美恶始相类矣……彼钗、玉、花、麝者,皆张其罗而穴其隧,所以迷眩缠陷天下者也。

宝玉厌恶箴规,"逞着酒兴",恨不得"焚花散麝""戕……钗灰黛",为什么呢,因为彼等"迷眩缠陷天下者也"!如若不是因为自己的皇帝身份,何云彼等"迷眩缠陷天下者也"呢?再联系前文之描述,当袭人、麝月以"冷落"的方式"箴宝玉"时,宝玉冷清清的一人对灯,好没兴趣。待要赶了他们去,又怕他们得了意,以后越来劝;若要拿出做上的规矩来镇唬,似乎无情太甚。要知道，此前文本亦以"今上"来作为对当今皇帝的称呼，又是"迷眩缠陷天下"，又是"拿出做上的规矩来镇唬"，岂无意之语哉？

甲戌本第二回冷子兴提到宝玉出生时，有朱笔眉批为："一部书中第一人，却如此淡淡带出……"，批者再指出宝玉为"一部书中第一人"，绝非等闲之语，亦实不可忽之。

另外，第三十七回为起诗社，宝钗送给宝玉一个"号"，她说："有最俗的一个号，却于你最当。天下难得的是富贵，又难得的是闲散，这两样再不能兼有，不想你兼有了，就叫你'富贵闲人'也罢了。"这里，宝玉"富贵闲人"的别号亦属暗喻其皇帝之身份。

对此，湛卢先生早已析之甚凿，故直录其言，不赘。

他认为，宝玉这"富贵闲人"的别号"如无所指，实在太不合逻辑，且亦未免唐突！荣府纵富，宝玉犹未成丁，财产非其所有；何况所谓富者，亦属华而不实。岂能重之以'天下最难得'之词？以言贵，则贾政之职，仅一郎中（注：应为"员外郎"），外放亦只学政；元春虽膺凤藻宫选，宝玉不过'无职外男'，何贵之有？正以其'富有四海，贵为天子'。所以说：'却于你最当。'"

故联想到第二回贾雨村言"这人来历，只怕不小！"与冷子兴紧接着"万人皆如此说"的交待，恐亦系宝玉身份之"伏脉"。然而这样说了，作者还担心不能引起读者的注意，遂再让贾雨村强调了一遍："可惜你们不知道这人的来历"。如此一而再，再而三地言之凿凿，恐非妄言。且明明熟知贾府情况的冷子兴已经事先讲过宝玉衔玉而诞的事实，而毫不了解情况的贾雨村却偏偏说人家"不知道这人的来历"，岂不奇怪？因而不得不让他随后编派了一席关于所谓"正邪二气"的假话，来"烟云模糊"一下，恐怕也只能达到欲盖弥彰的目的。

第五、用对君王的专用词汇描述宝玉。

第二十五回，马道婆与赵姨娘串通谋害宝玉、凤姐，说马道婆并不顾青红皂白，满口里应着……掏出十几个纸铰的青脸红发的鬼来，并两个纸人递与赵姨娘。此处甲戌本有朱笔侧批："并不顾"三字怕弑人。千万件恶事皆从三字生出

159

来。可怕，可畏，可警！可长存戒之！庚辰本写之为"怕杀人"；更有不少汇较本均将"弑"径改为"煞"，认为这是个误谬。殊不知，此"弑"字系作者有意为之。盖所谓"弑"系专指"臣杀君，子杀父母"而言。而"宝玉系马道婆寄名干儿"，当然无"子杀父母"之说，因而只剩下"臣弑君"之意了（后文贾政不就是以防止"酿到他弑君杀父"为由对宝玉大加笞挞吗？）。则宝玉身份可想而知。

第三十七回探春倡议结社，给宝玉写了一则花笺，其文曰：昨蒙亲劳抚嘱，后又数遣侍儿问切，兼以鲜荔并真卿墨迹见赐，何痌瘝惠爱之深耶！……其中"蒙亲劳抚嘱""见赐"云云，尚可作谦辞理解，姑且不论。然"痌瘝惠爱"四字则非同小可。盖所谓"痌瘝惠爱"一词的本意是：把人民的疾苦放在心上，系帝王常用于表示对民间疾苦的关怀。探春（雪芹）可是有墨水的人，不会平白无故用这四个字来称呼宝玉吧。宝玉身份若非帝王而为何？即便是随后贾芸字帖中称颂的"万福金安"与"自蒙天恩"，亦是臣下对君上的颂语。故第十八回宝钗"讽刺"宝玉作诗陷入窘况时说："亏你今夜不过如此，将来金殿对策，你大约连'赵钱孙李'都忘了呢！"

第五十八回，芳官的干娘曾经不知趣地跑到怡红院宝玉屋里，想要"买转他们"，结果被晴雯不客气地轰了出去，原因十分简单，就因她"不知内帏规矩"。

另，戚序本第七十七回宝玉为晴雯被赶出大观园而伤心："知道还能见他一面两面，能不能了！"袭人笑道："可见你'只许州官放火，不许民间点灯'。我们偶然说一句略妨碍些的话，就说是不利之谈，你如今好好的咒他，是该的！"

这里，作者又使用了改变俗语的方式来表现自己想说的话。人人皆知，此处的俗语应为"只许州官放火，不许百姓点灯"（庚辰本即如此），雪芹先生特特的将"百姓"改为"民间"，而从逻辑上推理，与"民间"对应的就不应再是未经改动的"州官"，而应是"朝廷"！换言之，即应该是"皇帝"。此法又是

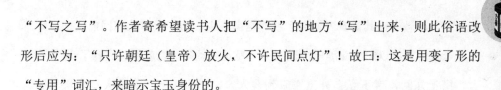

"不写之写"。作者寄希望读书人把"不写"的地方"写"出来，则此俗语改形后应为："只许朝廷（皇帝）放火，不许民间点灯"！故曰：这是用变了形的"专用"词汇，来暗示宝玉身份的。

不单此处，第十九回袭人也说过类似的话。袭人从家里回来，为箴规宝玉，遂哄骗他，说妈妈和哥哥要赎自己回家。宝玉道："我不叫你去也难。"袭人道："从来没这道理。便是朝廷宫里，也有个定例，或几年一选，几年一入，也没有个长远留下人的理，别说你咧！"虽然这句话后面有"别说你咧"的假话，仍然难以掩饰拿"朝廷宫里"相比的事实，可与前文互见互文。

第六、从日常的穿戴来看宝玉的身份。

第三回黛玉进贾府首先看到迎春三姊妹的装束为何等样人物，蒙府本侧批曰：欲画天尊，先画众神。如此，其天尊自当另有一番高山世外的景象。明言宝玉为"天尊"，并为"天尊"出场做好铺垫。

宝玉首次露面，其穿戴打扮还有所隐晦，含糊其辞，但已有犯禁的地方；及至第八回则"正装"出场：身上穿着秋香色立蟒白狐腋箭袖……这里的"立蟒"，虽"立"，却仍是"龙袍"加身，而颜色绝非一般，乃"秋香色"，此"秋香色"，盖金黄色的一种含混说法。一个公侯家的公子如何敢着皇家御用的"秋香色"呢？

第六十三回，怡红院诸丫鬟为宝玉祝寿，宝玉……倚着一个各色玫瑰芍药花瓣装的玉色夹纱新枕头；而芳官只穿着一件玉色红青驼绒三色缎子兜的水田小夹袄……宝玉、芳官这一"双生兄弟"两个，皆着用"玉色"，恐亦与前之"秋香色"相同——为御用之"金黄色"也。

第十五回宝玉谒见北静王时怎生打扮？戴着束发银冠，勒着双龙出海抹额，穿着白蟒箭袖……水溶笑道："名不虚传，果然如'宝'似'玉'。"此番宝玉照例戴着"双龙出海抹额"，穿着"白蟒箭袖"。且此处之"蟒"仅明言是"白色"，至于其姿态是"立"是"卧"，还是"坐"，就含糊其辞了。这还不算，并特让北静王将"宝玉"二字拆开来说什么"如'宝'似'玉'"，则此之"似

'玉'",恐亦借其谐音"似御"或"是御"也。故甲戌本此回回前文曰：方露出本来面目！所以嗣后北静王再说宝玉"乃龙驹凤雏"，就顺理成章了。

第十九回，宝玉私自外出，来到袭人家，"当下宝玉穿着大红金蟒狐腋箭袖，外罩石青貂裘排穗褂"。此处衣着为"大红金蟒"，何其醒目之至！

如果不是皇帝身份，宝玉每次出场的穿戴都脱不了违禁犯上的干系。

盖康熙元年，定，军民人等有用蟒缎、妆缎、金花缎、貂皮、狐皮为服饰者，禁之。三十九年，定，八旗举人、官生、贡生、生员、监生、护军……许服平常缎纱。天马、银鼠不得服用。汉举人、官生、贡生、监生、生员除狼皮外，例亦如之。军民胥吏不得用狼狐等皮。有以貂皮为帽者，并禁之。以上康熙所禁之物，不但宝玉一一穿用过，而且荣、宁二府自贾母起至凤姐、黛玉、湘云、李纨、宝琴等纷纷违禁，只看"芦雪广（庵）"赏雪那一节文字即可知余言不谬也。

第七、从日常说话的"分量"和内容来看宝玉的身份。

第三回黛玉进贾府，宝、黛二人初次见面，宝玉就给黛玉起了个"字"："我送妹妹一个妙字，莫若'颦颦'二字极妙。"探春便问何出。宝玉道："《古今人物通考》上说：'西方有石名黛，可代画眉之墨。'况这林妹妹眉尖若蹙，用这两个字岂不两妙！"探春笑道："只恐又是你的杜撰。"此后，"颦儿""颦卿"果然成了黛玉的又一称谓。一段小儿戏语，且被探春点明系为"杜撰"，何以成了板上钉钉的不易之名？

第二十四回，宝玉、贾琏弟兄在外说话，路遇贾芸。宝玉戏言："你倒比先越发出挑了，倒像我的儿子。"贾琏笑道："好不害臊！人家比你大四五岁呢，就替你作儿子了？"宝玉笑道："你今年十几岁？"贾芸道："十八了。"原来这贾芸最伶俐乖觉，听宝玉这样说，便笑道："俗语说的，'摇车里的爷爷，挂拐的孙孙'。虽然岁数大，山高高不过太阳。只从我父亲没了，这几年也无人照管教导。若宝叔不嫌侄儿蠢笨，就是我的造化了。"贾琏笑道："你听见了？认儿子不是好开交的呢。"虽然"不是好开交的"，但此后，二人果然以"父子"

互相称呼。遂引出后文贾芸献白海棠，不肖男　芸恭请父亲大人万福金安一篇趣文。（此"万福"亦类似"万岁"、"万寿"等对君王的称颂，且文中尚有"自蒙天恩"的敬辞。）

第三十八回众人结海棠诗社后，各自起了个"号"，独湘云因后至而尚未有"号"，故在选定诗题后"写上一个'湘'字"，并且表示"我们家如今虽有几个轩馆，我又不住着，借了来也没趣"，宝钗遂建议以旧居"枕霞阁"为号，而"宝玉不待湘云动手，便代将'湘'字抹了，改了一个'霞'字"。

第四十七回赖大家摆酒请客，柳湘莲因厌恶薛蟠的纠缠，欲离席而去。无奈赖尚荣死也不放。为什么呢，因："方才宝二爷又吩咐我……叫我嘱咐你散的时候别走，他还有话说呢。你既一定要去，等我叫他出来，你两个见了再走，与我无干。"

第六十四回宝玉到潇湘馆安慰黛玉，发现诗稿，遂与宝钗"一同细看"后，赞不绝口，又说道："妹妹这诗恰好只做了五首，何不就命名曰《五美吟》。"于是不容分说，便提笔写在后面。一个"不容分说"，逗露出宝玉的身份，原本就"毋须"分说，谁人又能反驳呢？同样，第六十七回，收到宝钗的馈赠，宝玉邀黛玉一块儿前去道谢。黛玉原不愿意为送些东西来，就特特的道谢去，不过一时见了谢一声就完了。今被宝玉说的有理，难以推托，无可奈何，同宝玉去了。一段话中，前面讲了不须"特特的道谢去"的道理，但宝玉一说，自己的"有理"就变成了"无理"，就"难以推托"，即便"无可奈何"，也只好"同宝玉去了"。两相比较更加清楚，宝玉是不管别人是否同意，就"不容分说"；而黛玉虽然有理，也只能"无可奈何"了。

第十八回明言大观园各处景点均以宝玉所拟定名，作者亦知"荒唐"，故自问自答地"胡诌"了一番道理，说贾妃与爱弟其情形"犹如母子"，"故此竟用了宝玉所题之匾额"，明显为"此地无银三百两"也。

不管怎样，大观园题额自有一番托词，贾芸自降"身份"认父亦可解为攀附"主子"，赖尚荣不让柳湘莲离开，可认为是惧怕"主子"，而给黛玉起名定字

宝玉是清朝皇帝

又该如何解释呢？恐怕没有如是"客随主便"的道理吧。不仅如此，题诗定韵，拟定酒令，座位安排……种种琐事，都"立等你（宝玉）说话呢"，且不管在座的有无长辈，只宝玉一说话，必有人出面予以肯定，或必有"理解的要执行，不理解的也要执行"的结果，可谓言出必践。不是很奇怪吗？

综合考虑后会发现，以上种种"奇怪"的现象只能出于一个原因，即"君无戏言"也。

此外，第三十六回还有一段宝玉批判"文死谏，武死战"的文字，亦颇有嚼头。

宝玉这样对袭人说："人谁不死？只要死的好。那些个须眉浊物，只知道文死谏，武死战，这二死是大丈夫死名死节。竟何如不死的好！必定有昏君他方谏，他只顾邀名，猛拼一死，将来弃君于何地！必定有刀兵他方战，猛拼一死，他只顾图汗马之名，将来弃国于何地！所以这皆非正死。"袭人道："忠臣良将，出于不得已他才死。"宝玉道："那武将不过仗血气之勇，疏谋少略，他自己无能，送了性命，这难道也是不得已？那文官更不比武官了，他念两句书窝在心里，若朝廷少有疵瑕，他就胡谈乱劝，只顾他邀忠烈之名，浊气一涌，即时拼命，难道也是不得已！还要知道，那朝廷是受命于天，他不圣不仁，那天地断不把这万几重任与他了。可知那些死的都是沽名，并不知大义。"

仔细品味一下，就能体会到此一番话之慷慨激昂，掷地有声，哪里有丝毫的"葳蕤"之气？且对话的内容也完全不像与自己"通房大丫头"之间的窃窃私语。想想宝玉之为人，素习最讨厌的是"仕途经济"之路，最恨的是"国贼禄鬼"之流。今日怎么忽然关心起国家大事来了？且口口声声"将来弃君于何地"！"将来弃国于何地"！这还是读者日常熟悉的那个宝玉吗？显然不是。这分明是一个将国事、家事时刻萦系于胸臆的君王，在朝廷之上面对群臣训话！故蒙府本侧批曰："此一段议论文武之死，真真确确，的非凡常可能道者。""的非凡常"四字可思。本是君王，当然"的非凡常"；本是"皇帝"的金口玉言，当然"的非凡常可能道者"。或许是作者担心此类文字过于外露了吧，遂忙于以

"袭人忽见说出这些疯话来，忙说困了，不理他"，掩盖一二，方"丢开了"。袭人可以"丢开"不论，而读者却不应"丢开"，也没有理由草率视之。因越是此等看似乖谬之处，往往越有大旨寓焉。盖此系作者惯常习用之手法也。

第二十二回宝玉连遭湘云、黛玉的冷语刺激，因此越想越无趣。再细想来，目下不过这两个人，尚未应酬妥协，将来犹欲为何？【脂批：看他这一笔，写得宝玉又如何用心于世道。言闺中红粉尚不能周全，何碌碌僭欲冶世待人接物哉？视闺中自然如儿戏，视世道如虎狼矣，谁云不然？】从反面指出宝玉原须"冶世"，"用心于世道"，与上文之"慷慨激昂"的言辞可以比照来看。

再看一个例子。第三回王夫人嘱咐黛玉不要理睬宝玉。黛玉亦常听得母亲说过，二舅母生的有个表兄，乃衔玉而诞，顽劣异常，极恶读书，【甲戌本朱笔眉批：这是一段反衬章法。黛玉心思（原无），用猜度蠢物等句对看（原作去），方不失作者本旨。】最喜在内帏厮混……此处明言"作者本旨"与"猜度蠢物"有关。该怎样理解呢？让我们找到作者交待"蠢物"的文字来"对看"一番吧。

甲戌本第一回有一段各本皆无的文字，说一僧一道说说笑笑来至峰下，坐于石边，高谈快论。先是说些云山雾海、神仙玄幻之事，后便说到红尘中荣华富贵。此石听了，不觉打动凡心，也想要到人间去享一享这荣华富贵；但自恨粗蠢，不得已，便口吐人言，【朱笔侧批：竟有人问："口生于何处？其无心肝，可笑可恨之极！"】向那僧道说道："大师！弟子蠢物，【朱笔侧批：岂敢，岂敢！】不能见礼了。适闻二位谈那人世间荣耀繁华，心切慕之。弟子质虽粗蠢，【朱笔侧批：岂敢，岂敢！】性却稍通。况见二师仙形道体，定非凡品，必有补天济世之材，利物济人之德。如蒙发一点慈悲心，携带弟子得入红尘，在那富贵场中、温柔乡里享受几年，自当永佩洪恩，万劫不忘也。"二仙师听毕，齐憨笑道："善哉，善哉！那红尘中有却有些乐事，但不能永远依恃；况又有'美中不足，好事多魔'八个字紧相连属；瞬息间则又乐极生悲，人非物换。究竟是到头一梦，万境皆空。【朱笔侧批：四句乃一部（书）之总纲。】倒不如不去的好。"这石凡心已炽，那里听得进这话去，乃复苦求再四。二仙知不可强制，乃叹道:"此亦静极思动,无中生有之数也!既如此,我们便携你去享受享受,只是到不得意时,切莫后悔。"石道:"自然,自然。"那僧又道:"若说你性灵,却又如此质蠢,并更无奇贵之处。如此,也只好踮脚而已。……"

这一段话乃是"注水版"(将一句话拉长成为一段话)的"蠢物""本旨"说。为了把此"蠢物"与"本旨"的关系说清,拟将其分解开来剖析。

首先,所谓"本旨"与"大旨",就内容而言大致相同,当无疑义。既然"大旨"是"谈清","本旨"自然也是"谈清"。那么,"蠢物"与"本旨""谈清"之间有何联系,又该如何理解呢?"蠢物"是"石头"的自称——"石头"又可与宝玉划等号——而宝玉的真实身份又被暗喻为清朝皇帝,则"蠢物"为清朝皇帝之自谦,对话者自然只能说"岂敢"了!藉此再次点明宝玉的身份,这是"蠢物"与"本旨""谈清"的关系的第一层含义;至于其中的第二层含义,则是讥讽清朝的文字狱。皇帝自谦为"蠢物",对话者不说"岂敢",又敢说什么?即使是林黛玉葬花,忽听山坡上也有悲声,心下想道:"人人都笑我有些痴病,难道还有一个痴子不成?"这本是"神不知、鬼不觉"的存留于个人"心下"的想法,并未说出口,甲戌本还是有脂砚先生的朱笔侧批:"岂敢,岂敢"!可见"若失错,便要凿牙穿腮"的厉害,怎不叫人"战战惶惶,汗出如浆;战战兢兢,汗不敢出"呢!所以说"这是一段反衬章法"。明乎此,则"蠢物"与"本旨"的关系昭然若揭了。

其次,既然明确了"石头"的真面目,就可理解作者于此不失时机地骂他、咒他了。讽刺其"口生于何处?其无心肝,可笑可恨之极"!否则,若云石头说话,因"其无心肝",自然"可笑……之极",何来"可恨"一说呢?不仅如此,又点明"那红尘中有却有些乐事,但不能永远依恃;况又有'美中不足,好事多魔'八个字紧相连属;瞬息间则又乐极生悲,人非物换。究竟是到头一梦,万境皆空"这一段话"乃一部(书)之总纲",则十分明显是在诅咒清朝的灭亡,故此曰"不能永远依恃","好事多魔","瞬息间则又乐极生悲,人非物换","究竟是到头一梦,万境皆空"云云。这当然是此书的"本旨"。

寻梦红楼

第八、用日常生活琐事来给宝玉定位。

第十九回宝玉私自外出，带茗烟去看望探家的袭人。袭人之兄见是他主仆两个，唬的惊疑不止……袭人也随即埋怨"你也忒胡闹了"，"这还了得！倘或见了人……也是玩得的！"并且表示"这个地方不是你来的"，及至宝玉进了家，又"总无可吃之物"；待要回去时，又一再叮嘱"或雇一乘小轿，或雇一辆小车"，"不为不妨，为的是碰见人"。终于还是为了"瞒人"而悄悄地回去了。

宝玉的一次外出，如果仅仅是一般的主子到丫头家，完全不至于、也不必要如此小题大做。不仅是让人"惊疑不止"，还是"唬的"！不仅是"这个地方不是你来的"，"也忒胡闹了"，更重要的是怕"见了人"，"碰见人"！如果仅仅是一个公侯家的第四代孙，不管自家如何娇贵，在外人眼里不过尔尔，有什么怕人看见的道理呢？袭人一家未免太过于夸张了！然而，如果是皇帝微服私访，自然就非同小可了。所以脂批曰：非茗烟适有罪被披（胁？），万不敢如此私引出外。别家子弟尚不敢私出，况宝玉哉，况茗烟哉！可见宝玉原非"别家子弟"，所以一定是"不可告诉人"的。

同回，作者又借宝玉和袭人的对话暗示读者："你这里长远了，不怕没八人轿你坐。"袭人冷笑道："这我可不希罕。有那个福气，没有那个道理……"。"八人轿"同可卿的棺木一样，自非"常人可享者"，故袭人云"有那个福气，没有那个道理"！

另外，宝玉"自幼在姊妹丛中长大，不比别的兄弟"，可以独享与诸女子"交接"的权力。不管是在荣国府、宁国府，还是在大观园，宝玉可以在任何时间、到他想到的任何一个女子的住处去，完全不须通报，亦完全毋须考虑人家是"睡了"还是"醒着"；而园中那些女孩儿亦对宝玉"坐卧不避"。

前文说到了大观园，这里再言荣国府。第二十一回交待，宝玉送黛玉、湘云二人到房，那天已二更多时，袭人来催了几次，方回自己房中来睡。次日天明时，便披衣趿鞋往黛玉房中来，不见紫鹃、翠缕二人，只见他姊妹两个尚卧在衾内……林黛玉早已醒了，觉得有人，就猜着定是宝玉，因翻身一看，果中其料。

说道："这早晚就跑过来作什么？"一段描述，因笔者未曾摘录的黛玉、湘云二人的睡相而脍炙人口。这里，只想强调宝玉独有的权力。而"觉得有人，就猜着定是宝玉"的交待明确告诉读者，这是经常发生的、毫不奇怪的"大家常事"，故黛玉一猜就中！因对于别人而言，这是"不可能发生的故事。"而此时黛玉的娇情，或曰娇嗔，不是"埋怨"宝玉"跑过来作什么"而指责他不能来，实是在强调"这早晚"而已。

至于宁国府，除了到可卿房中以外，宝玉去其他地方，作者系采取虚写的方式。

第十九回，贾珍请宝玉等人"过去看戏，放花灯"。宝玉嫌那些戏"繁华热闹到如此不堪的田地，只略坐了一坐，便走开各处玩耍。先是进内去和尤氏和丫鬟姬妾说笑了一回，便出二门来"。而其他男人显然没有此种"进内去和尤氏和丫鬟姬妾说笑了一回"的"特权"。

宝玉与众姐妹入住大观园以后，不管是贾政、贾赦，还是贾珍、贾琏，均没有再去过园内的任何地方。能得以二入大观园的贾芸，一次是以种树为由，且让各女子回避；一次是被邀请到怡红院，系专门派人接入带出。而另一个能够得以进入大观园的男人——胡庸医，是为晴雯诊病，同样有人接送，且"李纨已遣人知会过后门上的人及各处丫鬟回避，那太医只见了园中景致，并不曾见一个女子"。即使是贾环、贾兰只前往怡红院一处探望病中的宝玉，也有人通报接待，绝无擅入之理。亦可见大观园是真正的"禁管"之地——紫禁城。

这里应该说明一下，宝玉之所以能够与众女子亲密接触切，与他的年龄尚"毋须避讳"无关，因警幻仙子已经教会了他"儿女之事"。何况贾环、贾兰二人比宝玉更年幼，却没有这个权力，何者？盖身份使然也。若云贾兰太小，尚"不识人事"，确实可算作一条理由，而贾环可是"识人事"的！金钏让宝玉去"捉奸"的玩笑，可不是无意之语。故曰，此乃权力所决定的，而绝非年龄大小的问题。所以第二十回李嬷嬷骂袭人"一心只想妆狐媚子哄宝玉"，遂有脂砚批曰："看这句，几把批书人吓杀了。"如果不是宝玉的皇帝身份，此一句普通的话，为什么会"几把批书人吓杀了"呢？

对于这一点，湛卢先生的《红楼梦发微》中有一段极其精辟的剖析："在著者之身世和时代，礼教至上，名分第一。断无人以叔叔公然入侄媳之房，踞床酣然入梦之理。即有其事，亦不宜笔之于书。况小说本空中楼阁，作者乃冒天下之大不韪而为之，岂曰无意？"随后，在引述了第十一回宝玉同凤姐探望秦氏的那段缠绵不堪的描绘后，又一针见血地指出："老嬷嬷阻之不理，母亲诏之不听，嫂子遣之不去，本夫在旁视若无睹。如非帝王之尊，岂敢如此胆大妄为？"此论可谓鞭辟入里之言。故而，警幻仙子说宝玉："吾所爱汝者：乃天下古今第一淫人也。"遂有脂砚斋先生不失时机地以朱笔侧批曰：多大胆量，敢作如此之文？是啊，敢云皇帝，尤其是清朝皇帝为"天下古今第一淫人"，需要"多大胆量"？

再看第三十二回，湘云半开着玩笑，数落宝玉丢了麒麟，说："幸而是这个，明儿倘或把印也丢了，难道也就罢了不成？"宝玉笑道："倒是丢了印平常，若丢了这个，我就该死了。"一段闲话，从表面上看，分明在表现二人对"丢了麒麟"与"丢了印"之间的不同态度；而实际上，此番对话还暗示了另一个重要内容——宝玉是有"印"的。这可不是玩笑，不是假设。从"心里想什么，嘴里就说什么"的湘云口中说出的话，更不会是玩笑。若不是宝玉暗中的这层身份，他这个无职"外男"的"印"从何而来呢？

还有第六十三回，怡红院群芳筹钱为宝玉祝寿，共筹得多少呢？袭人笑道："你放心，我和晴雯、麝月、秋纹四个人，每人五钱银子，共是二两。芳官、碧痕、小燕、四儿，他每人三钱银子，其余告假的不算，共是三两二钱银子……"这"三两二钱银子"置办下一桌什么样的酒席呢？共计四十个碟子。那四十个碟子皆是一色白粉定窑的，不过只有小茶盅大，里面不过是山南海北，中原外国，或干或鲜，或水或陆，天下所有的酒馔果菜。好值钱的"三两二钱银子"，居然置办下了"山南海北，中原外国，或干或鲜，或水或陆，天下所有的酒馔果菜"！"天下所有的"就够耸人听闻的了，还不屑地称之为"不过"！为什么会有如此大的口气？明白宝玉的身份就不奇怪了，盖"王天下者食天下"也！故脂

宝玉是清朝皇帝

169

硯斋批其："玉兄日享洪福，竟至无以复加而不自知。"仅仅一顿便饭即可知其"洪福""无以复加"的程度了。

　　另，在宝玉出生不久抓周时，作者已然"皴染"了一笔。说是："政老爷便要试他将来的志向，便将那世上所有之物件，摆了无数，与他抓取。"如果不是皇家，怎么能"将那世上所有之物件"全都拿来，"与他抓取"呢？显然，此"世上所有之物件"，与上文"天下所有的酒馔果菜"可以映照来看。

　　此外，还有因宝玉过生日众人送来的礼物，其中赫然有"一百束上用银丝挂面"；而清虚观张道士则称"遮天大王"——宝玉的生日为"圣诞"。

　　第五十四回荣国府夜宴，贾珍、贾琏为贾母斟酒，其文曰：贾珍等至贾母榻前，因榻矮，二人便屈膝跪了。贾珍在前捧杯，贾琏在后捧壶。虽止二人奉酒，那贾环弟兄等却也是排班按序，一溜随着他二人进来，见他二人跪下，也都一溜跪下。宝玉也忙跪了。史湘云悄悄的推他笑道："你这会子又帮着跪作什么呢？……"想想看，贾珍带领"玉"字辈儿兄弟敬酒，贾琏、贾环等皆"排班按序"地跪下，宝玉也理所当然地应该跪下，谈得上什么"帮着跪"呢？既然是"帮着跪"，当是份外之事，则表明宝玉的身份不同于"玉"字辈儿的其他兄弟，盖皇帝的身份使然。

　　同回，宝玉为众人斟酒，也从李婶、薛姨妈起，二人也笑让坐。贾母便说："他小，让他斟去，大家倒要干过这杯。"就辈分而言，宝玉斟酒理所当然，"李婶、薛姨妈"等长者原无需"让坐"，作者却偏偏写"二人也笑让坐"，直至贾母说"他小，让他斟去"，方才罢了，亦因宝玉皇帝的身份使然。

　　第二十四回贾赦偶感风寒，诸儿女辈前去看望，宝玉到了那里，先述了贾母问的话，然后自己请了安。贾赦先站起来回了贾母话，次后便唤人来："带哥儿进去，太太屋里坐着。"宝玉退出来至后面，进入上房。邢夫人见了他来先倒站了起来，请过贾母的安，宝玉方请安。对此，脂砚斋凡三批："一丝不乱"，"好层次，好礼法。"并设问："谁家故事"？仅从表面看来，贾赦、邢夫人见了宝玉先站起来，似乎是为了"回了贾母话"或"请过贾母的安"，以示大家礼仪，然后才是对宝玉如何如何。然细按，贾赦与邢夫人此后并未坐下，仍是"站着"！故作者在交待邢夫人见到宝玉时使用了"先倒站了起来"数字，仅其中的"倒"字，就可显出此"站"的味道，并不一般。显然，按照家中辈分，贾赦、邢夫人本是毋须"站"的，此是理所当然；而按照身份地位——宝玉本是皇帝——就必须"站"了，否则，又何须"倒"字呢？

第五十七回宝玉犯了痴病，唤来王太医，贾母闻听太医"实在不妨，都在晚生身上"的保证，遂言："既如此，请到外面坐着开方子。若治好了，我另外预备好谢礼，叫他亲自去磕头；若耽误了，我打发人去拆了太医院的大堂。"一段话明确无误地表明宝玉身份之高，能让"他亲自去磕头"，对一个六品御医而言，显然是一种至高无上的礼遇；而与之相反，"若耽误了，我打发人去拆了太医院的大堂"！要知道，这王太医是世代之御医，如果宝玉不是皇帝身份，即便是"耽误了"，孰人又能去、敢去"拆了太医院的大堂"呢？

庚辰本第七十三回在评价宝玉读八股文的态度时曰：虽贾政当日起身时选了百十篇命他读的，不过偶因其中或一二股内，或承题之中，有作得精致、或流荡、或游戏、或悲感，稍能动心悦意，偶一读之，不过供一时之兴趣，究竟何曾成篇潜心玩索。【脂批：妙！写宝玉读书，非为功名也。】那八股文乃科考进仕、以为功名之阶梯，宝玉自然不会"成篇潜心玩索"。因其"读书，非为功名"，此亦并非"淡泊以明志"，乃帝王身份使然也。

甲戌本第二十六回薛蟠请客，让宝玉吃四样"鲜货"：这么粗、这么长、粉脆的鲜藕，这么大的大西瓜，这么长一尾新鲜的鲟鱼，这么大的一个暹罗国进贡的灵柏香熏的暹猪……我要自己吃，恐怕折福；左思右想，除我之外，惟有你还配吃【朱笔侧批：此语令人哭不得，笑不得，亦真心语也。】……不过是四样"鲜货"，即使再难得，何云"配吃"与否？盖其中有"暹罗国进贡的灵柏香熏的暹猪"，既是外国"进贡"的，自然只有帝王才"配吃"，这不是笑话，是实话！故称之"亦真心语也"。而此"配吃"的"真心语"就逗露出宝玉实际上的身份了。否则，如果仅仅是"镜子"正面——一个公侯家的公子哥——的身份，

宝玉是清朝皇帝

171

怎么能"配吃"贡品呢？另，不单宝玉，薛蟠的暗中身份亦可知矣（后详）。事后，作者再用宝钗的话来加以反衬："我知道我的命小福薄，不配吃那个【朱笔侧批：暗对呆兄言宝玉"配吃"语。】"。其中的"命小福薄"云云，不过是用来"混人"的假话，关键还是强调"配吃"不"配吃"的身份而已。后来，宝玉为自己没能前去给薛蟠贺寿而表示歉意，宝钗笑道："这也多礼。你便要去，也不敢惊动……"（第三十回）；之前，见宝玉询问"是谁"的手帕碰了自己的眼睛，失手的林黛玉连忙说："不敢"（第二十九回）；一句"不敢惊动"，一句"不敢"，亦可谓是对宝玉身份的再三再四皴染。

第二十二回凤姐凑趣贾母说："举眼看看，谁不是儿女？难道将来只有宝兄弟顶了你老人家上五台山不成？那些梯己，只留于他，我们如今虽不配使，也别苦了我们。"再言贾母的梯己，只有宝玉"配使"，而别人"不配使"！（贾母亦皇帝身份，后详。）

宝玉的帝王身份不但得到荣宁二府、大观园内外的人赞颂、阿谀，就连判官小鬼儿也要让他三分。戚序本第十六回表现秦钟在弥留之际，"百般求告鬼判"，结果遭到"叱咤"："亏你还是读过书的人，岂不知俗语说的：'阎王叫你三更死，谁敢留人到五更。'我们阴间上下都是铁面无私的，不比你们阳间瞻情顾意，有许多的关碍处。"简直把话说绝了。可是一听说宝玉来看他了，都判官听了，先就吓慌起来……众鬼见都判如此，也都忙了手脚，一面又抱怨道："你老人家先是那等雷霆电雹，原来见不得'宝玉'二字，依我们愚见，他是阳，我们是阴，怕他们也无益于我们。"都判道："放屁！俗语说的好，'天下官管天下民'，自古人鬼之道却是一般，阴阳并无二理……"。那都判为何"见不得'宝玉'二字"，闻听宝玉来了就"忙了手脚"，立刻"网开一面"呢？原来因他是"管天下民"的"天下官"，至于是什么样的"官"可管"天下民"，就不言而喻了吧。（此处之"天下官管天下民"，甲戌本等为"天下官，管天下的事"，但寓意无甚区别。）

故而即便是发生口角，作者也要以"天诛地灭"咒之。文见第二十八回，黛玉为元春馈赠之事心里不快，宝玉急的发誓："除了别人说什么金什么玉，我心里要有这个想头，天诛地灭，万世不得人身！"紧跟着，第二十九回，贾府众人打平安醮回来，宝黛二人之间——一对冤家又"闹"了起来，宝玉再次说道："你这么说，是安心咒我天诛地灭？……我便天诛地灭，你又有什么益处？"林黛玉一闻此言，方想起上回的话来。今日原是自己说错了，又是着急，又是羞愧，便战战兢兢的说道："我要安心咒你，我也是天诛地灭。何苦来！"听到宝玉说是"安心咒我天诛地灭"，黛玉马上反应过来，知道"原是自己说错了，又是着急，又是羞愧，便战战兢兢的……"。请注意作者这个用词，不单是"着急""羞愧"，更是"战战兢兢的"！如仅仅是"又是着急，又是羞愧"这两种心理，又何须"战战兢兢的"呢？前提只能是，因为宝玉暗中的这重身份——皇帝。面对皇帝，知道自己说错了，岂能仅仅"又是着急，又是羞愧"就完了，更多的是害怕！故而"便战战兢兢的"；否则，就一向尖酸刻薄，好使小性儿的黛玉而言，面对一个"葳葳蕤蕤"的宝玉会"战战兢兢的"才怪，他们之间到底谁怕谁啊！

黛玉如此，就更不用说袭人了。所以袭人在暗中向王夫人汇报宝玉日常在大观园内与姊妹间"不避嫌疑"的事时担心："不但我的话白说了，且连葬身之地都没了"；"我们不用说，粉身碎骨，罪有万重"；"若不回明太太，罪越重了"。可见袭人"战战兢兢的"程度远过黛玉甚矣。嘴里一口一个"罪"不说，连"粉身碎骨""葬身之地都没了"的话都说出来了。原是"身边人"更了解自己的主子啊。

此外，贾府里里外外、上上下下，人人都以宝玉为"核心"，事事都唯宝玉马首是瞻。而宝玉亦自我感觉良好，不但以为"万物皆备于我"，而且认为"万'女'皆备于我"，因此大胆地施"爱"于几乎所有的女孩乃至女人！

第九，从宝玉的所作所为来看他的身份。

第三十一回，宝玉为哄晴雯高兴，纵容她撕扇子。晴雯果然笑了，宝玉笑道："古人云，'千金难买一笑'，几把扇子能值几何！"故回目为"撕扇子作千金一笑"。那"千金一笑"的典故，本是周幽王宠褒姒所为，今作者亦让宝玉为之，其意自明。

第三十六回宝玉斥责宝钗、湘云辈说："好好的一个清白女儿，也学的沽名钓誉，入了国贼禄儿之流。这总是前人无故生事，立言竖辞，原为导后世的须眉浊物。不想我生不幸，亦且琼闺绣阁中亦染此风，真真有负天地钟灵毓秀之德！"因此祸延古人，除《四书》外，竟将别的书焚了。【蒙侧：宝玉何等心思，作者何等意见，此文何等笔墨！】众所周知，史上著名的焚书事件为秦始皇所为，而今宝玉亦仿之，可知此"玉"亦彼"御"也。

第十八回，宝玉从大观园题对额出来，就有跟贾政的几个小厮上来拦腰抱住，都说："今儿亏我们，老爷才喜欢，老太太打发人出来问了几遍，都亏我们回答说喜欢；不然，若老太太叫你进去，就不得展才了。人人都说，你才那些诗比世（是）人的都强。今儿得了这样的彩头，该赏我们。"宝玉笑道："每一人一吊钱。"众人道："谁没见那一吊钱！【庚侧：钱亦有没用处。】把这荷包赏了吧。"说着，一个上来解荷包，那一个解扇囊，不容分说，将宝玉所佩之物尽行解去。此段文字是从侧面来表现宝玉的身份。其一，阿谀宝玉的诗"比世（是）人的都强"；其二，皇帝身上的佩戴之物或所赐之物，不用说，要比那"一吊钱""有用"得多，故曰："谁没见那一吊钱"，"钱亦有没用处"。后文宝玉关于自己书画的说法，亦可与此相印证。

第二十三回，宝玉搬进大观园以后写了几首即事诗，因这几首诗，当时有一等势利人，见荣府十二三岁的公子作的，录出来各处称颂……因此竟有人来寻诗觅字，倩画求题的。宝玉益发得了意，镇日在家作这些外务。第二十六回薛蟠跟宝玉要礼物，宝玉道："我可有什么可送的？若论银钱吃穿等类的东西，究竟还不是我的；惟有我写一张字，画一张画，才算是我的。"这两段话相互映衬，告诉读者，宝玉的诗词字画有人"各处称颂"，宝玉自己对此也自鸣得意；再，以宝玉的身份、地位而言，已不将一切物质性的东西放在眼里，盖因其得来容易，故曰"究竟还不是我的"；因此，反而更看重自己的字画。

第十，从身边人的"别号"来看宝玉的身份。

其一，黛玉的别号。

第三十七回探春结诗社，各人纷纷起个"诗翁"的别号。探春因被黛玉嘲笑，遂反戈一击，也为林黛玉起了名号——潇湘妃子。其理由是："当日娥皇、女英洒泪在竹上成斑，故今斑竹又名湘妃竹。如今他住的是潇湘馆，他又爱哭，将来他想林姐夫，那些竹子也是要变成斑竹的。以后大家都叫他作'潇湘妃子'就完了。"大家听说都拍手叫妙。那娥皇、女英均系舜帝之妃，以"潇湘妃子"为黛玉之号，"大家听说都拍手叫妙"，而黛玉自己也就"不言语"了，从中可知宝玉的身份一如舜帝了。此外，第二十七回黛玉葬花，回目将之喻为"赵飞燕"，亦为帝王之妃，与"潇湘妃子"的别号的寓意相同。

其二，宝钗的别号。

同在第二十七回，宝钗扑蝶，回目为"杨妃戏彩蝶"，将宝钗喻为"杨贵妃"。为了这个别号，宝钗还和宝玉闹了回口角。那是第三十回在得知宝、黛又闹又合，贾母说他们"不是冤家不聚头"以后，宝钗终于耐不住醋意，一反素日"装愚守拙""随分随时"的"淑女"做派，对宝玉拿她比作杨妃的玩笑话大发雷霆，冷笑了两声，说道："我倒像杨妃，只是没有一个好哥哥、好兄弟可以作得杨国忠的！"并指着靛儿"双敲"宝玉："你要仔细！我和你玩过，你再疑我。和你素日嬉皮笑脸的那些姑娘们跟前，该问他们去。"但此番发火，并不妨碍她对"杨妃"身份的默认，因她则始终在觊觎着"宝二奶奶"——皇后的位置。

顺便说一句，所谓"始终"，是指薛家进京第一目的就是"待选"，直到最后如愿嫁给宝玉。许多读者对宝钗进京"待选"一事颇感奇怪，因她来到贾府后，"待选"后文只字皆无，却一直致力于与湘云、黛玉等争夺"宝二奶奶"的宝座。一些红学家也对此持怀疑态度，以至争论有加，各持己见。殊不知，争夺"宝二奶奶"的宝座就是在"待选"！作者就是在以这种方式暗示宝玉的真实身份——皇帝。

且宝钗之别号"蘅芜君",据《拾遗记》文字表述:"帝息于延凉室,梦李夫人授帝蘅芜之香,帝惊起,香气犹着衣枕,历月不歇"。此中所言之帝,即汉武帝,而李夫人是武帝之妃。可见,宝钗之"蘅芜君"亦显然是妃子之号也。

不但宝钗、黛玉的别号昭然,就连湘云的名字亦与黛玉"一潇一湘",暗喻她们为舜之二妃也至为明显,故而作者在描述黛玉、湘云于凹晶馆联句时,交待"二人遂在湘妃竹墩上坐下";此前,尚有二人同卧一室的描述。另有第六十二回写湘云醉卧之回后总评曰:看湘云醉卧青石,满身花影,宛若百十名姝抱云笙月鼓,而簇拥太真者。将湘云亦比作"太真"。而"潇湘"也罢,"太真"也罢,均为后妃无疑。知此,则前文关于湘云的所谓"因麒麟伏白首双星"的寓意,也就有如浑然天成了。

另外,第五十四回秋纹干脆将鸳鸯与袭人并称"金花娘娘",那段文字本是说媳妇们带来"老太太赏金、花二位姑娘吃的东西",而秋纹偏偏"打岔"说:"外头唱的是《八义》,没唱《混元盒》,那里又跑出'金花娘娘'来了。"后面,宝玉遂也"凑趣"地笑命:"揭开盒子,我瞧瞧。"前边媳妇们不称"鸳鸯"、"袭人"的名字,而称"金、花二位姑娘"已经不同凡常了,而秋纹还要点明其为"金花娘娘",岂无意哉?且贾母明言系将袭人"给了宝玉魔王"的;熟读文本的人均可察觉,如果没有贾赦"插一杠子",鸳鸯亦将自然而然地成为宝玉"身边的人",二人自可并称"金花娘娘",不误。

此外,第三十七回宝玉咏白海棠诗有"出浴太真冰作影,捧心西子玉为魂"句,亦是咏物为"妃",自比君王之作。

其三,秦可卿房屋用度的暗示。

第五回宝玉以倦怠为由被引到秦氏屋中睡觉,其房间中摆设的物品,分别以武则天、赵飞燕、杨贵妃以及寿昌、同昌公主为喻,而前三人皆为后妃,可知这些摆设象征皇家用度。对此,甲戌本朱笔侧批曰:一路设譬之文,迥非《石头记》大笔所屑;别有他属,余所不知。此种以"不知"反为"知"的写法,自然更能逗引起读者思考:"别有他属"的内容究竟是什么,批者究竟是"知",

还是"不知",果然"狡猾之甚"。今试为解之：秦可卿实际上是宝玉的性启蒙者。则此处"一路设譬之文"，以后妃之喻秦氏，实乃暗示宝玉的帝王身份也。

天下古今第一淫人

　　写到这里，该揭破宝玉那"多情种子"——"情不情"的"清纯"面目了。

　　说宝玉是天下古今第一淫人，有第五回警幻仙子对宝玉的评价为证："更可恨者，自古来多少轻薄浪子，皆以'好色不淫'为饰，又以'情而不淫'作案。【脂批："色而不淫"四字已滥熟于各小说中，今却特贬其说，批驳出矫饰之非，可谓至切至当，亦可以唤醒众人，勿为前人之矫词所惑也。】此皆饰非掩丑之语也。好色即淫，知情更淫。是以巫山之会，云雨之欢，皆由既悦其色、复恋其情所致也。【甲戌本朱笔侧批："色而不淫"，今偏翻案。奇甚！】吾所爱汝者：乃天下古今第一淫人也。【甲戌本朱笔侧批：多大胆量，敢作如此之文？】【朱笔眉批：绛芸轩中诸事情景，由此而生。】"应该说，此段话语本已将宝玉"天下古今第一淫人"的面目揭示的清清楚楚，然不少读者却被其后的"意淫"二字所惑，民国时更有诸多清纯女子以黛玉自况，将宝玉视为"梦中情人"，实"乃天下古今第一"误会也。

　　究竟何为"意淫"，许多读者包括红学家，均以善良的出发点去理解，以为此"意淫"有类柏拉图的"精神恋爱"。不客气地说，这是被书中的假话"瞒弊（蔽）"了。实际上，紧随其后的第六回甲戌本回前墨批明示，宝玉与袭人二人之间的云雨情"亦大家常事也，写得是已全领警幻意淫之训。"这句话明明白白告诉读者两个内容，其一，所谓"意淫"，就是"云雨情"；其二，这种主子与丫鬟间的肉体关系"亦大家常事"。

然宝玉的"清纯"面目流传既久，影响极深，此结论恐怕一时难以令人接受，故须详解。

首先看看所谓"大家常事"该如何理解。

第六十五回兴儿对尤二姐描述凤姐之为人的一席话道出了个中原委："这平儿是他自幼的丫头，陪了过来一共四个，嫁人的嫁人，死的死了，只剩了这个心腹。他原为收了屋里，一则显他的贤良名儿，二则又叫拴爷的心，别往外头走邪路。又还有一段因果：我们家的规矩，爷们大了，未娶亲之先，都先放两个人伏侍。二爷原有两个，谁知他来了没半年，都寻出不是来，都打发出去了。别人虽不好说，自己脸上过不去，所以强逼着平姑娘作了屋里人。那平姑娘又真是个正经人，从不把这件事放在心上，也不会挑妻窝夫的，倒一味忠心赤胆伏侍他，所以他才容下了。"

这段话告诉读者，在贾府，"爷们大了，未娶亲之先，都先放两个人伏侍"，所谓"未娶亲之先，都先放两个人伏侍"，即安排几个"性奴婢"或曰"性启蒙者"。这就是第六回回前脂批所说的"大家常事"。所以兴儿在背后议论凤姐："人家是醋罐子，他是醋缸、醋瓮。凡丫头们二爷多看一眼，他有本事当面打个烂羊头"。

贾琏如是，其父贾赦更是"左一个小老婆，右一个小老婆放在屋里"，只因"大家子三房五妾的也多"，所谓"有其父必有其子"；即便是文本中"完全正面"、了无缺点的人物形象——贾珠也同样如是。第三十九回李纨亦像兴儿一样提及平儿等四个丫头时，联想到自己，说："想当初，你珠大爷在日，何曾也没两个人。你们看我还是那容不下人的？"李纨这种说法再次说明此"大家常事"的普遍性。因而对这种"大家常事"，不单贾府上下心知肚明，就连外面的人也都知道。

第六十三回贾蓉在亲祖父贾敬刚刚去世、尸骨未寒时，就回到家里与尤氏两个姨娘及其丫头们调笑。众丫头忙推他，恨得骂："你一般有老婆丫头的，只和我们闹。知道的说是玩，【庚辰本批：妙极之"玩"，天下有是之"玩"，亦有趣甚。此语余亦亲闻者，非编有也。】不知道的人，再遇见那脏心烂肺的、爱多管闲事嚼舌根子的人，吵嚷的那府里谁不知道，谁不背地里嚼舌说咱们这边混帐。"此"你一般有老婆丫头的，只和我们闹"，无疑点明了所谓"丫头"在贾府中与"老婆"有一样的"伏侍"功能。所以贾琏为了让贾蓉促成自己与尤二姐的"好事"，遂向贾蓉许诺："好侄儿！果然能够说成了，再买两个绝色的丫头谢你。"这里所谓的丫头，也就是"性奴婢"或"妾"的意思。故脂批讽刺贾蓉与丫头间的"玩"为"妙极之'玩'，天下有是之'玩'，亦有趣甚"。

或曰，这两个例子确实能说明贾府有这种"规矩"，但如此"不堪"的，似乎只有贾琏、贾蓉等人，而宝玉除了有一次和袭人的"初试"以外，似乎还是"蛮纯洁"的。

应该说，之所以会得出这种结论，要么是受影视剧的影响，要么是没有细读文本，抑或是读了不带脂批的通行本。

就在第六十三回回后【总评】中，脂砚斋清清楚楚地揭开了宝玉那所谓"纯洁"的面纱。其文曰：宝玉品高性雅，其终日花围翠绕，用力维持其间，淫荡之至，而能使旁人不觉，被人不厌。贾蓉不分长幼微贱，纵意驰骋于中，恶习可恨，二人之形景天渊而终归于邪，其滥一也。所谓五十步之间耳。持家有意于子弟者，揣此以照察之可也。

恐怕没有比这说的更明白的了，宝玉之与贾蓉在表面上看起来有天渊之别，实际上区别不大。所以说"二人之形景天渊而终归于邪，其滥一也。所谓五十步之间耳"。宝玉虽然"品高性雅"，故"能使旁人不觉，被人不厌"，但与贾蓉"其滥一也"，都是"淫荡之至"，只不过是"五十步笑百步"的关系而已。第十九回交待宝玉在袭人眼里"近来……更觉放荡驰纵"，脂砚随即批曰："四字妙评，确甚。"

那为什么众人"皆醉"，而脂砚斋"独醒"呢？难道就不会是脂砚斋误会了作者的本意，或者是后人抄错了，"误谬"至今吗？很简单，因为作者对贾珍、贾琏、贾蓉之淫是明写，而对宝玉之淫是暗写，甚至于有的地方写了又删掉了。所以，如果读书不细，或未能对各种版本比较地读，是不太容易发现宝玉那"天下古今第一淫人"的本来面目的，甚至还有可能像对"意淫"一样，将其当成"明贬实褒"的好话呢。

下面，就让我们来看看作者是如何暗写宝玉之淫的吧。

大家熟知的宝玉与秦可卿梦淫，及与袭人的"初试"姑且不提，仅看作者是如何在暗中"逗漏""绛芸轩中诸事情景"的。

第一，宝玉同怡红院的丫头们"无所不至"。

既然贾府有这种"爷们大了，未娶亲之先，都先放两个人伏侍"的规矩，那宝玉的"贴身大丫鬟"自然"责无旁贷"。袭人为什么"肯于"，或曰"敢于"与宝玉"云雨"呢，第六回点明：袭人素知贾母已将自己与了宝玉的，今便如此，亦不为越礼。第五十四回亦由贾母口中说袭人"未后给了宝玉魔王"。据此可知，贾母为宝玉选中的丫鬟，原是有这种特殊的"伏侍"职责的。

那么，同样是贾母派来的晴雯，自然也不会例外。即便是晴雯自己亦对此心知肚明，从未将宝玉当"外人"。文本交待，第六十三回"寿怡红"后，晴雯见到平儿说："今儿他还席，必来请你的。"平儿笑道："他是谁，谁是他？"晴雯听了，赶着打，笑说道："偏你这耳朵尖，听得真！"一番小姐妹间的谐谑，极具情趣，却也再清楚不过地表明晴雯同宝玉之间的"亲密"关系。

故作者借第五十一回胡君荣进怡红院为晴雯诊脉之机，让他看到晴雯这只手有两根指甲，足有二三寸长，尚有金凤花染的通红的痕迹……此处对指甲的描述，点明晴雯为清朝皇室中的后妃身份。

宝玉自然亦对此十分清楚，所以会毫无顾忌地"行使"自己的权力，终日与女儿厮混最熟。

同在第五十一回，作者有这样一段相对含蓄的描写：宝玉命晴雯"你来把我这边的被掖一掖。"晴雯听说，便上来掖了一掖，伸手进去就渥一渥，宝玉笑道："好冷手！我说看冻着。"一面又见晴雯两腮如胭脂一般，用手摸了一摸，也觉冰冷。宝玉道："快进被来渥渥罢。"……（麝月进来）笑说道："晴雯出去了，我怎么不见？一定是唬我去了。"宝玉笑道："这不是他，这里渥呢！"晴雯伸手进宝玉被里"渥"，乃至整个人钻到宝玉被里"渥"，宝玉摸晴雯的"腮"，二人前前后后的举动何其自然！可见系为日常习惯，故全无任何扭捏之态。随后晴雯着凉病重，宝玉只见晴雯独卧于炕上，脸面烧得飞红，又摸了一摸，只觉烫手。忙又向炉上将手烘暖，伸进被去摸了一摸身上，也是火烧。举动虽有些"那个"，似乎仅是惯常的关心。

但宝玉的举动决不仅止于此。

第三十一回宝玉晚间从薛蟠处喝酒回来，见到晴雯，将他一拉，拉在身旁坐下……晴雯道："怪热的，拉拉扯扯像什么？叫人看见像什么！我这身子也不配坐在这里。"宝玉笑道："你既知道不配，为什么睡着呢？"晴雯没的话，"嗤"的又笑了，说："你不来，便使得；你来了，就不配了。起来！让我洗澡去……"宝玉笑道："我才又吃了好些酒，还得洗一洗。你既没有洗，拿了水来，咱们两个洗。"晴雯摇手笑道："罢，罢！我不敢惹爷。还记得碧痕打发你洗澡，足有两三个时辰，也不知道作什么呢。我们也不好进去的。后来洗完了，进去瞧瞧，地下的水淹着床腿，连席子上都汪着水，也不知是怎么洗了……"

这段话就显得比较外露了，它告诉读者三个信息：第一，宝玉的主子（皇帝）身份，他一回来，别人就"不配"在那里坐或睡了；第二，宝玉可以随意同丫鬟一起"洗澡"；至于同碧痕的"洗澡"，虽然晴雯两次重复说"不知是怎么洗了"，但已再清楚不过地表明究竟是怎么回事了。所以即使已经"足有两三个时辰"，别人"也不好进去的"。

只是与贾蓉等人相比，宝玉"品高性雅"，不会那样用强，晴雯不愿意，也

寻梦红楼

就"算了"。故而后来第七十七回王夫人亲自彻查怡红院：

因节间有事，故忍了两日，所以今日特来亲自到园中阅人。一则为晴雯事犹可，二则因竟有人指宝玉为由，说他也近来已解人事，都由屋里丫头们不长进引诱坏了。因这事比晴雯一人较甚，【庚批：暗伏一段"更比"，觉烟迷雾罩之中，更有无限溪山矣。】乃从袭人起至作粗活的小丫头，个个亲自看了一遍。

从这段话中可以看出，王夫人亦知晴雯等大丫鬟被贾母送到宝玉身边侍候的全部"涵义"。故在赶走晴雯以后伺机向贾母汇报时说："老太太挑中的人原不错……虽说贤妻美妾，却也要性情和顺、举止沉重的更好些"。可见，王夫人原知晴雯系贾母为宝玉选中的"美妾"。故虽然看不惯她那"狐狸精"样，但也不认为有什么过分不妥之处，故此说"为晴雯事犹可"。

而晴雯则对因"担了虚名"，被逐出大观园倍感冤屈，呜咽对宝玉道："只是一件，我死也不甘心的：我虽生的比人略好些，并没有私情密意勾引你怎样，如何一口死咬定了我是狐狸精！我太不服。今日既已担了虚名，而且临死，不是我说句后悔的话，早知如此，我当日也另有个道理。……有冤无处诉！"说完以后遂以手拭泪，就伸手取剪子，将左手上两根葱管一般的指甲都齐根铰下，又伸手向被内将贴身穿着一件旧红绫袄脱下，并指甲都与宝玉道："这个你收了，以后就如见我一般，快把你的袄儿脱下来我穿。……回去他们看见要问，不必撒谎，就说是我的。既担了虚名，率性如此，也不过……"【列本脂批曰：晴雯此举胜袭人多矣。真一字一哭也，又何必鱼水相得而后为情哉？】

此一大段文字原是塑造出晴雯"抱屈夭风流"的冤情与悲愤，而同时又从侧面告诉读者，宝玉与丫头们的性生活，同贾蓉不过"五十步之间耳"。

且宝玉祭晴雯的一篇诔文亦完全不像主子在祭奠丫鬟，字里行间透露出的内容，均系丈夫痛悼妻妾之意。故曰"玉得于衾枕栉沐之间，栖息晏游之夕，亲昵狎亵，相与共处者，仅五年八月有奇。"其"衾枕栉沐""亲昵狎亵"，显然非同一般。甚至不惮感慨"惭违共穴之盟"、"愧迨同灰之诮"，使用"共穴""同灰"等夫妻间表现爱意坚贞的誓盟之语。故"自为红绡帐里，公子多情；始信黄土垄中，女儿薄命。"什么叫"自为红绡帐里，公子多情"？还是甄士隐解得切："红灯帐底卧鸳鸯"者，是也。至于前文剖析的宝玉宠晴雯"撕扇子作千金一笑"，乃明显化用周幽王宠褒姒之典；而"委金钿于草莽，松（拾）翠于匐尘埃"则系引用唐明皇与杨贵妃的故事，均为暗喻二者乃帝王与后妃之间的关系，无疑。

当然，宝玉不仅同袭人、晴雯、碧痕如此，第二十回，其为麝月篦头亦暗示"上头"之意。不想偏偏被晴雯撞见，便讥之为："哦，交杯盏还没吃，倒上头了！"【庚辰本侧批：虽谑语，亦少露怡红细事。】可见"交杯盏"也罢，"上头"也罢，"虽谑语，亦少露怡红细事"。其实，事情并不"止于""上头"，紧跟着晴雯又不依不饶地说他们"瞒神弄鬼的"。果然，在"上头"以后，宝玉就"瞒神弄鬼的"，"命麝月悄悄的伏侍他睡下"！故后文，"俏平儿软语救贾琏"，描述平儿娇俏动人，喜的个贾琏身痒难挠……便搂着求欢，被平儿夺手跑了。脂批曰：娇俏如见，迥不犯袭卿、麝月一笔。此乃从侧面将宝玉与袭人、麝月的关系又浓浓地皴染了一笔。

此后，怡红院为宝玉庆生日时，芳官醉后亦与宝玉同榻而眠。次日醒来，袭人遂取笑她："不害羞，你吃醉了，怎么也不拣地方儿乱挺下了。"芳官听了，瞧了瞧，方知是和宝玉同榻，忙笑的下地来，说："我怎么吃的不知道了？"宝玉笑道："我竟也不知道了。若知道，给你脸上抹些黑墨。"这真是："不害羞"地"同榻"就罢了，偏偏要立"不知道"的牌坊，偏偏要画蛇添足地说什么"若知道，给你脸上抹些

痴公子杜撰芙蓉诔

黑墨"。如是"此地无银三百两",非越描越黑而为何?

可见,宝玉初入大观园时"曾有几首即事诗,虽不好,却倒是真情真景"。因其中有"枕上轻寒窗外雨,眼前春色梦中人","自是小鬟娇懒惯,拥衾不耐笑言频","霞绡云幄任铺陈"以及"抱衾婢至舒金凤"等句,遂被那一等轻浮子弟,爱上那风骚妖艳之句,也写在扇头壁上,不时吟哦赏赞,从中亦可见少许端倪。其实,不单那等"轻浮子弟",即便是锦香院的妓女云儿,亦"知怡红细事,可想玉兄之风情意也"(庚辰本第二十八回眉批)。故戚蓼生先生言其:"写闺房则极其雍肃也,而艳冶已满纸矣"。

如果说,此前诸多文字皆为"少露"而已,到了后面就唯恐不能点醒读者了。

第七十九回交待贾母以宝玉患病为由,命其这百日内连院门也不许出,只在房中玩笑。至五、六十日后,就把他拘束得火星乱迸,那里忍耐得住。诸般无法,无奈贾母王夫人执意不从,也只得罢了。因此和那些丫头们无所不至,恣意耍笑作戏……这百日内只不曾拆了怡红院,和这些丫头们无法无天,凡世上所无之事,都玩耍出来。如今且不消细说。

何为"无所不至",何为"恣意耍笑作戏",何为"无法无天,凡世上所无之事,都玩耍出来",恐怕无法说得再明白了,却还偏偏说"不消细说"!

尽管如此,如果这类事情只发生在怡红院内,说宝玉为"天下古今第一淫人"多少还有些委屈,因毕竟是贾府的规矩如此。

第二,宝玉对贾府"四春"外的其他几乎所有"外姓"女子都有"想法",有行动,直至乱伦。(黛玉、湘云、宝钗等可能为"妻"者,姑且不论)

当然,他的"想法",往往是以"情"的方式表现,甚至于过分到"情不情"——即不管别人对他是否有情,他总要"情"于人的。

对于这种所谓的"情",警幻仙子已经揭露了其实质,即:自古来多少轻薄浪子,皆以'好色不淫'为饰,又以'情而不淫'作案。【脂批:"色而不淫"四字已滥熟于各小说中,今却特贬其说,批驳出矫饰之非,可谓至切至当,

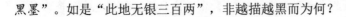

亦可以唤醒众人，勿为前人之矫词所惑也。】此皆饰非掩丑之语也。好色即淫，知情更淫。是以巫山之会，云雨之欢，皆由既悦其色、复恋其情所致也。【戚序本批："色而不淫"，今偏翻案。】作者、批者说的还不够明白吗？所谓的"情"，所谓的"情不情"，所谓的"意淫"，"皆饰非掩丑之语也"，只要细按，即可发现作者作出的多方面暗示，故决不能被其虚假"之矫词所惑也"。

——其中，宝玉和秦可卿间所谓的"梦淫"，就是作者虚写的叔叔与侄儿媳妇之间的乱伦行为。

对于可卿让宝玉到自己房中睡觉一事，书中描述：宝玉点头微笑，而跟随的嬷嬷则公开表示不妥。"那里有个叔叔往侄儿房里睡觉的礼（理）。"与老嬷嬷的态度相反，年龄同样老，而地位更高、见识更广的贾母却因素知秦氏是个极妥当的人……见他去安置宝玉，自是安稳的。尽管她老人家清清楚楚地知道："小孩子年轻，馋嘴猫似的，那里保得住不这么样。从小世人都打这么过的。"却仍然任由秦氏"去安置宝玉"，并认为"自是安稳的"。因为在她心里这不是"什么要紧的事！"因为"从小世人都打这么过的"。可见秦氏敢于将宝玉往自己屋里请，而宝玉也就高兴地答应，实是得到"老祖宗"默许的，一个老嬷嬷的反对又有什么用？

及至第六回宝玉再与袭人云雨，回后总评则曰："梦里风流，醒后风流，试问何真何假？"可见，宝玉与可卿之间的"梦淫"，还真不是"梦"！否则哪里需要"试问何真何假"？故而旧之一些评论者认为，宝玉同袭人间的所谓"初试云雨情"，

贾宝玉神游太虚境

寻梦红楼

186

实为"二试";盖"初试"实系与秦氏所为也。

——另外,宝玉和凤姐叔嫂之间的关系也颇暧昧。

小说中描写宝玉"猴上身去",像"扭股糖似的",曾经粘在四个人的身上。

可以想象,"扭股糖",一为"扭股",扭来拧去;二为"糖",可以"零距离"地粘在身上。生动地画出宝玉是在怎样撒娇,起腻。这四个人是:贾母、王夫人、鸳鸯和凤姐。跟贾母、王夫人"扭股糖",无话可说;跟凤姐、鸳鸯"扭股糖"就大有文章了。宝玉和鸳鸯的事且按下慢表,先说凤姐。

第十四回宝玉央求凤姐赶快收拾书房出来,凤姐笑道:"你请我一请,包管就快了。"宝玉道:"你要快也不中用,他们该作到那里的,自然就有了。"凤姐笑道:"便是他们作,也得要东西,拦不住我不给对牌,是难的。"宝玉听说,便猴向凤姐身上,立刻要牌……凤姐道:"我乏的身子上生疼,还搁得住你揉搓。你放心吧……"此处的"猴"和"揉搓",动作一如"扭股糖"。

第二十二回凤姐当着众人的面开玩笑,说的宝玉急了,扯着凤姐儿,扭股儿糖似的只是厮缠。完全无视在场的众人,我行我素;而众人也居然能对此熟视无睹,照常说笑!

故第七回焦大醉酒后撒野骂人:"那里承望到如今,生下这些畜生来,每日家偷鸡戏狗,爬灰的爬灰,养小叔子的养小叔子【甲戌本墨笔侧批:宝兄在内。】我什么不知道,咱们胳膊折了往袖子里藏!"【甲戌本朱笔眉批:一部《红楼》,淫邪之处,恰在焦大口中揭明。】众小厮们听他说出这些没天日的话来,唬得魂飞魄丧,也不顾别的,便把他捆起来,用土和马粪满满的填了他一嘴。

对于本段焦大醉骂,"爬灰"系指贾珍与秦可卿——公公、儿媳间的苟且之事,在红学界内并无二致;但对于"养小叔子"一说,则众说纷纭,甚至有人认为其乃子虚乌有之事。

天下古今第一淫人

187

事实上，稍加留意就能发现，此中"养小叔子"明明是指凤姐同宝玉"叔嫂"之间的暧昧关系。张笑侠先生在他著于1928年的《读红楼梦笔记》中指出："焦大之一段骂，不可以醉语目之，乃暗点贾珍与秦氏，凤姐与宝玉，宝玉与秦氏诸事耳。"可谓一语中的。

　　细按，首先，贾府中"玉"字辈只有三位"嫂子"：尤氏、李纨及凤姐。那尤氏与贾珍以外的"玉"字辈兄弟间，几乎没有任何来往；李纨则被明明白白写作节妇的典范，"虽青春丧偶，且居于膏粱锦绣之中，竟如槁木死灰一般，一概无闻无见，惟知侍亲养子……"；而凤姐这个"嫂子"与前二者却大为不同，她"身量苗条，体格风骚（双关语）"，不单与贾蓉、贾蔷二子侄辈不清不白，就连贾瑞"还想他的帐"。再，凤姐的小叔子惟宝玉、贾环二人耳（琮、琼、珩、璜等虚设之辈略去不算），且凤姐与贾环之间势同水火："要依我的性子早撵出去了"。盖"一部《红楼》""标准"的叔嫂关系，仅余凤姐、宝玉二人了。

　　其次，焦大其名谐音"交待"。因在吴语中"大"与"待"同音，故文本中揭示："戴权"为"大权"，"戴良"为"大量"。而焦大之骂历来被看作"秉刀斧"的史笔，因其所作的"交待"是为醉后，所谓"酒后吐真言"是也，当然不可以"子虚乌有"视之。

　　再次，作者在表现凤姐、宝玉的叔嫂关系中留有大量暗笔：

　　例如，宝玉、凤姐经常同坐一车。

　　第七回宁府独请凤姐，"宝玉听了，也要逛去"，于是"姐儿两个坐了车，一时进了宁府"。回来时"起身告辞，和宝玉携手同行"，又同车而归。

　　第十五回贾府诸人赴铁槛寺送殡，凤姐不愿让宝玉骑马，笑道："好兄弟，你是个尊贵人，女孩儿一样的人品，别学他们猴在马上。下来，咱们姐儿两个坐车，岂不好？"宝玉听说，忙下了马，爬入凤姐车上，二人说笑前来。

　　同回，铁槛寺做完法事，邢、王二夫人便要进城。王夫人要带宝玉去，宝玉乍到郊外，那里肯回去，只要跟凤姐住着。王夫人无法，只得交与凤姐，便回来了。这里作者又耍了个"烟云模糊""一石二鸟"的花招，不是一般人想象中的

"同凤姐留下来不走了"，而是"只要跟凤姐住着"！

后面，宝玉、凤姐遭魇时果然同居一室。

第二十五回，宝玉、凤姐遭魇，求僧问道，总不见效。他叔嫂二人愈发糊涂，不省人事，……因此，把他二人都抬到王夫人的上房内……一僧一道持诵通灵宝玉后又嘱曰："将他二人安在一室之内，除亲身妻母外，不可使阴人冲犯。……少不得依言，将他二人就安放在王夫人卧室之内"。

这种将"叔嫂二人""安在一室之内"的做法，显然非常特别，完全有违大家礼仪风范。不仅不顾"男女有别"之常情，反而让叔嫂同居一室。那个嬷嬷如若看见了，恐又要说："那里有叔嫂在一个屋里睡觉（虽然"糊涂，不省人事"）的道理"？

另外，贾琏深知凤姐为人只许自己"放火"，不许别人"点灯"。

第二十一回因向平儿求欢不得，醋意大发，遂言："他防我像防贼的，只许他同男人说话，不许我和女人说话。我和女人略近些，他就疑惑。他不论小叔子、侄儿，大的小的，说说笑笑，就不怕我吃醋了。以后我也不许他见人！"

贾琏将贾府诸多男人均排除在外，单提"小叔子、侄儿"，可见此"小叔子、侄儿"分明是字字有所指。贾琏不是瞎子，对凤姐所为虽未抓到什么"真凭实据"，但却心知肚明。其实不但贾琏心中有数，连薛姨妈、李婶、尤氏等亦知"实在他是真疼小叔子"（第五十一回），只不知此言之"真疼小叔子"是怎么个"疼"法。

当然，以上暗示也许什么事都算不上，因其太隐晦了。故脂砚先生在焦大骂"养小叔子"之后随即批曰：宝兄在内！这可不是开玩笑的事，什么好事啊，宝兄在内！此种事情怎能空口无凭地胡言乱语呢？焦大固然醉了，作者、批者可清醒得很。作者熟谙醉酒者心理，即，想到什么说什么，看见什么说什么，绝对的"口无遮拦"。故看到尤氏、贾蓉，就让其大骂"爬灰"；而看到宝玉、凤姐，则大骂"养小叔子"。如无确指，怎能这般巧合？恐怕亦是借焦大的"醉翁之意"来点醒读者吧。故曰：一部《红楼》，淫邪之处，恰在焦大口中揭明。

——宝玉和鸳鸯本是一对"鸳鸯侣（偶）"。

第四十六回明言鸳鸯拒绝了贾赦纳妾的要求，但回目所云"鸳鸯女誓绝鸳鸯侣（偶）"却不是，至少不仅仅是指拒绝贾赦。

为了表明自己的态度，鸳鸯在众人面前发誓："因为不依，方才大老爷率性说我恋着宝玉，不然要等着往外聘，凭我到天边上，这一辈子也跳不出他的手中去，终究（久）要报仇。我是横了心的，当着众人在这里，我这一辈子，别说是'宝玉'，便是'宝金'、'宝银'、'宝天王'、'宝皇帝'，横竖不嫁人就完了！"这段誓言，与其说是拒绝贾赦，不如说是拒绝宝玉。此后，书中描写，鸳鸯果然处处躲着宝玉，甚至连一句话都不再同宝玉说了。到了第七十回时，遂再对此作了个总结性的阐述：自那日之后，一向未和宝玉说话，也不盛装浓饰。众人见他志坚，自不好相强。

可见，贾母身边的鸳鸯本来也会像袭人、晴雯一样被派到宝玉身边，这是贾赦，也是宝玉、鸳鸯都心中有数的。对此，书中有多处暗示。

同在第四十六回，鸳鸯因躲避邢夫人来到大观园中，先后遇见平儿和袭人，袭人曾半安慰、半玩笑地对她说："你向老太太说，叫老太太说把你已经许了宝玉了，大老爷也就死了心了。"（此处之"许了宝玉"可同"金花娘娘"相互参映）使得鸳鸯又是气，又是臊，又是急。及至发现三人的谈话俱被宝玉听了去，只伏在石头上装睡。宝玉笑推他道："这石头上冷，咱们回房里去睡，岂不好？"

众所周知，"石头"、"通灵宝玉"以及"神瑛侍者"本都是宝玉的代名词，所以有"木石姻缘"之说。故作者暗示鸳鸯"伏在石头上装睡"，不但"伏在石头上"，而且"装睡"！作此暗示后仍恐读者不解，干脆让宝玉明言："咱们回房里去睡，岂不好"！如果以为这"咱们回房里去睡，"仅仅是表现"拉近彼此距离"的客气话，而看不出其同时还是"一声也而两歌，一手也而二牍"的"双管之齐下"，恐怕不能说对此书有"万千领悟"了。联系作者暗示的，宝玉前前后后的一贯"表现"，即可知，此绝非笔者以"淫邪"之心，度宝玉"纯

寻梦红楼

情"之腹。

　　不管读者是否会这样理解，反正宝玉心中有数，故而一遇到单独和鸳鸯在一起的机会就以"小"卖"小"。

　　第二十四回，见袭人进房去取衣服，宝玉坐在床沿上，褪了鞋，等靴子穿的工夫，回头见鸳鸯穿着水红绫子袄儿，青缎子背心，束着白绉绸汗巾儿，脸向那边低着头看针线，脖子上戴着花领子。宝玉便把脸凑在脖项，闻那香油气，不住用手摩挲，其白腻不在袭人之下，便猴上身去，涎皮笑道："好姐姐，把你嘴上的胭脂赏我吃了罢。"一面说，一面扭股糖似的粘在身上。鸳鸯叫道："袭人，你出来瞧瞧。你跟他一辈子，也不劝劝，还是这么着。"

　　此番描述清清楚楚告诉读者，所谓爱吃女孩儿嘴上的胭脂——爱红的毛病儿，全是骗人的谎言。这里宝玉对鸳鸯的所作所为，既不纯真，又毫无情趣可言，是地地道道的肉欲。不但"扭股糖似的粘在身上"，还又"闻"，又"摩挲"，并将鸳鸯的"脖项"与同他云雨过的袭人相比，认为"其白腻不在袭人之下"……其令人作呕的表现与贾蓉有什么区别？恐怕连"五十步"也没有吧。

　　此外，还有一处颇为奇怪的地方，第二十三回宝玉曾经写了"几首即事诗"，其"夏夜即事"诗为：

　　　　倦绣佳人幽梦长，金笼鹦鹉唤茶汤。

　　　　窗明麝月开宫镜，室霭檀云品御香。

　　　　琥珀杯倾荷露滑，玻璃槛纳柳风凉。

　　　　水亭处处齐纨动，帘卷朱楼罢晚妆。

鸳鸯

这首诗不过是以"佳人"——丫鬟之名而写的"嵌字诗",其中涉及"鹦鹉"、"麝月"、"檀云"、"琥珀"、"玻璃"五人。五个人中,"麝月""檀云"本是宝玉房中的丫鬟,自不待言;而"鹦鹉"、"琥珀"、"玻璃"却都是贾母的丫鬟(黛玉之紫鹃系"鹦哥"改名,故此中之"鹦鹉"似应看作另外一鬟)。这三人在"夏夜"里,齐齐的跑到宝玉卧室之中做什么来了?岂不奇怪?如果联想到袭人、晴雯、鸳鸯均为贾母的丫鬟,前二人已从贾母处"转到"了宝玉房中,而且如果不是贾赦的缘故,鸳鸯亦难免此种结局。从中似乎可以得出这样的结论:贾母的丫鬟原本都是为宝玉"预选"的;再或者,贾母的丫鬟原本就具有侍候宝玉的双重"职责"?否则怎么解释宝玉的"夏夜即事"呢?另,"水亭处处齐纨动"句中之"纨",若系影寡居之嫂李纨之名,就更是"怪中之怪"了,姑存疑。

宝玉不但对怡红院内自己的丫鬟和贾母的丫鬟如此,对王夫人的丫鬟也垂涎三尺。

——宝玉对金钏"恋恋不舍"。

金钏也是宝玉吃嘴上胭脂的对象之一。

第二十三回闻听贾政派人来叫,宝玉只得前去,一步挪了三寸,蹭到这边来。可巧贾政在王夫人房中商议事情,金钏儿、彩云、彩霞、绣鸾、绣凤等众丫鬟都在廊檐下站着呢,一见宝玉来,都抿着嘴儿笑。金钏儿一把拉住宝玉,悄悄的笑道:"我这嘴上是才擦的香浸胭脂,你这会子可吃不吃了?"可见宝玉以前吃金钏嘴上的胭脂,已不只一次,及至宝玉从王夫人房中出来,又向金钏儿笑着伸伸舌头,显出宝玉同金钏的关系确实非同一般。于是才造成了后来金钏投井而死的悲剧。应该说,金钏之死,王夫人是元凶;但宝玉也确有不可推卸的责任。

第三十回,表现宝玉闲极无聊四处乱逛,来到王夫人上房内。看见王夫人在里间凉榻上睡着,金钏儿坐在旁边捶腿,也乜斜着眼乱恍。宝玉轻轻的走到跟前,把他耳上带的坠子一拨,金钏儿睁开眼,见是宝玉。宝玉悄悄的笑道:"就困的这么着？"金钏抿嘴一笑，摆手令他出去，仍合上眼。宝玉见了他，就有些恋恋不舍的，悄悄的探头瞧瞧王夫人合着眼，便自己向身边荷包里带的香雪润津丹掏了出来，便向金钏儿口里一送。金钏儿并不睁眼，只管嚼了。宝玉上来便拉着手，悄悄的笑道："我明日和太太讨你，咱们在一处罢。"金钏儿不答。宝玉又道："不然，等太太醒了我就讨。"金钏儿睁开眼，将宝玉一推，笑道："你忙什么！'金簪子掉在井里头，有你的只是有你的'，连这句话难道也不明白？我倒告诉你这个巧宗儿，你往东小院子里拿环哥儿同彩云去。"宝玉笑道："凭他怎么去罢，我只守着你。"只见王夫人翻身起来，照金钏儿脸上打了个嘴巴子，指着骂道："下作小娼妇，好好的爷们，都叫你们教坏了。"宝玉见王夫人起来，早一溜烟去了。

此时的宝玉可谓"色胆包天"，宝玉喂、金钏吃"香雪润津丹"的动作十分熟稔、自然，一如成婚已久的"老夫老妻"。而作者就是通过一番如此细腻的行动描写和语言描写，极其生动地表现出宝玉即使是在母亲身边，也对金钏"有些恋恋不舍的"，并且敢用露骨的性暗示对金钏儿进行挑逗。有这样一个"天下古今第一淫人"的丑态，所以才有金钏以"金簪子掉在井里头，有你的只是有你的"自许，并开玩笑让他去"捉奸"的后话，不曾想最终导致了自己悲剧的发生。

——宝玉对彩霞"动手动脚"。

第二十五回宝玉同凤姐被魔法所魇之前，曾经让贾环将"左边脸上烫了一溜燎泡出来"。公允地说，这其实怨不得贾环。

文本描写宝玉酒后来到王夫人房中，一番撒娇以后被王夫人命"静静的倒一会子"。宝玉听说，下来，在王夫人身后倒下，又叫彩霞来替他拍着。宝玉便和彩霞说笑，只见彩霞淡淡的，不大答理，两只眼睛只向贾环处看。宝玉便拉他的手笑道："好姐姐你也理我理儿呢。"一面说，一面拉他的手，彩霞夺手不肯，便说："再闹，我就嚷了。"

二人正闹着，原来贾环听的见，素日原恨宝玉，如今又见他和彩霞厮闹，心中越发按不下这口毒气。虽不敢明言，却每每暗中算计，只是不得下手，今见相离甚近，便要用热油烫瞎他眼睛。因而故意装作失手，把那一盏油汪汪的蜡灯向宝玉脸上只一推……

如果只看这段文字，似是贾环可恨。但这是"为尊者讳"而删减的结果。列藏本原文在"一面拉他的手"后面，还有"只往衣内放"等文字（梦稿本亦同，只是后经点改删去），这等"厮闹"贾环焉能不急？因在众多丫鬟中"只有彩霞还和他合的来"，后文还有赵姨娘拟以彩霞为贾环"身边人"的打算。谁知宝玉酒后，竟然在母亲身后，贾环等多人面前的"大庭广众"之下，调戏彩霞！面对这样的兄长，贾环自然"按不下这口毒气"，却又"不敢明言"，故而只能用"热油烫"这"暗中算计"的"阴招"了。因此说，这实在怨不得贾环。随便哪个男人，也"按不下"让人当面戴"绿帽子""这口毒气"。

——"呆香菱情解石榴裙"之"情"

第六十二回关于"呆香菱情解石榴裙"的描写亦显得十分暧昧。

前文说了，那香菱的"石榴裙"湿了，换一条就是了，原本与"情"无关，也与宝玉无关。原是丫鬟之间"混闹"，结果弄脏了香菱的裙子。别人跑了，宝玉偏偏来"凑热闹"，非要用袭人的裙子来换，这样方演出了"呆香菱情解石榴裙"的一出活剧。若仅仅如此，亦无可厚非。然而作者后面的交待却显得非常蹊跷。香菱换完了裙子，宝玉去洗手。

二人已走远了数步，香菱复转身回来叫住宝玉。宝玉不知有何话，扎着两只泥手，笑嘻嘻的转来问："什么？"香菱只顾笑。因那边他的小丫头臻儿走来说："二姑娘等你说话呢。"香菱方向宝玉道："裙子的事可别和你哥哥说才好。"说毕，即转身走来。宝玉笑道："可不我疯了，往虎口里探头去呢。"

如果仅从此段文字表面来看，香菱似乎完全没有必要已经走开，又专门"复转身回来叫住宝玉"，叮嘱不要告诉薛蟠；而宝玉也谈不上"往虎口里探头去"。原本双方都清清白白，没有什么不可告人的事，即便是香菱换裙子时，也"命宝玉背过脸去，自己又手向内解下来"，为什么要作"此地无银"的交待呢？

原来宝玉确实作了"使人肉麻的事"。盖香菱换完裙子，袭人拿了脏裙便走。香菱见宝玉蹲在地下，将方才的夫妻蕙与并蒂莲用树枝抠了一个坑，先抓些落花来铺垫了，将这莲蕙安放好，又将些落花来掩住了，方撮土掩埋平服。香菱拉他的手，笑道："这又做什么？怪不得人人说你惯会鬼鬼祟祟的作这使人肉麻的事。……"这是袭人走后，仅有宝玉、香菱二人在场，宝玉所做的"使人肉麻的事"，即将香菱的"夫妻蕙"与自己的"并蒂莲""用树枝抠了一个坑，先抓些落花来铺垫了，将这莲蕙安放好，又将些落花来掩住了"，不知此"使人肉麻的事"是否值得香菱"已走远了数步"，又专门"复转身回来叫住宝玉"叮嘱一番的。抑或还有其他"使人肉麻的事"？文本中没写，未见真切……此系疑案，不敢纂创。

至于"人人说"宝玉"惯会鬼鬼祟祟的作这使人肉麻的事"，是褒是贬，或者亦褒亦贬，耐人寻味。因作者"惯会"将这样的词用在宝玉身上。

第四十四回平儿理妆时就曾暗自想到：素习只闻人说宝玉专能和女孩子们接交……果然话不虚传。这"接交"二字也用的语焉不详，何为"接交"呢？第七回写宝玉会秦钟时，作者让秦钟自恨"不能与他耳鬓交接"。不知此"耳鬓交接"与那"接交"是否为同义语？

到了第六十六回，宝玉向柳湘莲介绍尤三姐时，用了一个"混"字，更是不清不白。

在二人对话中，宝玉告诉柳湘莲尤三姐为"古今绝色"，于是柳湘莲产生了疑心，反问宝玉："既是这样，他那里少了人物，单想到我？况且我又素日不大和他相厚，也不关切至此。路上忙忙的就那样再三的要定礼，难道女家反赶着男家不成？我自己疑惑起来，后悔不该留下这剑作定。所以后来想起你来，可以细细问个底里才好。"宝玉道："你原是个精细人，如何既许了定礼又疑惑起来？你原说只要一个绝色，如今既得了个绝色便罢了，何必再疑？"湘莲道："你既不知他偷娶，如何又知是绝色？"宝玉道："他是珍大嫂子的继母带来的两位小姨。我在那里和他们混了两个月，怎么不知？真真一对人物，可巧他姓'尤'。"湘莲听了，跌足道："这事不好，断乎做不得了。你们东府里除了两个石狮子干净，只怕连猫儿、狗儿都不干净。我不做这剩忘八。"【庚批：奇极之文，极趣之文。《金瓶梅》中有云"把忘八的脸打绿了"，已奇之至。此云"剩忘八"，岂不更奇？】宝玉听说，红了脸。湘莲自惭失言，连忙作揖说："我该死胡说。【庚批：忽用湘莲提东府之事骂及宝玉，可是人想得到的？所谓一个人不曾放过。】你好歹告诉我，他品行如何？"宝玉笑道："你既深知，又来问我作什么？连我也未必干净了。"湘莲笑道："原是我自己一时忘情，好歹别多心。"宝玉笑道："何必再提，这倒似有心了。"

如果将这个"混"字同下文的"剩忘八"，以及"宝玉听说，红了脸"，并强颜笑道："连我也未必干净了"等处联系起来，很难说宝玉同尤氏姊妹之间的关系是清清白白的。至于那个"混"字，第四十六回，凤姐就鸳鸯抗婚一事回复贾母的话，似乎可作别解。贾母笑道："你带了去，给琏儿放在屋里，看你那没脸的公公还要不要了！"凤姐道："琏儿不配，我和平儿这一对烧糊了的卷子和他混罢。"说的众人都笑起来了。

如果此"混"等于彼"混"，"剩忘八"一说就不难理解了，难怪脂批说："忽用湘莲提东府之事骂及宝玉，可是人想得到的？所谓一个人不曾放过"。既然是"一个人不曾放过"，则"骂及宝玉"就并不冤枉，否则，为什么"红了脸"呢？故而，宝玉此后虽然仍同柳湘莲"笑"着说话，但语气、内容已经冷冷的了。恐怕是被触到痛处使然吧。

后文，连晴雯的嫂子灯姑娘都讽刺他说："呸！成日家听见你风月场中惯作工夫的，怎么今日就反讪起来？"由是可见，宝玉的"名声"久已在贾府内外远播了。

不但对丫鬟这样，即便是对"金陵十二钗"正册的那些小姐，宝玉也可以越性为之，可以不经通报、随心所欲，有权在任何时候、到任何地方，做自己想做的任何事，既可以不理睬"人家睡觉，你进来干什么"的质问，也可以不管婆子"妹妹睡觉呢，等醒了再请来"的劝阻（第二十六回）。文本第二十一回就有宝玉迳自进入黛玉房中，看到黛玉、湘云"卧在衾内"的睡态的一段详细的描述，细腻地展现了"那史湘云却一把青丝拖于枕畔，被只齐胸，一弯雪白的膀子掠于被外，又带着两个金镯子"的特写镜头。虽然这里的宝玉没有什么太"那个"的行动，反而"轻轻的替他盖上"，然此属于"作养脂粉"、"会风流"，"非不能者，实不为也"。

而这也是黛玉屡屡对宝玉"不放心"的缘故。第三十二回，知道史湘云来了，黛玉因此心下忖度着，近日宝玉弄来的外传野史，多半才子佳人，都因小巧玩物上撮合，或有鸳鸯，或有凤凰，或玉环金配，或鲛帕鸾绦，皆由小物而遂终身。今忽见宝玉亦有麒麟，便恐因此生隙，同史湘云也做出那些风流佳事来。足见知宝玉者，黛玉也。

第三，宝玉屡演捉奸的把戏。

文本中有两处表现宝玉捉奸的把戏。

其一，在第十五回秦钟与智能"干那警幻所训之事"，正在得趣，只见一个人进来，将他二人按住，也不作声。二人不知是谁，唬的不敢动一动。只听那人"嗤"的一声，掌不住笑了，二人听声，知是宝玉。秦钟连忙起誓（身），抱怨道："这算什么？"宝玉笑道："你倒不依，咱们就叫喊起来。"羞的智能趁黑地跑了。宝玉拉了秦钟出来道："你可还和我强？"秦钟笑道："好人！【庚侧：前以二字称智能，今又称玉兄。看官细思。】你只别嚷的众人知道，你要怎样，我都依。"宝玉笑道："这会子也不用说，等一会睡下，再细细的算帐。"一时宽衣安歇的时节……宝玉不知与秦钟算何帐目，未见真切，未曾记得，此系疑案，不敢纂创。【戚序本脂批：忽又作如此评断，似自矛盾，却是最妙之文。

若不如此隐去，则又有何妙文可写哉？这方是世人意料不到之大奇笔。若通部中万万件细微之事俱备，《石头记》亦觉太死板矣。故特用此二三件隐事，借石之未见真切，淡淡隐去，越觉得云烟渺茫之中，无限丘壑在焉。】一宿无话。

应该说，此段文字已将宝玉的把戏交待的淋漓尽致。此"捉奸"，重不在"捉"而在"奸"。盖此"奸"非秦钟与智能之"奸"，乃宝玉与秦钟之"奸"。先写秦钟与智能"干那警幻所训之事"，只不过是为宝玉强迫秦钟"贴烧饼"提供一个借口而已。

其二，在第十九回宝玉到宁府去看戏，因不喜那"热闹戏"，到如此不堪的田地，只略坐了一坐，便走开各处闲耍。……宝玉见一个人没有，因想"这里素日有个小书房内，曾挂着一幅美人，极画的得神。今日这般热闹，想那里那美人自然是寂寞的，须得我去望慰他一回。"【戚序本脂批：极不通极胡说中，写出绝代痴情，宜（乎）人谓之疯傻。】想着，便往书房里来。刚到窗前，闻得房内有呻吟之韵。宝玉倒唬了一跳：敢是美人活了不成？乃大着胆子，舔破窗纸，向内一看：那轴美人却不曾活，却是茗烟按着一个女孩子，也干那警幻所训之事。宝玉禁不住大叫："了不得！"一脚踹进门去，将那两个唬开了，抖衣而颤。

茗烟见是宝玉，忙跪求不迭。宝玉道："青天白日，这是怎么说。珍大爷知道，你是死是活？"一面看那丫头，虽不标致，倒还白净，些微亦有动人处，羞的脸红耳赤，低首无言。宝玉跺脚道："还不快跑！"……

此处"捉奸"虽不像上回捉秦钟与智能儿，似出于无意间"撞上"的。但读者实不应相信那"望慰"画上"一幅美人"的"鬼话"，脂批明示此乃"极不通极胡说"之语。表明宝玉不喜那"热闹戏"，却对捉奸情有独钟。显见其"天下古今第一淫人"的名号，并非浪得虚名。且其此次"捉奸"，目的仍不在"捉"——却在于"放"，甚至主动提醒"还不快跑"。故除了云其有"窥淫癖"，恐怕没有更好的解释。在这方面，宝玉比之贾蓉不是差上"五十步"，实乃是"有过之而无不及"。

寻梦红楼

第四，不单对女子如此，宝玉还好"男风"。

前引第十五回的那段文字，与其说是描写秦钟与智能的云雨之情，不如说是对宝玉好"男风"的无情揭露。此段文字的大关键处在于究竟"隐去"了什么，是否表现了宝玉与秦钟同性间的"淫情"，一如脂砚所云："无限丘壑在焉"。

实际上，在第七回宝玉初会秦钟时，作者业已埋下了"草蛇灰线"。文曰：秦钟心中亦自思道【甲戌本朱笔侧批：所谓两情脉脉。】："果然这宝玉，怨不得人人溺爱他。可恨我偏生于清寒之家，不能与他耳鬓交接，可知'贫富'二字限人，亦世间之大不快事。"二人一样的胡思乱想。【戚序本脂批：作者又欲瞒过众人。】……二人你言我语，十来句后，越觉亲密起来。

一时摆上茶果吃茶，宝玉便说："我们两个又不吃酒，把果子摆在里间小炕上，我们那里坐去，省得闹你们。"【脂批：眼见得二人一身一体矣。】

应该说，这里作者使用的表现二人亲密关系的词语，均应是用来表现男女间爱恋的。如"耳鬓交接"、"两情脉脉"云云，且二人见面不久，宝玉就要避人耳目，特命挪至里间，与秦钟单独相处了。故此脂批曰："眼见得二人一身一体矣"。这"二人一身一体"的写法，连遮羞布越性都扯去了。所以脂砚先生在"二人一样的胡思乱想"后面明点："作者又欲瞒过众人"。什么事要"瞒过众人"呢？绝不会是二人关于贫富的想法，已经写明的东西还怎么"瞒过众人"？将"耳鬓交接"、"两情脉脉"、"二人一身一体"这些表现男女私情的词语联系在一起，即可知"瞒过众人"的是他们之间那种不正常的见不得人的"性关系"。

作出这个判断，依据还不仅于此。

第九回对于宝玉、秦钟上学一事，戚序本回目即言明为"恋风流情友入家塾"，可知二人本为"情友"，而读书不过是掩人耳目的幌子，真正目的是"恋风流"。作者暗示：宝玉终是不能安分守己的人，【靖本眉批：安分守己，也不是宝玉了。】一味的随心所欲，又发了癖性，又特向秦钟悄说道："咱二人一样的年纪，况又同窗，此后不必论叔侄，只论弟兄朋友就是了。"【蒙府本侧批：

"悄说"之时何时？舍尊就卑何心？随心所欲何癖？相亲爱密何情？】尤其是蒙府本的侧批，一连四个问句，几乎将二人之"不堪"和盘托出了。

更兼作者以"如椽"之笔细述了贾氏家塾的淫糜的真相。先前薛蟠之来此就是"偶动了龙阳之兴"，不过"假说来上学读书"而已。且"这学内就有好几个小学生，图了薛蟠的银钱吃穿，被他哄上手的，也不消多说。【脂批：先虚写几个淫浪蠢物，以陪下文，方不孤不板。】更有两个多情的小学生……只因生得妖媚风流……如今宝、秦二人一来了，见了他两个，也不免缱绻美爱，亦因知系薛蟠相知，故未敢轻举妄动。香、玉二人心中，也一般的留情与宝、秦。因此四人心中，虽有情意，只未发迹。每日一入学中，四处各坐，却八目勾留……"淫情浪态，令人作呕。藉此可知，宝玉原系个中人物，只是"未敢轻举妄动"或云"只未发迹"罢了。至于秦钟与香怜之间的暧昧关系，则尽用污言秽语，明言"我们膏屁股不膏屁股，管你鸡巴相干，横竖没膏你参去罢了！"点出"学中小儿淫浪之态"（靖本眉批），亦可从反面证明那金荣说他们"贴的好烧饼"（"贴烧饼"乃彼时"互相交换男色"的俚语。）并非虚言。故此回文字虽未明写宝玉与秦钟之间如何如何，但已有"无限丘壑在焉"。因之在铁槛寺虽然出于"为尊者讳"而将真事"淡淡隐去"，说什么，"此系疑案，不敢纂创"云云，不过是再撒"欲盖弥彰"的云雾罢了。可知秦钟口中那"好人"，前称智能，后称宝玉，恐亦不是没有原因的。且作者明言此番算账是在"宽衣安歇的时节"！如果真的是"不敢纂创"，连此类文字一概不写，岂不更好？所谓"无立足境，是方干净"者是也。

此外，关于宝玉同蒋玉菡的关系，"这一城内，十停人倒有八停人都说，他近日和衔玉的那位令郎相与甚厚"。而他们之间"接交"汗巾一事，不但闹得满城沸沸扬扬，以致连忠顺亲王府都知之甚详，找上门来。还引起了同样"好男风"的薛蟠的妒忌，这个"心里有什么，口里就说什么的人"对"宝玉外头招风惹草的那个样子"，亦"素习吃醋"，乃至颇有微词："那琪官，我们见过十来次的，他并未和我说一句亲热话；怎么前儿他见了，连姓名还不知道，就把汗巾子给他了？"

另，宝玉同柳湘莲之间"如鱼得水"的关系亦属不清不楚，且后文描写贾琏与尤二姐的关系时就用了一个"似水如鱼"，只不过多了一句"如胶投漆"而已。读者可自去研读，不赘。故脂砚批曰："亲优溺婢，总是乖淫"。

可知对宝玉而言，虽"在外流荡优伶，表赠私物，在家荒疏学业，淫辱母婢"云云，有言过其实之处，但其既恋女色，又好男风，其"天然一段风骚，全在眉梢；平生万种情思，悉堆眼角"之"外貌"与"天下古今第一淫人"之名号，乃名副其实，恐是贾蓉等人望尘莫及的。

对此，王蒙先生就以小说家敏锐的穿透力看出，贾宝玉与贾琏、贾蓉、秦钟乃至薛蟠等人其实是"一路货色"。他认为：宝玉"如果远远望去，很难与贾琏贾蓉秦钟乃至薛蟠之流分出轩轾：其无所事事，不务正业一，其只知享受、不知贡献、不负责任一，其男男女女、偷鸡摸狗一，其养尊处优、安富尊荣一。"如果要找出他们之间的"五十步"差距的话，在男女问题或曰"情"上，"又分三个层次，诗的即审美的与性灵的层次；体贴即献殷勤的层次；单纯肉欲的层次。宝玉其实是贯穿这三个层次的。""他与'花花公子'的最大区别在于文化素质而不在于世界观、人生观"。（《红楼启示录》）而贾琏、贾蓉、薛蟠等人只是停留在第三层次。用曹雪芹的话来说，就是"皮肤滥淫"和"淫乐悦己"，就是"时时猎色之贼也"；相反，宝玉却善于"作养脂粉"，是"时不时"的"猎色之贼也"。故而宝玉更能得到大观园中女孩儿们的好感（当然亦与宝玉

蒋玉函

的身份地位有关），乃至得到相当多不明真相的读者的喜爱，而贾琏、贾蓉、薛蟠等人则令人生厌。所谓"富贵少年多好色，那如宝玉会风流"（第四十四回回后总评），但其实质则一，是不容置疑的。

当然，作者此种入木三分的描写，绝不满足于仅仅停留在表现宝玉之"淫"——这个浅层次上，其中还有更深的寓意。

其一，即暗示读者宝玉是皇帝。

能为"天下古今第一淫人"，是他的权力、地位使然。

其二，暗示读者宝玉是清朝皇帝。

宝玉为人，最大特点是惯于在女孩身上做工夫。对此，不仅"世人诽谤"，就连贾母亦云："我也解不过来，也从未见过这样孩子。别的淘气都是应该的，他这种和丫头们好却更叫人难懂。我为此也耽心，每冷眼查看他。只和丫头们闹，必是人大心大，知道男女的事了，所以爱亲近他们。既细细查试，究竟不是为此。岂不奇怪？想必他原是丫头，错投了胎不成！"（第七十八回）作者借贾母的话点明，宝玉"这种和丫头们好"，不是"知道男女的事了"，实乃"天性"使然——清朝皇帝当然如此了。

或曰，既然宝玉"爱亲近"女人们，那他关于女人的"三段论"又该怎么解释，他不是也在骂"女人"吗？

作者是在第五十九回借小丫鬟春燕之口抛出了宝玉关于女人的"三段论"："女孩儿未出嫁时，是一颗宝珠；出了嫁，不知怎么变出许多的不好的毛病来，虽是颗珠子，却也没有光彩宝色，是颗死珠了；再老了，更变得不是珠子，竟是鱼眼睛了。分明一个人，怎么变出三样来？"

这话虽不好听，也仅仅是在"骂"女人而已，到了后来，则变成了直欲杀之而后快。

此语在第七十七回，原话为："奇怪，奇怪！怎么这些人只一嫁了个汉子，染了男人的气味，就这样混账起来，比男人更可杀了！"……（婆子们）因问道："这样说，但凡女儿个个都是好的了，女人们个个都是坏的了？"宝玉点头

寻梦红楼

道：“也不错，也不错！”

对这两段话，要分析理解。其中，“女孩儿未出嫁时，是一颗宝珠”，“但凡女儿个个都是好的了”，是宝玉这个“人物”的个性语言，同样表明他作为清朝皇帝的身份；但其他如：“这些人只一嫁了个汉子，染了男人的气味，就这样混账起来，比男人更可杀了”，“女人们个个都是坏的了”，则不仅仅是宝玉的人物语言，而且更是作者的话——作者借宝玉之口说出的自己的心里话。那宝玉即使再“痴”，再“呆”，再“混账”，也知道“女人们个个都是坏的了”，其中包括他的母亲、祖母。即使因母亲赶走晴雯，一时激愤，产生了“更可杀”的念头，也没有将一贯溺爱他的祖母“株连”之理。可知，云其“更可杀”，自是作者的愤恨之语，原与宝玉无甚干系的。

顺便说一句，第七十八回宝玉祭奠晴雯的诔文中有一句“钳诐奴之口，罚（讨）岂从宽；剖悍妇之心，忿犹未释”，“诐奴”好解，系指王善保家的；而“悍妇”则历来争论颇多。若说还是指王善保家的，自无不可。但平心而论，在晴雯被逐致死的过程中，王善保家的充其量不过是个帮凶而已；而真正的“主犯”则是王夫人。若说宝玉气愤至极，欲“剖母亲之心，忿犹未释”，无论如何也解释不通。但如果考虑到此语原非书中的人物语言，实乃作者的“夫子自道”，则答案就豁然开朗了。盖此“悍妇”及前之“诐奴”均是大旨谈清、反清的又一体现而已。

或许就因为这样，小说中的好在不同场合、不同情况下屡屡遭到诅咒和谩骂。

文本中第六十回说：“乘着抓着了理，骂他那些浪淫妇们一顿也是好的”。

第五十四回表现史太君破陈腐旧套，贾母讽刺那些“佳人”：只一见了一个清俊的男子，不管是亲是友，便想起终身大事来了，父母也忘了，羞耻也没了，鬼不成鬼，贼不成贼，那一点儿是佳人？那个时代，女子自己想起终身大事，是为社会所不容的。在一个大族的家长——老太太眼里，言其“父母也忘了，羞耻也没了”并不奇怪，但将其说成是“鬼不成鬼，贼不成贼”，明显属于言过其实，“想起终身大事来了”与“鬼”、“贼”何干？故曰，实是指桑骂槐——指

203

"佳人"之"桑"，骂女真人之"槐"。

第六十九回尤二姐多次遭到凤姐、秋桐"踏践"，渐次病重，梦见他小妹子手捧鸳鸯宝剑前来说："姐姐，你一生为人心痴意软，终吃了这亏。休信那妒妇花言巧语，外作贤良，内藏奸狡，他发狠定要弄你一死方罢。若妹子在世，断不肯令你进来，即进来时，亦不容他这样。……你还依我，将此剑斩了那妒妇，一同归至警幻案下，听其发落。不然，你则白白的丧命，且无人可惜。""姐姐，你终是个痴人。自古'天网恢恢，疏而不漏'，天道好还。你虽悔过自新，然已将人父子兄弟置于聚麀之乱，天怎容你安生！"作者曾云："幻中梦里语惊人"，这个梦中有何"惊人"之语呢？此梦较长，将其"抽象"一下，即：妒妇害人，应杀之报仇；不然，白白丧命；再，做了坏事，"'天网恢恢，疏而不漏'，天道好还"。此处的"妒妇"，亦应特指女真人而言。或应杀之，以报害人之仇；或咒其"'天网恢恢，疏而不漏'，天道好还"，总要遭报应。

如此解释，是否牵强附会？有作者回后总评为证：凤姐初念在张华领出二姐，转念又恐仍为外宅，转念即欲杀张华为斩草除根计。一时写来，觉满腔都是荆棘，浑身都是爪牙。安得借鸳鸯剑，手刃其首，以寒千古奸妇之胆。

看三姐梦中相叙一段，真有孝子悌弟、义士忠臣之概。我不禁泪流一斗，湿地三尺。

一段评语，几多血泪！

作者为什么对自己塑造的人物——凤姐恨到如此咬牙切齿的地步，必欲杀之而后快！醉翁之意不在酒，盖此"妒妇"非彼"凤姐"，实乃"千古奸妇"——女真人是也。所以作者认为尤三姐之语"真有孝子悌弟、义士忠臣"的气概。至于后面"泪流一斗，湿地三尺"的感慨，不禁使人联想到昔日太史公遭受宫刑后的宣言：虽累百世，垢弥甚耳！是以肠一日而九回，居则忽忽若有所亡，出则不知所如往。每念斯耻，汗未尝不发背沾衣也。那司马公与曹子雪芹相隔千余年，然二子惺惺相惜，皆不惜自身忍辱负重，发愤著书。故作者自云：史公用意，非念死书子之所知。

第五十九回春燕的娘大骂自己的女儿，似更能说明问题："小娼妇，你能上来了几年？你也跟着那轻薄浪小妇学，怎么就管不得你了？干的我管不得，你是我肚里掉出来的，难道也不敢管你不成！既是这样，你们这起蹄子到的去的地方我到不去，你就该死在那里伺候，又跑出来浪汉子么？"亦句句是骂女真人的诛心之语，故曰："小娼妇，你能上来了几年"——你能占领我们中原之地几年；"你就该死在那里"云云。否则，有哪个作娘的因为芝麻绿豆大的事，就骂自己的女儿"小娼妇"，并咒其"你就该死在那里"的呢？即使再气、再恨，也要有个分寸吧。

第五十四回，正月十五，贾府一大家子设宴庆元宵，"击鼓传花"说笑话作乐。第一个轮到贾母，老太太说："一家子养了十个儿子，娶了十个媳妇。惟有那第十个媳妇聪明伶俐，心巧嘴乖，公婆最疼，成日家说那九个不孝顺。这九个媳妇委屈……大媳妇有主意，便道：'咱们明儿到阎王庙去烧香，和阎王爷说去……'。第二日便都到阎王庙里来烧了香，九个人都在供桌底下睡着了。九个魂专等阎王的驾到……"；

紧跟着轮到凤姐儿，凤姐儿笑道："一家子也是过正月半，合家子赏灯吃酒，真真的热闹非常，祖婆婆、太婆婆、婆婆、媳妇、孙子媳妇、重孙子媳妇……底下就团团的坐了一屋子，吃了一夜的酒就散了。"众人见他正言厉色的说了，便再无别话，都怔怔的还等他往下说，只觉冰冷无味。史湘云看了他半日。凤姐儿笑道："再说个过正月半的。一个人扛着一个房子大的爆竹往城外头放去，引了上万的人瞧。有一个性急的人等不得，便偷着拿香火点着了。只听'噗哧'一声，众人哄然一笑都散了。""外头已经四更了，依我说，老祖宗也乏了，咱们也该'聋子放爆竹——散了'罢。"

这是笑话么？大正月，大家族，老祖宗带头说"九个媳妇""九个魂专等阎王的驾到"；作为管家人的凤姐一连说了四五个"散了"！一个比一个晦气，哪里像一大家子聚在一起喜庆地过年？难怪众人都"觉冰冷无味"，引得一贯直言不讳的"史湘云看了他半日"！盖这是大家族过年不可能发生的故事。而第二十回作者描写林黛玉和宝玉的口角，林黛玉道："我作践坏了身子，我死，与你何干！"宝玉道："何苦来，大正月里，死了活了的。"连宝玉这样少不更事的，都知道正月里不能说这些晦气的话，那老祖宗、管家人怎么可能一个说"见阎王"一个说"散了"的，争着比谁说的更不吉利？显见作者这种完全违反常理的文字，又是其自己在发愤。托言"九个媳妇"，实乃"九个女人"，诅咒她们"专等阎王的驾到"；诅咒她们"散了"。（第七十六回，贾府众人在贾母率领下共度中秋，在这举家团圆的日子里，作者又借贾母等人之口，凡三次说出"我们要散了"，"老太太散了"这不吉利的话。）面对并不好笑的笑话，作者偏偏让"大家都笑起来"，并借薛姨妈之口说："笑话儿不在好歹，只要对景就发笑。"关键就是"对景"二字，所谓"对景"，不用说就是联系实际。联系什么实际呢，要见阎王了，要散了。确实有人觉得该"笑起来"，但"笑起来"的不是小说中的贾府众人，而是作者自己。

　　骂了，咒了，仍然不够痛快，似乎只有亲手刃之才能出一口气。

　　第七十三回，迎春奶母因赌被抓，邢夫人借题发挥，认为迎、探二人皆为庶出，地位却迥异，因而愤愤不平。旁边伺候的媳妇们便趁机道："我们的姑娘老实仁德，那里像他们三姑娘伶牙俐齿，会要姊妹们的强。他明知姐姐这样，他竟不照顾一点儿。"【庚辰本批：杀，杀，杀！此辈专生离异，余因实受其蛊。今读此文，直欲拔剑劈纸，又不知作者多少眼泪洒出此回也。又不知如何顾恤些，又不知有何可顾恤之处，直令人不解，愚奴贱婢之言，酷肖之至！】脂砚此批可谓血脉贲张，目眦尽裂，以至不杀之不足以平"脂"愤。一连三个"杀"字，仍觉不能解气，仍觉无以宣泄，"直欲拔剑劈纸"！"纸"何其冤哉？那几个"媳妇们"不过心偏嘴欠，属于溜须拍马之人，令其掌嘴可也，何致于必杀之而后快呢！盖"他们"实乃"替罪羊"耳，"余因实受其蛊"，故曰"不知有何可顾恤之处"。后人能够解此，方不枉"作者多少眼泪洒出此回也"！

　　毋须再举例了，只要细心地研读文本，就会发现这种找个理由或借口就大骂、诅咒"女人"、"直欲拔剑劈纸（之）"的描写比比皆是。

寻梦红楼

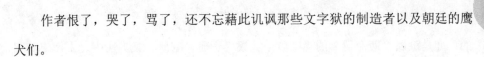

作者恨了，哭了，骂了，还不忘藉此讥讽那些文字狱的制造者以及朝廷的鹰犬们。

还记得第二回甄宝玉对他的小厮们说的话么："女儿两个字，极尊贵、极清净的，比那阿弥陀佛、原始天尊的这两个宝号，还要尊荣无对的呢！你们这浊口臭舌，万不可唐突了这两个字，要紧。但凡说时，必须先用清水香茶漱了口，【甲戌本朱笔侧批：恭敬。】才可说；若失错，便要凿牙穿腮。【甲戌本朱笔侧批：罪过！】"

可惜，作者这段"故作险笔"的话，被许多人作为笑话来看了。而深知"拟书底里"的脂砚先生则说："余则不敢以顽劣目之"。为了提示读者，他特在"必须先用清水香茶漱了口，才可说"后面批"恭敬"；在"若失错，便要凿牙穿腮"，后面则点明"罪过"！并于后文第七十九回借宝玉之口再言："倒是这唐突闺阁，万万使不得的。"其实，只要明白所谓"女儿""闺阁"以及"异样女子"的真实涵义，就会知道这样的话毫不可笑，确实是"险笔"。

盖作者讽刺满清政权为了维护自己的统治，用武力强迫人民"尊敬"，用刑罚禁止人民说话，仅此，就知道程乙本将之改为"瑞兽珍禽，奇花异草"是如何的"无厘头"；且明言"若失错，便要凿牙穿腮"的"文字狱"，实乃罪大恶极。而作者公然用自己的"智力"来对抗那些骄横愚昧者的"武力"，像一个高明的猎手一样戏弄眼前的"猎物"，和他们玩起了文字游戏。可叹那些愚蠢的清朝统治者和高官显贵们，挨了骂还沾沾自喜地"开谈就说《红楼梦》"呢。这大概可算关于本书的"大调侃"、大讽刺处了。故而脂砚斋在此处以朱笔作眉批曰：以自古未闻之奇语，故写成自古未有之奇文。此是一部书中大调侃寓意处。盖作者实因鹡鸰之悲，棠棣之威，故撰此闺阁廷帏之传。然这"大调侃寓意"的"奇文"，被湮没的太久太久了，作者怎能不淌"辛酸泪"呢？

再有就是"大旨谈清"，反清的需要。

凡与宝玉有亲密关系的人，往往均会"冠"之以"清"或"金"的字样。秦可卿、秦钟、晴雯、秦司棋等人，是隐"清"；金鸳鸯、金钏、宝钗等人，则隐

"金"——即使是黛玉、湘云、凤姐、香菱等看似姓名既无"清",又无"金"的,亦是隶属"薄命司"的"金陵十二钗"正册、副册、又副册中之人,将其归入"金"系列,亦属理所当然。

知此,书中那些看似莫名所以或不合情理的描写,就在情理之中了。

如:宝玉看到秦可卿的病态就"如万箭攒心";及至闻知秦可卿的死讯,宝玉"只觉心中似戳了一刀的,不忍'哇'的一声,直奔出一口血来",这可不仅仅是在表现男女之情,而是暗喻皇帝对自己大清帝国命运——"清死"(秦氏)的哀痛;秦钟病重,宝玉"着实悬心,不能乐业",听到秦钟"秦相公不中用了",宝玉"急的满地乱转","秦钟既死,宝玉痛哭不已","日日思慕感悼,然亦无可如何了",这是表现清帝对"清终"(秦钟)的痛苦与无奈;及至秦司棋被赶走,宝玉"不觉如丧魂魄一般",清"死齐"(秦司棋),清帝"魂魄"安在哉?且凤姐过生日,两府热闹非常,宝玉却因心系金钏周年忌日,遂撇下众人,跑到城外拜祭。此亦非仅仅表现宝玉对一个女孩儿的眷恋,"金"没了,"御"哪有心思享受?故作者特地让他跑出北门——德胜门——那大清朝廷规定"只能进不能出"的门,寓意皇帝败走出逃,与"金"死恰合;最后到了晴雯,刚刚被逐出(清被逐),宝玉(御)就痛哭不已,故曰"去了心上第一个人","独有晴雯(清完)是第一件大事";及至晴雯死去(清死),玉(御)自然亲撰诔词祭文,道:"呜呼哀哉"!故回后总评曰:"看晴雯与宝玉永绝一段,的是销魂文字"。"清完"(晴雯),清帝(宝玉)"的是销魂"。凡此种种,一切都顺理成章了。

宝玉挨骂并非"夫子自道"

在《周汝昌梦解红楼》一书中，作者专章论述"怎么写宝玉"，对"宝玉挨骂"这一反常现象提出了疑问，认为"值得我辈读者齐来参详了"。他说："一部《石头记》——后来叫《红楼梦》，本来就是以宝玉一生的遭逢经历为主体的书，雪芹十年辛苦，百种艰难，费尽精神心血，笔墨才情，所为何事？只为写出宝玉其人而已。那么，他的浑身解数，全副本领，都要为宝玉而施展，为宝玉而运用，此义自无何疑。""照一般情形讲，作家既然竭尽心思地去描写刻画他的主人公，那一定是把最美好的词句来赞美颂扬他，只有专门以写坏人坏事为主角主题的书，才应另论，如《金瓶梅》中的西门庆，是例。可是，曹雪芹却一反常例，他专门以贬笔写宝玉，他对宝玉很多不敬之词，一部书中几乎尽是说宝玉的坏话。此为何故？岂不令人猜疑？岂不令人诧异？这就值得我辈读者齐来参详了。"对此，周汝老在另一文中给出了答案，宝玉挨骂"乃其'夫子自道'也"。

对这个结论，实是不敢苟同。毫无疑问，"夫子自道"说的根源在于"自传说"。而随着红学研究的深入，"自传说"对很多问题的解释都显得越来越难以自圆其说了，可谓顾此失彼，捉襟见肘。如果说是"夫子自道"，则宝玉被骂"痴"、"呆"、"傻"、"蠢",被骂"不肖"、"不长进"、"行为偏僻"、"性子可恶"、"刁钻"、"不务正"、"孽障"、"孽根祸胎"、"浊物"、"畜生"、"泥猪癞狗";甚至被骂为"下流痴病"、"放荡弛纵"、"天下古今第一淫人"均可以理解,因这似更能表明他不为这个社会所见容,似更能显出他的"木秀于林",卓尔不群。然而被骂成"世人谓之可杀"、"慧刀不利,未斩毒龙"、"天诛地灭"等等,就不那么合情合理了。盖因这种诅咒的程度已经远远超出了"夫子自道"的合理范畴。至于前面提到的宝玉关于女人的"三段论",若以"自传说"解,将自己的母亲、祖母均列入"可杀"的女人之中,亦显然是大谬不然了。

合理的答案是:就因为宝玉暗中的清朝皇帝身份,所以作者才在书中想尽千方百计诅咒、谩骂这个小说的"天下古今第一淫人"。

关于宝玉挨骂,归纳一下,大抵有这样几种情况:贾母、贾政、王夫人等长辈骂,自己骂,黛玉、湘云等姐妹骂,丫鬟、小厮、婆子等下人骂,贾府以外的人骂,作者骂,以及批者骂。可以说是,全民皆骂;至于挨骂的内容,简直面面俱到、无所不包,又可以说是,全方位的挨骂。

对于那些明显的"骂语"姑且不论,这里仅对那没有引起读者注意,或不合情理,或鲜为人知,或为人误读的地方加以剖析,以再次证明《红楼梦》的大旨——谈清、反清;同时亦可反衬"自传说"其实是站不住脚的。

第一,第五十七回表现宝玉因紫鹃一席试探的话语而大发痴病,慌得

慧紫鹃情辞试莽玉

贾府举家上下，上至贾母、王夫人、薛姨妈，下至林之孝家的、单大良家的等有脸面的仆人，均围拢到怡红院来。结果作为长者的薛姨妈说了这样一句"规劝"的话："宝玉素来心实，可巧林姑娘又是从小儿来的，他兄妹两个一处长了这么大，比别的兄妹更不同。这会子热剌剌的说一个去，别说他是个实心的傻子，便是冷心肠的大人也要伤心……"。

这里，薛姨妈"他是个实心的傻子"的说法，完全不合身份，有悖常理。要知道，这是在宝玉"大病"之时，当着贾母、王夫人的面，一个做客贾府的亲戚，素来以"慈善"面目示人的长辈，怎么可能说出如此失礼、悖情的话呢？贾母会怎么想？作为姐姐的王夫人即便口中不说，心里会怎么想？虽然薛姨妈不是刘姥姥，毋须谄媚讨好，但也不能这样出言不逊啊！然作者就是这样写了，为什么？除了为骂宝玉而骂宝玉，大概不会有什么更合理的解释了。

第二，第三回那两首关于评价宝玉的《西江月》词，被许多评论者认为是"明贬实褒"，坦率地说，这结论实是作"表面文章"——因喜爱宝玉而想当然地认为"明贬实褒"——之爱屋及乌的结果，是一种误读。虽然，这二首《西江月》已经著名到几乎人人皆知的程度，但为说明问题方便，这里还是不避繁冗，将二词实录如下（尤其是相关的脂批）：

后人有《西江月》二词，批（这）宝玉极合（恰），【甲戌本朱笔眉批：二词更妙！最可厌野史"貌如潘安"、"才如子建"等语。】其词曰：

无故寻仇觅恨，有时似傻如狂，纵然生得好皮囊，腹内原来草莽。潦倒不通世（时）物，愚顽怕读文章，行为偏僻性乖张，那管世人诽谤。

富贵不知乐业，贫穷难耐凄凉，可怜辜负好韶光，于国于家无望。天下无能第一，古今不肖无双，寄语纨绔与膏粱，莫效此儿形状！【戚序本脂批："纨绔膏粱"，"此儿形状"，有意思。当设想其像，和（原作合）宝玉之来历同看，方不被作者愚弄。】【甲戌本朱笔眉批：末二语最要紧。只是纨绔与膏粱亦未必不见笑我玉卿。可知能效一二者，亦必不是蠢然纨绔矣。】

这二词的字面意义十分容易理解，毋须多言。戚序本脂批强调：和宝玉之来历同看，方不被作者愚弄。那宝玉是什么来历呢？

朝廷八公之一的荣国公第四代曾孙，有伯父贾赦袭祖职，而其父贾政不过是蒙圣恩额外赐的"一个主事之衔……如今现已升了员外郎了"。若说贾府如今依然显赫的原因，不外是其姊元春位居皇妃所带来的荫庇罢了。若如此这般去与二词"同看"，亦无何新奇之处，恐怕仍要"被作者愚弄"，因实在不能从二者的联系中发现什么名堂。

如果不考虑这现实中的"真事"，那宝玉的来历就只有从"假话"——神话故事去寻求了。

如是，宝玉前生系为西方赤瑕宫的神瑛侍者，今生在荣府衔玉而诞，成为贾政的二公子。其口中的"通灵宝玉"，就是女娲补天"无材不堪入选"，弃而未用，乃至由一僧一道携带入世的那一块石头。可知，宝玉的来历不同于寻常人的地方，就在于"衔玉而诞"。如果将这来历与二词联系起来"同看"，能否发现什么奥秘，而"不被作者愚弄"呢？列位看官不要窃笑，认为不能将这"荒唐言"作为研究的根据。须知"假作真时真亦假"，不脱去"假话"的外衣，怎么能看到"真事"的本来面目呢？

毋庸讳言，现实生活中的人是不可能"衔玉而诞"的。而作者偏偏要宝玉"衔玉而诞"，是想要说明什么或者告诉读者什么呢？

前文已经剖析明白，"玉"者，"御"也。故所谓"衔玉而诞"，不过是表明宝玉的真实身份——皇帝而已，故曰"第一"。而"于国于家无望"者，亦是再言其"无材可去补苍天"。在现实生活中，亦只有皇帝——天子，才可能担负"补天"的重任。将宝玉的来历这样与二词一联系，就能够理解作者的真实寓意，大约就不至于"被作者愚弄"了。因而可知此二词是"明贬实贬"，而不是什么"明贬实褒"。就可理解为何说宝玉之"无能"，系天下"第一"，知道为何斥责其"于国于家无望"了。至于其他贬斥之语，如"无故寻愁觅恨，有时似傻如狂，纵然生得好皮囊，腹内原来草莽。潦倒不通世（时）物，愚顽怕读文章，行为偏僻性乖张"、"古今不肖无双"等，本是作者对这个皇帝的评价或

通灵宝玉正反面图式

曰"诽谤"，故曰"《西江月》二词，批（这）宝玉极合（恰）"。

第三，所谓"衔玉而诞"，一方面是作者用来借以表明宝玉的真实身份——御；另一方面则是诅咒他"死了"！

众所周知，所谓"衔玉而诞"，不过是神话故事，不过是"荒唐言"，是没有理由让人相信的，事实上也没有人会相信。但可悲的是，人们往往在付之一笑以后，就不再对此进行深思或深究了。因虽然在现实生活中，根本不可能有人"衔玉而诞"，但却有可能有人"衔玉"而死！即所谓的"含口"。

这里所说的含口，指的是在人临死之前或死了以后给死者口中含物的一种习俗。中国古籍中关于"含口"的记载，在《礼记·杂记（下）》中有："凿巾以饭"；而《后汉书·礼仪志》则说是："登遐，饭含珠玉如礼"，取意在于让死者得以顺利地渡过冥河。因古人认为，冥河上有船，也就必有专门负责摆渡的舟子。亡灵渡河，当然也应该像在人间一样，付钱给舟子，否则很可能受到舟子的为难，以至无法渡河，又回来找子孙的麻烦。而亡灵口中所含的钱，就是付给冥河舟子的船费。所以在死者沐浴穿戴后，必须在口中放物，故称"含口"。含口，按其阶级地位和贫富状况而定。后来民间将此俗演变为含银、含铜、含棒等，如用红纸包一块银角放入死者口中，或有用红纸包金或银制的圆形管，塞入死者口中等。包钱者称作"含口钱"，包金、银者称作"含口金"，也有在死者口中放饭者，称为"含口饭"，因俗信死者口中必须含饭入殓，这样到阴间才不会挨饿。

故曰宝玉之"衔玉"，不过是作者以"荒唐言"形式暗示的"含口"而已。

因为这种写法过于隐秘，作者亦担心读者不能解其寓意，故特地在文本中作了相关的"逗露"。

第七十二回，在凤姐同贾琏角口之时说道："我又不等着含口垫背，忙了什么？"贾琏道："何苦来这么着，不犯着这么肝火盛！"如果不是为了让读者将"含口"同"衔玉"联系起来，凤姐哪里来的无名肝火？

另外，第三回作者还从另一个角度对此作了暗示。即在宝玉突然"发作起痴狂病来"，摔玉以后，贾母有一番哄骗他的话：

"你这妹妹，原有这个来的，因你姑妈去世时，舍不得你妹妹，无法可处，遂将他的玉带了去：一则权当殉葬之礼，尽你妹妹的孝心；二则你姑妈之灵，亦可权作常得见女之意。因此他只说无有，这个不便自己夸张之意。你如今怎比得他？还不好生慎重戴上，仔细你娘知道了。"

可惜的是，这段哄骗小孩的话语被许多读者也当作戏语了，故未对其中存在的潜台词予以深究。很明显，玉是可以当作"殉葬之礼"被死者"带了去"的，这是常识。人们只是没有进一步地去思考，这被"殉葬"的玉是怎么"带了去"的，是放在手里（玉握），还是放在脚下（玉踏），还是含在口里（玉含）！作者没有明言，也不可能明言。但是这段话几乎是紧跟着"衔玉而诞"予以交待的，恐怕亦非偶然。如果再将作者此后的渲染与之联系起来，则"衔玉而诞"与"含口"之间的内在关系就很清楚地显露出来了。

再，第二十八回描述宝玉所谓的"药方"里有一味珍珠时说："正经按那方子，这珍珠宝石定要在古坟里的，有那古时富贵人家装裹的头面，拿了来才好。"再次暗示"宝石"是可作为"富贵人家"的"装裹的头面"的，那"宝玉"呢？

可见，所谓"衔玉而诞"，实乃"含口"——"衔玉而死"。只不过是作者"假作真时真亦假"的语言游戏而已。

第四，诅咒"玉"、"钗"死在木盒子——棺材里。

甲戌本第一回，贾雨村中秋节独在葫芦庙中感叹，平生抱负，苦未逢时，乃又搔首对天长叹，复高吟一联云：

玉在匮（椟）中求善价，钗于奁内待时飞。【朱笔侧批：表过黛玉，则紧接上宝钗。】【朱笔夹批：前用二玉合传，今用二宝合传，自是书中正眼。】

此联从表面上看，自是"平生抱负，苦未逢时"，企盼伯乐慧眼、待价而沽之意。然考虑到"玉"双关"御"，而"钗"可影"金"的因素，则此对联的意义似又有了另外一种暗示。此联的语音节奏为"二、二、一、二"，即，玉在匮（椟）中 求 善价，钗于 奁内 待 时飞。根据作者善用的"嵌字"方式，上下联的前五个字为：玉在匮（椟）中求，钗于奁内待。而"求"可谐音"囚"，"匮（椟）"与"奁"又均为"木盒子"。如果再想到此中"玉"、"钗"均系用来书中暗示人物宝玉、黛玉和宝钗——前用二玉合传，今用二宝合传——的话，那么，此联意义则变成了：宝（黛）玉在木盒子里囚禁；宝钗（玉）在木盒子内留待。即使不考虑"求"可能谐音"囚"的因素，仅看前四个字，意思仍然没有什么大的变化。总之，玉、钗是均在木盒子之中的。就"放人"而言，这木盒子的涵义非常明显——只能是棺材！如是，则贾雨村联又为一石三鸟。一鸟是表面文章，贾雨村企盼事业腾达；二鸟是暗示宝玉将来难免牢狱之灾；三鸟则是诅咒"玉（御）"的灭亡。此乃"世人谓之可杀"、"天诛地灭"的另一种表现形式而已。故曰，"自是书中正眼"。

凡此种种，怎么能说宝玉挨骂是"夫子自道"呢？

卷四　凤姐 黛玉 贾雨村 薛蟠等人的身份

凤姐其人

　　第四十四回作者借尤氏之口言凤姐："说的不知'你'是谁"？点明凤姐其人暗中实系另寓一个人物。这个人物是谁呢？同宝玉一样，也是皇帝。且作者用来隐寓、逗露凤姐身份使用的方法也与宝玉大致相同。即通过姓名、比喻、定位、帝王专用词汇，以及日常生活琐事等，来暗示其帝王身份。

　　一、以起名设事的方式暗示凤姐是皇帝。

　　凤姐学名王熙凤。脂砚斋批此为"奇想奇文"！学名为王熙凤又有什么"奇"呢？他是这样解释的：以女子曰学名固奇，然此有学名的反倒不识字，不曰学名者反若彼。可知奇一，女子不应该有学名，而她偏偏有；奇二，有学名"反倒不识字"；但此二奇只不过是批者言明的，其实更重要的是未言之奇——王熙凤三字的双关。

　　首先从意义上说，"凤"与"龙"一样，本来就是帝王家的象征；不单名曰"凤"，且姓为"王"！再从谐音上看，三字合起来即"王系凤"或"凤系王"之意。这样说是否牵强附会，请看作者是如何在文中逗露的。

　　众所周知，第五回之金陵十二钗册，其图其判，均系用来影射人物姓名及其命运的。其中关于王熙凤的册页之图为：一片冰山，山上有一只雌凤。个中"雌

王熙凤

其一，中国古代传说中的凤凰，以雄为凤，以雌为凰。何为"雌凤"一说？

其二，这是图画，所画之鸟，要么为凤，要么为凰，不知"雌凤"该怎么画？

可见图册之画本应为凰，只是作者偏偏将其"说成"是"雌凤"而已。这当然是为暗点凤姐之名的需要。但若仅为此目的，则直接画为凤，也说为凤，岂不省事，何必多此一举呢？显然作者就是要以这"蛇足"来引发读者的思考。凤凰、凤凰，所谓"雌凤"自然是"凰"。且古之"凤凰"本就写作"凤皇"。《诗经·大雅·卷阿》中有"凤皇于飞，刿刿其羽"之句；《左传》亦云："凤皇于飞，和鸣锵锵"。如是，则作者之本意十分明了，即"雌凤"者，皇（帝）也。故而，第十三回宝玉向贾珍举荐由凤姐协理宁国府，甲戌本朱笔侧批："荐凤姐须得宝玉，俱'龙华会'上人也。"以"一击两鸣"法，双双表明了宝玉与凤姐二人"俱'龙华会'上人"的皇帝身份。

第六回，贾蓉来向凤姐借"玻璃炕屏"，凤姐笑道：

"也没有见我们王家的东西都是好的不成？你们那里放着那些东西，只是看不见，偏我的就是好的。"贾蓉笑道："那里如这个好呢！只求开恩吧！"

此一小段对话中包含两处双关。"我们王家的东西"，明为"我们姓王的家的东西"，暗点"我们帝王家的东西"！再，后面所云"开恩"，亦既是求婶子"开恩"，也是求皇上"开恩"！

这种"我们王家的"之双关用法文本中出现了多次。

第十六回凤姐与赵嬷嬷谈起当年帝仿舜巡的故事时说：

"那时我爷爷单管各国进贡朝贺的事，凡有的外国人来，都是我们家养活。
粤、闽、滇、浙所有的洋船货物都是我们家的。"

一段话连用两次"我们家"，若说是"管各国进贡朝贺的事"，那些前来的
外国使臣由"我们家养活"还说的过去，而说那些进贡朝贺之"所有的洋船货物
都是我们家的"就有违事理了，明明是"进贡朝贺"之物，凭什么就成了你们家
的？若知晓此"王家"即彼"皇家"，则一切就顺理成章了。

第二十九回贾府到清虚观打醮，凤姐说张道士"打发人和我要鹅黄缎子
去！"凤姐为什么会有御用的"鹅黄缎子"？当然，如前所析，作为皇妃的娘
家，若承蒙天恩自能够得到各种赏赐，但皇家赏赐之物是要供起来的。即使是那
些日常所用之物，也只能自家使用，岂能有外人来要，就转赐之理？故而只有本
是"我们王家"自己的东西，才能予取予求。

二、用各种比喻暗示凤姐的帝王身份。

第三十九回众姊妹闲谈，李纨说："凤丫头就是楚霸王，也得这两只膀子，
好举千斤鼎。"第四十四回贾琏与鲍二家的偷情，那妇人笑道："多早晚你那阎
王老婆死了就好了。"事发之后，贾母数落贾琏："下流东西，灌了黄汤，不说
安分守己的挺尸去，倒打起老婆来了！凤丫头成日家说嘴，霸王似的一个人，昨
儿唬的可怜……"。

看看作者这几个比喻，不是"楚霸王"、"霸王"就是"阎王"，总之，全
都是"王"，全都是"一把手"！

第五十五回凤姐与平儿商议家事说起"探春理财"来，叮嘱平儿："他虽
是姑娘家，他心里却事事明白，不过是言语谨慎；他又比我知书识字，更利害一
层了。如今俗语说'擒贼必先擒王'，他如今要作法开端，一定是先拿我开端
……"。

前面是别人说凤姐为"王"，这里凤姐自己也将自己比作"王"了。

除了"王"以外，同宝玉一样，凤姐也被称作"首席"、"第一"。

　　第八回，尤氏请荣府众人过去看戏，"凤姐坐了首席"；第十八回、十九回，写贾府接待元妃省亲，凤姐跑前跑后的安排，庚辰本侧批：自然当家人先说话；第一个凤姐事多任重……第一个宝玉是极无事最闲暇的；第六十五回回前称凤姐"贾宅第一罪人"，并且说自己此批为《纲目》书法。虽是"罪人"，但那毕竟也是"当家人"，也是"第一"！前有古人，后有来者。若干年以后的阿Q先生不就是自封为"第一个"自轻自贱的人，且十分满意那"除了自轻自贱不算外，剩下的就是第一"吗？同理，除了"罪人"不算外，凤姐亦为"贾宅第一"了。（一笑）要知道，脂砚先生可没有跟读者开玩笑，那贾府本身就暗喻皇宫。皇宫中"事多任重"的第一人，且与宝玉并列"第一"，自然非皇帝莫属了。

　　此外，凤姐还被比作太阳。第二十八回宝玉跟王夫人说了一个药方，无人相信。凤姐为他作证。凤姐说一句，那宝玉念一句佛，说："太阳在屋子里呢！"

　　不仅如此，凤姐还被比作"青天"、"天尊"等。

　　第三回林黛玉进贾府，作者首先让其见到迎春三姐妹，然后才是凤姐、宝玉。故蒙古王府本侧批曰：欲画天尊，先画众神。如此，其天尊自当另有一番高山世外的景像。前文已作分析，在三姐妹后出场的宝玉是被喻为"天尊"的。当然，紧跟着三姐妹出场的凤姐亦是"天尊"。

　　第十六回凤姐取笑贾琏。赵嬷嬷笑个不住，又念佛道："可是屋子里跑出青天来了"。以"青天"比凤姐。此外，刘姥姥二进荣国府时，周瑞家的说刘姥姥被凤姐和贾母留下，是"想不到天上缘分了"。既是"天尊"，又是"青天"，更有"天上缘分"，凤姐是什么人啊！

　　第十六回贾琏忙完林如海的丧事与黛玉一同进京，凤姐接待笑道："今日大驾归府，略预备了一杯水酒掸尘，不知赐光谬领否？"贾琏笑道："岂敢岂敢，多承多承。"【庚辰本侧批：一言答不上，蠢才，蠢才。】此对话中，凤姐以"大驾"称之，贾琏则以"岂敢岂敢"回答，一如第一回石头与一僧一道间的对话，亦从侧面表明凤姐的皇帝身份。

三、用对君王的专用词汇描述凤姐。

前文已作剖析，第二十五回，马道婆与赵姨娘串通谋害宝玉、凤姐，甲戌本朱笔侧批："并不顾"三字怕弑人。千万件恶事皆从三字生出来。可怕，可畏，可警！可长存戒之！

"怕弑人"，并非误谬，此"弑"字系作者有意为之。盖所谓"弑"系专指"臣杀君，子杀父母"而言。凤姐与马道婆自然不存在什么"子与父母"的关系，则此"弑"字只能是指"臣杀君"了。可知凤姐与宝玉一样同为君王的身份。

同回还提到凤姐打发丫头往各处送茶叶，说："那是暹罗国进贡来的。我尝着也没什么趣味儿，还不如我每日吃的呢"。"暹罗国"为什么会向凤姐"进贡"，凤姐为什么还看不上眼，认为"不如我每日吃的呢"，并将之作为礼物向各处发送？如此不屑一顾，将"进贡"之物，贬在日常用度之下。是什么身份，有这样大的口气？

第五十一回描述凤姐叮嘱袭人"打扮体统了"，再回家去看望病重的母亲。众人听了，都叹道："谁似奶奶这样圣明！"；第六十八回，凤姐拈酸大闹宁国府，众姬妾、丫鬟、媳妇已是乌压压跪了一地，赔笑求说："二奶奶最圣明的……"

第五十四回女先儿说书带出王熙凤的名字，遭到喝止，女先儿连忙笑着赔罪："我们该死了，不知是奶奶的尊讳"。此"尊讳"乃是皇帝的名讳，岂能"混说"？故曰"我们该死了"。

第五十五回说荣国府经探春等"三人如此一理，更觉比凤姐当权时，倒更谨慎了些。"此之"凤姐当权时"，能是作者随手率性而为么？

第五回关于凤姐的曲子【聪明累】中有"机关算尽太聪明，反算了卿卿性命"之语，此处甲戌本墨笔眉批曰："世之如阿凤者，盖不乏人，然机关用尽，非孤即寡，可不惧哉！"。此处之"非孤即寡"，系公然将皇上专用的"称孤道寡"用在凤姐身上，其寓意恐怕是再明显不过了。

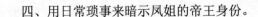

四、用日常琐事来暗示凤姐的帝王身份。

第二回，冷子兴夸赞凤姐，云其："说模样又极标致，言谈又极爽利，心机又极深细，竟是个男人万不及一的"。什么叫"万不及一"？通常人们常说宰相是"一人之下，万人之上"。而这里只说凤姐是"万不及一"的，换句话说就是在"万人之上"，可没说什么"一人之下"。

不仅如此，之前贾雨村在论"正邪二气"时也说，这种人："置于万万人之中，其聪俊灵秀之气，则在万万人之上"。把中间的假话去掉，则王熙凤就是"置于万万人之中，……则在万万人之上"之人，当然亦只能是皇帝。

类似说法还有第七回，凤姐反驳尤氏说："普天下的人，我不笑话就罢，竟叫这小孩子笑话我不成？"这里不说"万万人之上"了，而说"普天下的人"！同样的话，作者不但让凤姐自己说，还让别人也说。第四十五回李纨反驳凤姐时，就曾笑着说道："天下人都被你算计了去！"

第六回，周瑞家的向刘姥姥介绍凤姐，说："这位凤姑娘年纪虽小，行事却比世人都大"。这里所说的"行事却比世人都大"，既是夸张，也是事实。故第六十五回小厮兴儿说凤姐："说一是一，说二是二，没人敢拦他"；第六十八回善姐说她："从娘娘算起，以及王公侯伯家多少人情客礼，又有这些亲友的调度。银子上千钱上万，一日都从他一个手，一个心，一个口里调度，那里为这点子小事去烦琐他"，知道了凤姐的真实身份，这样的说法就毫不奇怪了；至凤姐见了刘姥姥这个上门"打抽丰"的穷亲戚，作者忽然写到俗话说，"朝廷还有三门子穷亲戚"呢，何况你我？见到"穷亲戚"来到面前，就想起了"朝廷还有三门子穷亲戚"的俗语，"凤姐"可真的很善于"联想"。无独有偶，第六十一回凤姐说："虽然这柳家的没偷，到底有些影儿，人才说他。虽不加贼刑，也革出不用。朝廷家原有挂误的，倒也不算委屈了他。"一口一个"朝廷"，恐怕就绝不仅仅是"联想"了。

第十三回贾珍聘请王熙凤协理宁国府，文末曰：

正是：【戚序本脂批：五件事若能如法整理得当，岂独家庭，国家天下治之

221

【不难。】

　　　　金紫万千谁治国，

　　　　裙钗一二可齐家。

　　这哪里是协理宁国府，又是"齐家"，又是"治国"，并云"国家天下治之不难"！而凤姐果然在治理宁国府时"举止舒徐，言语慷慨，珍贵宽大；因此也不把众人放在眼里，挥霍指示，任其所为，目若无人"；"杀伐决断"；"量才而用"；"先礼而后兵"……小厮兴儿评价说："他说一是一，说二是二，没人敢拦他"，一如皇帝当朝治理国是，一如旺儿家的所言："常应候宫里的事"。故此，秦钟看到凤姐"交牌""传谕"时，因笑道："你们两府里都是这牌，倘或别人私弄一个，支了银子跑了，怎样？"凤姐笑道："依你说，都没王法了？"可见，这真的是在"治国"，而且是依照"王法"在"治国"。后来贾蓉背着凤姐，调唆贾琏"偷娶尤二姨"，因同样被斥为"干出这样没天理、没王法、败家破业的营生"。

　　最能说明问题的，是第三十九回描述"刘姥姥二进荣国府，来到贾母房中"一段文字中的脂批。其文曰：

　　只见满屋里珠围翠绕，花枝招展，并不知都系何人。只见一张榻上歪着一位老婆婆，身后坐着一个纱罗裹的美人一般的丫鬟，在那里捶腿，凤姐儿站着正说笑。【戚序本脂批：奇文！都在刘姥姥眼中，以为阿凤至尊至贵，凡天下人都该站着，阿凤独坐才是，如何今见阿凤独站着哉？真正极妙文字！】

　　应该说，此段脂批已经再明白不过地点明了凤姐的真正身份——"至尊至

王熙凤协理宁国府

寻梦红楼

贵"。既已为"至尊至贵",自是到了极点,安能有人在其上乎?故云"凡天下人都该站着,阿凤独坐才是",一语就将"天下人"均置于凤姐之下,显然,只有皇帝才是凤姐唯一可能拥有的身份。故曰"真正极妙文字"!

此外,在日常用度上,作者交待凤姐使用的物品亦为"上用""内造"。

第二十八回,宝玉和姐妹们在王夫人处闲话,说起配药的事来,凤姐说薛蟠向他要珍珠,"还要了一块三尺上用大红纱去";第四十回见贾母提起软烟罗以后,凤姐忙把自己身上穿的一件大红绵纱袄儿襟儿拉了出来,向贾母、薛姨妈道:"看我的这袄儿。"贾母、薛姨妈说:"这也是上好的了,这是如今的上用内造,竟比不上这个。"凤姐儿道:"这个薄片子,还说是上用内造的,竟连这个官用的也比不上了。"凤姐家的"大红纱"是"上用"的,穿的袄儿所用织物也是"如今的上用内造也比不上了"。

第七十二回,凤姐命平儿把金项圈儿拿出去,暂且押四百两银子。平儿答应着,去了半日,果然拿了一个锦盒子来……打开是一个金累丝攒珠的,那珍珠都有莲子大小;一个点翠镶宝石的。两个都与宫中之物不离上下。【庚辰本脂批:是太监眼中看,心中评。】在太监眼中、心中"与宫中之物不离上下",自然十分"靠谱"。

第七十四回,凤姐向王夫人力辩那绣春囊不是自己的:"太太说的固然有理,我也不敢辩我并没有这样东西。但其中还要求太太细详其理:这香袋是外头雇工做的,请看带子、穗子一概是卖货。若是内工绣的,自然都是好的……"一席话说的王夫人点头默认。可见,凤姐日常使用之物都是"内工"专门制作的,"自然都是好的",而根本不会使用"卖货"。

五、在各种场合暗示凤姐是个男人,可作为隐寓其是皇帝的旁证。

从第二回冷子兴演说荣国府开始,王熙凤就不断被暗示为男人。

——说模样又极标致,言谈又极爽利,心机又极深细,竟是个男人万不及一的。(第二回)

——你道这琏二奶奶是谁?就是太太的内侄女,大舅老爷的女儿,小名叫凤

哥的。……如今出挑的美人一样的模样儿，少说有一万个心眼子。再要赌口齿，十个会说话的男人也说他不过。（第六回）

——秦氏道："婶婶，你是个脂粉队里的英雄，连那些束带顶冠的男子也不能过你……"（第十三回）

——众人听说，哄然一笑，连贾珍也掌不住笑了。贾母回头道："猴儿猴儿，你不怕下割舌头地狱？"凤姐儿笑道："我们爷儿们不相干。他怎么常常的说我该积阴骘，迟了就短命呢！"（第二十九回）

——刘智远打天下，就有个瓜精来送盔甲；有个凤丫头，就有个你（平儿）。（第三十九回）

——凤姐道："谁教老太太会调理人，调理的水葱儿似的，怎么怨的人要？我幸亏是孙子媳妇，我若是孙子，我早要了……等我修了这辈子，来生托生个男人，再要罢。"（第四十六回）

——这书上乃是说残唐之时，有一位乡绅，本是金陵人氏，名唤王忠，曾做过两朝宰辅。如今告老回家，膝下只有一位公子，名唤王熙凤。（第五十四回）

——便是病好了，我也作个好好先生，得乐且乐，得笑且笑，一概是非都凭他们去吧。（第七十四回"凤姐自言"）

以上各个地方都是不断地拿凤姐同男人相比，或者干脆将其说成是同名的"公子"。故而一些红学家认为："也许可以认定在王熙凤的性格当中有某些不同于一般女性的特征"，即所谓的"阳性特质"。

事实上，那"王熙凤"三字本就暗示其为男人，因传说中的凤凰，即雄为凤、雌为凰。上文女先儿所云之"书"唤作"凤求鸾"者，即为此意。可知古代男人才起名为"凤"，相反，女人倒不会以"凤"为名。

对此，俞平伯先生评曰："以'凤'为女儿之名并非异事。第三回说熙凤是学名，已觉无甚必要。且第二回里贾雨村不曾说么：'更妙在甄家的风俗，女儿之名亦皆从男子之名命字，不似别家另外用那些春、红、香、玉等艳字的，何得贾府亦落此俗套？'可见女儿之名本不限于'琬琰芬芳'等。那他为什么定要说熙凤是男子的名字，并在这里引这公子也名王熙凤为证？虽同名同姓天下有，凤姐本人就是这样说的，但我们不容易了解作者的用意。他为什么拐着弯儿把凤姐引到男人方面去呢？这就难怪后来索隐派种种的猜测了。极端的例子，有如蔡子民的《石头记索隐》以民族主义释《红楼梦》，以男女比满汉；这么一比，书中的女子一个一个地都变为男人。像这样的说法，未免过当。我们仍当从本书去找回答。……作者当日或因政治的违碍而有所避忌，故每多言外之意、弦外之音，亦即脂批所云‘托言寓意’。我们今天若求之过深，不免有穿凿附会之病；若完全不理会它，恐也未免失之交臂。"（《〈红楼梦〉中关于"十二钗"的描写·凤姐》）（原载《文学评论》1963年第4期）

这里，俞平伯先生显然是经过深思熟虑以后，才提出了"那他为什么定要说熙凤是男子的名字，并在这里引这公子也名王熙凤为证？虽同名同姓天下有，凤姐本人就是这样说的，但我们不容易了解作者的用意。他为什么拐着弯儿把凤姐引到男人方面去呢"的疑问。不可否认，囿于索隐派为人诟病的的名声，俞平伯老十分自然地否定了蔡子民先生的看法，认为其"不免有穿凿附会之病"；但又认为其中有"言外之意、弦外之音"，故提出"我们仍当从本书去找回答"，"若完全不理会它，恐也未免失之交臂"。时至今日，确实应该从文本中去寻找答案，而不应该让作者的寓意再次与我们"失之交臂"了。

综合以上分析，不知作者"拐着弯儿把凤姐引到男人方面去呢"的疑问，是否已经有了合理的答案呢？

明确了凤姐的身份，就能充分地理解作者、批者为什么要用各种语言、各种方式骂她、诅咒她、必欲置之死地而后快了。

故戚序本第六十九回回前有曰：写凤姐写不尽，却从上下左右写……史公用意，非死念书子之所知。

凤姐其人

225

黛玉其人

要想弄清楚黛玉其人的身份，必须先看看黛玉的名和字背后隐着什么名堂。

一、从取"字"的角度，来看黛玉的身份。

关于黛玉之名，第二回用一句话作了交待。今只有嫡妻贾氏，生了一女，乳名黛玉，年方五岁。记清，此黛玉之名只是乳名，并非学名，且无字。余者并无交待。

还是在黛玉到了贾府以后，作者方借宝玉之口对之予以诠释。文见第三回，宝、黛初次相会，一见如故。宝玉遂问道："妹妹尊名是那两字？"黛玉便说了名。宝玉又问表字，黛玉道："无字。"宝玉笑道："我送妹妹一个妙字，莫若'颦颦'二字极妙。"这段文字看似闲聊，似无深意。细按之，则颇有可玩。

就给人取"名"、"字"而言，我国古代十分讲究。一般来说，一个人的"名"和"字"的确定，往往需要十几年甚至二十年的时间。《礼记》中说，一个人生下来三个月以后，要由他的父亲"执子之右手，咳而名之。"这样，这个人才算拥有了自己的"名"。至于"字"的拥有，则还要等上许久，直至长到二十岁举行"冠礼"时，由宾客替他取"字"。至此，一个人才算有了自己完整的名字。如果是女孩子，则需要在十五岁许嫁之时，举行"笄礼"方可取字。

所谓"笄礼",即女子的成年礼,俗称"上头"或"上头礼"。《礼记·曲礼（上）》曰:"女子待嫁,笄而字。"《仪礼·士婚礼》亦有:"女子许嫁,笄而礼之,称字"的说法。可知,许嫁之前,不能取"字",故称之"待字闺中"。

明乎此,则此番宝玉替黛玉取字的意义,就豁然开朗。而文本中许多原本容易造成读者困惑的、似乎不合常理的地方或含糊其辞的内容,就变得明白晓畅了。因黛玉之入贾府,本是待嫁或许嫁而来,则黛玉的身份——荣国府的孙媳妇,应该是在她离家时就已经明确的了。

所以,虽然"身体方愈,原不忍弃父而往",终因"外祖母执意要他去"和父亲"正好减我顾盼之忧"的劝说,"方洒泪拜别,随了奶娘,及荣府中几个老妇人,登舟而去。"【蒙府本侧批:此一段是不肯使黛玉作弃父乐为远游者。以此可见作者之心,保(宝)爱黛玉如己。】

可知,黛玉这一番"洒泪拜别",实乃旧时女子出嫁前与家人的哭别。所以宝玉替黛玉取字被脂批说成是"初见时已(原作亦)定盟矣"。这方是黛玉进贾府的真实原因,也只有许嫁才构成黛玉"弃父"或"抛父进京都"的唯一理由。否则,黛玉就违背了"父母在,不远游"(虽母已逝,但父还在)的古训,而难免"不孝"的帽子。故而脂批云:"此一段是不肯使黛玉作弃父乐为远游者。以此可见作者之心,保(宝)爱黛玉如己"。因在此古训面前,除了许嫁以外,不管是"贾母惜孤女",还是

接外孙贾母惜孤女

"荣国府收养林黛玉"，无论什么理由都是站不住脚的，都是既不符封建社会之"礼"，也不合贾府之"式"的。

且退一步说，即便是"惜孤女"使然，那湘云在各方面都比黛玉更应该享有"惜孤女"的"待遇"。二者相比较，一个是外孙女，一个是侄孙女，血缘关系不相上下，湘云和贾母还同为"史家人"；一个仅是"丧母"，一个却是"父母双亡"，湘云才是真正的"孤女"；为什么湘云只能住在冷漠的叔叔婶婶家，而黛玉却一定要"弃父"而被接进贾府，且一住就不走了呢？所以，只有许嫁或待嫁才是黛玉进荣国府唯一成立的理由。所以在安排"黛玉之房舍"时，贾母原本说："今将宝玉挪出来，同我在套间暖阁里，把你林姑娘暂安碧纱橱里。等过了春天，再与他们收拾房屋，另作一番安置罢。"而宝玉却反驳道："好祖宗，我就在碧纱橱外的床上很妥当，何必又出来……"贾母想了一想，居然就不生别论了！虽然有碧纱橱隔着，但毕竟宝玉已与"你林姑娘"同居一室，同睡一床了。否则，岂有此理（礼）！

故而第二十回宝玉打叠起千百样的腻语温言来劝慰黛玉时说："咱们两个一桌吃，一床睡……"，而一向"好弄小性儿"、"行动爱恼"、敏感、尖酸刻薄的黛玉对宝玉公然声称的"一床睡"，却并没有丝毫异议，只是"啐"宝玉，"我难道为叫你疏他？……"，岂不奇怪？事实上，宝玉这类似的话说了不只一次。第二十八回因误会而受到黛玉冷淡，宝玉以"既有今日，何必当初"开始，再次提及与黛玉"一桌子吃饭，一床上睡觉"，而黛玉同样坦然处之，并未因此不依不饶地大闹起来。

读者一定记得第二十三回，宝玉一句："我就是个'多愁多病的身'，你就是那'倾国倾城的貌'"，就使林黛玉"带腮连耳通红，登时直竖起两道似蹙非蹙的眉，瞪了两只似睁非睁的眼，微腮带怒，薄面含嗔，指宝玉道：'你这该死的胡说！好好的把这淫词艳曲弄了来，还学了这些混话来欺负我。我告诉舅舅舅母去。'说到'欺负'两个字上，早又把眼圈儿红了。"一句玩笑话，惹得黛玉"把眼圈儿红了"，而对于实实在在的"一床睡"却毫无反应，为什么呢？

228

盖"一床睡"不过是宝玉说的实话,而非"淫词艳曲"耳;且此"微腮带怒,薄面含嗔"本来就不乏"撒娇"的成分在内,故一听宝玉发誓诅咒,先自忍不住"'嗤'一声笑了",随即就以"苗儿不秀,是个银样镴枪头"讥之。又何尝真生气了呢?

另外,第七回在"谁知黛玉此时不在自己房中,却在宝玉房中,大家解九连环作戏"处,还有脂砚斋朱笔侧批:妙极!又一花样,此时二玉已隔房矣。另有墨笔眉批:二玉隔房,只此一写,化板为活,令阅者不觉。真是仙笔。既有"隔房"云云,可见先之"同居一室"不谬,而"阅者不觉",却实是不应该的。

再,第二十二回交待荣府为宝钗过生日,就在贾母上房排了几席家宴酒席,并无一个外客,只有薛姨妈、史湘云、宝钗是客,余者皆是自己人。【脂批:将黛玉亦算为自己人,奇甚!】此"薛姨妈、史湘云、宝钗是客"之明文,与"将黛玉亦算为自己人"之批,大约亦可作为林黛玉"许嫁"贾府,故而身份与李纨、凤姐一样可以"算为自己人"吧!明乎此,所谓"奇甚",不过是"此地无银"而已,无他。

第二十九回,黛玉为"金玉"一事又同宝玉大闹了一场,贾母急的抱怨说他们二人:"不是冤家不聚头",这话传入宝、黛二人耳内……好似参禅的一般,都低头细嚼此说的滋味,都不觉潸然泪下。……袭人因劝宝玉道:"千万不是都是你的不是。往日家小厮们和他们的姊妹拌嘴,或是两口子分争,你听见了,还是骂小子们蠢,不能体贴女孩子们的心肠。今儿你也这么着了。"

这段话中有两处比附:其一为"不是冤家不聚头"。中国古代夫妻之间,历来有妻子称丈夫"冤家"的习惯,故宝黛二人听了贾母这话,都"好似参禅的一般,都低头细嚼此说的滋味";其二,袭人劝宝玉与黛玉和好,打了两个比方,"小厮们和他们的姊妹拌嘴"自然与此无关,而"两口子分争"的说法却恰如其分的。故宝玉从其言,去向黛玉认错了。

第四十五回描写宝玉身穿蓑衣,冒雨来看黛玉,被黛玉戏为"渔翁",随后在不经意间又说自己成个"渔婆"了。及说了出来,方想起话未忖度,与方才说宝玉的话相连，后悔不及，羞的满面飞红，便伏在桌上嗽个不住。【庚辰本脂批：妙极之文，使黛玉自己直说出夫妻来……】无疑，黛玉说此话时确是"未忖度"，否则，黛玉即非彼时之"大家闺秀"而有类今之"野蛮女友"了；然作者"使黛玉自己直说出夫妻来"的文章，则无疑是大加"忖度"的"妙极之文"，岂其不然？

且同回，在宝玉到来之前，作为"宝二奶奶"竞争对象的宝钗还戏言黛玉："将来也不过多费一分嫁妆罢了，如今也愁不到这里。"黛玉听了，不觉红了脸，笑道："人家才拿你当个正经人，把心里的烦难告诉你听，你反拿我取笑儿。"宝钗笑道："虽是取笑，却也是真话……"，由此即知前言不谬也，可为参证。

因而，如果说宝钗进京尚是"待选"的话，而林黛玉实际上则是已经"入选"了。仅仅是没有举行合卺大礼而已。所以宝玉敢于涎皮赖脸的，当着黛玉的面用"村话"来与紫鹃"取笑儿"，"好丫头，'若共你多情小姐同鸳帐，怎舍得叠被铺床？'"。（第二十六回）所以宝玉对元妃赠物连连质疑："这是怎么个缘故？怎么林姑娘的倒不同我的一样，倒是宝姐姐的同我一样！别是传错了罢？"（第二十八回）

因而，第三十八回宝玉与众姊妹饮酒作诗，黛玉要吃酒，宝玉便命将那合欢花浸的酒烫一壶来。黛玉也只吃了一口便放下了。宝钗也走过来，另拿一个酒杯来，也饮了一口放下。此明点宝玉欲同黛玉"合欢"，而宝钗主动与宝玉"合欢"也。

知道了这个根本原因，就会明白，黛玉为什么会对宝钗、湘云等人拈酸吃醋，行动使"小性儿"不"放心"，并不是担心得不到宝玉，而是"妻"，还是"妾"之间的地位之争；就会明白，黛玉本为姑娘之身，为什么对"潇湘妃子"的号不恼不怒、"低了头方不言语"（第三十七回）；就会明白，凤姐为什么会以"既吃了我们家的茶，怎么不给我们家作媳妇"（第二十五回）的话来取笑黛玉；就会明白，"二玉事，在贾府上下诸人——即看书人、批书人，皆信定一段

寻梦红楼

好夫妻"（甲戌本朱笔侧批）；就会明白，为什么连小厮都知道"将来准是林姑娘定了的"（第六十六回）；就会明白为什么贾母、王夫人并未议定宝、黛二人的婚事。而凤姐与平儿私下里算计几件大事的费用时，就说："宝玉和林妹妹他两个一娶一嫁，可以使不着官中的钱，老太太自有梯己拿出来。"（第五十五回）

……

要之，黛玉的身份因宝玉此一"字"就一目了然了。

自然，这是林黛玉"镜子"正面的身份；至于"背面"的身份还要从另一个角度分析。

二、从"乳名"谐音双关的角度，来看黛玉的身份。

林黛玉的"黛玉"二字是乳名，而并非学名。甲戌本第二回交待，林如海今只有嫡妻贾氏，生了一女，乳名黛玉，年方五岁。夫妻无子，故爱女如珍，且又见他聪明清秀【朱笔侧批：看他写黛玉，只用此四字。可笑近来小说中，满纸"天下无二"、"古今无双"等字。】同宝玉一样，黛玉也是"玉"——御；且批者有意用"天下无二"与"聪明清秀"相映衬，其无寓意耶？

补充说明一下，皇宫仅有一座，贾府却分成东西二府，原是为"混人"的；皇帝一代只有一个，文本中却有多个。这不仅是"混人"的需要，更是不得已而为之。原因很简单，在作者眼中："皇帝"的罪恶表现在方方面面，如果全部"安"在一个人身上，则这个人在小说中就不像"一个人"——或者太像实际生活中的"一个人"了。对于一部担负重大使命、将"真事隐去"、借"假语村言"敷衍出来的作品而言，无论如何都是不可取的。所以，作者只能将一个人身上的"罪恶"，分散到多个人身上，这就是所谓的"分身法"。这样，作品表面的人物才显得真实可信；而背后暗喻的人物也不至于"太像"——从而将作者的真实意图暴露得太过明显。

第十九回"小耗搬香玉"的故事，就是作者就此种写法给予读者的暗示。且这段文字还有另一个作用——揭示林黛玉的真实身份。

故事中的小耗说道："我不学他们直偷。我只摇身一变，也变成个香玉，【蒙府本侧批：作意此处透露。】滚在香玉堆里，使人看不出，听不见，却暗暗的用分身法搬运，渐渐的就搬运尽了。岂不比直偷硬取的巧些？"【脂批：果然巧，而且最毒，直偷者可防，此法不能防矣。可惜这样才情，这样学术，却是一耗耳。】众耗听了，都道："妙却妙，只是不知怎么个变法，你先变个我们瞧瞧。"小耗笑道："这个不难，等我变来。"说毕，摇身就变，竟变了一个最标致美貌的小姐。众耗忙笑道："变错了。变错了。原说变果子的，如何变出小姐来？"小耗现形笑说："我说你们没见世面，只认得这个果子是香玉，却不知盐课林老爷的小姐，才是真正香玉呢！"【脂批：前面有"试才题对额"；故紧接此一篇乱话。前无则可，此无则不可。盖前系宝玉之懒为者，此系宝玉不得不为者。世人毁谤无碍，奖誉（举）不必。】

对于这"一篇乱话"，脂砚先生下了断语，认为"试才题对额"没有可以，而这段话却不能没有。为什么呢？因为"作意此处透露"。原来，这段文字不可无的原因在于它透露了作者的"主意"。主意内容有二，一曰"分身法"，告诉读者，这香玉本是一堆，需要"暗暗的用分身法搬运，渐渐的就搬运尽了"。而以此"玉"写彼"御"，用"分身法"渐渐的就可以写尽了；二曰此"香玉"本是"标致美貌的小姐"，且明言只有"盐课林老爷的小姐，才是真正香玉呢"！从中可知，林黛玉至少是"香玉"之一。黛玉之名，庚辰本通篇写作"代玉"——替代"御"，恐怕亦是暗点其身份的互见之法也。

关于这个"代玉"，其可信度几何呢？

首先，庚辰本系为几个人分别抄录，从书法来看，大约是各本中最差者，可见抄手的文化水平不高，故而错讹之处最多。也就因此，他们应该不敢私自改动、简化原文、原字的写法，反而更具可信度。

其次，从抄本中几种情况的减笔来看，分别表现在黛玉、鸳鸯、麝月三人的名字上。其中，黛玉写作"代玉"；鸳鸯则去掉了两字下部的"鸟"字，只剩下鸳鸯两个字的"字头"；麝月则写作"射月"。此三处的减笔有一个规律，即去掉汉字中用来表意的部分，仅留表音的部分，从而形成了上例的写法。如果说这原本是抄手图省事而率性为之，确也有此可能性。但又不尽然。因人名中笔画最多、写起来最麻烦的，莫过于"袭人"了，这个"袭"字上"龙"下"衣"，繁体字要二十多笔画，为何不简写作"西人"或"席人"呢？尤其是后者，册子里原有"一床破席"的，当不至于引起误会。所以，仅以"减笔"视之，理由恐怕并不圆满。焉知作者不是有意将黛玉写作"代玉"，以逗露其意，又以另外二人虚陪之，作"烟云模糊法"呢？这可是作者一贯使用的"瞒人"方式之一。姑且存疑吧。但"玉"谐音"御"，则应该是没有任何问题的。

前文在剖析宝玉之皇帝身份时表明，为了告诉读者可以此"玉"来替代彼"御"，作者是故意采用偷换古人诗句的方式予以暗示的。戚序本第四十回"金鸳鸯三宣牙牌令"，黛玉说了句："双瞻玉座引朝仪"。这里的"双瞻玉座"，显系宝玉一"瞻玉（御）座"，而黛玉一"瞻玉（御）座"，故曰"双瞻"耳。另外，在行"牙牌令"时，以贾母为首，其令为"左边是张'天'。"贾母道："头上有青天。"盖君王贵为天子，自然"头上"只"有青天"！而黛玉"赶上的"令恰恰也是"左边一个'天'"，只是此时黛玉的回答变成了"良辰美景奈何天"而已。那么多"骨牌副儿"，那么多"行令"者，只有贾母、黛玉是"天"，何"巧"之至。故第六十五回兴儿说黛玉"天上少有，地上无双"也。

且黛玉同宝玉一样，原也是有那象征着皇权（御）之"玉"的。第三回描写宝玉发起痴狂病来，摘下那玉，就狠摔去，贾母忙哄他道："你这妹妹，原

黛玉

有这个来的，因你姑妈去世时，舍不得你妹妹，无法可处，遂将他的玉带了去：一则权当殉葬之礼，尽你妹妹的孝心；二则你姑妈之灵，亦可权作常得见女之意。因此他只说无有，这个不便自己夸张之意。你如今怎比得他？还不好生慎重戴上，仔细你娘知道了。"这段话有类诳语，似是哄人的。与聪明的世人不同，反正宝玉是相信黛玉也有"玉"的。

第八回黛玉借雪雁听从紫鹃吩咐送来小手炉"拈酸"："也亏你倒听他的话。我平日和你说的，全当耳旁风；怎么他说了，你就依，比圣旨还快些！"宝玉听这话，知是黛玉借此奚落他，也无回复之词，只笑两阵罢了。听话听音，首先把自己平日说的话比作"圣旨"；另外"双敲"宝玉、宝钗。"圣旨"的比喻可不是等闲的笑话，确是身份的逗露。故而第二十五回作者借凤姐取笑"二玉"说："你瞧瞧，人物儿、门第配不上？根基配不上？模样配不上？家私配不上？那一点还玷辱了谁呢？"可见，"二玉""门第""根基"原是对等的。既然宝玉身为皇帝，黛玉身份则不言而喻。则不但宝玉为大观园所题对额全部使用，而黛玉所"拟的"亦"一字不改都用了"，绝非偶然。

三、从将宝玉、黛玉"合而为一"的角度，看黛玉的身份。

要证明黛玉也是皇帝，颇有些难度。因作者没有更多的像另外几个人一样，用特定的比喻以及帝王的专用字词来描写或暗示黛玉的身份。特定的比喻仅有一处，即黛玉的住处潇湘馆本是"有凤来仪"。"有凤来仪"，语出《书·益稷》之"箫韶九成，凤皇来仪。"

可见，潇湘馆、本为"凤皇"——皇帝的居所。故在"大观园试才题对额"时，对于潇湘馆，宝玉道："这是第一处行幸之处，必须颂圣方可。若用四字的匾，又有古人现成的，何必再作。"贾政道："难道'淇水'、'睢园'不是古人的？"宝玉道："这太板腐了。莫若'有凤来仪'四字。"【脂批：果然，妙在双关暗合。】

此段文字点明，潇湘馆本是"第一处行幸之处，必须颂圣方可"，而后来成了黛玉的住处，难怪脂批曰"妙在双关暗合"。所谓"颂圣"，明指元春，暗指黛玉。其实，元春虽然贵为贤德妃，却不能称"圣"，而"归省"本身亦谈不上"行幸"。所谓"行幸"本来就是"古代专指皇帝出行或指皇帝留宿妃妾宫中"之意，而潇湘馆"恰好"成为黛玉的住所。试想，如果不是有"行幸"权力的人，怎么能住在这"必须颂圣方可"的地方呢？

当然，在黛玉身上，作者更多的是换了一种方式——将黛玉与宝玉合写——来证明"两个玉儿"实乃"一御"。故宝、黛二人间具有特定的"心灵感应"。甲戌本第三回，黛玉初见宝玉，便大吃一惊，心下想道："好生奇怪，倒像在那里见过一般，何等眼熟到如此！【朱笔侧批：正是。想必在灵河岸上三生石畔曾见过。】"同样，宝玉初见黛玉，因笑道："这个妹妹我曾见过的。"【朱笔侧批：疯话。与黛玉同心，却是两样笔墨。观此，则知玉卿心中，有则说出，一毫宿滞皆无。】贾母笑道："可又是胡说，你又何曾见过他。"宝玉笑道："虽然未曾见过他，然我看着面善，心里就算是旧相识，【蒙府本侧批：世人得遇相好者，每曰"一见如故"，与此一意。】今日只作远别重逢，未为不可。"【朱笔侧批：妙极，奇语！全作如是等语焉，怪人谓曰痴狂。】【朱笔侧批：作小儿语，瞒过世人亦可。】

对于这段话，大多数读者往往会报以会心的微笑，因为读者事先已经知道了宝、黛的前世今生，再加上批者的"循循善诱"，自是赞同"疯话""痴狂"的断语，认为已然洞悉一切。但只"如此一想，不料早把那些邪魔招入膏肓了"！为什么会将那天上的"神话"当成人间的真话呢？故脂砚斋先生特笔点醒读者，作小儿语，瞒过世人亦可。如果就是像众人理解的那样，有何"瞒过世人"一说呢？不要相信那一见如故，不要相信那前世今生，不要相信这是有情人的"远别重逢"，小说中的两个人物形象原本是为暗喻一个现实生活中的人物服务的。故曰："与黛玉同心，却是两样笔墨"。应该想到，此"两样笔墨"本是互文，所谓"同心"原写的是一个人。

同回，在描写了黛玉的肖像以后，脂批曰："若不是宝玉，断不知黛玉终是何等品貌"，此批亦为一石多鸟。一是渲染二者前世今生的缘分；二是表现在宝玉这个"情人"眼里出"黛玉终是何等品貌";三是点出二者的心灵感应;此外,恐怕还是交待黛玉所暗喻的男人身份,故而避开不写黛玉的着装,只说"若不是宝玉,断不知"耳。

第五回,作者再次对此予以皴染。如今且说林黛玉,自在荣府以来,贾母万般怜爱,寝食起居,一如宝玉,【脂批:妙极!所谓一击两鸣法,宝玉身份可知。】迎春、探春、惜春三个亲孙女且倒靠后。便是宝玉和黛玉二人之亲密友爱处,亦自较别个不同,【脂批:此句细思,有多少文章!】日则同行同坐,夜则同息同止,真是言合意顺,略无参商。这段话中关于黛玉"一如宝玉"的"所谓一击两鸣法",按一般理解自是同等受宠。而二人之"亦自较别个不同",亦很容易被理解成是关系密切。因之忽略"有多少文章"的批语。至于后面的"日则同行同坐,夜则同息同止",就连字迹也"十分相似"(见第七十回黛玉帮助宝玉补写贾政所留的书法功课);读者往往也会以夸张视之,而不大会想到或相信作者居然将二人暗喻为一人。

如果这样理解,仅看这些地方,应该不会有太大问题。但作者后来再反复交待宝、黛二人"呼吸相关"(第五十七回)"一桌吃,一床睡,长的这么大了"(第二十回);"一桌子吃饭,一床上睡觉"(第二十八回)就已经是奇奇怪怪之语了。"呼吸相关""一桌子吃饭"固无不可,难道还能"同息同止""一床上睡觉"不成?置"男女之大防"于何处?况且在贾母房中,二人原是一个在"碧纱橱里",一个在"碧纱橱外";进了大观园,一个在潇湘馆,一个在怡红院,怎么变成"一床上睡觉"了呢?因此,不能不让人认为,作者、批者确系话里有话。如前文剖析的,表面上看,这是在暗示宝黛二人事实上的"夫妻"关系;而暗地里则恐怕是透逗二人本为同一皇帝的"分身"吧,有诸?

再,第二十回宝玉欲化解二人间的"误会",摆出"亲不间疏,先不僭后"的大道理,不料黛玉反说:"我难道为叫你疏他?我成了个什么人了呢?我为的是我的心。"宝玉道:"我也为的是你的心。难道你就知你的心,不知我的心不成?"【脂批:此二语不独观者不解,料作者亦未必解;不但作者未必解,想石头亦未必解，不过宝、林二人之语耳。石头既未必解，宝、林此刻自己亦不解，皆随口说出耳。若观者必欲要解，须自揣自身是宝、林之流，则洞然可解；若自料不是宝、林之流，则不必求解矣。万不可将此二句不解，错谤宝、林及石头、作者等人。】宝、林二人关于"心"的对话，本不难解。无非是二人互诉衷肠的情话而已。可是脂砚先生这一番长篇大论，正所谓"你不说倒还好，你说了我反而更加糊涂了"。冷静地想一想，联系前前后后，则可知所谓宝、林二人的"心"，本是"一人"的心，二者本就是一个人。所云"与黛玉同心，却是两样笔墨"，此之谓也。

故而，脂批曰："将二人一并"；故而有"你要走，我和你一同走"；"你到那里，我跟到那里"；故而宝玉、黛玉于无形中说出同样的话："理他呢，过一会子就好了。"宝玉听了，只是纳闷。【庚辰本侧批：有意无意，暗合针对，无怪玉兄纳闷。】（第二十八回）其实，读到此处，不但"玉兄纳闷"，读者也要纳闷了。怎么就这么巧啊？所以在黛玉再言"理他呢，过一会子就好了"时，脂砚斋又作了眉批："连重两遍前言，是颦、玉气味相仿，无非偶然暗合相符。勿认作有过言小人也。"此批告诉读者，并没有小人从中传话，只是二人"气味相仿，无非偶然暗合相符"而已，恐无此种道理，"只休信他"！如果不是"两样笔墨""将二人一并"的话，宝、黛之间的心灵感应也太神奇了。

无独有偶，此后，还有宝玉出城祭奠金钏儿，而黛玉则借《男祭》之题发挥，讽之曰："这王十朋也不通的很，不管在那里祭一祭罢了，必定跑到江边子上去作什么！俗语说，'睹物思人'，天下水总归一源，不拘那里的水，舀一碗，看着哭，也就尽情了"（第四十四回）。此处的心灵感应更加奇特，从大观园中感应到德胜门外去了。对此，大约只能认为是警幻仙子在从中"作怪"吧。

故庚辰本第二十二回畸笏叟眉批曰："将薛、林作甄玉、贾玉看书，则不失执笔人本旨也"。此"薛（宝钗）"是否为"甄（宝）玉"，姑且不论；而林黛玉是为"贾玉"——假御，"则不失执笔人本旨也"。应该说，此假御非假皇帝，而是伪皇帝——盖明朝遗民对清帝的蔑称耳。

贾雨村其人

　　贾雨村其人亦为假御。也就是说，他的名字不仅是"明告看者"的双关"假语村言"、"假语存焉"，还是"假御存焉"。

　　小说开篇第一回即交待隔壁葫芦庙内，寄居一穷儒：姓贾名化，【甲戌本朱笔侧批："假话"。妙！】字时飞，【朱笔侧批："实非"。妙！】别号雨村者，【朱笔侧批：雨村者，"村言粗语"也。言以村粗之言，演出一段假话也。】……这贾雨村原系胡州【朱笔侧批："胡诌"也。】人氏，原是诗书仕宦之族，因他生于末世，【朱笔侧批：又写一末世男子。】父母祖宗根基已尽，人口衰微，只剩得他一身一口。

　　个中假话多多，稍不留意，就容易被其"瞒弊（蔽）了去"。前文已经指出，此"葫芦庙"即"胡州"，即"胡虏""胡人"居住的地方。可知"葫芦庙""胡州"均为托言、"假话"，故云"胡州"乃"胡诌也"。作者为什么要让贾雨村甫一露面就寄居"葫芦庙"中呢？在文本首次披露"葫芦庙"之名时，戚序本有脂砚批曰：糊涂也，故假语从此兴也；而甲戌本为：糊涂也，故假语从此具也。前文已经"掰谎"，文本之假语可不是从这里才开始产生的，即"凡例"中假话已"本自历历有"之。那为何批者在"葫芦庙"处点明"假语从此兴

（具）"呢？一为"混人"，二则双关：所谓"假语"者，实"假御"也；所谓"从此兴（具）"者，亦非"从文本此处开始"，实"从此葫芦庙产生"也。挑明了，就是说贾雨村这个伪皇帝来自胡人居住地，暗示读者，贾雨村是作者"分身法"中又一个清朝皇帝的化身。

故第二回冷子兴说贾府"倒是老先生你贵同宗家"，而贾雨村对此也予以肯定："若论荣国一支，却是同谱"，第三回林如海也称贾政"与尊兄系同谱"，贾雨村因以"'宗侄'名帖至荣府门前投了"。第十六回再言贾雨村"与贾琏是同宗弟兄"，从而亦可知那贾雨村之"胡州"与贾政、贾琏之贾府本是"一而二""二而一"也。故第四回借门子之口讽之曰："老爷真是贵人多忘事，把出身之地竟忘了"！

甲戌本第一回作者描写甄、贾中秋之日推杯换盏，酒到杯干。雨村此时已有七八分酒意，狂兴不禁，乃对月寓怀，口号一绝云：

> 时逢三五便团圆，【朱笔侧批：是将发之机。】
>
> 满把晴光护玉栏。【朱笔侧批：奸雄心事，不觉露出。】
>
> 天上一轮才捧出，
>
> 人间万姓仰头看。【朱笔眉批：这首诗非本旨，不过欲出雨村，不得不有者。】

士隐听了，大叫："妙哉！吾每谓兄必非久居人下者，今所吟之句，飞腾之兆已见，不日可得接步履于云霓之上矣。可贺，可贺！【蒙府本侧批：伏笔。作巨眼语，妙！】

此首七绝从表面上看来，与前之五律、一联异曲同工，均为展现"平生抱负"之语。然此诗更加明确，更加狂妄。作者明言此系贾雨村"对月寓怀"，乃直抒胸臆之作。所谓"天上一轮才捧出，人间万姓仰头看"，表面上是"望月"，而"寓怀"者——则为"望己"！有红学评论家说的好：岂一个穷酸自喻？"人间万姓仰头看"者，非君王而为何人？故甄士隐不失时机地捧颂："飞腾之兆已见，不日可得接步履于云霓之上矣"。什么叫"接步履于云霓之上矣"？一步登天是也。所以脂批曰，"欲出雨村，不得不有者"。随后，贾雨村果然"接步履于云霓之上矣"，他上任的地方名为"应天府"，而冯渊的家人告状公然称"望大老爷拘拿凶犯，剪恶除凶，以救孤寡，死者感戴天恩不尽！"！此句甲戌本为"感戴天恩"，戚序本为"感戴天地之恩"，语义相差不大，显以甲戌本更为明确。当然，"假御"自无"补天"之力，只是"应天"而已，岂可久乎？

因之第二回的联语"偶因一着错，便为人上人"，与其说是感叹娇杏的命运，不如说是在讽喻贾雨村，讽喻满清政权。尔等如今侥幸成为"人上人"，实乃"一着错"，别得意太早，来日方长！故曰"一局输赢（赢）料不真"。

果然，作者让贾雨村位子没坐稳，就因"生性狡猾，擅纂礼仪，且沽清正之名，而暗结虎狼之属，致使地方多事，【朱笔侧批：此亦奸雄必有之事。】民命不堪"，导致"龙颜大怒，即批革职【蒙府本侧批：罪重而法轻，何其幸也。】"，将其赶下台去。这段对贾雨村罪名的断语，可谓句句讽刺，字字诛心。若说雨村其人"生性狡猾"则可，亦属其人之本性；而"擅纂礼仪"则显得太过。试想，一个小小的知府，能够"擅纂"什么"礼仪"？故此之"礼仪"，莫若说是"朝纲"的暗喻，莫若说是沽"清朝政权"（清正）之名，"擅纂"了明朝"礼仪"的"虎狼之属"，"致使地方多事，民命不堪"，故曰"此亦奸雄必有之事"。所以对"雨村那没天理的"下台"无不喜悦"，然仍感叹"罪重而法轻，何其幸也"，实乃必欲诛之方可或解"苦海冤河"之恨！

寻梦红楼

薛蟠其人

薛蟠其人亦为作者以"分身法"暗示的皇帝之一。

首先，还是用起名设事。

这薛公子学名薛蟠，表字文龙。（甲戌本为"文龙"，戚序本等各本为"文起"。）"蟠"者，从龙。所谓"蟠龙"，就是指蛰伏在地而未升天之龙，龙的形状作盘曲环绕状。在我国古代建筑中，一般把盘绕在柱子上的龙和装饰在梁上、天花板上的龙均习惯地称为蟠龙。在《太平御览》中，对蟠龙又有另一番解释，曰："蟠龙，身长四丈，青黑色，赤带如锦文，常随水而下，入于海。"然而不管哪种解释，"蟠"之从"龙"则无疑义。

而薛蟠之名字，则又是"蟠"，又是"龙"，寓意本已明显不过，作者偏偏还让其身份为"皇商"。虽是皇商，一应经纪世事，全然不知，尽赖祖父旧日情分，户部挂了虚名……（第四回）。确实是挂了"皇商"的"虚名"，从文本开篇至八十回末，薛蟠未做过一件为皇家经商、买办的事宜，"终日惟有斗鸡走狗（马），游山玩水而已"；虽然后来被柳湘莲一顿好打，为避羞耻而到南方走了一遭，亦是本家买卖，为"己"经商，而非为"皇"经商。究其实际，"虚名""皇商"者，其"实名"乃谐音暗喻的"皇上"也。既然是皇上，哪里会真的去作什么"经纪世事";既然是皇上,自然可以为所欲为,自不会把什么"人命官司"放在心上。或许就是因为这个名、字过于"扎眼",自甲戌本以后各本均将其字改作"文起"了。而此番改动显然无异于欲盖弥彰。且到了第七十九回,回目仍为"薛文龙悔娶河东狮",此又改又露的,大概也是作者的一种"皴染"方式吧。

另,关于其堂弟之名薛"蝌",周汝昌先生认为原笔应是薛虬,"虬"同今之"虬"字,为龙的一种。可知,"虬"与"蟠"一样,均从龙。而"蝌"字恐为抄手所误。此亦可作为薛蟠之为龙,为皇上的另外证据吧。

其次,用各种比喻暗示。

第九回,描述薛蟠喜好男风,称之为"偶动了龙阳之兴";而贾瑞则一任薛蟠横行霸道,他不但不管约,反助纣为虐讨好儿。

第三十五回薛蟠为头天"发酒疯"的事向妹妹道歉,薛姨妈道:"你要有这个恒心,那龙也下蛋了。"

第四回,葫芦案冯渊家之原告称:"无奈薛家原系金陵一霸";同回,随后又强调其"诨名人称'呆霸王',最是天下头一个爱弄性的,且使钱如土","想其为人,姬妾众多"云云,既为"霸王",还是"天下头一个",更有"姬妾众多",可谓"直入本题"。

第四十七回回目即为"呆霸王调情遭苦打",再度称之为"霸王"。薛蟠自己亦称"如今要成人主事"(又是"主事"!与贾政同。详见后文)。

又是"纣",又是"龙",又是"霸王",种种暗示,不一而足。另外,薛蟠为"葫芦案"的主要角色——被告,自然亦为"葫芦"暗示的"胡虏"之一,可知薛蟠亦为暗喻的清朝皇帝。

再次,用日常琐事暗示。

前文已剖析,甲戌本第二十六回之薛蟠请客,让宝玉吃四样"鲜货"时明言:只有自己和宝玉"配吃"。既是外国"进贡",自然只有帝王才"配吃",而此"配吃"二字既逗露出宝玉的实际身份——皇帝,又点明了薛蟠的暗中身份亦为皇帝。

庚辰本第二十八回，描绘宝玉、薛蟠、冯紫英、蒋玉菡与妓女云儿饮酒作乐，宝玉颁布酒令，薛蟠未等说完，先站起来拦道："我不来，别算我。这竟是捉弄我呢！【侧批：岂敢！】"此处再次出现了那"石头"自谦为"蠢物"时的批语"岂敢"，亦为点明薛蟠的身份同"石头"——宝玉一样，为皇帝也。

第三十四回宝钗对袭人说："你何曾见过我那哥天不怕、地不怕，心里有什么，口里就说什么的人"。

而薛蟠的小厮们素日是惧怕他的，他吩咐了不许跟去，谁还敢找去？庚辰本有脂砚斋不失时机地批曰：亦如秦法自误。紧跟着又让宝钗说他："无法无天，人所共知"。故于回后总评曰："遭打一节，写薛蟠之呆，湘莲之豪，薛母、宝钗之言，无不逼真"。既云"无法无天，人所共知"，则此"逼真"二字确实可思，更何况还有"亦如秦法自误"呢。

第四十七回薛蟠为与柳湘莲调情，口称："你要做官、要发财都容易"；及至后来被哄发誓："我要日久变了心，告诉人去的，天诛地灭！"；第六十二回宝玉感叹香菱身世之苦，低头暗算："可惜这么一个人，没父母，连自己本身姓都忘了，被人拐出来，偏又卖与了这个霸王。"

如此几次三番点明薛蟠为"霸王"之身份，且一再以"天诛地灭"、"无法无天"评之，故此暗点他侵占中原大地"天性是'得陇望蜀'的"（第八十回）！

"分身法"中的其他人

　　除了以上几人以外，其他"玉"字辈的人和被称为"君"、"妪"者，亦多为"分身法"中暗喻的皇帝。

　　一、贾母——史太君其人。

　　贾母被称为"太君"亦非偶然，乃是影射其身份为老皇帝的需要。

　　第三十九回刘姥姥称贾母为"老寿星"，脂砚批曰："更妙！不知贾母之号何其多耶？众人曰：'老太太'，阿凤曰：'老祖宗'，僧曰：'老菩萨'，姥姥曰：'老寿星'，却似众人，想去则皆贾母，难得如此则各尽其妙。"在贾母"何其多"的号中，作者偏偏没有点出其他名号的"妙"处，一如"太君"、"封君"等，盖以"不写之写"的方式提醒读者"不可忽之"也。

　　甲戌本第三回贾母向林黛玉介绍凤姐，说："他是我们这里有名的一个泼皮破落户儿，南省俗谓作'辣子'。你只叫他'凤辣子'就是了"。【朱笔侧批：阿凤笑声进来，老太君打诨，虽是空口传声，却是补出一向晨昏起居，阿凤于太君处承欢应侯，（是）一刻不可少之人，看官勿以闲文淡文（看）也。】批语点明贾母为"太君"，且言凤姐之"应侯"，此处系"侯"而非"候"，故诸多汇较本认为其"误"，遂改之为"候"。殊不知，此"侯"非误，就是公侯之

"侯"，以此衬托贾母之为"君"！其余字句倒是用来"混人"的假语，所以脂砚斋先生朱笔批明："勿以闲文淡文（看）也"。

自然，如果仅凭此就认为"太君"即"君"，多少有牵强附会之嫌。作者、批者亦知此种写法不够明确，因之再以"史笔"反复"皴染"。

甲戌本第八回凤姐和宝玉回家见过众人。宝玉先便回明贾母……说的贾母喜悦起来。凤姐又趁势请贾母后日过去看戏。贾母虽年高，却极有兴头。【朱笔侧批：为贾母写传。】"为贾母写"什么"传"呢？仅仅是"虽年高，却极有兴头"么？显然不是。故而下文紧接着写道：至后日，又有尤氏来请，遂携了王夫人、林黛玉、宝玉等过来看戏。至晌午，贾母便回来歇息了。【朱笔夹批：叙事有法。若只管写看戏，便是一无见识而之暴发贫婆矣。写"随便"二字，兴高则往，兴败则回。方是世代封君正传。】此处已不再是"太君"，而是"封君"，且为"世代封君正传"！此之"封君"虽与"太君"不同，似仍不够明确，我们也须体谅作者一二，即使是"嫡真实事，非妄拟也"，恐怕亦无法写得更明确，只好用此种方式旁敲侧击了。

而下面例子的暗示似乎更为清晰。

戚序本第四十一回，史太君在大观园中宴请刘姥姥，贾母命梨香院女孩子们演奏助兴，当下刘姥姥听见这般音乐，且又有了酒，越发喜的手舞足蹈起来。宝玉因下席过来向黛玉笑道："你瞧瞧刘姥姥的样子。"黛玉笑道："当日舜乐一奏，百兽率舞，如今才一牛耳。"众人都笑了。此处之"舜乐一奏"，庚辰本为"圣乐一奏"。但二者虽字词不一，内容却相同。盖"舜"即"圣"也，均为君王之意。而林黛玉称此乐为"舜（圣）乐"，则可知贾母身份为帝王也。

同回，贾母率众人到栊翠庵品茶。只见妙玉亲自捧了一个海棠花式雕漆填金云龙献寿的小茶盘，里面放一个成窑五彩泥金小盖钟，奉与贾母。贾母道："我不吃六安茶。"妙玉笑道："知道。这是老君眉。"……然后众人都是一色瓜皮青描金的官窑新瓷盖碗，倒了茶来。

老太君吃茶要吃"老君眉"，茶与人都是"君"，二者果然相映成趣！

第四十二回，贾母偶感风寒，请来太医。贾母见他穿着六品服色，便知是御医了。含笑称呼："供奉好？"因问贾珍："这位贵姓？"贾珍道："姓王。"贾母笑道："当日太医院正堂有个王君效，好脉息。"王太医忙躬身低头，含笑回说："那是晚生的家叔祖。"贾母听了，笑道："原来也是世交。"

通过这段描写可以看出，贾母小疾即须御医诊治，且历来如此。而当年的御医"世交"，其姓名居然为"王君效"，后文另有一太医名为"胡君荣"！又是"君效"且姓"王"，更有"君荣"却姓"胡"，恐怕真的是为"君王"效力，以"胡君"（清君）为"荣"吧。故，作者明确交待，贾府去清虚观打醮，"贾母独坐一乘八人大轿"（后面宁府祭宗祠时贾母仍然是"坐八人大轿"）！而张道士见了贾母则连连称颂，又是"福寿康宁"，又是"万福万寿"（第三十八回凤姐亦云贾母如"寿星老儿""万寿万福"）。

第四十四回贾琏前来向贾母赔罪，说："昨儿原是吃了酒，惊了老太太的驾了，今儿来领罪"。此语"表里皆有喻也"，表面上是说贾琏向贾府最高辈分的贾母赔不是，认错；实际上是暗示贾琏"惊了"最高统治者——"太君"的"驾了"，自然需要"领罪"！因所谓"驾"本来就可为"君王"的特指。

文本中多次提及贾母居处设有"碧纱橱"、"排插"或"璎珞"。

如第三回黛玉进贾府后就与宝玉同住贾母屋里，不过是一在"碧纱橱"里，一在"碧纱橱"外而已；第五十三回交待尤氏安排贾母坐在"大白狐皮坐褥"上，"这边横头排插之后小炕上，也铺了皮褥，让邢夫人等坐了"（注意，邢夫人是在"排插"之后，而贾母在"排插"之前）；随后描写贾母花厅之上"一色皆是紫檀透雕，嵌着大红透绣花卉并草字诗词的璎珞"。据相关专家考证，此"碧纱橱"、"排插"即《礼记·曲礼（下）》所云之"依"。其文曰："天子当依而立。"《释文》："扆状如屏风，画为黼文。"孔颖达疏："依状如屏风，以绛为质，高八尺，东西当户牖之间，绣为斧文也。"这恐怕已是按后代的情形进行解释了。扆作为屏风的名称，又称斧扆、斧依。《仪礼·觐礼》曰："天子设斧依于户牖之间。"其他文献如《周礼》、《汉书》等亦有"王位设黼

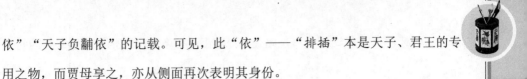

依"、"天子负黼依"的记载。可见，此"依"——"排插"本是天子、君王的专用之物，而贾母享之，亦从侧面再次表明其身份。

第五十四回贾府一大家子庆元宵，贾母看到宝玉的丫鬟中没有袭人，因问道："袭人怎么不见？他如今也有些拿大了，单支使小女孩子们出来。"王夫人忙起身笑回道："他妈前日没了，因为热孝，不便前头来。"贾母听了点头，又笑道："跟主子却讲不起这孝与不孝。若是他还跟我，难道这会子也不在这里不成？"

为什么袭人热孝在身，贾母却说"跟主子却讲不起这孝与不孝"呢？自古为臣的侍奉君王，都知"忠孝不能两全"。因为二者发生矛盾时，是必须忠于君王而不能再讲什麼"孝与不孝"的。可见这段闲话本来主要不是为指责袭人，实系借之以暗示贾母的君王身份，故云"若是他还跟我，难道这会子也不在这里不成"？

及至第七十六回贾府过中秋，贾母命人吹笛子，"大家称赞不已"，老太太高兴，便将自己吃的一个内造瓜仁油的松穰月饼，又命斟一大杯热酒，送给谱笛之人……明点此"内造"之月饼既非"进"的，亦非"上"的，乃是贾母"自己吃的"！贾母系何身份，就可以享用"内造"的食物？

另外，第六十一回有一段关于厨房预备膳食的闲话，柳家的说："既这样，不如回了太太，多添些分例，也像大厨房里预备老太太的饭，把天下所有的菜蔬用水牌写了，天天转着，吃到一个月……"，这也是闲话不闲。贾母地位在贾府固然毋庸置疑，但是若说"把天下所有的菜蔬用水牌写了，天天转着，吃到一个月"，似乎还是有些过分，什么身份就这样"托大"？前文说过，贾府即皇宫，贾府的最高统治者自然就是皇帝。这一段用之贾母，寓意同宝玉一样，乃"王天下者，食天下"也。故而不管皇上吃与不吃，御膳房是必须准备的。且"把天下所有的菜蔬用水牌写了，天天转着，吃到一个月"的传膳方式，亦与宫廷无二。

所以妙玉为贾母献茶时所用之茶盘为"云龙献寿"就顺理成章了。

紧跟着，第六十二回宝玉过生日，叙述他清晨起来先祭了宗祠，然后"出至月台上，又朝上遥拜过贾母"，此处之"朝上遥拜"亦应该是对皇帝必有的礼数吧。

另，前文已剖明，第四十回"金鸳鸯三宣牙牌令"时，以贾母为首，其令恰为"左边是张天。"贾母遂答道："头上有青天。"盖君王贵为天子，自然"头上"只"有青天"！本来"青天"一说寓义已十分明显了，作者紧跟着又找补了一句：鸳鸯道："剩得一张'六与幺'。"贾母道："一轮红日出云霄"！不只有"青天"，还有"红日"这帝王的专用词语，何其凑巧？

二、刘姥姥——刘老妪其人

说刘姥姥隐寓皇帝，大约最像是在开玩笑。但是在细读文本后，你会发现作者就是在反复作着这样的暗示，且暗示的方式同前面所列几个人极其相似。

首先，刘姥姥也被称为"御"——刘老妪。不但是"御"，而且是个"久经世代"的"老御"。

第三十九回刘姥姥二进荣国府见到贾母，贾母称她为"老亲家"。对此，庚辰本有脂批曰："神妙之极！看官至此，必愁贾母以何相称，谁知公然曰'老亲家'，何等现成，何等大方，何等有情理。若云作者心中编出，余断断不信，何也？盖编得出者，断不能有这等情理。"

此批语的关键词在于"有情理"，且凡两次加以强调。并且明言此非"作者心中编出"，"盖编得出者，断不能有这等情理"，故而表示"断断不信"。为什么呢，因这是实情。

第六回刘姥姥甫一出场，作者就介绍她家"向与荣府略有些瓜葛"，是"积古的老人家"，且祖上"是和金陵王家连过宗的"。故甲戌本朱笔夹批："四字便抵一篇世家传"。又因此"世家传"过于隐晦，遂蒙府本再批曰："天下事无有不可为者。总因打不破，若打破时，何事不能？请看刘姥姥一篇议论，便应解得些个才是"。至于该如何"解得些个"，甲戌本此回回前另有墨批曰："此刘妪一进荣国府，用周瑞家的，又过下回无痕，是无一笔写一人文字之笔"。明明白白地告诉读者，"此刘妪"之出场绝非仅写一人之笔，还暗喻着另外一人。这另外的人，可不是文字表面上的"周瑞家的"，而是与"金陵王家连过宗的"的"老亲家"。此"老亲家"是什么身份呢？是那个因穷困潦倒、厚着脸皮向"略有些瓜葛"的荣府"打抽丰"、进了大观园则丑态百出的任人取笑的乡下人么？非也。

第四十二回林黛玉雅谑刘姥姥为"母蝗虫"，宝钗笑道："世上的话，到了凤丫头嘴里也就尽了。幸而凤丫头不认得字，不大通，不过一概是世俗取笑。惟有颦儿这促狭嘴，他用'春秋'的法儿，世俗的粗话，撮其要，删其繁，再加润色比方出来，一句是一句。这'母蝗虫'三字，把昨日那些形景都现出来了。【蒙府本侧批：触目惊心，请自回思。】"。后面又紧跟着让林黛玉再重复一遍"母蝗虫"，并对惜春说："你快画罢，我连题跋都有了，起个名字，就叫作《携蝗大嚼图》【蒙府本侧批：愈出愈奇。】"。这两段文字有何"奇"，有何"触目惊心"呢？因"母蝗虫"的说法与"携蝗大嚼图"乃是"用'春秋'的法儿"——作者的史笔也。盖"蝗"谐音"皇"，且系"母蝗"——皇帝也。如此影射、谩骂清朝皇帝，怎么能不"触目惊心"呢？

故而，作者再让此"老御"，"误打误撞"并无一人阻拦地走进了怡红院，且睡在宝玉的"龙床"之上。庚辰本第四十一回回前批曰："老妪……岂似玉兄日享洪福，竟至无以复加而不自知。故老妪眠其床、卧其席、酒屁熏其屋，却被袭人遮过，则仍用其床、其席、其屋"。因之此回目又曰"刘老妪（御）醉卧怡红院"（戚序本）或"怡红院劫遇母蝗（皇）虫"（庚辰本）。

大约就是因为刘姥姥这个暗中的身份，所以才能得到贾府最高统治者贾母的青睐，亲自请到身边，共享筵席，并亲自陪同到大观园——紫禁城中游览，临走还带去"内造点心"；所以才能得以让贾府的管家人凤姐"把茄鲞拣些喂他"，后又请其为自己的女儿起名——并尊嘱拟定名字为"巧姐"；所以才能让平素最讨厌老女人的宝玉尊之有加，甚至不惜向妙玉"讨要"成窑杯子来赠与她。

甲戌本第六回介绍荣府时，是以刘姥姥起的"头"，文曰：

按荣府中，一宅中合算起来，人口虽不多，从上至下，也有三四百丁；事虽不多，一天也有一二十件，竟如乱麻一般，并没有个头绪可作纲领。正寻思从那一件事，自那一个人写起方妙，恰好忽从千里之外，芥豆之微，小小一个人家，向与荣府略有些瓜葛，【朱笔侧批：略有些瓜葛，是数十回后之正脉也。】这日正往荣府中来，因此便就从此一家说来，倒还是头绪。

这段文字告诉读者，刘姥姥是从"千里之外"来到荣府之中的，并非人们一般理解、想象中的仅在"城外"，而是"原乡"，"虽离城住着，终是天子脚下"；另外明点这是贾府的"头绪"，"可作纲领"，亦绝非闲笔。更为有趣的是，刘氏生了个"女儿"，恰巧"名唤青儿"！既产出后代"清儿"，如此"瓜葛"，自然是"头绪"，自然"是数十回后之正脉也"。对这些，只要将交待刘姥姥与贾府的相关文字联系起来一想，就能知道文本所蕴含的寓意了。

三、贾珍、贾琏其人

贾珍、贾琏亦同宝玉一样，均为"御"的分身。

——贾珍，谐音贾朕，亦为伪皇帝也。贾珍之为皇帝，十分明显。

前文已分析，宁国府之九重门本就是暗示皇宫的"君门九重"，则宁国府本是皇宫；贾珍又是宁府的掌门人，其身份自非皇帝莫属。事实上，对贾府祭宗祠的描述，秦可卿死后享用的棺材，以及对其整个葬礼的声势的渲染等等，完全是皇家的气派。不言可知。

且第六十五回贾珍以"我们兄弟不比别人"点醒读者，而鲍二则答应道："是，小的知道，若小的不尽心，除非不要这脑袋了。""若小的不尽心，除非不要这脑袋了"显然非仅就贾府飞扬跋扈而言，一个公侯人家，权势再大，也不可能只因下人不尽心，就要人家的"脑袋"。故贾珍再盯一句："要你知道"。

此外，第五十三回黑山村的乌庄头前来上供时，特意表明他的儿子们"都愿意来见见天子脚下的世面"，更以一语双关的方式点出贾珍的身份。

——贾琏之为君王，未审其谐音何属，主要从"玉"而可知。

第二十一回，大姐出花，贾琏独寝之时"便要寻事"，遂找来"多混虫"的媳妇行淫。那媳妇故作浪语，在下说道："你家女儿出花儿，供着娘娘，你也该忌两日，倒为我脏了身子。快离了我这里罢。"贾琏一面大动，一面喘吁吁答道："你就是娘娘！我那里还管什么娘娘！【庚辰本侧批：乱语不伦，的是有之。】"此批之"乱语"，既是"淫词"，也是"胡言"。蒙府本侧批，所谓"此种文字，亦不可少，请看者自度"，提醒读者，作者之意不在写贾琏之不堪，而是为表现其"不伦"。盖贾琏身为皇帝，只应与"娘娘"如此这般，跟厨子之妻行事，自是"不伦"，遑论更称其为"娘娘"？作者系以此逗露贾琏的身份，故脂批云"此种文字，亦不可少"，只不知"看者"是如何"自度"了。

另，第六十四回描述贾琏看上了尤二姐，遂借吃茶之机将自己带的一个汉玉九龙佩解了下来，拴在手巾上，趁丫鬟回头时，撂了过去，以为信物。故而此回目曰："浪荡子情遗九龙佩"。那玉制"九龙佩"本是御用之物，贾琏何以能够带在身上？即使是皇上所赐，他也不能、不敢随意送人。所以说，作者这个情节应系为了逗露贾琏的真实身份而设置。此外，第十六回再言贾雨村"与贾琏是同宗弟兄"与第四十四回宝玉之"我们弟兄姊妹都一样"的话，恐也是作者为了达到暗示贾氏兄弟"同为君王"这个目标服务的。

如此交待以后，尚恐读者不解，作者于第七十二回更以直言的形式将贾琏的身份抖落出来。文本表现贾琏为讨好鸳鸯，便骂小丫头子："怎么不沏好茶来！快拿干净盖碗，把昨儿进上的新茶沏一碗来。""昨儿进上的新茶"，今天就到了贾琏这里，还不如明着说，所谓"进上的新茶"云云，就是进贡给贾琏的！谁说贾琏不是"上"呢？

所以后文第七十三回邢夫人对迎春讥讽贾琏、凤姐："你那好哥哥，好嫂

小红

子，一对儿赫赫扬扬，琏二爷、凤奶奶，两口子遮天盖地……"，此处之"赫赫扬扬""遮天盖地"是皆有所本也。

　　此外，前文已从长幼排序上厘清，按宁荣两府大排行，则贾珍为长，贾珠次之，贾琏排行第三；如按贾赦自家小排行，贾琏则为老大。就是说，无论怎样排法，贾琏均不是什么"二爷"。此所谓"二爷"仍然与湘云口中的"爱哥哥"相同，只是暗示贾琏亦为爱新觉罗氏而已。此外，凤姐既为"凤"，"凤"的配偶则为"凰"，旧写则作"皇"，这是毋须多说的。

卷五　文本影射的生活原型

拨开"烟云"看贾府的人物排行

　　通过研读文本，顺理成章地得出的结论为：整部小说生活原型的核心人物，不是宝玉，不是凤姐，也不是贾母，而是贾政——是小说中似乎着墨不多而笔者此前亦几乎未加分析的贾政。至于贾政是影射什么人，仍须从让作者故意弄得"烟云模糊"的贾府长幼排序说起。

　　前文说了，长幼排序像人物的年龄一样，是《红楼梦》最为混乱的地方之一。关于长幼排序，对于贾府这样的大家族而言，自然应该有着极其严格的规定，绝不可能听由任何人随心所欲。在这个问题上，标准的排法是大排行，就像元春四姐妹那样，不去考虑自家父母兄弟，仅以同辈姊妹按长幼顺序排行，即"元、迎、探、惜"。毫无疑问，在"男尊女卑"的封建社会里，男子的排行要比女子严格的多，讲究的多。否则，即可视为失"礼"。如果前面论证的贾府即为皇宫可以成立，那么皇族的排行当然更不可以有任何的差池。

　　——"文"字辈排行

　　贾府自"定鼎"以来，"水"字辈"一母同胞弟兄两个。宁公居长"，自无任何问题；"代"字辈，宁公"生了四个儿子。宁公死后，长子贾代化袭了官"；"荣公死后，长子贾代善袭了官"，"代"字辈余者名姓未曾提及，亦未排序，当可不论；到了第三代——"文"字辈，作者交待的十分详细。宁国府"贾代化袭了官，也生了两个儿子：长名贾敷，至八九岁上便死了，只剩了次子贾敬袭了官"；荣国府"自荣公死后，长子贾代善袭了官，娶的也是金陵世勋史侯家的小姐为妻，生了两个儿子：长名贾赦，次名贾政"。

这"文"字辈弟兄四个孰为长幼，没有明文。从作者的叙述来看贾敬应该大于"赦、政"。第五十三回贾府祭宗祠，只见贾府诸人分昭穆排班立定：贾敬主祭，贾赦陪祭，贾珍献爵，贾琏、贾琮献帛……按照这个最严肃的场合的"昭穆排班"，可知贾敬年龄最大，贾赦次之。而贾政未在京师，故未在列中，但他在"文"字辈（男子）中最小是没有疑问的。

这样，"文"字辈四兄弟的大排行应该是：贾敷居长，贾敬次之，贾赦行三，贾政为末——是老四。换句话说，文本中的人物应该称贾敬为二老爷，贾赦为三老爷，贾政为四老爷。而不是像现在这样将宁、荣两府分开，将贾敬称为"大老爷"（？）；将贾赦亦称为"大老爷"，而将贾政称为"二老爷"。

按照以上分析，即使两府分开排序，在宁府中也是贾敷为大老爷，贾敬为二老爷，绝无贾敷人一去世，就不再在排序中占有位置之理。而文本中却有多处称贾敬为大老爷。

第六十七回，贾敬"宾天"（公然以对帝王去世的专用词语称之）以后，贾琏偷娶尤二姐事发，兴儿遭凤姐问讯时回答说："奶奶别生气，等奴才回禀奶奶听。只因那府里大老爷的丧事上穿孝……"；接下来凤姐将此事对平儿念叨，说贾珍"这是什么做哥哥的道理？倒不如撒泡尿浸死了，替大老爷死了也罢了，活着作什么呢？你瞧东府里大老爷那样厚德，吃斋念佛行善，怎么反得了这样一个儿子、孙子"；随后在第六十八回凤姐闹到宁府，喝骂贾蓉："出去请大哥哥来。我问他，亲大爷的孝才五七，侄儿娶亲，这个礼我竟不知道"。几次三番称贾敬为"大老爷"、"亲大爷"，实在是绝无此理。莫说是大家族，即便是小门小户，也没有长兄去世就将二弟"提升"为"大"的道理。显然，作者这种写法不是犯了糊涂，就是为了障人眼目。

另外，这是小说，如果没有任何用意，似完全没有必要虚构一个贾敷：人物还没出场，"至八九岁上便死了"。写他干嘛？贾敷既然出现了，则至少要在"文"字辈的长幼排序上，有自己的一席之地。如果没有搞错，作者虚构一个贾敷的目的，（抑或是"生活原型"中就有一个"贾敷"）恐怕在于让其他兄弟顺序后延，使贾政最终排在第四。

——"玉"字辈排行

与"文"字辈不同，"玉"字辈排行相对明确。两府按长幼顺序应为：贾珍居长，贾珠次之，贾琏行三，宝玉为四，以下是贾环、贾琮。其中关于为何是"珠二、琏三"已在前文剖析，不论。个中关键在于宝玉同其父贾政一样，亦为"四爷"。为何父子两代"四爷"均被写成"二爷"呢？其一，"二爷"可谐音"爱爷"，点明其爱新觉罗家族的身份；其二，这"四"字则因涉及到"真事隐"的核心内容，非同小可，干系重大，作者不得不讳莫如深。

如果仔细研读了文本，就会发现，第二十一回提及"四"字时，有一段让人百思不得其解的脂批。那是在宝玉被袭人娇嗔规劝、几遭无趣之后，出现于宝玉与前来服侍的小丫鬟的一段对话之中，其文曰：

宝玉道："你第几？"蕙香道："第四。"宝玉道："明儿就叫'四儿'，不必什么'蕙香''兰气'的。那一个配比这些花，没的玷辱了好名好姓……这一日，宝玉也不大出房……也不使唤众人，只叫四儿答应。谁知这个四儿是个聪敏乖巧不过的丫头，【脂砚双行夹批：又是一个有害无益者。作者一生为此所误，批者一生亦为此所误，于开卷凡见如此人，世人故为喜，余反抱恨。盖"四"字误人甚矣。被误者深感此批。】"

熟悉《红楼梦》的人都知道，这"四儿"确实是个"聪敏乖巧不过的丫头"，深为宝玉（读者）喜爱。乃至后来在晴雯抱屈遭逐时受到牵连，与芳官一同被王夫人赶了出去，令人为之唏嘘不已，实是"世人故为喜"。而对于这样一个人物，脂砚先生竟然批其为"有害无益者"！"四儿"对谁"有害"了？难道批者也同王夫人一样，认为四儿将宝玉"勾引坏了不成"？不单批者，作者提到这个"四"字，也咬牙切齿，公然说"作者一生为此所误，批者一生亦为此所误，于开卷凡见如此人，世人故为喜，余反抱恨。盖"四"字误人甚矣。被误者深感此批"，何也？作者、批者一生都被这"四"字"所误"，点明"四"字误人甚矣"。因"四"字之中有血泪，故曰"抱恨"！如果不是与那"苦海冤河"有关，怎么会有如此的深仇大恨？这"四"字背后究竟隐藏着什么"真事"呢？既曰"如此人"，当然是不止"四儿"一个，还有谁？别忘了，不但"四儿"之名是宝玉给起的，作者还偏偏让"四儿""同宝玉一日生日"，能以巧合视之吗？为什么贾政、宝玉父子两代"四爷"均被写成"二爷"呢？是不是就因他们父子均属于"误人甚矣"的"如此人"，才讳莫如深呢？

与这段脂批类似，甲戌本中脂批多次提及此"四字"。

第三回王夫人在向林黛玉介绍贾宝玉时说的"我有一个孽根祸胎"句后，也有脂砚的朱笔侧批曰："四字是血泪盈面，不得已无奈何而下！四字是作者痛哭！"此批的关键在于"四字"，是"孽根祸胎"那四个字，还是"四"这个字呢？

第七回表现宝玉与秦钟聊天，宝玉问他读什么书，秦钟见问，便因实而答。【朱笔夹批：四字普天下朋友来看。】又是"四字"！那"因实而答"四个字，又何必要"普天下朋友来看"呢？恐怕还是"四"这个字吧。

第八回交待可卿为人："生的形容袅娜，性格风流。【朱笔侧批：四字便有隐意。《春秋》字法。】""性格风流"有何"隐意"呢？仅是暗示秦可卿之"淫荡"吗？如此即批曰"《春秋》字法"未免有些夸张。恐还是"四"这个字"有隐意"，为"《春秋》字法"更为妥协。

同回，秦业为儿子进贾氏家塾备下"赞见礼"，恭恭敬敬【朱笔侧批：四字可思，近之鄙薄师傅者来看。】的封了二十四两礼……来代儒家拜见。似乎是作者专门爱用"四字句"，而批者又偏好对"四字句"作批，就连"恭恭敬敬"这四个字也要提醒读者思考，他老人家究竟欲将读者引向什么地方去呢？恐还是借"四"字起兴，生发个人感慨而为之吧。可知此"四字"确实"有隐意"，为

"《春秋》字法"，不能不引起读者的思考重视。

第十二回描述贾瑞受到凤姐捉弄"直冻了一夜"，而"此时贾瑞前心犹未改【庚辰本侧批：四字是寻死之根。】"一语双关，既云贾瑞为"淫情"而丧命，又暗示"四字"的画外之音乃"是寻死之根"。

第十五回去铁槛寺路上，描述宝玉恨别"二丫头"，少不得以目相送，争奈车轻马快，【脂批：四字有文章。人生难聚，亦未尝不如此也。】一时转眼无踪。再次暗点"四字有文章"，岂是仅就"车马"而言？真的是为"人生难聚"而大发感慨吗？

庚辰本第五十回凤姐笑道："我因为到了老祖宗那里，鸦没雀静的【脂批：这四个字俗语中常闻，但不能落纸笔耳，便欲写时究竟不知系何四字，今如此写来，真是不可移易。】"明点此"四字""不能落纸笔耳，便欲写时究竟不知系何四字"，并言明其"真是不可移易"。作者这里再三强调的"不能落纸笔"、"便欲写时究竟不知系何四字"、"不可移易"的"四字"如果不是"话中有话"，就是那"鸦没雀静"了，那"鸦没雀静"担得起如此沉重的评价吗？

十分明显，这几条批语则恰好可与前批交相呼应。所云"作者一生为此所误，批者一生亦为此所误"与"四字是血泪盈面，不得已无奈何而下！四字是作者痛哭"可谓互为因果矣。故希望"普天下朋友来看"！作为"普天下朋友"的读者也确实应该思考，究竟是什么事、什么人能让作者、批者如此痛苦，如此愤怒呢？

这"四字"的名堂不小啊，它所引起的激愤情绪，几可与整部《红楼梦》相提并论了！为什么？！

贾政的真实身份

  前文已经从各个方面论证了宝玉是清朝皇帝，贾母是皇帝，凤姐、黛玉、薛蟠、贾雨村是皇帝，乃至贾珍、贾琏甚至贾敬都是皇帝。那么，贾政呢？毫无疑问，贾政也是皇帝，清朝皇帝！只是这个人物太重要、太敏感了，作者不得不小心翼翼，谨慎为文，欲露还隐，欲语还休……所以在贾政身上着墨相对较少，文本八十回中，贾政出现的次数亦屈指可数，仅在贾妃省亲前后，凤姐、宝玉遭魇，毒打宝玉等处露了几次面，更多的时候，干脆让他"消失"在外。因此，要想弄清他的真实面目，必须从仅有的蛛丝马迹中细心体察。

  一、贾政的官职

  甲戌本第二回冷子兴介绍荣国府时说："皇上因恤先臣，……，遂额外赐了这政老爹一个主事之衔，【朱笔侧批：嫡真实事，非妄拥（拟）也。】令其入部习学，如今现已升至员外郎了。【朱笔侧批：总是称功颂德。】"这段文字真真假假，假假真真，如果不前前后后联系起来，决难弄清楚作者在说些什么。

  查看清史，可以知道，清朝工部的官职安排确实有"主事——员外郎——尚书"，这样由低到高的官阶制度。那么，贾政由"主事之衔""升至员外郎"似乎应该确有其事了。然而细按之后，就会发现其实大谬不然。盖关于书中人物的官职，作者在交待林如海"升至兰台寺大夫"处有脂砚斋朱笔眉批曰："官制半遵古名，亦好。余最喜此等半有半无、半古半今、事之所无、理之必有、极玄极幻、荒唐不经之处。"那么，贾政被赐予的所谓"主事之衔"以及"升至员外郎"，究竟是确有其事，还是属于"此等半有半无、半古半今、事之所无，理之必有"的官职呢？如系后者，就必须弄清何为"有""无"。"事之所无"固然可一笑置之，而"理之必有"则必须弄出个子午卯酉了。拨开"极玄极幻、荒唐不经"的"烟云"，关键是要看到"犹抱琵琶半遮面"后面的"主事"二字该如何理解。因批者明言，此"主事之衔"是"嫡真实事"！至于后半句"非妄拥（拟）也"，以及"总是称功颂德"之"真假有无"，因干系重大，须层层剥茧，容后详论。

关于这个"主事之衔"，作者于第三回换了一个角度再加皴染。彼时贾政接到妹丈之书，忙请雨村入内，见其相貌魁伟，言谈不俗，且这贾政最喜读书人，【朱笔侧批："君子可欺其方"也，况雨村正在"王莽谦恭下士"之时，虽政老亦为所惑。在作者，系指东说西也。】……此脂批再将贾雨村喻为"篡汉"之王莽，言贾政为其表象"所惑"之君王。（同时，亦点醒读者切莫被其表象"所惑"）并说明作者此举在于"指东说西"，即，指"王莽谦恭"之"东"，说皇上"亦为所惑"之"西"。故一再强调此乃"春秋"字法！说白了，就是贾政这个"君子"，被贾雨村这个"谦恭下士"之"方"的"王莽"所骗了。则贾政其为之"君子"，恐怕就是"君"吧；将其再与"主事之衔"联系起来看，更可见其中之"微言大义"矣。盖只有皇帝的位子，才是真正的、唯一的"主事之衔"。况且，贾政是"主事"，甄家是"总裁"，从字面上看，都是总管全面事物的！真真假假，假假真真，两府的官职何其"凑巧"？

此说是否牵强附会，可再与第四回对应来看。贾雨村反驳门子"乱判"的说法，摆出一套"官话"曰："你说的何尝不是。但事关人命，况皇上隆恩，起复委用，实是重生再造，正当殚心竭力图报之时，岂可因私而废法？"此段话语，看似平常，只不过是一番感戴"皇上隆恩"的话罢了。但细按之下，则大有文章。贾雨村此番"起复委用",究竟是谁从中斡旋而使之"重生再造"的呢?第三回明言,是贾政"竭力内中协力,题奏之日,轻轻谋了一个复职"。对于这个似是而非的说法,如果不假思索,很容易就先入为主地认定:是贾政这个工部员外郎如何如何而使然。至于怎样"内中协力",又是谁"题奏",作者并未写明,只是用了一种十分含混的表述。细想,如果贾政仅为工部的"员外郎",说话怎能如此有用?作为"工部",不过是为皇上掌管工程营造事项的机关,怎么能对皇上任用干部"题奏",或"插话",又如何"内中协力"作这种明显越权、越职的事情?况且,贾政只是一个小小的员外郎。按清制,员外郎之职为从五品,而贾雨村所谋之复职"应天府"知府却是从四品!一个从五品的"小官"——员外郎,居然能向皇上举荐别人作比自己大两级的从四品"高官"——"知府"?举个不十分恰当的比喻,一如今之某科长得以面见上司举荐某人作处长或局长一样,岂非滑天下之大稽?虽然元春贵为后宫中人(其为皇妃乃是后话),"朝中有人好作官",虽然贾史王薛四大家族"一荣俱荣,一损俱损",但也没有这样大的权力!又怎能手到擒来地让贾雨村"轻轻谋了一个"比自己官职更高的"复职"?况且,后来贾雨村飞黄腾达,"补授了大司马,协理军机,参赞朝政"(第五十三回),成了朝廷重臣,更比贾政这个举荐者的"工部员外郎"官职不知要高多少,彼时,贾政不过出"学差"在外而已。短短时间,贾雨村何德何能,竟然爬得如此之快,远在乃师之上,岂非咄咄怪事?

结论恐怕只能是,贾政的职位并非"工部员外郎"那样不堪,实是"主事"的皇上。前面那段话挑明了说,应该是:皇上心中有数,待官员"题奏之日",立刻应允,遂使贾雨村"轻轻谋了一个复职"。故而贾雨村那番"感恩戴德"的话,实应是对贾政——这个皇上而言。

另,第九回贾政闻听宝玉要去上学,将李贵训斥了一顿。李贵出来见到宝玉略发牢骚,说:"可听见不曾?先要揭我们的皮呢!人家的奴才跟主子,赚些好体面,我们这等奴才,白陪着挨打受骂的。从此后也可怜见些才好。【蒙府本侧批:可以谓能达主人之意,不辱君命。】"此批则干脆明言贾政的吩咐不仅是

寻梦红楼

"主人之意"，且更为"君命"！可谓唯恐读者不明贾政的身份矣。

再如前文剖析，第十五回在为秦氏送葬的路上，北静王邀见宝玉，见他语言清楚，谈吐有致，一面又向贾政笑道："令郎真乃龙驹凤雏，非小王在世翁前唐突，将来'雏凤胜于老凤'，家声未可量也。"这两处喻词均为作者"一击两鸣"，既点明宝玉的身份"龙驹凤雏"、"雏凤"，又暗点其父贾政"老凤""老龙"的身份，若非"老龙""老凤"，仅为"工部员外郎"的身份，焉能产生"龙驹凤雏"的后代呢？即便是当面奉承，北静王未免也太离谱了吧。何况"龙""凤"之词在彼时该如何使用，位为"北静王"之尊不可能不知道，更兼有"非小王在世翁前唐突"的强调，可知此"龙驹凤雏"绝非妄言。而贾政、宝玉父子二人皆为龙凤——皇帝，就是实际事实。

此外，探春远嫁外藩，因其占花名时亦为"王妃"。如按书中明写的情况，贾政不过一员外郎的"级别"，探春又如何能够"配得上"只有公主、郡主才能充任的"贵人"身份呢？故可知，此亦贾政皇帝身份的又一皴染也。

所以第十七回贾政视察大观园时庚辰本眉批，虽政老亦有如此令旨，可知严父亦无可奈何也。可知，此批并非强调贾政之"无可奈何"，而是重在强调他身为皇上所下的"令旨"二字而已。

而贾政视察大观园唯一"歇息"的地方，就是后来宝玉的住处——怡红院，并就彼处之"女儿棠"发表议论，称其"乃是外国之种，俗传系出'女儿国'中"。而得以在此居住或歇息者，实乃贾政、宝玉父子两代清朝皇帝是也。

另外，贾府之袭祖职者，如贾赦、贾珍等人，若无"圣命"是从不上朝的，唯独贾政，不仅住处"悬着待漏随朝墨龙大画"，而且也是于"下朝闲暇"，才到大观园中"看望看望"；元宵佳节亦是"贾政朝罢，见贾母高兴……晚上也来承欢取乐"。不只在京都，即使"点了学差"在外，也是"代行"圣命，"奉旨""顺路赈济回来"。与此相反，"贾赦只在家高卧"或"官儿也不好生做去，成日家和小老婆喝酒"而已。

而第三十回金钏见王夫人欲赶走自己，忙跪下哭道："我再不敢了。太太要打骂，只管发落，别叫我出去，就是天恩了。……"。一句"王夫人的宽容"——"就是天恩了"，从侧面透露的，亦是贾政的皇帝身份。

二、贾政的住所及用度

贾政的住所是荣、宁二府中最大、最庄严，也是作者描述着墨最多的地方——皇宫。（详见前文）

宝玉挨打后，想吃清凉酸甜的东西，王夫人遂让袭人把"前儿有人送了两瓶香露"给宝玉拿去，袭人笑道："好金贵东西！这么个小瓶，能有多少？"王夫人道："那是进上的，你没看见鹅黄签子？"前后一联系，就能发现，原来那"两瓶香露"是带"鹅黄签子"的"进上"之物，而此"进上"之物，却是"前儿有人送了"来的！贾政的身份是什么呢？

因此，虽然贾赦"现袭一等将军之职"，却只能住在偏院；而贾政这个"主事之衔"，得以住在荣国府最重要的中心位置就在情理之中了。且如前文剖析的，贾府本是皇宫，三代人中贾母、宝玉均为皇帝，贾政在"文"字辈中地位最为显赫，属于真正"主事"之人，自然亦非皇帝莫属。就连贾琏也不为其父贾赦做事，而是"只在乃叔政老爷家住着，帮着料理些家务"。仅此，贾政在贾府中的核心地位即可见一斑。如是，则《红楼梦》中隐去的"真事"——贾政、宝玉父子两代"四爷"均被写成"二爷"的真相就十分清晰地显露出来了。

贾政影射雍正

翻开清史，可以知道，清代历朝皇帝中，只有雍正和乾隆是以"皇四子"的身份继位，登上君王宝座的。且父子两个"四子"紧相连属成为皇帝者，亦非雍正、乾隆莫属。

首先看看作者是如何用贾政来影射雍正的。

从作者"塑造"的人物性格来看，贾政最显著的特点就是暴虐无比，而且是完全不讲道理的残暴。这点在"大观园试才题对额"和"不肖种种大承笞挞"两节表现得淋漓尽致。

第十七回"大观园试才题对额"时，贾政乱发无名之火，动辄斥责、喝骂宝玉"胡说"、"狂言乱道"、"无知的蠢物"、"无知的孽障"等等。

面对潇湘馆的景色，宝玉道："这是第一处行幸之处，必须颂圣方可。若用四字的匾，又有古人现成的，何必再作。"贾政道："难道'淇水'、'睢园'不是古人的？"宝玉道："这太板腐了。莫若'有凤来仪'四字。"【脂批：果然，妙在双关暗合。】众人都哄然叫妙。贾政点头道："畜生，畜生，可谓'管窥蠡测'矣"。

看看这段描述，明明是宝玉说的在理，"众人都哄然叫妙"，就连贾政自己也不得不"点头"认可，但还是要骂宝玉"畜生，畜生"，简直不可理喻。

不仅此处，到了"稻香村"，宝玉冷笑道："村名若用'杏花'二字，则俗陋不堪了。又有古诗云：'柴门临水稻花香'，何不就用'稻香村'的妙？"众人听了，益发哄声拍手道："妙！"贾政一声断喝："无知的孽障！你这孩子能知道几个古人，能记得几首熟诗，也敢在老先生跟前卖弄！你方才那些胡说的，不过是试试你的清浊，取笑而已，你就认真了！"仿佛只因自己是为父的，就可以为所欲为，完全毋须讲什么道理。不知这是"严父"，还是"暴君"？故而就连贾母亦对此深为不满，认为宝玉是被贾政"把胆子唬破了，见了他老子不像个避猫鼠儿？

不只是宝玉，贾环见了父亲亦如"老鼠见了猫"一般，"唬的骨软筋酥"！

第三十三回暴打宝玉，更是把贾政的暴虐性格演绎到极致。这段文字众所周知，不需要详细摘录，仅把作者用以表现贾政身份的一段话引将出来，加以剖析。

众门客见打的不像了，忙上前夺劝。贾政那里肯听，说道："你们问问他干的勾当可饶不可饶！素日皆是你们这些人把他酿坏了，到这步田地还来解劝。明日酿到他弑君杀父，你们才不劝不成！"

这段文字主要是表现贾政的暴虐，但"弑君杀父"一句，颇有文章。从文字表面来看，这是气话，似是贾政气急了而口不择言，因为这是不可能发生的故事。盖一则宝玉"年幼"，根本不具备"弑君杀父"的能力；二来宝玉从小就生活在贾府的深宅大院之中，偶

不肖种种大受笞挞

尔外出都要受到诸多限制，不可能有什么"弑君"的时间；三则宝玉之于贾政历来就像弱小老鼠与硕大恶猫的关系，躲避尚恐不及，怎么可能去"杀父"？这些可能性都不存在，看来贾政此说不过是一句气话：以后他会杀了我。但气话是表面的意思，这句话的双关内容是："弑君"就是"杀父"，或者说"杀父"亦等于"弑君"！盖因贾政本来就是"君"也。

至于贾政之姓名，才是真正"大有可玩"的文字。与其相比，前述之晴雯、宝玉等人姓名暗喻的内容亦"稍逊风骚"了。所谓"贾政"，"政"是"假"，只有其谐音的"正"——雍正，才是真"正"！

由此可知甲戌本开篇的凡例中作者自云："因曾历过一番梦幻之后，故将真事隐去，而撰此《石头记》一书也。"其中所谓"真事隐"，谐音"禛事隐"（雍正名为胤禛）或"正事隐"；故甲戌本第八回写宝玉"宁可绕远路"而避免"遇见他父亲【朱笔侧批：本意正传，实是褒时苦恼。叹叹！】"；庚辰本第五十二回，脂砚斋借宝玉为平儿解释开脱的话以释作者之怀，曰：宝玉一篇推情度理之谈，以射正事，不知何如。而所谓"《石头记》一书"者，恐亦"本意正传"、"以射正事"，为影射雍正无头的"《失头记》一书"也。

不知是否会有红学大家对此结论嗤之以鼻。真正的想入非非，走火入魔，耸人听闻，牵强附会到了极致，从未有过的"痴人说梦"！【自评：一语双关，妙！】莫急，莫急。且容在下把话说完，再批、再骂、再恼、再怒，来得及。

当然，如果仅凭上述理由就说贾政即雍正，立论确实显得有些单薄。而要想以之说服人，远远不够，显然还需要更多材料来予以证明。

一、关于"擁"、"壅"、"甕"等字背后的隐秘

自从经历了文字狱案以后，大概没有什么人敢再写"雍"字，乃至与这个字字形相近的字，甚至同这个字相关的"文章"了。而《红楼梦》的作者着实胆大，着实聪明，他能够敢于、巧于利用与"雍"字相关的"擁"、"壅"、"甕"等字做大文章。

先看"擁"字。

以戚序本《石头记》为例，八十回文本中出现"擁"字的地方凡十一处。其中正常写作繁体字"擁"的有四处。分别在：

第三回，贾母命迎春等不必上学了，"不一时，只见三个奶嬷嬷并五六个丫鬟，簇擁着三个姊妹来了。"

同回，黛玉"心下想时，只见一群媳妇丫鬟围擁着一个人，从后房进来。"

第十四回，北静王为秦氏探丧，"手下各官，两旁擁侍；军民人众，不得往还。"

第六十回，众戏子为芳官受赵姨娘的气鸣不平，"荳官先便一头撞去，几乎将赵姨娘撞了一跌；那三个也便擁上，放声大哭，手撕头撞，把个赵姨娘裹住。"

另外八处是异体字，分别在：

第二回，众公人"说着，不容封肃多言，大家推拥他去了。"

第三回宝玉摔玉，"吓得地下众人一拥，争去拾玉。"

第十三回宝玉梦中闻听秦氏死讯，马上就要过去看望，"贾母命人备车，多派跟随人役，拥护前来。"

第十四回，为秦氏"五七"哭丧，"凤姐下了车，一手扶着丰儿，两个媳妇手把灯儿簇拥着凤姐进来。"

第二十三回，宝玉咏大观园诗之"春夜即事"末两句："自是小鬟娇懒惯，拥衾不耐笑言频。"

第二十四回，宝玉探望贾赦路遇贾芸，遂闲话两句，"说着扳鞍上马，众小厮围拥，随往贾赦这边来。"

第四十九回，众人商议起社作诗，李纨道："我这里虽好，又不比芦雪庵好。我已经打发人笼地烱去了，咱们大家拥炉作诗。"

第七十五回，尤氏来到李纨处，"恰好太医才诊了脉去。李纨近日也觉清爽了些，拥衾倚枕，坐在床上……"

以上八处的"拥"字，其写法为：左边"提手旁"，右边的"雍"字头上那

寻梦红楼

"一点一横"旁落到左边的"乡"字头上。

按照提示，则此"擁"字去了"提手旁"的右边，可解为"雍头旁落"；若加上"提手"，则是"（亲）手使雍头旁落"！这是一部书中除了前文提到的"宠"字以外的，另一个"妙字"。

如此解法是否胡说八道？再请看另外几处证据。

第三十三回贾政暴打贾宝玉，有一处极为奇特的文字！文章描述王夫人见了宝玉的惨状，不觉失声大哭起来："苦命的儿吓！"因哭出"苦命儿"来，忽又想起贾珠来，便叫着"贾珠"哭道："若有你活着，便死一百个我也不管了。"……王夫人哭着贾珠的名字，别人还可，惟有宫裁禁不住也放声哭了。贾政听了，那泪珠更似滚瓜一般滚了下来。

末句话写法，庚辰本、己卯本、甲辰本、蒙府本、列藏本、戚序本、舒序本完全一样！梦稿本将"滚瓜"二字点改为"走珠"；程乙本作"走珠"。

若从文理上判断，无疑是梦稿本、程乙本的写法在逻辑上更合适（虽将"泪珠"写成"走珠"，词语重复拖沓，并不为美）；那"泪珠"怎么能"似滚瓜一般滚了下来"呢？曹子雪芹的一部《红楼梦》，历来以唯美、细腻、准确闻名于世，此处怎么会有如此拙劣的比喻词句出现？可以说各本基本相同。而且作者心里十分清楚地知道此种比喻并不"妥当"。第十四回凤姐在秦氏"五七正五日"之哭，与此颇为相似。其文曰："一见了棺材，那眼泪恰似断线之珠，滚将下来。"可见作者原是"知道"，"眼泪"只能以"珠"来相比喻的，而以"滚瓜"相比并不妥当。因此不难得出这样的结论：作者是明知"不妥"却偏偏为之，这又是有意做出来的"误谬"！盖因其中有"混人"的假话！人人皆知，"泪珠"是不能"似滚瓜一般滚了下来"的，但是脑袋可以"似滚瓜一般滚了下来"！可以说，这就是对民间广为流传的"雍正无头"的生动特写！如此描述，完全可以誉之为雪芹版的"维民所止"。简直精彩绝伦！

不仅如此，在"似滚瓜一般滚了下来"一句后面，作者紧跟着又写道："正没开交处……"，如前所析，古代文章原系竖排且无标点，则此处可另断句为

"似滚瓜一般滚了下来，正没"，雍正原是这样，脑袋"似滚瓜一般滚了下来"而"没"（殁）的！

且第十二回回前诗曾经于此伏脉，"反正从来总一心，镜光至意两相寻。有朝敲破蒙头甕，绿水青山任好春"！所谓"蒙头甕"者，"雍"也！此"敲破蒙头甕"，与"（亲）手使雍头旁落"的妙字，与"蒙头花柳（胡虏）"，与"似滚瓜一般滚了下来"，种种关联，难道还能以巧合视之吗？且前面赫然写着"反正从来总一心"，反对雍正从来就是作者一心一意的事！如果不这样解，回前诗所云"有朝敲破蒙头甕"，则同"蒙头花柳"一样，简直无法理喻，恐又是一篇"奇奇怪怪"的文字了。且如果没有此种隐喻，戚序本怎么会"恰好"于大清封建王朝被推翻以后，才得以面世或曰重见天日呢？

或许，在这一点上，又是周汝昌先生的研判对了。他认为："雪芹下笔选字，十分严慎，往往在常人不留意中'埋伏'下重要的内涵寓义——他当时只能如此办法，不能'直言'一切；而他心里相信，虽不明说，迟早会有人窥破其中'机密'，既异于'猜谜'，又别于'附会'。"此处之"擁"字，前文之"宠"字，以及"蒙头花柳"、"蒙头甕"等，恐即此类"选字"也。

此外，还有"甕"字。

第十七回贾政视察大观园，来到"沁芳闸"，只见"水如晶帘一般奔入。原来这桥便是通外河之闸，引泉而入者。【脂批：写出水源，要紧之极！近之画家着意于山，若不讲水，又造园囿者，惟知弄莽憨顽石，甕笨冢，辄谓之景，皆不知水为先着。此园大概一描，处处未尝离水，盖又未写明水之从何来，今总补出，精细之至。】"素习脂砚之批语，多以白话为之，此批忽然"酸文假醋"，居然玩起什么"惟知弄莽憨顽石，甕笨冢"的文言来了。所谓"甕笨冢"，乃"用土石堆起来蠢笨如冢之状"者也。何来如是感慨呢？盖"甕笨冢"，谐音"雍奔冢"也。若去掉标点，加上前半句之"石"字，亦可谐音"死雍奔冢"了。

第五十七回，宝玉经不住紫鹃的试探，一时犯了痴病遂请来太医，王太医诊脉后说：

"世兄这症乃是急痛迷心。古人曾云，'痰迷有别。有气血亏柔，饮食不能熔化痰迷者，有怒恼中痰裹而迷者，有急痛壅塞者'，此亦痰迷之症，系急痛所致，不过一时壅闭，较诸痰迷者似略轻。"贾母道："你只说怕不怕，谁同你背书呢。"

一段话两见"壅"字，后面"不过一时壅闭"之句，可谐音"不过一死雍"或"不过一死雍毙"，与前之"雍奔冢"或"死雍奔冢"，两相呼应。若无此暗喻，作者何必让太医来背书呢，仅仅是用来塑造太医性格中的"书呆子"气吗？难怪连贾母都急了，遂连忙打断他。故曰此段之"背书"，恐绝非取笑王太医"呆"气之"闲文"。而脂砚斋先生针对此等地方所下醒人眼目的考语称之："所谓此书针线慎密处，全在无意中一字一句之间耳，看者细心方得"。这里所说的"无意中"，显然应该是针对一般读者而言；对作者来说却恰恰相反是"慎密处"，岂能"无意"哉？故曰"看者细心方得"。

二、关于"正"字背后的名堂

不但有"雍"，而且有"正"。让我们再来看看文本中与"正"有关的名堂吧。

第十七回写众人为"稻香村"起名，贾政又向众人道："'杏花村'固佳，只是犯了正名，村名直待清明方可。"众客都道："是呀。如今虚的，便是什么字样好？"对联匾额，实虚相对。不知"虚的，便是什么字样好"，而前面"实的"却又"犯了正名"——犯了雍正之名！因之可见，"'正'字是史笔，下的千妥万当"。

其实，除了以上"反正从来总一心"云云，作者想尽千方百计来骂"正"、咒"正"之处多多。

第五十八回"杏子阴假凤泣虚凰"有几段"奇奇怪怪"之文，如果能弄清楚其中暗寓的作者之意，其余关于"正"的文字就十分容易理解了。

其一，一日，正是朝中大祭。贾母等五更便去了……

其二，"宝玉又发了呆性"，"只管对杏流泪叹息"……正胡思间，忽见一片火光从山石那边发出……只见藕官满面泪痕，蹲在那里，手内还拿着火，守着些纸钱灰。宝玉忙问道："你与谁烧纸钱？快不要在这里烧，你或是为父母兄弟，你告诉我名姓，外头去叫小厮们打了包袱，写上名姓去烧。"……藕官正没了主意，见了宝玉，又正添了畏惧，忽听他反掩饰，心内转忧成喜……这里宝玉又问他："到底是为谁烧纸？……"藕官……便含泪说道："我这事，除了你屋里的芳官并宝姑娘的蕊官，并没有第三个人知道。今日忽然被你遇见，又有这段意思，少不得也告诉了你，你只不许再对一人言讲。"又哭道："我也不便和你细说……"，宝玉听了，心下纳闷……

关于第一段文字原本是写朝中有一老太妃薨逝，"凡诰命等皆入朝随班，按爵守制"。然具体如何"随班"，如何"守制"，乃至如何祭祀，作者始终不事一字，与秦可卿丧事的铺张扬厉形成鲜明对比，给人以讳莫如深之感；反之，作者的笔触一直停留在大观园内，叙述出"假凤泣虚凰"的故事。一方面是"朝中大祭"，不知如何景况；一方面是大观园内有人烧纸祭奠"虚凰"，描绘的神秘兮兮，不知"到底是为谁烧纸"，而藕官一再"你只不许再对一人言讲"的叮嘱，更增添了诡秘之感，难怪"宝玉听了，心下纳闷"。其实，不但宝玉"心下纳闷"，更为纳闷的是读者。如是让二者间交相呼应，究竟是何寓意？作者想要告诉读者什么？一切似乎都堕入云雾之中。然而，如果能明白"老太妃薨逝"是假，而死者另有其人，其"草蛇灰线"一下子就清晰起来了。

究竟是谁死了呢？——雍正！"正是朝中大祭"谐音（"正是"二字在文本中凡出现几十、上百处，其中更有，内容完全不应该作出肯定回答的，作者也让其答曰："正是"。）而"朝中大祭"的表现就是大观园——紫禁城中"一片火光从山石那边发出"，假凤——藕官"满面泪痕""手内还拿着火，守着些纸钱灰"。因不知其所为何人，而让宝玉一再追问"你与谁烧纸钱"、"到底是为谁烧纸"，实系为引起读者注意而已。故除了前面提及的"正是（死）朝中大祭"以外，还有"正没了""（雍）正要出殡""正胡思（死）"的暗示。那被祭的

"虚凤",亦并非什么身为戏子的苟官,而是"伪"皇帝——雍正,所以作者特特设置了这样一个神秘兮兮的情节,并名之曰"假凤泣虚凤"。对于这等犯上的话,自然只能采取暗示的方式了。虽然宝玉说了,叫"打了包袱,写上名姓去烧",但是"雍正"这个"名姓"焉能明写?要写,也只能隐藏在作者这个"包袱"里了。故曰"我也不便和你细说"。

第七十四回抄检大观园,发现司棋箱子中的男人物件及喜帖,凤姐笑道:"正是这个帐竟算不过来",谐音双关"正死,这个帐竟算不过来",与前之不知"到底是为谁烧纸"遥相呼应。

此外,还有不少类似的地方,不一一列举了。仅此,即可见:"'正'字是史笔,下的千妥万当",所评极恰。

三、关于"头"的故事

除了与"雍"、"正"有关的暗示,文本中尚有多处与"头"有关的字样,且每每出现的十分蹊跷。让人不能不与"雍正无头"相联系。

前面已经说过"有朝敲破蒙头甏"的涵义,另外,还有"无头"、"断头"、"齐头"、"不防头"、"没头脑"、"抓不着头脑"等字样,用嵌字法和谐音双关法,在反复皴染着同一个"故事"。

第七十一回"嫌隙人有心生嫌隙"写林之孝家的接到凤姐的传话来到大观园。

可巧遇见赵姨娘,赵姨娘因笑道:"哎呦呦,我的嫂子!这会子还不家去歇歇,还跑些什么?"林之孝家的便笑说何曾不家去的,如此这般进来了,又是个齐头故事。

真是莫名其妙,什么叫"齐头故事"?哪儿和哪儿"齐头"?若以文言解之,"齐头"则为使动用法,即,"使头……齐"也;若按照吴语谐音,"齐头"可读作"切头"!这个故事可有意思了。

戚序本第十二回叙述贾瑞两番受辱后,于是不能支持,一头失倒,合上眼还只梦魂颠倒,满口胡说乱话,惊怖异常。此"一头失倒"四字,明显不通,故一些汇较本依据列藏本将其改为"一头睡倒"。毫无疑问，这样一改，文从字顺，似属理所应当。但无论是作者，还是抄录者，都不可能出现将"睡"写成"失"这样谬以千里的错讹吧。且戚序本、庚辰本、己卯本、蒙府本等诸脂本文字一样，均为"一头失倒"，仅有舒序本为"一头跌倒"；而"一头睡倒"者只列藏本一种。这些文本现象，恐只能说是有意为之。再联系到文本的前前后后，可知作者就是通过这种"误谬"来讲那"齐头故事"的！原本就是因为"一头失倒"，谐音"夷头失，倒"（"头失"焉能不"倒"？），所以才"合上眼"，才"梦魂颠倒，满口胡说乱话"，故云"惊怖异常"！……

第三十四回袭人在向王夫人作"小汇报"时说："俗语说的'没事常思有事'。世上多少无头脑的事，多半因无心中做出，有心人看见……"。

这句话戚序本、庚辰本、己卯本、舒序本、列藏本、蒙府本均相同。而梦稿本系原话写上后，又用笔划去。而周汝昌先生的汇较本取"世上多少无头脑的人"。其实，"世上多少无头脑的事"是"齐头故事"；而"世上多少无头脑的人"还是"齐头故事"，二者并无很大差别。个中的关键不在于"事"或"人"，关键在于"无头脑"！只是需要"有心人看见"而已。随后作者紧跟着交待薛蟠这个"不防头的人"，就是"一生见不得这样藏头露尾的事"！

第三十九回作者再让刘姥姥"顺口胡诌"了个"茗玉小姐"的故事，并且命茗烟"按着刘姥姥说的方向、地名"前去寻找，结果茗烟只在"东北上"找到了一个供奉"青脸红发的瘟神爷"的"破庙"，因之"正没好气"，抱怨"又不知看了什么书，或者听了谁的混话，信真了，把这件没头脑的事派我去碰头……"

"茗玉小姐"的故事本是刘姥姥"顺口胡诌"的，自然不可能找到；茗烟只是在"东北上"——找到了一个清朝官员打扮的"青脸红发的瘟神爷"！故点明这是件"没头脑的事"，且是"不知看了什么书，或者听了谁的混话"的结果，因而"正没好气"。所以宝玉连忙抚慰他："你别急，改日闲了你再找去……若竟是有的，你岂不也积了阴骘。我必重赏你。"列位看官要知道，弄清这件"没头脑的事"是"积了阴骘"的，且有"重赏"呢，焉能忽之？而作者如此再三再四地在"头"上做文章，岂"顺口胡诌"之闲文闲笔哉？

　　还有一件奇事，第四十三回贾府为凤姐做寿，"偏偏"遇上海棠诗社"头一社的正日子"，偏偏宝玉私自离家，"说有个朋友死了，出去探丧去了"。宝玉究竟为谁探丧祭祀，可以说同藕官烧纸一样——是件"无头脑的事"，因而贾府里没人知道怎么回事。不但李纨等不知，袭人也恍恍惚惚，只是揣测"想必是北静王府里的要紧姬妾没了，也未可知"，就连一同前去的茗烟也是"丈二和尚——摸不着头脑"，因之跟着"混"祝，念念叨叨地说："我茗烟跟随二爷这几年，二爷的事，我没有不知道的，只有今儿这一祭祀没有告诉我，我也不敢问。只是这受祭的阴魂虽不知名姓，想来自然是那人间有一，天上无双的极聪明、极精雅的一位姐姐妹妹了……"宝玉听他没说完，便撑不住笑了，因踢他道："休胡说，看人听见笑话。"最后回到荣府，宝玉还是虚应故事，以"北静王的一个爱妾昨日死了，给他道恼去"蒙混过去。一路神神秘秘、奇奇怪怪，令读者亦百思不得其解，跟着"摸不着头脑"。直到下一回——第四十四回才交待"今日是金钏儿的生日，故一日不乐"，然后再由脂砚点明：原来为此，宝玉之私祭，玉钏之潜哀，俱针对矣。然于此刻补明，又一法也。事情果真如此吗？如果真如脂砚所言，宝玉此祭是为金钏，当然不便让荣府中人（主要是王夫人）知道，但似乎也不必要如此故弄玄虚，吊人胃口。归纳起来，此事之奇有二。

　　其一，作者自始至终没有一字明言，宝玉此祭终究是为何人。而有的只是猜测。一是翠墨问回来的话："说有个朋友死了，出去探丧去了"；二是袭人的揣测"想必是北静王府里的要紧姬妾没了，也未可知"；而茗烟认为是"极聪明、极精雅的一位姐姐妹妹"，还是被宝玉斥为"休胡说"；最后只是补明"今日是金钏儿的生日，故一日不乐"，作者却未肯定地明示：就是祭祀金钏去了。写出的只有"今日是金钏儿的生日"和宝玉赔笑对玉钏说"你猜我往那里去了"两处暗示以及脂砚斋的批语。故顶多可以认为此事之镜子"正面"是祭祀金钏，至于镜子"背面"则不好说，岂独"曹子建"有"谎话"呢？故曰"此系疑案"；

　　其二，这一天是所谓海棠诗社"头一社的正日子"，是明明白白的谎言。

准确地说，"九月初二"是诗社的"正日子"不假。海棠诗社起社时就约定"初二""十六"为正经社日；但绝非"头一社"！第三十七回探春将众人约了来，商定起社，李纨道："既这样说，明日你就先开一社如何？"探春道："明日不如今日，就是此刻好……"。随即大家"鼓舞起来"，做了海棠诗，这方是"头一社"；此后，加上湘云，湘云又"先邀一社"，众人作了"菊花诗"以及"螃蟹咏"，这是第二社；而"九月初二"按序则是第三社！假定前两社都算是"加"的，那么这句话的准确表述应为："正日子"的"头一社"，而不是什么"头一社的正日子"。既然如此，这里是不是有什么名堂呢？回答是肯定的。

这"头一社的正日子"，如果用吴语发音来读，"社"与"失"读音相同。则此句可读作"头一（已）失的正日子"或者略去后二字，为"头已失的（雍）正"！所以作者殚精竭虑、煞费苦心地构思了一篇含含糊糊、故弄玄虚的文字，让读者去猜测，去琢磨。其实，茗烟还是说了半句实话的，即"人间有一，天上无双"八字。真正配得上此定评的自然只有"帝王"耳。所以，回后总评云，本回不单"写办事不独熙凤"，还"写多情不漏亡人"。此所谓"亡人"者，并非仅指"镜子"正面的金钏，而更是"镜子"背后"头已失的（雍）正"也。

盖因文字过于隐晦，作者遂于第四十五回再浓浓的皴染了一笔。文本描述李纨带领众姊妹去"闹"凤姐，探春笑说："我们起了一个诗社，头一社就不齐全，众人脸软，所以就乱了。我们想必得你去作个监社御史，铁面无私才好……"凤姐笑道："我又不会作什么湿的干的，要我吃东西不成？"探春道："你虽不会作，也不要你作诗。只监察着我们里头有偷安的，有怠情的，该怎么罚就是了。"凤姐笑道："你们别哄我了……"

这段文字的关键处，可解读为：

——"头一社就不齐全"，亦为假话。因真正的"头一社"咏白海棠时，人是齐全的，所请的人都到了。故还是亦吴语谐音双关："头一（已）失就不齐全"。

——"必得你去作个监社御史"，托词也。重要在于此"官职"，所谓"御史"者，谐音"御死"也。

所以，作者借用凤姐的话暗点读者："你们别哄我了"！能读懂这段话暗中内容的，方是李纨称赞的"水晶心肝玻璃人"。

第八十回还有！文本描绘夏金桂作"河东狮吼"，大撒泼性，拾头打滚，寻死觅活，昼则刀剪，夜则绳索，无所不至。"拾头打滚"是什么意思？"打滚"就"打滚"吧，如何"拾头"呢？第六十回表现芳官被赵姨娘打"便撞头打滚"，倒是合乎情理，而"拾头"似乎莫名其妙。盖"拾头"者，谐音"失头"也。明乎此，其意了然。

第四十六回鸳鸯拒绝贾赦，义正词严地诅咒发誓，在遍数"……'宝天王'、'宝皇帝'，横竖不嫁人就完了"以后，又加上一句"日后再图别的，天地鬼神，日头月亮照着嗓子，从嗓子里头长疔烂了出来，烂化成酱！"亦为形象地描述"无头"的文字，试想：若是有头，"日头月亮"如何"照着嗓子"？如果因"长疔烂了出来"，自然可以"照着嗓子"，可是文字写的是"照着嗓子"在先，而"长疔烂了出来"在后，以作者"批阅十载，增删五次"的严谨，此顺序岂能无意而为之？

第四十七回薛蟠遭到柳湘莲痛打后，被形容为：衣衫零碎，面目肿破，没头没脸，遍身内外，滚的似泥母猪一般。则属于直言"没头没脸"了。

尽管有了如此之多的暗示，作者还恐说的不够明显，故于戚序本六十五回干脆以鲍二家的骂其夫："抱着你那脑袋挺你的尸去！"尤为直白的是，第七十五回尤氏偷看聚赌的傻大舅等人，

鸳鸯女誓绝鸳鸯偶

闻听出言不逊，遂啐道："这等没廉耻的小挨刀的，才丢了脑袋骨子，就胡嗳嚼毛的……"直言骂出"丢了脑袋骨子"。此唯恐"真事"显露不够矣。

话言及此，顺便说一下第二十二回贾环所做的灯谜：

大哥有角只八个，二哥有角只两根。

大哥只在床上坐，二哥爱在房上蹲。【脂批：可发一笑，真环哥之谜。

诸卿勿笑，难为了作者摹拟。】

众人看了，大发一笑。贾环只得告诉太监说："一个枕头。一个兽头。"【脂批：亏他好才情，怎么想来！】太监记了，领茶而去。

对于这个灯谜，读者大率一笑了之。心中感叹作者的生花妙笔，同时又颇为贾环的猥琐、蠢笨所"折服"。而能够对此段文字认真思考的人，恐怕少之又少。

毋庸讳言，贾环其人，确实惹人生厌。然作者为什么要塑造这样一个人物形象呢？作者设计这段文字就是为了让读者一笑了之吗？相信事情绝不会这样简单。

其实，贾环并不笨，至少没有笨到让自己作的一个谜语有两个谜底的地步。

到了七十回以后，屈指算算不过二、三年时光，贾环似乎就大进了。而贾政也乐于带领贾环、贾兰和宝玉共同出席"与众幕友谈论"诗赋的聚会，因"他两个虽则能诗，相去宝玉不远，但……"。无疑，这里的评价是贬语，但毕竟"相去宝玉不远"。虽然不至于像清客相公阿谀的那样"怕不是大小阮了"，但也不会大差，否则，贾政怎么可能容忍他们去给自己"丢脸"呢？

第七十五回作者对此作了详尽的交待，说贾环近日读书稍进，其脾胃中不好务正也与宝玉一样，故每常也好看些诗词，专好奇诡仙鬼一路。今见宝玉作诗受奖，他便技痒，只当着贾政不敢造次。如今可巧花在手中，便也拾取纸笔立挥一绝与贾政。贾政看了，亦觉罕异，只是词句中略带着不乐读书之意，遂不悦道："可见是兄弟了。发言吐气总属邪派……哥哥是公然以温飞卿自居，如今兄弟又自为曹唐再世了。"说的贾赦等都笑了。贾赦因要诗瞧一遍，连声赞道："好！

寻梦红楼

这诗据我看去，甚有气骨……"

个中话语虽褒贬互见，然不能不承认，贾环的诗句水平并不低。况且，事先贾政"限一个'秋'字，就即景作一首诗"，"只不许用那些冰、玉、晶、银、彩、光、明、素等样堆砌字眼，要另出己见"，并非轻易可作者。故而贾环之诗，即使"略带着不乐读书之意"，但那"自为曹唐再世"的说法自是非同小可。以至贾赦在举家老小面前，公然拍着贾环的头，笑道："以后就这样作法，方是咱们的口气，将来这世袭的前程跑不了你袭呢！"

贾环的"才情"何以有了如此突飞猛进的变化！不，绝非"突飞猛进"。盖作者明言，贾环只是"近日读书稍进"而已，结论只能是：贾环原不笨！（猥琐、令人生厌与蠢笨毕竟是两回事。）故而庚辰本此处另有大段脂批予以强调：

偏写贾政戏谑，已是异文，而贾环作诗实奇中又奇之文也，总在人意料之外。竟有人曰：贾环如何又有好诗，似前言不搭后文矣。盖不可向说问。贾环亦荣公之正脉，虽少年顽劣，乃今古小儿之常情耳，读书岂无长进之理哉？况贾政之教是弟子自己，大觉疏忽矣。若是贾环连一平仄也不知，岂荣府是寻常膏粱不知诗书之家哉？此段文字甚长，简言之：贾环乃生于"诗书之家""荣公之正脉"，故其诗词不会太差！

那么，他前面那个灯谜该如何解释呢？答案是：文字虽不雅，但谜底是一个！即表面上的两个谜底原系一物："枕头"即"兽头"！所以脂批在"可发一笑"之后，又请"诸卿勿笑"。并赞之："亏他好才情，怎么想来！"。所谓"枕头"者，谐音暗喻"朕头"，亦即作者诅咒的"兽头"也；故曰，谜底实是一个："朕头"即"兽头"！实是"难为了作者摹拟"。故曰"诛清，勿笑"！"惯用曲笔"若此，真乃"此等趣语也不肯无着落"也。不知读者诸君以为然否？

即便抛开此谜不算，然亦可知这一系列之与"头"相关的文字，绝非雷同、巧合可解。而本书之名《石头记》，所以能为作者、批者最喜欢，最欣赏，并坚持使用，恐亦因其可谐音"四头记"（雍正和乾隆是以"四子"的身份即位皇帝）或干脆就是"失头记"之故！相信此非妄言。不然，何必非要编一个刻在石头上的故事，刻在墙上、树上、河边、地上固然有不够"妥协"的理由，然刻在山上不行么？为何不叫"山头记"呢？反正一僧一道法力无边，即便是大山，也能变成小石缩到小儿口中的。（相信方家宽宏大量，不会认为此系"抬杠"，因实是"掰谎"也。）

贾敬、秦氏影射雍正

贾敬、秦氏也被用来影射雍正

如果说，前文所论第四十三回是暗写雍正之死，而第六十三回是略写雍正之死，而第十三回则可以说是详写雍正之死。

第六十三回贾敬没有任何先兆地就"宾天"了。文本交待：……正玩笑不绝，忽见东府中几个人慌慌张张跑来说："老爷宾天了。"众人听了，唬了一跳，忙都说："好好的并无疾病，怎么就没了？"家下人说："老爷天天修炼，定是功行圆满，升仙去了。"尤氏……命人先到玄真观将所有的道士都锁了起来，等大爷来家审问。一面忙坐车带了来升一干家人、媳妇出城。又请太医看视到底是何病。大夫们见人已死，何处诊脉来，素知贾敬导气之术总属虚诞，至于参星礼斗，守庚申，服灵砂等，妄作虚为，过于劳神费力，反因此伤了性命的。如今虽死，肚中坚硬似铁，面皮嘴唇烧的紫绛皱裂。便向媳妇说："系玄教中吞金服砂，烧涨而殁。"众道士慌的回说："原是老爷秘法新制的丹砂吃了坏事，小道们也曾劝说'功行未到且服不得'，不承望老爷于今夜守庚申时悄悄的服了下去，便升仙了。这恐是虔心得道，已出苦海，脱去皮囊，自了去也。"

这段文字开头就使用了作者独创的谐音双关法。所谓"正玩笑不绝"，乃

"（雍）正完，笑不绝"也。所以后面紧跟着一句"老爷宾天了"。且第六十三回的回目又是"死金丹独艳理亲丧"，"理亲丧"者，恐谐音"理清丧"也；而彼时，"恰恰"处在"国葬"期间！随后，又"恰恰"有林黛玉"不知想起了什么来，自己伤感了一回，提笔写了好些……将桌子挪在外间当地，又叫将那龙文鼐放在桌上……究竟连我也不知何故"，令人莫名其妙地哭着祭祀了一回，与前文论述的第五十八回藕官的"假凤泣虚凰"何其相似乃尔！

更为巧合的是，第六十四回描述贾敬的葬礼"恰恰"择于初四日卯时请灵柩进城……其丧仪炫耀，宾客如云，自铁槛寺至宁府，夹路而观者何啻万数……至未申时方到，将灵柩停放正室（堂）之内。

个中应引起读者注意的，一是"观者"人数之多，"何啻万数"；二是时间选择恰逢"初四日"；三是停灵地点在"正室（堂）之内"！可谓尽皆诛心之语。

那贾敬是否影射雍正呢？书中没有更为明显的透逗。仅知作者为其命名"贾敬"。而雍正的谥号"恰恰"就是：敬天昌运建中表正文武英明宽仁信毅睿圣大孝至诚宪皇帝；而随着雍正档案发掘和研究，雍正服丹致死说法"恰恰"越来越引起一些史学家的关注和认同。《红楼梦》文本的交待与历史资料竟然如此巧合！

或曰，前文论证雍正乃"无头"而丧，这里又说贾敬死于丹药是影射雍正，那作者究竟认为雍正是如何死的呢？综合整部文本，大约可以得出两种结论。其一，作者深知雍正"好好的并无疾病"，确系死于丹药，故以贾敬之死点明真相；而又因"雍正无头"之说在民间广为流传，故顺势而为，恰如文本的五十一回李纨所云："自古来有些名望的人，坟就不少，无考的古迹更多。如今这两首诗虽无考，凡说书唱戏，甚至于求的签上皆有批注，老少男女，俗语口头，人人皆知皆说的。"既然如此，遂将错就错，可谓"错里错以错醒读者"。这样，一则可以此"假语村言"来隐去"真事"，规避文网，二则以此披露"真事"，点醒读者小说所写的内容系直指雍正；其二，作者亦没有确切掌握雍正的真正死因，故将两种可能均在书中加以交待，以供读者参详。或许还有第三种可能，即

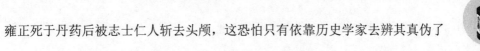

雍正死于丹药后被志士仁人斩去头颅,这恐怕只有依靠历史学家去辨其真伪了

与秦氏葬礼的铺张扬厉相比,贾敬的葬礼则只能说是一带而过。对此,戚序本第六十四回回前注明:此一回紧接贾敬灵柩进城,原当铺叙宁府丧仪之盛。但上回秦氏病故,熙凤理丧,已描写殆尽,若仍极力写去,不过加倍热闹而已。故书中于迎灵送殡极忙乱处,却只闲闲数笔带过。按字面理解,这是表明在叙事上避繁就简;实际上,是以双关语点明,此葬礼即彼葬礼!故曰前文"已描写殆尽"!

藉此可知,前述秦可卿之葬礼只是详述的贾敬——雍正之葬礼也。所以关于秦氏葬礼规格的种种交待一如国葬,所以秦氏所用棺椁自"非常人可享者",所以不但"八公"后裔,就连"四王"等"公侯伯子男"也全部出动,"大殡浩浩荡荡,压地银山一般从北而至",所以贾氏两府最低辈分的重孙媳妇之葬礼,不但同辈之"草"字辈不可或缺,就连父辈之"玉"字辈尽皆在列,乃至祖父辈之"文"字辈亦有赦、政二祖随行。让"白发人"来如此为"黑发人"送葬,真不知是何"大家礼数"!

此外,秦可卿死后托梦凤姐,除了开头几句尊称"婶婶"以外,其余话语不但内容严肃,语气口吻亦不容置疑,甚至"冷笑",似完全是长上对晚辈的嘱托,而相应地,凤姐亦对其"十分敬畏"!秦氏系何等身份?故甲戌本第十六回回前感言:"幼儿小女之死,得情之正气"!若不解其所云,真是天下奇文矣。那"情"尚有"正气""邪气"耶?故所谓"得情之正气",恐亦为秦氏实"得清之正气"吧。

不仅如此,秦氏葬礼还有蹊跷之处!前文在论证大观园中人物年龄的"糊涂账"时,说过秦可卿年龄亦存在的明显的疑团。盖因为她送葬时"铭旌上大书:奉天洪建兆年不易之朝诰封一等宁国公冢孙妇防护内廷紫禁道御前侍卫龙禁尉享强寿贾门秦氏恭(宜)人之灵柩(位)。"写明秦氏结局是"享强寿",而"强寿"的涵义应为年龄四十而死,绝无二十岁死亡就曰"享强寿"者。原来"强寿"还有另外的意思,盖"强寿"还可解为"强死"。王充《论衡·死伪篇》

中说："何谓强死？谓……命未当死而杀邪。"另有《义疏》释之曰："强，健也，无病而死，谓被杀。"《会笺》亦释之曰："强，健也。谓无病而死，被杀或自缢之类，皆是也。"以秦可卿二十岁左右的年龄来看，既然说其"享强寿"，在年龄上无法讲通，那么，说此"享强寿"属于"强死"一类，就是顺理成章的事了。

至于"强死"是怎么死的，读者看法相当一致。这缘于秦可卿的册子"情既相逢必主淫"的判词以及"有一美人悬梁自缢"的画页，另外就是畸笏叟"因命芹溪删去'遗簪'、'更衣'诸文"的批语留下的暗示了。这结论是探佚之必然。但是作者于此处含糊其辞，是否又在使用"烟云模糊法"呢？要知道，"强死"的首要选项是"被杀"，其次才是"自缢"之类。焉知此"删去"不是为掩盖雍正被杀无头，而施以的"假语村言"呢？故而秦氏死时，"合家皆知，无不纳罕，都有些疑心"，故而脂砚先生曰，此"此借可卿之死，又写出情之变态"，这里的"情之变态"恐亦系"变态"之"清"——雍正也。故曰"作者用史笔也"，"此作者刺心笔也"。联系文本前前后后的"自露"，不能不令人产生这种怀疑。

另外，尤其不能不说的是，参加此葬礼的"文"字辈仅有荣府的赦、政二长，而宁府的贾敬却"因故"缺席！是由于潜心求仙，不染红尘么？似乎又不尽然。因第五十三回贾府"祭宗祠"，两府中男人中长者就是以贾敬、贾赦为首的。彼时中间的"玉"字辈，下面的"草"字辈；女眷中以贾母为首下至邢、王二夫人及凤姐、尤氏等人尽皆到齐，却偏偏贾政又不在！而贾敬死时，"文"字辈中人，竟然一个字也没有提到！虽则戚序本、庚辰本、列藏本、蒙府本中有"又过了数日，乃贾敬送殡之期……贾赦、贾政、邢夫人、王夫人等率领家人仆妇，都送至铁槛寺"的写法，然此实系疑案。因此时贾政被点学差"在外"未归，根本不可能参加贾敬的葬礼！故己卯本、周汝昌汇较本，将此处的"贾政"改为"贾琏"，应该说是颇有见地。作者如此以"一支笔变出恒河沙数之笔"令其相互映照，以秦氏、贾政、贾敬分身影射雍正之意可见。故曰其"变幻难测，非细究再三再四不计其数，那能领会也"！

除此以外，还可品味出作者"批阅十载，增删五次，纂成目录，分出章回"之苦心，"天可怜见"！

为了暗示读者：因雍正死于其在位第十三年，遂于第"四十三"回以宝玉祭金钏暗写雍正之死，寓意其"死（于）十三"也；又"安排"秦氏死于第十三回，恐亦为相同寓意矣。否则，秦氏第十回已经病得十分沉重，第十一回已至病危，则第十二回死去该何其自然，顺理成章呢？作者偏偏让贾瑞夹在其中占了一回，导致学界亦对此产生疑惑，以至认为系作者为了照顾《风月宝鉴》原稿而为之。即便如此，也可以先写秦氏之死，再写贾瑞之死，何必让他在中间"插一杠子"呢？可见"安排"秦氏死于第十三回，恐亦为作者"一句一滴血之文"的产物！

再细按，凡遇"十三"之回数，皆有死亡、丧葬、祭祀的事发生，可见前述绝非偶然。

第二十三回黛玉、宝玉葬花，"花"在吴语中同"胡"，则"葬花"谐音"葬胡"；第三十三回，贾政斥责宝玉"弑君弑父"，而自己的"泪珠"（头颅）"更似滚瓜一般滚了下来"；第五十三回贾府"祭宗祠"，两府中人几乎尽皆到齐，唯独贾政不在！故回前文曰：最高妙是"神主看不真切"！又能写明"神主"遗像是贾政——雍正呢？只好让其"看不真切"了，故感慨文心至此，脉绝血枯矣！谁是知音者？第六十三回贾敬"宾天"；第七十三回以宝玉被唬为由"要……取安魂药去"！凡"十三"均如此，恐非"巧合"二字可以解释的；只能说这是作者"批阅十载，增删五次，纂成目录，分出章回"，有意为之的结果。

不仅如此，就连作诗、联句，作者也要"安排"讨人嫌的十三元为"韵"。

第三十七回结海棠诗社，众人首次作诗（作死？）迎春命小丫头"你随口说一个字来。"那丫头正倚门立着，便说了"门"字。迎春笑道："就是门字韵，'十三元'。"第七十六回黛玉、湘云联句，湘云问："限何韵？"黛玉笑道：

"咱们数这个栏杆的直柱,这头到那头为止。他是第几根就用第几韵……"湘云笑道:"这倒别致。"于是二人起身,便从头数至尽头,止得十三根。湘云笑道:"偏又是十三根"!两次作诗,一次"随口",一次"随意",偏偏都落在"十三元"上,真是"无巧不成书"啊!此后再让湘云补明:"只怕这一点记心还有。"这是提醒读者关于"十三""这一点记心还有"!在联句"十三"的最后,又指池中黑影曰:"可是又见鬼了",并随之以"冷月葬花魂"(葬胡魂)为结句,如是之"随口""随意",实在是蹊跷的紧。

如是诛心之语,除了"十三",还有雍正暴卒的"八月"。文见宝玉之"芙蓉诛":

维

太平不易之元【脂批:年便奇。】蓉桂竞芳之月【脂批:是八月。】无可奈何之日【庚辰本脂批:日更奇。细思月何难说于真某某,今偏用如此说,则可知矣。】

此段文字接连表明时代年月之"奇",其"核心"是"月"——"蓉桂竞芳之月",即脂批点明之"八月"。"八月"为何是"核心"呢?因其"难说于真某某"。首先,晴雯死于八月是暗喻雍正死于八月,此难说一;其次,"难说于真某某"者,可谐音双关"难说于""(雍)正某某"或"(胤)禛某某",此难说二。以此"八月"关合前之"十三",其"难说"的程度不言而喻。另,诛文中云晴雯"相与共处者,仅五年八月有畸","五""八"相加,亦暗合"十三"之数,岂偶然而为之者?

正如作者前面铺垫的,这篇诛文是"另出己见,自放手眼,亦不可蹈袭前人套头,填几字搪塞耳目之文",且系冒着"不合时宜"的"风险"而"用实典"!然犹恐读者不明所以,遂在诛文中不恤"僭越"而使用"其为神则星日不足喻其精",以及"鸾别"、"龙飞"这样的比喻。对此,端木蕻良先生一针见血地指出:"在那时,能与'星日'作比的只能是皇帝老子"!而"鸾""龙"也者,亦属于皇帝、皇族的专用词语。此外,诛文中还有"巾帼惨于羽野",

“楼空鳷鹊，徒悬七夕之针”，“折断冰丝，金斗御香未熨”的词句，“羽野”是鲧，“鳷鹊”楼是帝王的宫观，“金斗御香”是皇帝的用具，与晴雯何干？另，还有“孤衾有梦”“遽抛孤柩”这样以“孤”双关“皇帝”的词语，反复皴染。随后，再以黛玉之口点明：“放着现成的真事，为什么不用？”，而宝玉亦再次补充强调：“可知天下古今现成的好景妙事尽多，只是愚人蠢材说不出想不出罢了。”此处之“现成的真事”——“（雍）正死（事）”或“（胤）禛死（事）”与文本开篇之“甄士隐”——“真事隐”（“正”事隐）（“禛”事隐）遥相呼应，伏脉千里。为文若此，曰“洒泪泣血，一字一咽，一句一啼”是也，而“愚人蠢材说不出想不出”，作者安得不慨叹“谁解其中味”乎？故深知个中壶奥的脂砚斋先生批曰：“字字实境，字字奇情，令我把玩不释”，“若云必因晴雯而诔，则呆之至矣。”

*   *   *

　　行文至此，笔者关于《红楼梦》"大旨"耗费十年时光的"索隐"似可暂告一段落了。

　　其结论是：《红楼梦》是一部表面"谈情"，实质"谈清"的"一声也而两歌，一手也而二牍"之作。其大旨是反清朝，骂皇帝。而这个结论与蔡元培先生百余年前所做的判断："《石头记》者，清康熙朝政治小说也。作者对民族主义甚挚"已极相近了，只是在时间上略有出入而已。盖非"康熙朝"，而是以雍正为主要影射对象的康雍乾三代。这里，可以用得上许宝骙先生的一句断语来作收束，即："利用小说进行反清，是曹雪芹的一大发明"。

　　然而，如此"用索隐的方法把《红楼梦》变成清宫秘史"，恐又要让"正统"的红学家们大为光火了。无奈，笔者亦对此诚惶诚恐。研读之初，就寄希望于不要受各家之言的影响，以客观地读出作者的本意。而此索隐之路，实是《红楼梦》文本自身所指引的方向，只好一步步走了下来，结果就到达了如今的目的地。如之奈何？答曰：随它（《红楼梦》）去吧。谁让我们是自以为是的"寻梦人"呢？

　　令人不解的是，据说："把《红楼梦》这样伟大的文学作品解读成了'秘史'，并不能提高它的思想艺术价值，只会贬低《红楼梦》。"

　　为什么呢？

《红楼梦》本是一部"表里皆有喻"的小说，各位研究其"表"的红学家们自可从书中典型人物的千姿百态、故事情节的悲欢离合、诗词曲赋的婉约含蓄、语言描摹的惟妙惟肖中去领略其艺术魅力；而研究其"里"的好事者们也可以从书中明言暗示的蛛丝马迹去寻觅"久藏"的"微密"，徜徉于作者"批阅十载，增删五次"的"苦海冤河"之中。如此各得其所、各得其乐，不好么？

　　况且，在那个畸形社会、畸形年代里，作者一方面要顽强地宣泄心中的"奇苦至郁"，一方面还不得不机警地与朝廷鹰犬们周旋。可以说，正是那种畸形的创作条件，"逼"出了这部"一声也而两歌，一手也而二牍"的旷绝古今的奇书。所以说，《红楼梦》绝对是"前无古人，后无来者"的文学奇迹！认识到《红楼梦》这部奇书，既"大旨谈情"又"大旨谈清"，"此万万不能有之事，不可得之奇，而竟得之《石头记》一书，嘻！异矣"，其思想艺术价值无论提高到怎样的高度都不会过分，怎么反会贬低《红楼梦》呢？

　　退一步说，即使"把《红楼梦》这样伟大的文学作品解读成了'秘史'，并不能提高它的思想艺术价值，只会贬低《红楼梦》"，那也要看其是否合乎实际——是否合乎作者的本意。

　　如果答案是肯定的，那么，即使《红楼梦》的思想艺术价值不再像以前那样"高大"，确实让人在感情上有些难以接受，但也只好实事求是地直面这个现实。毕竟《红楼梦》的伟大不是依靠虚假的赞颂、不是以"掩耳盗铃"的方式吹出来的。相信每一个真正喜爱《红楼梦》、爱护《红楼梦》乃至痴迷《红楼梦》的人，都能理智地面对这个结果；相信如果伟大的曹雪芹先生在天有知，也不会稀罕那种浮夸不实的奖誉。

　　当然，如果答案是否定的，那就另当别论了。只是作为《红楼梦》的研究者，如若对于充斥于文本中或暗喻或明示的诛心之笔，硬要采取视而不见或"顾左右而言他"的态度，那么不但作者只好感叹"无可如何"，即使是其他读者亦只能徒呼奈何了。

　　总之，《红楼梦》究竟是一部什么样的书，是需要人们钻进文本中去研读，是需要人们依据作者的提示顺理成章地得出合乎实际的结论的。相信这一天迟早要到来。为什么非要强令别人遵从相关权威那"放之四海而皆准"的"红学真理"，而不许别人"敝帚自珍"地走自己的"红学"研究之路呢？时间已经到了二十一世纪了，是让"红学"研究走出封闭的象牙塔、来到广大"红学"爱好者之中的时候了。那种认为只有"专家"们才能正确解读《红楼梦》，而不相信广大"红学"爱好者的领悟力、判断力的任何作法都是不利于"红学"的发展的。辩证唯物主义告诉我们，任何事物的发展，包括真理的发展都是曲折前行的，都是以否定之否定的形式出现的。也许，现在应该是对关于《红楼梦》的索隐研究，给予否定之否定的认识的时候了。